Für Betsy Thomas

Konzepte der Humanwissenschaften

Peter Blos

Sohn und Vater

Diesseits und jenseits
des Ödipuskomplexes

Aus dem Amerikanischen
übersetzt von
Hilde Weller

Klett-Cotta

Verlagsgemeinschaft Ernst Klett Verlag –
J. G. Cotta'sche Buchhandlung
Die Originalausgabe erschien unter dem Titel
Son and father

Printed in Germany
Umschlag: Klett Cotta-Design
Im Filmsatz gesetzt aus der Century
von Hans Janß, Pfungstadt
Auf säurefreiem und holzfreiem Werkdruckpapier
im Offset gedruckt und gebunden von Wilhelm Röck, Weinsberg

CIP-Titelaufnahme der Deutschen Bibliothek

Blos, Peter:
Sohn und Vater : diesseits und jenseits des Ödipuskomplexes /
Peter Blos. Aus d. Amerikan. übers. von Hilde Weller. –
Stuttgart : Klett-Cotta, 1990
(Konzepte der Humanwissenschaften)
Einheitssacht. : Son and father <dt.>
ISBN 3-608-95492-9

Inhalt

Teil 1
Die Sohn-Vater-Beziehung von der Kindheit bis zum Mannesalter: zum Verhältnis der Generationen

Einleitung: Klärung der Begriffe

Bevor ich mich der Erörterung der Themen zuwende, die meine Hauptanliegen sind, sei mir die Erklärung erlaubt, warum ich vom üblichen Gebrauch der psychoanalytischen Begriffe abweichen werde. Der Klärung der Begriffe schicke ich indes eine allgemeine Ankündigung des Themas voraus. Der Gegenstand meiner Darstellung und ihr spezifischer Inhalt und Umfang haben eine eigene Entwicklung durchgemacht, die einen kurzen Kommentar verdient.*

Jahrzehnte psychoanalytischer Arbeit mit Adoleszenten, deren Entwicklungsfortschritte unter den Anforderungen ihres Alters zum Stillstand gekommen waren, machten mir bewußt, welchen Einfluß die sogenannten präödipalen Erfahrungen auf Konfliktbildung und Konfliktlösung im Bereich der Objektbeziehungen und der Persönlichkeitsentwicklung des Jugendlichen ausüben.

Die Erforschung der Epigenese männlicher Objektbeziehungen von der Säuglingszeit bis zur Reife ließen mit zunehmender Klarheit erkennen, daß die psychoanalytische Theorie die Komplexität der Beziehung des Knaben zum Vater seiner früheren und späteren Kindheit in allzu homogener und begrenzter Form kodifiziert hat, um Beobachtungen der Entwicklung von Kindern und Jugendlichen gerecht werden zu können. Meine gegenwärtigen Bemühungen zielen auf eine Modifizierung und Revision dieser theoretischen Standardfassungen des Ödipuskomplexes. Ich nehme die These vorweg, die ich im folgenden vortragen werde, wenn ich behaupte, daß die Bildung der männlichen Persönlichkeit und ihre Abweichungen ebensosehr durch das ödipale, d. h. triadische, Entwicklungsstadium beeinflußt wird wie durch das präödipale, d. h. dyadische, nämlich durch die dya-

* Eine detaillierte Schilderung des Weges, den meine theoretischen Formulierungen im Laufe der Zeit genommen haben, findet sich im 3. Teil.

dische emotionale Bindung des männlichen Kindes an seinen Vater. Betrachtet man die ätiologische Bedeutung beider Phasen – der dyadischen und der triadischen – als gleichwertig, dann liegt die Einzigartigkeit des ödipalen Stadiums in dem Umstand, daß es der infantilen Periode eine endgültige Organisation und einen Abschluß verschafft und das Kind auf die Konfrontation mit neuen Wachstumsaufgaben vorbereitet. Diese Aufgaben bestehen, kurz gesagt, darin, das Geschäft der mittleren Kindheit zu betreiben, nämlich die Welt in einer sich stetig erweiternden, gemeinschaftlichen und vermittelbaren Symbolik zu verstehen, die üblicherweise mit »Schule« und »Lernen« oder mit Ich-Erweiterung und Strukturierung gleichgesetzt wird. Infolge der Dringlichkeit dieser Aufgaben bleibt der Abschluß der infantilen Periode immer unvollständig und vieles unerledigt, was auf die lange Bank geschoben wurde. Analytisch ausgedrückt würden wir sagen, daß unbewältigte Überreste von Infantilität während des Dahinschwindens des Ödipuskomplexes verdrängt werden, nur um in der Adoleszenz wiederbelebt und einer endgültigen Prüfung unterzogen zu werden. Darüber später mehr.

Die triadische Phase wird traditionell als die ödipale bezeichnet; das Wort »triadisch« betont die charakteristische Konstellation dreier Parteien, die zu gleicher Zeit in eine emotionale Interaktion verwickelt sind. Aus der Sicht des Kindes verfolgt jede Partei ihr Ziel der Bedürfnisbefriedigung in einer kreisförmigen Transaktion. Geschlechtsspezifität stellt einen integralen Aspekt der ödipalen Phase dar und gibt ihr ihren einzigartigen, phasenspezifischen Charakter. Die Wünsche und Konflikte des Kindes in diesem Stadium sind inzwischen Allgemeinwissen geworden. Gegenwärtig, fast hundert Jahre nach der erstmaligen Formulierung des »Ödipuskomplexes«*, ist diese Bezeichnung

---

* Die Bezeichnung erschien zum ersten Male im Druck in einer Arbeit, die Freud 1910 veröffentlichte. »The concept had, of course, long been familiar to him« (Standard Edition, Bd. XI, S. 171 [Fußnote 1 der Herausgeber]). Ein klarer Hinweis auf den Ödipuskomplex findet sich bereits in Freuds Brief an Fließ vom 15. 10. 1897.

Teil des vertrauten Wortschatzes der Gebildeten in der westlichen Welt.

Seine Definition findet sich heute in jedem Standardwörterbuch der englischen Sprache. In seiner knappsten Bedeutung bezeichnet er den Wunsch des Kindes, den Platz des gleichgeschlechtlichen Elternteils beim gegengeschlechtlichen Elternteil einzunehmen. Diesem Verlangen, dessen Erfüllung durch physische Unreife und das Inzesttabu der menschlichen Gesellschaft verhindert wird, kam der erwachsene Ödipus unwissentlich nach, dessen Leben Teil der griechischen Mythologie ist und von Sophokles in zwei Tragödien dargestellt wurde.

Im Gegensatz dazu fällt die dyadische Phase der Kindesentwicklung in die Zeit vor der ödipalen Phase. Der Terminus, mit dem die frühere Phase bezeichnet wird, betont die signifikante Interaktion zweier Parteien: Kind und Mutter oder Kind und Vater. Beide Interaktionen sind linear. Als signifikant für die dyadische Phase erscheinen demnach die Bindungs- und Vermeidungsgefühle zwischen zwei Partnern, Kind–Mutter oder Kind–Vater, wobei jederzeit eine affektive und physische Distanzierung vom dritten Partner möglich ist, dessen obligatorische Einbeziehung und teilnehmende Gegenwart für die ödipale Phase charakteristisch sind. Diese Phase wird als triadische Phase der Objektbeziehungen bezeichnet, weil in dieser dreiteiligen Konstellation das Kind, während es gleichzeitig mit beiden Elternteilen verbunden ist, auf jeweils einen Elternteil mit einem antagonistischen und einem anziehenden Affekt reagiert. Diese starre Definition der Phase entspricht aber nicht ganz der Wirklichkeit. Wenn wir von einer Phase in der folgerichtigen Ordnung fortschreitender Entwicklung sprechen, meinen wir eher eine bevorzugte Hauptströmung als einen scharf umrissenen Zustand, da wir es als erwiesen betrachten, daß sich die Phasen in der Regel überschneiden, bevor ein phasenspezifischer Objektbeziehungsmodus konsolidiert wird.

Die ausschließliche und früheste Bindung spiegelt sich in der Mutter-Kind-Einheit, der archaischen Dyade, dem Einssein in der symbiotischen Phase wider (Mahler, 1975). Die dyadische

Phase setzt die frühere Bindung zweier Partner fort, doch diese erstreckt sich nun in einem austauschbaren Dualismus auf beide Eltern. Daß zwischen ihnen ein Geschlechtsunterschied besteht, wird erkannt, aber das Gefühl der Bindung wird gleichermaßen gegenüber jedem der beiden Elternteile empfunden. Ihre Verschiedenheit, abgesehen vom Geschlecht, wird durch die Empfindungen von Lust und Schmerz bestimmt, die jeder Elternteil im Kind wecken wird. Jeder Elternteil kann zu verschiedenen Zeitpunkten zum Repräsentanten des einen oder anderen werden; eine Hinwendung zum anderen ist die Zuflucht, die dem Kind bei seiner Vermeidung von Frustration, Enttäuschung oder Furcht, die im allgemeinen als schmerzhaft empfunden werden, jederzeit zur Verfügung steht. Indem ich die oben erwähnte Terminologie benutze, verzichte ich auf den konventionellen Gebrauch des Wortes »präödipal«, weil ihm keine präzise Bedeutung innewohnt, sondern lediglich besagt, daß das angesprochene Ereignis chronologisch vor der ödipalen Phase lag. Dies, so scheint mir, ist zu vage und global, umfaßt zu viele heterogene Entwicklungsstufen der ersten Lebensjahre, um einem nützlichen Zweck zu dienen; es ist weiter nichts als eine allgemeine zeitliche Zuweisung, wie etwa Historiker die Bezeichnung »vor Christus« oder »präkolumbianisch« benutzen. Wenn das Adjektiv »präödipal« in diesem historischen Sinn verwendet wird, ist es von deskriptivem Nutzen für die umfassende Datierung kindlicher Entwicklung; ich werde den Terminus »präödipal« weiterhin verwenden, ohne ihm irgendeine phasenspezifische Bedeutung zuzuschreiben. Beiläufig möchte ich darauf hinweisen, daß Freud noch 1931 von der »präödipalen Phase« sprach (GW XIV, S. 518). Dies entspricht dem Gebrauch des Terminus, den ich wiederherstellen möchte, nämlich daß er dazu benutzt wird, alle Stufen der kindlichen Entwicklung zu bezeichnen, die vor der triadischen, d. h. ödipalen, Konstellation ablaufen oder bevor der eigentliche Ödipuskomplex Gestalt annimmt.

Der Ödipuskomplex: Anmerkungen zur Geschichte des Begriffs

Meine Untersuchung der frühen, d. h. der dyadischen Objektbeziehungen beschränkt sich, wie oben angemerkt, auf das männliche Geschlecht. Die Tatsache, daß der von mir gewählte Gegenstand für das menschliche Leben von überragender Bedeutung ist, bedarf keines Beweises. Ich beabsichtige, innerhalb des abgesteckten Rahmens die Entwicklungsgeschichte der zwischen den Generationen ablaufenden wechselseitigen Integration von Sohn und Vater zu untersuchen. Jeder Vater war zuerst ein Sohn; sobald er zum Vater wird und einen Sohn hat, wird seine eigene Sohnesexistenz in den neuen Zusammenhang eines Kontinuums der Generationen hineinverwoben. Diese Untersuchung erwuchs aus meiner klinischen Forschung, die sich vom Knabenalter, einschließlich der Säuglingszeit und frühen Kindheit, zum Mannesalter erstreckte – mit anderen Worten, vom Dasein des männlichen Säuglings bis zum Werden des Mannes.

Ich will hier versuchen, meine Beobachtungen in theoretische und klinisch nützliche Thesen umzusetzen. Dabei werde ich Modifizierungen einiger Lehrsätze der klassischen Psychoanalyse vorschlagen, um meine Vorstellungen mit einem größeren Entwicklungsrahmen in Einklang zu bringen. Bei diesem Vorhaben bestärkt mich die Tatsache, daß die psychoanalytische Lehre, auf soliden begrifflichen Fundamenten ruhend, nicht dazu bestimmt ist, diesen überragenden Bau jemals mit einem Schlußstein zu versehen. Die Unbegrenztheit der psychoanalytischen Theorie wurzelt in einer ihrer Grundannahmen, die besagt, daß das Kausalitätsprinzip dem der Überdeterminiertheit untergeordnet ist. Das heißt, daß jede Entdeckung, die eine bis dahin vermutete oder unbekannte Verknüpfung im Wirken der menschlichen Seele herstellt, im Augenblick ihres Entstehens den Keim ihrer teilweisen oder völligen Selbsteliminierung zu entfalten beginnt. Das kann nicht anders sein, weil jede neuentdeckte Kausalität die mögliche Entdeckung einer neuen Reihe von Determinanten einleitet, die wiederum eine an ihre Stelle tretende Kausalität hervorzubringen geeignet ist, und so die kognitive Spirale *ad infinitum* in Bewegung setzt. Das psychoanalytische Denken in diesem begrifflichen Rahmen duldet nicht nur Mutmaßungen, kontroverse und revisionistische Thesen der Art, wie ich sie hier vorzubringen beabsichtige, es fordert sie geradezu heraus.

Die Entdeckung des Ödipuskomplexes und seiner schicksalhaften Rolle im Leben und bei der Entstehung der Neurose hat zu einer sich ständig vertiefenden Erforschung seiner Vielgestaltigkeit geführt. Die Polarität der Geschlechter war von Anfang an die Kernstruktur der ödipalen Konfliktbildung; diese Tatsache ist bis heute an der ödipalen Terminologie ablesbar, wenn wir vom »positiven« und »negativen« Ödipuskomplex sprechen. Wieder muß ich innehalten und meine aufs Wesentliche zielende Darstellung hinausschieben, um einige gebräuchliche Termini in Frage zu stellen. Der Verweis auf »positiv« oder »negativ« betrifft das Geschlecht des Objekts, dem die Wünsche und Affekte des Kindes gelten. Sie werden positiv genannt, wenn sie auf das andere Geschlecht, negativ, wenn sie auf das gleiche Geschlecht gerichtet sind. Die Benutzung desselben Adjektivs entweder für terminologische oder rein deskriptive Bezüge ist beklagenswert und vermeidbar; es wäre in der Tat an der Zeit, solche Termini zu korrigieren oder auf den neuesten Stand zu bringen. Es ergibt sich die schlichte Frage, weshalb nicht eine Bezeichnung benutzt wird, die unmittelbar das überragende Geschlechtsproblem anspricht, wenn der Hinweis auf das Geschlecht das einzige ist, was das Wort vermitteln soll. Es wäre besonders wünschenswert, wenn der Terminus nur gebraucht würde, um die Geschlechtsorientierung des Kindes auf Mutter oder Vater in der dyadischen und triadischen Konstellation der Objektbeziehungen zu bezeichnen. Die Worte »positiv« und »negativ« haben abwertende Nebenbedeutungen. In der Tat wurden sie ursprünglich wegen des Urteilscharakters, der ihnen anhaftet, gewählt. Wenn das Kind das andere Geschlecht bevorzugt – der Knabe die Mutter, das Mädchen den Vater –, wird damit die Richtung der Libidoentwicklung vorweggenommen, die im späteren Leben (Adoleszenz, Erwachsensein) zu einer heterosexuellen Identität führt. In jenen Tagen, als der psychoanalytische Terminus »positiver Ödipuskomplex« geprägt wurde, trug die lexikalische Bedeutung des Wortes durch folgende Assoziation zu seiner Wahl bei: Was normal ist, ist positiv, und Heterosexualität ist normal; dieselbe Beweisführung gilt für den Terminus »negativ«.* Wir wollen aber nicht nur aus den Worten »positiv« und »negativ« wertende, ja, moralisierende Schlüsse ziehen, sondern müssen uns auch daran erinnern, daß die Physik ihre überzeugende Terminologie anbot, indem sie die Pole des elektrischen Stroms wie des Magnetismus als positiv und negativ bezeichnete. Dementsprechend würde die einfache Lektion lauten: Entgegengesetzte Pole ziehen sich an, gleiche Pole stoßen sich ab.

Der abwertende Beigeschmack der entsprechenden Termini tritt noch krasser hervor, wenn wir uns gewärtigen, daß sie oft benutzt wurden – und gelegentlich noch werden –, als seien sie gleichbedeutend mit »aktiv« und »passiv« oder mit »männlich« und »weiblich«. Im Lichte meiner Untersuchungen der individuellen Entwicklungsgeschichte des »negativen« Komplexes scheint es offensichtlich, daß der »negative« Komplex des männlichen Kindes in der dyadischen Phase für seine Persönlichkeitsentfaltung als äußerst positiv anzusehen ist. Wir haben auch niemals bezweifelt, daß die Nachahmung oder primitive Identifizierung des kleinen Jungen mit der Mutter eine vorwiegend aktive Modalität ist. Seine Beziehung zum dyadischen Vater dämpft diese Formung nach dem Bild der aktiven Mutter und ebnet so den Weg in die ödipale Phase. Auch wenn wir noch soviel Phantasie aufbieten, können wir den »negativen« Komplex des männlichen Kleinkindes nicht passiv oder invertiert nennen, noch können wir bestreiten, daß passive Strebungen auf beide Eltern-

* Der Terminus »invertiert« wurde gleichbedeutend mit »negativ« benutzt, verschwand aber im Laufe der Zeit aus dem Sprachgebrauch. Die irreführende Anspielung auf Inversion (Homosexualität) verhinderte zu Recht, daß die Bezeichnung allgemein akzeptiert wurde.

teile gerichtet sind. Lenken wir nur unsere Aufmerksamkeit auf die Wünsche des kleinen Jungen nach Verschmelzung mit dem Vater in Verbindung mit dem Neid auf das Vermögen der Mutter, Kinder zu gebären, dann finden wir Beweise für das mehr oder weniger gleichzeitige Vorhandensein der präödipalen aktiven und passiven Triebpolaritäten. Sie stehen sich nicht in konfliktvollem Antagonismus gegenüber noch schließen sie sich in diesem Entwicklungsstadium gegenseitig aus, das wir mit Bisexualität identifizieren. Freud (1921) hat sich zum demonstrativen Verlangen des kleinen Jungen geäußert, seinem Vater nahe zu sein und sein verständnisvolles Entgegenkommen zu wecken. Er fährt fort: »Dies Verhalten hat nichts mit einer passiven oder femininen Einstellung zum Vater (und zum Manne überhaupt) zu tun, es ist vielmehr exquisit männlich« (Bd. XIII, S. 115). Die Neigungen, von denen ich gesprochen habe, geraten niemals völlig in Vergessenheit; wir können sie in der Tat während der ganzen triadischen Phase des Jungen als normale Beimischungen verfolgen, später in den extravaganten Objektbeziehungen Jugendlicher und schließlich im normalen Liebesleben des erwachsenen Mannes. Bei der Erörterung der Geschichte der Terminologie müssen wir uns daran erinnern, daß Freud bei seiner Behandlung von Frauen zu der Erkenntnis gelangte, daß das ödipale Schema der Neurosenentstehung nicht recht mit seinen Beobachtungen zusammenpaßte. An dieser Stelle möchte ich nur kurz erwähnen, daß Freud die frühe, niemals aufgegebene Mutterfixierung von Frauen als Kern ihrer Neurose anerkennen mußte. Daß dieser Ursprung ihrer Krankheit mit der psychoanalytischen Ätiologie der Neurose im Widerstreit lag – mehr darüber später –, führte zu einem theoretischen Dilemma. Um an der akzeptierten Theorie festhalten zu können, beschloß Freud, den »Ödipuskomplex« so weit auszudehnen, daß er die dyadische Phase der Objektbeziehung einschloß, also den präödipalen Bereich in das ödipale Schema einbezog. Freud nannte diesen erweiterten Begriff den »vollständigen Ödipuskomplex«. Durch diese Erweiterung wurde die Terminologie mit ihrem abwertenden Unterton in ein Prokrustesbett gezwängt. Wir brauchen uns nur an die sogenannte negative dyadische Bindung und die idealisierende Beziehung des kleinen Jungen zu seinem Vater als etwas höchst Positives zu erinnern, was letztlich seiner reifen Heterosexualität Richtung und Kraft geben wird.

Auf der Grundlage der von mir vorgetragenen Argumente schlage ich eine Terminologie vor, die auf die mißlichen und überholten Adjektive »positiv« und »negativ« verzichtet und einen vielleicht unbeholfenen Neologismus einführt, der aber zumindest die Fragen der Geschlechtszuweisung mit größerer sprachlicher Klarheit definiert. Dieser Absicht folgend, empfehle ich folgende Terminologie: 1. dyadischer gegengeschlechtlicher Komplex (statt positiver präödipaler Komplex), 2. dyadischer gleichgeschlechtlicher Komplex (statt präödipaler negativer Komplex), 3. triadischer gegengeschlechtlicher Komplex (statt positiver Ödipuskomplex) und 4. triadischer gleichgeschlechtlicher Komplex (statt negativer Ödipuskomplex). Ich weiß, wie schwierig es ist, die traditionelle, beliebte und vertraute Terminologie irgendeiner Wissenschaft zu ändern; dennoch wage ich den Versuch. Ich bin nicht der erste, der an der ödipalen Terminologie Anstoß nimmt. Ruth Mack Brunswick (1940), eine enge Mitarbeiterin Freuds, tat es vor langer Zeit, wurde aber damals ignoriert.* Freuds erste große Fallgeschichte erlaubt uns eine Gegenüberstellung früher und moderner Ansichten über die ödipale Dynamik. Zu diesem Zweck werde ich sein *Bruchstück einer Hysterie-Analyse* (1905) auf einen besonderen Aspekt hin untersuchen. In dieser Arbeit, die allgemein nach dem Namen der Patientin als »Fall Dora« bezeichnet wird, schrieb Freud dem positiven** Komplex und seinen Einfluß auf die Krankheit die höchste pathogene Valenz zu, obgleich er reichliche Beweise für seinen Verdacht oder in Wahrheit seine Überzeugung lie-

---

* Um den Leser allmählich mit der neuen Terminologie vertraut zu machen, die ich vorschlage, werde ich im Text zweifache Verweise geben. Ich hoffe, daß die Lektüre dadurch reibungsloser vonstatten gehen kann.

** In meinen Anmerkungen zum Fall Dora behalte ich die ödipale Terminologie bei, die benutzt wurde, als die Arbeit entstand.

ferte, daß ihrem Leiden der negative Komplex zugrunde lag. Er stellte dies in der Fallgeschichte (GW V, S. 221) eindeutig fest, wenngleich diese Unterscheidung für die analytische Arbeit mit der Patientin eine untergeordnete Rolle spielte, zumindest soweit man dies aus dem klinischen Bericht schließen kann. Der Grad, wie die Art der pathogenen Valenz, die der Kliniker der Präödipalität sowie dem einen oder dem anderen der beiden Komplexe in ihrem dynamischen Zusammenspiel zuschreibt, hängt oft – wie mir scheint – von den Vorlieben oder Gewohnheiten des Analytikers ab. Die Triebtheorie, veranschaulicht durch die jeweilige zonale Vorherrschaft in der oralen, analen und phallischen Phase der Kindheit, ist im wesentlichen lange Zeit hindurch unangetastet geblieben, obgleich sie durch die Integration mit der Objektbeziehungstheorie und der Ich-Psychologie zunehmend komplexer wurde. Doch dies ist nicht der Ort, das Thema weiter zu verfolgen.

Anders als bei der Behandlung Doras wird die Pathogenität präödipaler Objektbeziehungen heutzutage in den meisten Fällen stärker berücksichtigt. Es wird ihr nicht nur eine wichtigere Rolle für die Ätiologie einer bestimmten Neurose und anderen Formen psychischer Störungen zugesprochen, sie beeinflußt vielmehr ausdrücklich und in zunehmendem Maße die analytische Arbeit als solche wie das Verständnis der Kindesentwicklung im allgemeinen. Man muß sich klarmachen, daß zur Zeit der Behandlung Doras Freud gerade eine seiner folgenschwersten Entdeckungen gemacht hatte, nämlich die des Ödipuskomplexes als eines universellen Entwicklungsattributs der Kindheit.*

Obschon im Fall Dora die klinische Erforschung und theoretische Begriffsbildung im Vordergrund seines Interesses und seiner ätiologischen Beweisführung standen, entging es seiner Aufmerksamkeit nicht, daß Objektbeziehungen und Triebneigungen anderer Art, die zeitlich vor Doras positivem Komplex lagen, die Ursache ihres spätadoleszenten emotionalen Stillstandes und

---

* Doras Behandlung begann im Jahre 1900; die Fallgeschichte wurde 1905 veröffentlicht.

ihrer Symptomatologie waren. Freud arbeitete seine Beobachtung von Gefühlen, die mit der Mutterbindung zusammenhingen, in das ödipale Schema ein, indem er diese Emotionen dem negativen Ödipuskomplex zuschrieb. In der trieborientierten Sprache seiner Zeit schrieb er an seinen Freund Wilhelm Fliess über seine Patientin Dora: ». . . in den sich bekämpfenden Gedankengängen spielt der Gegensatz zwischen der Neigung zum Manne und einer zur Frau die Hauptrolle« (Brief Nr. 141 an Fließ vom 30. 1. 1901). Aus dem Blickwinkel heutiger Erkenntnis verrät diese »Neigung« ihren heterogenen Charakter in dem Sinne, daß sie entweder zum dyadischen oder zum triadischen Stadium der Objektbeziehungen gehört.

Die Polarität der Geschlechter – Sohn–Mutter, Tochter–Vater – hat den Begriff der ödipalen Konstellation von Anfang an beherrscht und die ätiologische Formulierung eines jeden neurotischen Konflikts entscheidend bestimmt. Klinische Beobachtungen haben indessen dazu geführt, daß gleichgeschlechtlichen frühen Objektbeziehungen eine größere Bedeutung zugemessen wurde. In der Tat wurde beiden Konstellationen, nämlich der dyadischen gleichgeschlechtlichen und der gegengeschlechtlichen Partnerschaft, langsam, wenngleich mitunter widerstrebend, in den theoretischen und dynamischen Formulierungen normaler und pathologischer Entwicklung eine gleich große Bedeutung zuerkannt. Die Betonung dieser Unterscheidung und ihrer Geschichte mag manchen Lesern auf den ersten Blick unbegründet und übertrieben erscheinen, doch wir können nicht bestreiten, daß der »positive« Komplex und seine Lösungsformen in der analytischen Literatur weit mehr Aufmerksamkeit gefunden haben als die Entwicklungsgeschichte des »negativen« Komplexes mitsamt seiner Auflösung oder seines Einflusses auf die Ausbildung einer Neurose.

Die dyadische Phase des Knaben: seine frühe Vatererfahrung

Die äußerst spärlichen Untersuchungen männlicher gleichgeschlechtlicher (»negativer«) Objektbeziehungen von den frühesten Entwicklungsstufen an haben mich veranlaßt, diesen vernachlässigten Themen nachzugehen. Meine analytische Arbeit über viele Jahre hinweg hat mich davon überzeugt, daß frühe gleichgeschlechtliche Erfahrungen die Sohn-Vater-Beziehungen nicht nur in der Kindheit beherrschen und formen, sondern die Entfaltung der Selbst- und Objektwelt des Jungen sein Leben lang entscheidend beeinflussen. Die Komplexität der Sohn-Vater-Beziehung war seit jeher bekannt, wenn auch nie genügend geklärt. Freud hat die widersprüchlichen Rollen, die der Vater im Leben des Sohnes spielt, gut beschrieben. Der ödipale Vater ist *per definitionem* der einschränkende und strafende Vater, dessen Vergeltungsdrohung den kleinen Jungen dazu bringt, sein Rivalitätsstreben ebenso aufzugeben wie seine vatermörderischen und inzestuösen Absichten. Es hat nie ein Zweifel bestanden, daß diese Schilderung des Vaters übermäßig vereinfacht und irreführend ist, weil wir wissen, daß der typische Vater auch die Selbstbehauptung seines kleinen Sohnes weckt und anerkennt. Daß der Sohn ihm nacheifert, erfüllt den Vater ebenso mit Stolz und Freude wie der phallische, narzißtische und exhibitionistische Überschwang des Kleinkindes.

Eine bekannte Bemerkung Freuds erinnert uns daran, daß wir altvertrautes Gebiet betreten: »An der Vorgeschichte des Ödipuskomplexes beim Knaben ist uns noch lange nicht alles klar. Wir kennen aus ihr eine Identifizierung mit dem Vater zärtlicher Natur« (GW XIV, S. 21). Diese frühe Erfahrung, von einem starken Vater beschützt und geliebt zu werden, wird als lebenslanges Gefühl der Sicherheit in einer Hieronymus-Bosch-Welt voller Schrecken und Gefahren verinnerlicht. Mir scheint, daß bislang das Sicherheitsempfinden des kleinen Jungen und sein Vertrauen schließlich der Mutter gutgeschrieben wurden. Wir haben bei der Analyse des erwachsenen Mannes reichlich

Gelegenheit, den fortdauernden Einfluß des Vaters, der Vaterimago, zu beobachten, vor allem wenn er auf der dyadischen Stufe fixiert und damit vom Prozeß der emotionalen Reifung ausgeschlossen blieb. Als Folge davon schließt das Leben des erwachsenen Mannes eine endlose Suche nach Vaterersatz-Imagines ein, d. h. nach Objektrepräsentanten, die dem Vater nachgebildet sind. Der daraus erwachsende emotionale Infantilismus übersteigt häufig bei weitem den Einfluß, den wir allzu sehr der Suche nach mütterlichem Schutz und Mutterbindung zuzuschreiben gewohnt sind. Wenn ein Mann einen Analytiker und auch die Analyse übermäßig idealisiert, spiegelt dies oft die Rolle wider, die der Vater in den ersten beiden Lebensjahren des Kindes gespielt hat (Greenacre, 1966). Der Widerstand, der immer dann geweckt wird, wenn die analytische Arbeit den Patienten seiner Vater-Illusion zu berauben droht, bestätigt den lebenserhaltenden Einfluß der frühen Kind-Vater-Beziehung. Der Patient wird nicht leicht darauf verzichten: »Wir wissen schon, der schreckende Eindruck der kindlichen Hilflosigkeit hat das Bedürfnis nach Schutz – Schutz durch Liebe – erweckt, dem der Vater abgeholfen hat« (GW XIV, S. 352).
Der kleine Junge wirbt aktiv und ausdauernd um Beifall, Anerkennung und Bestätigung des Vaters; dadurch knüpft er tiefreichende, beständige libidinöse Bande. Wir haben guten Grund zu behaupten, daß diese Zeichen der Anerkennung und Bestätigung vom Sohn in den ersten Lebensjahren empfangen werden, allein durch das allgemeine, nicht unbedingt verbalisierte Verhalten und die teilnahmsvolle Gegenwart des Vaters. Sie flößen dem Jungen ein bestimmtes Maß an Selbstbeherrschung und Selbstbehauptung ein, gleichermaßen aus Gleichheit oder gemeinsamer Männlichkeit gewonnen. Die Welt draußen wird nicht nur handhabbar und besiegbar, sondern auch, bei allen Anzeichen des Bedrohlichen und Verwirrenden, unendlich anziehend. Am Ende der Adoleszenz tritt der heranwachsende Sohn in ein neues Stadium ein. Nun wird die Bestätigung des Vaters, daß der Sohn zum Mann geworden ist, zum dringenden Gebot. Er wird dem ungeduldigen Pochen des Jugendlichen auf Privile-

gien und Rechte Erwachsener sozusagen seinen Segen erteilen. Die beredte, klassische Schilderung dieses schicksalhaften Augenblicks finden wir in James Joyces autobiographischem Werk *Ein Porträt des Künstlers als junger Mann*, wenn Stephen Dedalus vom endgültigen Schlußpunkt seiner Jugend spricht, nämlich dem selbstauferlegten Verlassen Irlands. Der letzte Satz des Buches lautet: »Urvater, uralter Artifex, stehe hinter mir, jetzt und immerdar.« Diese leidenschaftliche Beschwörung der geistigen Gegenwart des guten und starken Vaters, die gewöhnlich durch eine rituelle Segnung zum Ausdruck kommt, bringt uns lebhaft die Geschichte Jakobs in Erinnerung. Jakob – von seiner Mutter verschwörerisch unterstützt – überlistet seinen blinden Vater, ihm den Segen zu geben, der dem erstgeborenen Sohn, seinem älteren Bruder Esau, zusteht. Dieser Segen, auf unehrliche Weise erlangt, wurde mit Reue und Scham getragen bis zu jener Nacht, da Jakob mit dem Engel rang: »Da rang ein Mann mit ihm, bis die Morgenröte anbrach.« Jakob ließ seinen Herausforderer nicht los, und rief: »Ich lasse dich nicht, du segnetest mich denn . . . Und er segnete ihn daselbst« (Schöpfungsgeschichte, 32:26, 29). Jakob hatte »Gott von Angesicht gesehen«; der ehrlich erlangte Segen wurde zum Wendepunkt seines Lebensschicksals. Könnten wir nicht im biblischen Bericht über Jakob das Musterbeispiel einer Komponente der Sohn-Vater-Beziehung erkennen, die geklärt werden muß, bevor die Kindheit zu ihrem natürlichen Ende gelangen kann?

Die wichtige Rolle, die ich dem zuschreibe, was ich gern den »Segen« nenne, den ein Vater seinem Sohn erteilt, trat beredt in einer Unterhaltung zutage, die ich kürzlich mit einem bekümmerten jungen Mann hatte. Nachdem er eine vielversprechende lukrative Laufbahn eingeschlagen hatte und gut vorankam, empfand er den Wunsch, zu einer Tätigkeit im sozialen Bereich überzuwechseln, die erheblich weniger einbrachte, ihm aber weitaus sinnvoller erschien. Er wandte sich in diesem Augenblick der Unentschlossenheit an mich, da er während seiner schwierigen Collegejahre vor einiger Zeit mein Patient gewesen war. In seinem Dilemma wegen des Berufswechsels hatte er sich zuerst an seinen Vater gewandt; hier erhielt er den kategorischen Rat, die Laufbahn zu wählen, die ein größeres Einkommen verhieß. Der Vater weigerte sich – so klagte der Sohn –, die Suche des Sohnes nach einem Sinn und menschlichem Engagement in seiner Arbeit anzuerkennen oder zu berücksichtigen. Enttäuscht und verzweifelt rief er aus: »Alles was ich wollte, war der Segen meines Vaters.« Erst wenn er den erhalten habe, so glaubte er, würde er sich frei entscheiden können.

Charles Darwin befand sich in einer ähnlich mißlichen Lage, nachdem durch seine vergeblichen Bemühungen, Mediziner oder – später – Geistlicher zu werden, die Erwartungen des Vaters sich in bittere Enttäuschungen verwandelt hatten. Als der junge Darwin im Alter von zweiundzwanzig Jahren das Angebot erhielt, sich der Expedition der *Beagle* anzuschließen, brannte er darauf, den Auftrag anzunehmen, doch sein Vater verweigerte ihm die Erlaubnis. Angesichts des väterlichen Verbots war der Junge Darwin bereit, die Anstellung als Naturforscher auf der *Beagle* abzulehnen, die ihm einen Ausweg aus seiner schwerigen beruflichen Lage verhieß. Zum Glück für Darwin und den Fortschritt wissenschaftlichen Denkens schaltete sich sein Onkel Josiah Wedgwood ein und bat Darwins Vater, dem Neffen zu erlauben, das Angebot anzunehmen. Der Vater ließ sich erweichen und erteilte seinen »Segen«. Das schützende Zauberwort erlaubte es nun seinem Sohn, vom drohenden Zerwürfnis mit seinem Vater entlastet, die fünfjährige Reise auf der *Beagle* anzutreten, die von 1831 bis 1836 dauerte. Diese Reise war der Beginn des wissenschaftlichen Abenteuers, in dessen Verlauf Darwins Genie reifte und sich in einem Umfang entfaltete, der die Vorstellung des Menschen von seiner Welt und von sich selbst entscheidend veränderte.

Ich wende mich nun wieder der Erörterung der dyadischen Merkmale des liebevollen Bandes zwischen Sohn und Vater zu, welches das Leben jedes Mannes so anhaltend beeinflußt. Einige Fragen drängen sich uns auf: Wo liegen die Ursprünge jener emotionalen Bindungen? In welchem Stadium der Objektbeziehungen entfalten sie sich? Unter welchen Bedingungen nehmen diese charakteristischen Emotionen des dyadischen gleichgeschlechtlichen Komplexes ab, und welchen Wandlungen unterliegen sie? Aus der Literatur erhält man den Eindruck, daß dieser Komplex zurücktritt, weil der triadische gegengeschlechtliche Komplex die Oberhand gewinnt, oder daß die vollentwickelte triadische Konfiguration durch ihr bloßes Erscheinen die Lösung oder Umwandlung des vorangegangenen Komplexes beeinflußt. Wir wissen natürlich, daß kein Entwicklungsstadium auf diese Weise endet. Doch bis vor kurzem wurde dem Prozeß oder dem Zeitpunkt dieser besonderen Form der Auflösung von gleichgeschlechtlichen Bindungen sehr wenig Aufmerksamkeit geschenkt. Wir können derzeit mit Recht sagen, daß die pathogene Besonderheit dieser engen Beziehung vom unveränderten Fortbestehen in der Sohn-Vater-Beziehung herrührt, deren Anfänge in einer quasi mütterlichen Ersatzbindung zu finden sind. Überreste dieser frühen Vatererfahrung verleihen den nachfolgenden Objektbeziehungen in der Adoleszenz und im Erwachsenenalter eine individuelle Einzigartigkeit; sie umspannen ein weites Spektrum und wirken sich zeitlebens auf die idiosynkratische Beziehung eines Mannes zu Männern und Frauen aus.

Es ist keine müßige Spekulation, wenn wir die Möglichkeit in Betracht ziehen, daß sich der kleine Junge in seinem Bemühen, sich von der symbiotischen Mutter zu distanzieren, dem Vater zuwendet und damit zunächst eine Abhängigkeit und Nähe wiederholt, die er durch den Wechsel des Objekts zu überwinden sucht. Könnten wir hier von einem sekundären symbiotischen Zustand sprechen und die Frage stellen, ob ein solcher Zustand, wenn er vorübergehend und flüchtig ist, nicht eine normale Neigung auf dem Weg zur Objektkonstanz darstellt? Bejaht man die Frage, verfehlt man die genaue Kenntnis über Grad und Zeitpunkt des Auftretens der gleichgeschlechtlichen Bindungsgefühle, die bei der Entwicklung des männlichen Kindes Normalität von Anormalität scheiden.

Der Einfluß der Kindheitsforschung auf die psychoanalytische Entwicklungstheorie

Es ist eine wohlbekannte historische Tatsache, daß sich mit der Einführung und Weiterentwicklung der Kinderanalyse die Grenzen der psychoanalytischen Praxis und folglich der Theoriebildung weiter und tiefer in die Bereiche der Kindheit wie der Adoleszenz vorgeschoben haben, d. h. in jene beiden Lebensabschnitte, in denen die psychische Strukturbildung – eingeleitet durch die körperliche Reifung – in großem Umfang fortschreitet. Die eingehende, direkte Kinderbeobachtung förderte eine Fülle neuer, subtiler Einzelheiten über psychische Differenzierung und Entwicklungsschritte zutage. Dadurch wurde unser früheres Wissen über psychische Strukturbildung, das sich von der Erforschung des Seelenlebens Erwachsener und dessen rückblickende Rekonstruktionen herleitete, präziser und komplexer. Dieses forschende Eindringen in die Entwicklungsfelder von Kindheit und Adoleszenz erbrachte Ergebnisse, die die Psychoanalyse insgesamt bereicherten und damit den Rahmen unserer Wissenschaft erweiterten.

Statt sich weitgehend auf die Rekonstruktion von infantilem Trauma und Objektbeziehungen, von Verinnerlichungsvorgängen, psychosexueller und Ich-Entwicklung zu verlassen, die auf der Analyse Erwachsener beruhte, wurde es möglich, sie in ihren Anfangsstadien zu beobachten und ihr Wachstum zu verfolgen. Aus erster Hand zu beobachten, was zuvor vornehmlich aus Rückschlüssen gewonnen wurde, vermehrte unser Wissen um den genaueren zeitlichen Ablauf der Entwicklung des Kindes und des Heranwachsenden.

Als erste Konsequenz der psychoanalytischen Erforschung der Kindheit rückte die sogenannte präödipale Mutter ins Zentrum des Geschehens. Sie machte damit der Ödipalität als ätiologischer Determinante der normalen Persönlichkeitsbildung wie vieler psychischer Störungen und Abweichungen im späteren Leben in erheblichem Umfang den Rang streitig. Durch die klarere Unterscheidung der Determinanten, welche dem ödipalen

Stadium in bezug auf Pathogenität im allgemeinen vorangehen, traten die Grenzen der Analysierbarkeit schärfer hervor und umfaßten auch in höherem Maße frühere Entwicklungsstadien. Ich möchte an dieser Stelle die Bedeutung des dyadischen Vaters im Leben des männlichen Kindes betonen. Hier stehen wir auf noch nicht voll erschlossenem Territorium, dessen Umrisse aber bereits hinreichend erforscht sind, so daß wir wissen, in welche Richtung wir unsere Erkundungen zu lenken haben. Die oben erwähnten Befunde haben nicht nur unser Wissen über den Zeitpunkt der Erkenntnis des väterlichen Geschlechts verändert, sondern auch über den Verlauf der Phasen und der psychischen Differenzierung, wie er durch die Kinderforschung von Mahler u. a. (1975) veranschaulicht wird. Durch diese Befunde wurden die symbiotische Phase und der Loslösungs- und Individuationsprozeß definiert, aus dem die Objektbeziehungen im eigentlichen Sinne und insbesondere die emotionalen Fähigkeiten des dyadischen Stadiums hervorgehen. Die Kinderforschung erbrachte auch wichtige Beobachtungen über Nachahmung, Verinnerlichung und Identifizierung mit den Eltern. Die Datierung der psychologischen Geschlechtsidentität auf einen früheren Zeitpunkt verweist viele klassische psychoanalytische Lehrsätze über die psychosexuelle Entwicklung in die Archive unserer Wissenschaft. Wir haben uns längst von Freuds Feststellung (1933) über das kleine Mädchen, das in die phallische Phase eintritt, entfernt: »Wir müssen nun anerkennen, das kleine Mädchen sei ein kleiner Mann« (GW XV, S. 125 f.). Mit anderen Worten, wir haben die Tatsache akzeptiert, daß Weiblichkeit nicht als negative Beifügung zum Männlichen definiert oder verstanden werden kann. Sie kann auch nicht so betrachtet werden, als repräsentiere sie im Kern eine sekundäre, defensive Bildung (Blos, 1980).

Dieser Umstand wird hier erwähnt, um zu erklären und zu rechtfertigen, daß die vorliegende Untersuchung ausschließlich dem männlichen Kind – dem Sohn – gewidmet ist, ohne ihm das weibliche Kind – die Tochter – gegenüberzustellen, was meine Überlegungen in einen umfassenderen Rahmen gestellt hätte.

Ich habe dies vermieden, weil das Festhalten am männlichen Kind als dem Prototyp und Modell für die frühe Differenzierung der Geschlechter allzu lange die Geschlechtsspezifität der Entwicklungslinien beim Knaben und beim Mädchen verdunkelt hat. Darüber später mehr. An dieser Stelle möchte ich nur meiner Überzeugung Ausdruck verleihen, daß männliche wie weibliche Kinder ihre eigenen Entwicklungslinien haben. Stets fesselten mich ihre Unterschiede mehr als ihre Ähnlichkeiten; letztere waren lange Zeit Vergleichsuntersuchungen unterzogen worden. Bei meiner Adoleszenzforschung habe ich mich immer bemüht, nicht vom Adoleszenten im allgemeinen zu sprechen, sondern vom Prozeß der Adoleszenz, wie er für den Jugendlichen und die Jugendliche sowie für eine bestimmte Phase des Jugendalters typisch ist. Dieser Gesichtspunkt erkennt den Geschlechtern ihre jeweilige ontogenetische Autonomie zu und steht, wie mir scheint, im Einklang mit den gesellschaftlichen und geistigen Kräften der modernen Frauenbewegung, die zweifellos einen Einfluß auf die Überprüfung von Geschlechtsbiologie, Geschlechterrollen und Geschlechtsidentität ausgeübt hat.

Die Auflösung infantiler Bindungsgefühle

Ich sollte an diesem Punkt feststellen, daß ich den Hauptteil meines Berufslebens der Erforschung der Adoleszenz als Prozeß gewidmet habe. Die Adoleszenz wurde so zum Mittelpunkt meiner klinischen Beobachtungen, aus denen meine theoretischen Konstrukte hervorgingen und sich auf die Lebensabschnitte vor und nach dem Jugendalter erstreckten. Ich verweise hier auf meine Adoleszenzforschung, weil das Thema der vorliegenden Untersuchung sich aus diesen Beobachtungen und ihren theoretischen Rückschlüssen ergab. Ich komme nun zum wesentlichen Punkt meiner Ausführungen und vertrete eine These, die ich vor einigen Jahren entwickelt habe. Zwar teile ich die wohlbegründete Meinung, daß das männliche Kind vor dem Eintritt in die Latenzphase zur Auflösung des gegengeschlechtlichen (»positiven«) Ödipuskomplexes gelangt, doch habe ich darüber hinaus postuliert, daß der gleichgeschlechtliche (»negative«) Komplex, der seinen Ursprung in der dyadischen Phase der Objektbeziehungen hat, in verdrängter, mehr oder weniger unveränderter Form bis zur Adoleszenz fortbesteht (Blos, 1974). Vom Entwicklungsstandpunkt aus ergibt sich die Notwendigkeit, zwischen einem dyadischen und triadischen, gleichgeschlechtlichen und gegengeschlechtlichen (»positiven« und »negativen«) Komplex zu unterscheiden. Diese Unterscheidung wird im Lauf meiner Ausführungen an Klarheit gewinnen.

Ob die individuelle Auflösung des gegengeschlechtlichen (»positiven«) Ödipuskomplexes erreicht wurde, welchen Kurs sie gegebenenfalls genommen hat: dies spiegelt sich in der Bildung einer neuen Struktur, des Überichs, wider. Zweifache elterliche – nämlich dyadische – Determinanten sind in der endgültigen Überichstruktur stets erkennbar; sie werden als Überreste des archaischen Überichs betrachtet, das auf der Furcht vor Liebesverlust und noch nicht auf Schuldgefühlen errichtet wurde. Was jedoch beim männlichen Überich in den Vordergrund zu treten scheint, ist die beherrschende Stimme des Vaterprinzips, das bis zum frühesten Status der Erkenntnis des Vaters zurückreicht. Ihrem Ursprung nach unterscheiden sich diese frühen, d. h. dyadischen, Überichkomponenten wesentlich von jenen der ödipalen Stufe. Mit letzteren sind wir vertraut: der sprichwörtlichen Stimme des Gewissens, der Wirkung von Schuldgefühlen und der Furcht vor Bestrafung. Ganz im Gegensatz dazu entstammen die dyadischen Komponenten der Überichbildung einem Stadium, in dem die Vatererfahrung noch keinen Triebkonflikt auslöste, weil es eine noch rivalitätsfreie, idealisierende Erfahrung des »guten Vaters«, des »mächtigen Vaters«, des ersten »Waffengefährten« des kleinen Jungen war. Sowohl Vater- als auch Mutterkomplex wirken auf dieser frühen Stufe eher mehr oder weniger reaktiv und kompensatorisch als in einer antagonistischen libidinösen Verstrickung. Die prototypische dyadische Spaltung in einen lustvollen und einen unlustvollen Bestandteil jeder Elternfigur verhindert ihrem Wesen nach die Entstehung eines inneren Konflikts, weil die widerstreitenden Komponenten, die der Konfliktbildung zugrunde liegen, noch nicht die Fähigkeit zu angsterregender emotionaler Interaktion erlangt haben. Dieser vorkonflikthafte Zustand wird ferner dadurch aufrechterhalten, daß der Außenwelt, d. h. dem Wahrnehmungsbereich des »Nicht-Ich«, Schmerz und dem »Ich«-Erleben, einschließlich des Lustobjekts, Lust zugefügt wird; aus diesem aufdämmernden affektiven Bewußtsein erhebt sich das Selbst. Dieser Entwicklungsschritt bringt die Beendigung der Identifizierung mit der Mutter mit sich, der Greenson (1968) im Falle des Knaben eine besondere Bedeutung beigemessen hat. Stoller (1980) spricht von einer »Proto-Identifizierung« (S. 596) des Kindes mit der Mutter, die sich für das Mädchen günstig, für die Entwicklung der fundamentalen Geschlechtsidentität des Jungen hingegen ungünstig auswirkt.

Eine gefestigte Geschlechtsidentität wird nicht erreicht, bevor das Kind etwa vier Jahre alt ist. Was Kinderforscher aus der direkten Beobachtung geschlossen haben, konnte ich durch meine Arbeit mit Jugendlichen bestätigen. Bei ihnen sah ich in normalen und anormalen Regressionszuständen* einen Widerschein der weitgehend konfliktfreien Toleranz des kleinen Kindes gegenüber seiner Bisexualität – ein Zustand, der der gefestigten Geschlechtsidentität im obengenannten Alter vorausgeht. Diese frühe bisexuelle Veränderlichkeit stabilisiert sich während der Adoleszenz in regressiven Schritten, wenn sie normgerecht im Schwung vorwärtsgerichteter Reifung und durch die Bildung einer irreversiblen sexuellen Identität überwunden wird. Abelin (1977) behauptet, daß der Junge die Identifizierung mit der Mutter beendet hat, bevor er in die Subphase der Wiederannäherung eintritt, d. h. ». . . sein Vater ist zum primären Objekt der Bindung geworden« (S. 146). Abwesenheit des Vaters scheint Jungen nachteiliger zu beeinflussen als Mädchen. Ich glaube, daß die Bildung der Geschlechtsidentität des kleinen Jungen ebenso durch die Anwesenheit des Vaters geför-

* Unter »normaler« Regression verstehe ich eine »Regression im Dienste der Entwicklung« (Blos, 1967).

dert wird wie durch die Liebe und Bestätigung seiner Männlichkeit, die die Mutter ihrem Gatten zuteil werden läßt; beides verhindert, daß der Sohn seine grundlegende Geschlechtsidentität nach der Mutter formt.

Vorläufer dieses Prozesses treten bereits in der frühen Kindheit in Erscheinung; sie werden zu psychischer Struktur organisiert und gefestigt, wenn die ödipale Phase ihrem Ende zugeht. All das ist wohlbegründetes psychoanalytisches Wissen. Es ist eine ebenso bekannte Tatsache, daß die beiden Komponenten des Komplexes, die gleichgeschlechtliche und die gegengeschlechtliche (negative und positive) Komponente, unzertrennlich miteinander verflochten sind, aber trotzdem unterschieden werden können, je nachdem ob die eine oder die andere in ständigem Wechsel das Übergewicht oder die Vorherrschaft hat. Im Vergleich mit diesen Differenzierungsprozessen beim männlichen Kind unterliegt der gleichgeschlechtliche (»negative«) Komplex keiner so radikalen Umwandlung während der Prälatenz wie der gegengeschlechtliche (»positive«). Mit anderen Worten, seine endgültige Umwandlung in psychische Struktur verzögert sich bis zur Adoleszenz. Die Schritte, die zu dieser Umwandlung führen, werden im Abschnitt »Die Auflösung des dyadischen Vaterkomplexes des Knaben« (S. 72) näher erläutert.

Der dyadische Vater im Gefühlsleben des Jugendlichen

Mit dem Beginn der sexuellen Reifung in der Pubertät erhebt sich die zwingende biologische Forderung nach einer definitiven, gefestigten sexuellen Identität; wir setzen diese nicht mit der psychologischen Geschlechtsidentität gleich. Die erstgenannte setzt Geschlechtsreife voraus, einschließlich geschlechtsspezifischer Rollenkompetenz, während die zweite mit der klaren Erkenntnis einhergeht, daß man ein Junge oder ein Mädchen ist. Als Koeffizienten des biologischen Imperativs können wir mit ihm verbundene Identitäten gesellschaftlicher, kognitiver und selbstrepräsentativer Art herausfiltern, beobachten und definieren. Sie formen durch synergistische Evolution die Persönlichkeit der Postlatenz oder Pubertät, indem sie den Prozeß der psychischen Restrukturierung in Gang setzen, der alle Aspekte des Lebens des Jugendlichen beeinflußt und die endgültige Auflösung des gleichgeschlechtlichen (»negativen«) Komplexes dyadischen und triadischen Ursprungs kraftvoll vorantreibt. Was mir früher bei meiner Arbeit als Wiederbelebung des gegengeschlechtlichen (»positiven«) Komplexes erschienen war, der durch Ablenkung, Umwandlung und Verschiebung in offenbar vorherbestimmter Weise zum Auffinden des heterosexuellen Objekts außerhalb der Familie führt, beurteilte ich nun allmählich als eine weitgehend defensive Verhaltensweise. Ich habe hier die Tatsache im Sinn, daß die dyadische Beziehung des Knaben zu seinem Vater, die mindestens zehn Jahre lang zwischen Unterordnung, Selbstbehauptung und Teilhabe an seiner Grandiosität schwankte, mit dem Beginn der Pubertät in den sexuellen Bereich gezogen wird. Dem regressiven Drang zum dyadischen Vater wird in diesem vorgeschrittenen Alter durch sexuelle Selbstbehauptung entgegengewirkt. Ich begann immer klarer zu erkennen, daß diese Abwehr im Gefolge des Wiederauflebens des gleichgeschlechtlichen (»negativen«) Komplexes des Jungen in Aktion tritt, der in der Pubertät den Widerstreit der Gefühle auf die Spitze treibt.

Der defensive Zustand, von dem ich spreche, ist seinem Wesen nach vorübergehend und nimmt mit der Auflösung des gleichgeschlechtlichen (»negativen«) Komplexes am Schluß der Adoleszenz sein Ende. Ich bin mir voll bewußt, daß mit dieser Darstellung nicht alles gesagt ist. Doch ich betone hier absichtlich, was mir als vernachlässigter Zustand in der Ontogenese reifer männlicher Objektbeziehungen sowie des reifen Selbst erscheint. Diese besondere Betrachtung der männlichen Sexualität in der Adoleszenz gewann für mich noch an Klarheit und Wahrscheinlichkeit auf Grund der analytischen Beobachtung, daß unmäßige, zwanghafte heterosexuelle Aktivität oder, umgekehrt, Angstgefühle infolge heterosexueller Inaktivität oder

Passivität mit der Auflösung des gleichgeschlechtlichen (»negativen«) Komplexes merklich nachläßt. Ich habe festgestellt, daß das Verschwinden dieses Komplexes eine Art heterosexuellen Bindungsverhaltens andersartiger Qualität einleitet. Wir nennen dies eine reife (oder reifere) Liebesbeziehung, bei der der defensive Charakter der Bindung weggefallen ist und der Partner als ganze Person anerkannt und gewürdigt werden kann, den man um seine einzigartige Persönlichkeit nicht deshalb beneidet, weil er eine vollkommene Bedürfnisbefriedigung bietet, sondern beiderseitige Anpassung als kreativen Akt fordert. Erik Erikson (1956) hat diese Empfindungsfähigkeit als das Stadium der Intimität bezeichnet. Wenn der defensive Charakter der unreifen Bindung zwischen sexuell reifen Partnern sich allmählich verliert, ist die Formung der erwachsenen Persönlichkeit einigermaßen gesichert.

Ein Entwicklungsprozeß, den ich hier durch Verdichtung seines Wesensgehalts skizziert habe, ist in der Tat eine mehr oder weniger ausgedehnte empfindsame Reise. Diese Reise wird oft nicht zu Ende geführt, und behelfsmäßige Arrangements müssen wohl oder übel ausreichen; mit anderen Worten, psychische Sicherheit kann oft nur durch psychologische Kompromißbildungen oder durch charakterliche Stabilisierung erreicht und aufrechterhalten werden. Falls es ihnen nicht gelingt, eine psychische Homöostase herzustellen, ist das Ende der Adoleszenz ein kritisches Stadium, das zur Entstehung einer Neurose beim Erwachsenen beiträgt. Die anhaltende Unfähigkeit des jungen Mannes, seinen gleichgeschlechtlichen (»negativen«) Komplex zu überwinden, führt zur Konsolidierung der manifesten, definitiven Neurose seines Erwachsenenalters. Ich bin der Meinung, daß eine annehmbare Auflösung des Ödipuskomplexes in den postödipalen Jahren der Kindheit keine Garantie für dauerhafte, reife Objektbeziehungen ist. So ergibt sich, daß erst mit dem Ende der Adoleszenz die dyadische Bindung des Jungen an den Vater für immer überwunden werden kann. Gleichzeitig postuliere ich, daß die Strukturierung der Neurose des Erwachsenen nicht als abgeschlossen gelten kann, bevor die Adoleszenz vorüber ist. Sie kann zu einem Entwicklungsprozeß werden, dessen Ende nicht abzusehen ist. Ich will damit sagen, daß die Unfähigkeit, den biologischen Zeitpunkt zu erkennen, zu dem die letzte Phase der Kindheit, die Adoleszenz, transzendiert und zum Abschluß gebracht werden muß, ihrem Wesen nach einen anormalen Entwicklungszustand darstellt, den ich als verfehlte Adoleszenz bezeichnet habe.* Ich will mich hier nicht eingehender mit den weitreichenden Konsequenzen des Vorgangs des Heranwachsens, ob gelungen oder verfehlt, für den endgültigen Erwerb emotionaler Reife oder Anormalität befassen, sondern den Weg einschlagen, der meine Ausführungen näher an den Kern meiner Untersuchung zu führen verspricht.

Ich stimme mit dem oben umrissenen ödipalen Schema sowie seiner dyadischen Vorstufe überein, wenn ich sage, daß die Auflösung der mit dem Ödipuskomplex integrierten dyadischen und triadischen Objektbeziehungen zweiphasig voranschreitet: Die Auflösung der gegengeschlechtlichen (»positiven«) Komponente geht der Latenzphase voraus – ja, sie erleichtert ihre Bildung –, während die Auflösung der gleichgeschlechtlichen (»negativen«) Komponente normalerweise in der Adoleszenz oder, um genauer zu sein, in der späten Adoleszenz erfolgt und den Eintritt ins Erwachsenenleben ermöglicht. Dieses Schema wurde mir durch die Beobachtung verdeutlicht, daß die Flucht des Jungen zum Vater gewöhnlich wegen negativistischer Schwierigkeiten mit ihm verleugnet wird und sich in defensiver Weise durch zunehmende Opposition und Aggression äußert. Dieses Verhalten entspricht in seiner Intensität und Dringlichkeit dem Bedürfnis des Sohnes nach der Nähe zum dyadischen Vater, der ihn vor der geheimnisvollen Frau beschützen soll, zu der er sich mit dem Eintritt der Pubertät unwiderstehlich hingezogen fühlt. Wir erkennen hier die Hinwendung des Kleinkindes zum Vater als Verbün-

* Arlows (1981) nachstehende Mahnung ist mir durchaus gegenwärtig: »Theorien bezüglich der Pathogenese müssen – wie alle anderen wissenschaftlichen Hypothesen – danach beurteilt werden, wie sie in der knappsten Form zum Verständnis der Beobachtungsdaten beitragen.«

deten bei seinem Bemühen, ein großer Junge zu werden oder, mit anderen Worten, dem regressiven Drang zur wiederverschlingenden, symbiotischen Mutter zu widerstehen. Die gerade erwähnte Triebkonstellation des Adoleszenten wird allzu häufig und bereitwillig mit einer homosexuellen Neigung gleichgesetzt. Dieser simplen Gleichsetzung muß energisch entgegengetreten werden. Was wir zu sehen bekommen, das ist der Abwehrkampf des Jugendlichen gegen Passivität im allgemeinen, nicht gegen Homosexualität im besonderen. Ich muß an dieser Stelle eingestehen, daß ich bekannte und relevante Fakten, den konkurrierenden, antagonistischen und rivalisierenden Kampf des Jungen mit dem ödipalen Vater betreffend, übergangen habe, wobei dieser Kampf ein wesentlicher Bestandteil des ausgreifenden Vorwärtsdrängens des Jungen zur Festigung seiner sexuellen Identität ist. Uns ist durchaus bewußt, daß die Adoleszenz jener Lebensabschnitt ist, in dem die universalen Gegensätze von Aktiv und Passiv miteinander im Konflikt liegen und schließlich in prometheischem Ausmaß kollidieren.

Nachdem wir zugegeben haben, daß die Adoleszenz für die Auflösung des gleichgeschlechtlichen Komplexes zwingend ist, kann es uns nicht überraschen, daß gleichgeschlechtliche Emotionen bei der endgültigen Regelung des Problems wiederaufleben. Diese Emotionen verbinden sich mit genitalen Impulsen, die auf die sexuelle Reifung zurückzuführen sind; und sie gewinnen an Stoßkraft durch vorerst noch ziellose Erregungspotentiale.* Wir beobachten demnach ein pseudo-homosexuelles Übergangsstadium ohne manifeste oder stabilisierte bewußte homosexuelle Orientierung. In der Tat sind heterosexuelle Aktivitäten ganz impulsiver und unpersönlicher Art, die man als sexuelles Experimentieren bezeichnen kann, an der Tagesord-

* Es ist eine bekannte Tatsache, daß jeder affektive Reiz in der Adoleszenz eine sexuelle Reaktion hervorrufen kann. Die Begleitumstände erster unfreiwilliger Ejakulationen sind häufig völlig »asexueller« Art – Prüfungsangst in der Schule, das Erklettern eines Seils in der Turnstunde und viele andere harmlose Gelegenheiten, von denen Kinsey (1948) berichtet; vgl. auch Blos (1962).

nung. Ich habe beobachtet, daß romantische Verliebtheit, der Wunsch nach Intimität und dem Zauber der Liebe beim jungen Mann das Gefahrensignal einer drohenden Abhängigkeit oder emotionaler Kapitulation (Kastrationsangst) auslösen kann. Dies beschwört homosexuelle Bilder und Träume und eine beunruhigende Beschäftigung mit homosexuellen Vorstellungen herauf oder führt tatsächlich zu gleichgeschlechtlichen Aktivitäten wie gegenseitiger Masturbation oder, bei fortgeschrittener Adoleszenz, zur »Trophäenjagd« in der Gruppe Gleichgesinnter. Die – spontan oder therapeutisch erzielte – Beseitigung von Restbeständen infantiler Angst im Zusammenhang mit der »wiederverschlingenden Mutter« ebnet den Weg zur Errichtung reifer Heterosexualität.

Bei der Analyse des heranwachsenden Jungen ist es unerläßlich, den nach zwei Seiten geführten Abwehrkampf – gegen Unterordnung und Passivität einerseits und gegen Selbstbehauptung und Vatermord andererseits – zu entwirren. Sollte dies nicht gelingen, werden beide Aspekte des Kampfes das Fortschreiten zu emotionaler Reife synergistisch verhindern und Verwirrung erzeugen. Es ist eine alltägliche Beobachtung bei der Analyse des heranwachsenden Jungen, daß seine beharrliche Konzentration auf den Konflikt mit der Frau – sei es seine Mutter, Schwester, Freundin oder das sprichwörtliche »Sexualobjekt« – seine zärtliche, d. h. libidinöse Vaterbindung wirksam in der Schwebe hält. Der Patient tut gewöhnlich das Seine, um durch Ängstlichkeit und Vermeidung die Aufmerksamkeit auf die Heterosexualität zu lenken. In jedem Fall wird das unaufhörliche Wechseln des Jugendlichen zwischen defensiven und regressiven Objektbeziehungen durch seine sprichwörtlichen Stimmungsschwankungen, Einstellungsänderungen und Verhaltenssprünge ausgiebig demonstriert. Es ist mir nicht entgangen, daß der regressive emotionale, nicht-erotische Drang des heranwachsenden Jungen zum Vater der frühen Kindheit – in diesem Alter durch Verdrängung oder Umkehrung gewaltsam verborgen – auf unbewältigte Reste des gewöhnlichen Vaterkomplexes hinweist, der durch den heftigen Druck, den die Frau auf seine Gefühle und seinen Geschlechtstrieb ausübt, noch verstärkt wird. Das Maß der Angst, die mit dieser Furcht vor Unterdrückung durch die Frau oder ihrer Dominanz verbunden ist, entspricht der Intensität der regressiven Bedürfnisse oder, umgekehrt, des regressiven Drangs des Jugendlichen.

Die Auflösung des männlichen Vaterkomplexes

Die paradigmatische Konstellation der Kindheit, ausgespielt in den Gegensätzlichkeiten des Geschlechtlichen und den aktiven und passiven Funktionsweisen, wiederholt sich in der männlichen Pubertät gegenüber dem Weiblichen. Wird der heranwachsende Junge in der Analyse durch einen Mann behandelt, dann enthüllt die Übertragung seinen Rettungswunsch und seine Rettungsangst in bezug auf den Vater. Wenn er Gewohnheiten des Vaters oder des Analytikers (z. B. Pfeiferauchen), Interessen (z. B. Musik, Psychologie) und vieles andere spiegelt, liegt darin nicht nur eine Abwehr gegen physisches Verschmelzen mit dem Vater durch Nachahmung oder Identifizierung mit Merkmalen, Gewohnheiten oder Eigenschaften. Der Junge sucht vielmehr gleichzeitig nach einem Sprungbrett, das ihm die Desexualisierung der infantilen Vaterbindung ermöglicht; auf diese Weise treten die Wirkungen des zweiten Individuationsprozesses der Adoleszenz zutage (Blos, 1967) sowie das Vorwärtsdrängen zur Eigenständigkeit des Erwachsenen. Deutungen dieser Übertragungsmanifestationen müssen daher sparsam und wohlüberlegt gegeben werden, d. h. tatsächlich nur dann, wenn sie den Entwicklungsfortschritt hemmen. Wir sollten nie vergessen, daß die analytische Situation ihrem Wesen nach den heranwachsenden Jungen im übertragenen wie im wörtlichen Sinn in eine relativ passive, rezeptive Position versetzt, die zwangsläufig latente passive Neigungen wecken muß. Diese Tatsache läßt die Analyse der Übertragung besonders fragwürdig erscheinen, weil Deutungen leicht Widerstand auslösen oder zu aktiver Ablehnung der »Versorgungsangebote« des Analytikers führen können. Solche Reaktionen verhüllen auf symbolischer Ebene nur leicht eine Zurückweisung von Betreuung (man soll sich besser fühlen) oder Eindringen (es sollen einem neue Ideen eingeflößt werden) – allgemeiner gesagt, eine Zurückweisung von Passivität und Unterwürfigkeit. Nimmt der Analytiker eine zustimmende, urteilsfreie Haltung ein, so wird dies vom Jugendlichen oft als Ausdruck eines eigenen Bedürfnisses des Analytikers empfunden und als Wunsch nach konfliktlosem Umgang mit seinem Patienten durch den Versuch, die wechselseitigen Gefühle deutend zu entmischen. Gefahren dieser Art kann man aus dem Wege gehen (etwa durch Ausagieren), solange das therapeutische Bündnis wirksam bleibt oder, mit anderen Worten, solange der therapeutische Prozeß vom Patienten als Ich-synton erlebt wird. Nebenbei bemerkt ist das Ausagieren innerhalb und außerhalb der Übertragung nicht immer ein Zeichen therapiefeindlichen Verhaltens; es kann durchaus eine Form von Kommunikation darstellen, wenngleich nicht verbaler, sondern gestischer Art. Ich will dies an einem klinischen Beispiel veranschaulichen.

Ein Jugendlicher in der Spätphase der Adoleszenz hatte seit einiger Zeit meine Deutungen seines ungestümen Verhaltens seinen Eltern, insbesondere seinem Vater gegenüber, als Beweis dafür angesehen, daß ich ihre Partei ergriffen und seine Anklagen und herabsetzenden Bemerkungen über sie als »unmoralisch und verrückt« beurteilt hätte. Diese Reaktion erreichte paranoide Ausmaße. Ich verzichtete darauf, sein Ausagieren in der Übertragung zu deuten, weil ich wußte, daß Deutungen seine wütende Abwehr gegen Unterwürfigkeit erst recht entflammen und, falls allzu oft wiederholt, an Glaubwürdigkeit verlieren würden. Während einer Behandlungsstunde, die ich nun beschreiben will, beschuldigte mich der Patient in höchster Erregung, ich würde ihn als hilfloses, schwaches Kind ansehen, das Angst hätte, seinem Vater entgegenzutreten. Er versuchte offensichtlich, einen Streit mit mir vom Zaune zu brechen und sich dabei zu behaupten. Als er immer lauter schrie und die Beherrschung zu verlieren drohte, erklärte ich ihm energisch, daß er entweder aufhören müsse, mir zu erzählen, was ich dächte, oder aber gehen müsse. Sein Ausbruch war plötzlich zu Ende; er wurde still und nachdenklich. Nach einem langen Schweigen sagte er ruhig:

»Ich erinnere mich gerade an einen Traum, den ich heute nacht hatte. Ich ringe mit meinem Vater – ich kämpfe nicht, ringe nur. Plötzlich fühle ich, daß ich komme – ich kann es nicht beherrschen. Ich gerate in Panik und schreie: ›Nein, nein, ich will mich nicht mit dir vertragen.‹ Ich wiederhole diese Worte ständig und werde immer aufgeregter. Ich kann den Orgasmus nicht aufhalten. Ich habe ihn.« Der Traum zeigte dem Patienten wie dem Analytiker Vater und Sohn in einer sportlich-spielerischen Szene, wie sie sich in der frühen und späteren Kindheit des Jungen selten zugetragen hatte. »Ich spielte fast nie mit meinem Vater. Er war nicht da – besonders, wenn ich Angst vor meiner Mutter hatte. Ich bekam gerade soviel von ihm zu sehen – oder vielleicht mehr als genug von meiner Mutter –, um zu begreifen, wie sehr er mir fehlte.« Der Traum spiegelt den gegenwärtigen Kampf des Sohnes wider zwischen mörderischer Abwehr gegen Unterwerfung und dem leidenschaftlichen Verlangen, daß der Vater seine Männlichkeit anerkennen möge. Der paranoide Widerhall seiner Vergangenheit, nunmehr in den Kämpfen des Jugendalters überprüft, befreite den jungen Mann von der Fixierung an den dyadischen Vater und ermöglichte sein Fortschreiten zur ödipalen Position. Zugleich mit diesem Entwicklungsfortschritt wich das zwanghafte, defensive Verlangen, sich sexuell zu betätigen, dem Wunsch und der Fähigkeit, eine Beziehung zu einem Mädchen aufzunehmen, die sexueller wie individueller, emotionaler wie romantischer Art war. Eine solche Beziehung wurde zu seinem Ich-syntonen Modell einer heterosexuellen Partnerschaft. Gewöhnlich dauert es lange, bis sie einem zuteil wird, und noch länger dauert es, bis man ihrer sicher ist, trotz der mit intimen Beziehungen zwangsläufig verbundenen Zurückweisungen und Enttäuschungen.

Ich komme nun auf die Erörterung der analytischen Entwicklungstheorie zurück und muß zugeben, daß vieles von dem, was ich den triadischen Beziehungen zugeschrieben hatte, nachdem mir die libidinöse Bindung des heranwachsenden Jungen an den Vater erstmals bewußt geworden war, der dyadischen Phase zugewiesen werden mußte. Mit anderen Worten, der ödipale Vater des gleichgeschlechtlichen Komplexes ist mit dem Vater der dyadischen »präödipalen« Phase insgeheim verschmolzen. Der regressive Drang zum Vater der dyadischen Phase wird deutlich, wenn der heranwachsende Junge – wie oben ausgeführt – in einem Entwicklungskontinuum gesehen wird. Indem ich bei der analytischen Arbeit mit heranwachsenden Jungen und erwachsenen Männern diesem Gedankengang folgte und sie entsprechend entwicklungsgemäß einstufte, wurde mir klar, daß der geliebte und liebende Vater der dyadischen und triadischen Phase – nach traditionellem Sprachgebrauch der präödipalen und ödipalen Phase, d. h. der Vater des »negativen« Komplexes – im Endstadium der Adoleszenz zu einer überragenden, konflikthaften Position aufsteigt. Einmal auf dieses Phänomen aufmerksam geworden, habe ich mich daran gewöhnt, seine Allgegenwart als normalen Bestandteil der männlichen Adoleszenz zu betrachten. Ich sah allmählich davon ab, die Manifestationen dieser unbeherrschten Leidenschaften dem Bereich anormaler Entwicklungen oder ödipaler Psychopathologie zuzuordnen. Es ist keine ungewöhnliche Beobachtung, besonders wenn sie auf der in der analytischen Arbeit möglichen mikroskopischen Erforschung der Gezeiten der Gefühle beruht, daß gleichgeschlechtliche libidinöse Triebe durchbrechen, nachdem die relative Ruhe der Latenzjahre vorüber ist. Diese Triebe lassen nicht, wie bereits erwähnt, von vornherein auf eine homosexuelle Veranlagung oder Neigung schließen, sie bestätigen vielmehr, daß die normale Entwicklung der Geschlechtsidentität im Jugendalter im Gange ist. Was wir beobachten, das sind demnach die ausdrucksvollen emotionalen Manifestationen des normalen gleichgeschlechtlichen Komplexes, der im Abnehmen begriffen ist.

Damit soll nicht gesagt werden, daß der Junge in der Latenzphase keine Vaterkomplexe habe. Es soll vielmehr gesagt werden, daß in diesem Stadium der ödipale Vater die dominante

Imago ist. Erst in der Pubertät und der Adoleszenz beobachten wir, daß die infantile dyadische Vaterimago wieder die Oberhand gewinnt. Im Laufe dieses Prozesses erkämpft der Junge seinen Weg zwischen den Alternativen (dyadischer) passiver Hingabe und (triadisch-ödipalem) Rivalisieren und Konkurrieren. Die einfache Dichotomie, die die Trennung in die obengenannten Stadien mit sich bringt, benötigt ein Korrektiv, denn was wir beobachten, das ist die Überschneidung oder Vermischung phasenspezifischer Erscheinungen. Die Polarität Aktiv–Passiv spielt in beiden Phasen eine Rolle. Im Rahmen der beiden Objektbeziehungsformen – aktiv und passiv – erlebt das Kind die Verschiebung von einer dyadischen oder linearen zu einer triadischen oder triangulären Objektbindung. Damit treten neuartige emotionale Probleme einer höheren Ordnung auf, die eine Unterscheidung zwischen den beiden Entwicklungsstufen rechtfertigen, welche für meine Ausführungen von grundlegender Bedeutung ist.

Ich bin mir durchaus darüber im klaren, daß die oben skizzierte Dynamik in der Vergangenheit von scharfsichtigen, einfühlsamen Psychoanalytikern vorausgeahnt wurde, auch wenn dies seinerzeit keinen Eingang in die psychoanalytischen Theorien der Entwicklung, der Objektbeziehungen und der Neurosenentstehung fand. Wir mußten auf die systematische Arbeit derer warten, die sich der psychoanalytisch begründeten Erforschung der Kindheit zuwandten; ihre Ergebnisse führten mit der Zeit zu neuen Entwicklungsschemata, die den Anwendungsbereich des genetischen wie des Entwicklungsgesichtspunkts erweiterten. Schon 1951 traf Hans Loewald folgende Feststellung aus allgemeiner, entwicklungsorientierter Sicht: »Angesichts der bedrohlichen Verschlingung durch die Mutter stellt die väterliche Position keine zusätzliche Drohung oder Gefahr dar, sondern eine Unterstützung von großer Stärke« (S. 27). Im Jahre 1955 bestätigte Margaret Mahler diese Ansicht mit der Feststellung: »Wir glauben, daß das stetige Bild eines Vaters oder eines anderen Muttersatzes nach dem 18. Lebensmonat oder auch schon früher eine wohltuende Wirkung hat oder *viel-*

leicht eine notwendige Vorbedingung ist, um die altersspezifische Überempfindlichkeit des Kleinkindes gegenüber der drohenden Wiederverschlingung durch die Mutter zu neutralisieren und ihr entgegenzuwirken« (S. 161; Hervorhebung von mir, P. B.). Beide Feststellungen beziehen sich gleichermaßen auf Knaben und Mädchen; in beiden Fällen begreifen die Beobachter das kindliche Verhalten als Schwanken zwischen dem für dieses Alter so typischen regressiven Drang und einem Entwicklungssprung nach vorn. Dieses Wachstumsstadium wird von den Kindheitsforschern in dem ominösen Terminus »wiederverschlingende Mutter« herausgelöst. Er bezeichnet das typische Dilemma des Kleinkindes und nicht den besitzergreifenden Anschlag einer Mutter auf ihr Kind. Beide Äußerungen beziehen sich ferner auf den regressiven Drang des Kindes, der in seinem Verhalten zutage tritt und vom Beobachter in leicht mißzuverstehender Weise abstrahiert wird.

Einige Kindheitsforscher, die Beiträge zu diesem Spezialgebiet geleistet haben, sollen hier genannt werden. Ernest Abelin (1971, 1975, 1977) ist ein psychoanalytischer Forscher und Praktiker, der der Entwicklung der frühen Beziehung zwischen Kind und Vater in der dyadischen Phase besondere, ertragreiche Aufmerksamkeit gewidmet hat. Zu Dank verpflichtet sind wir auch John Munder Ross (1977, 1979) für seinen umfassenden Überblick über die bedeutsamen Untersuchungen, die sich mit der Rolle des Vaters bei der Entwicklung des kleinen Kindes von ihren Anfängen bis in die ersten Lebensjahre befassen. Er hat diesen Überblick durch eigene Beobachtungen und Ideen bereichert, die in seiner Kritik der Literatur zum Tragen kommen. Originelle, ausführliche, auf klinischer Arbeit in diesem Bereich beruhende Beiträge verdanken wir auch James Herzog (1980). Diese Beiträge, vorwiegend aus den letzten Jahren stammend, haben sämtlich Vorläufer in Margaret Mahlers bahnbrechender Forschungstätigkeit auf dem Gebiet der Säuglings- und Kindesentwicklung, die sich über mehrere Jahrzehnte erstreckte.*

* Hinweise auf ihre Arbeit finden sich unter Mahler *et al.* (1975).

Der Status des Vaterkomplexes in der psychoanalytischen Theorie

Ich habe bisher zwei theoretische Feststellungen getroffen, die sich auf meine analytische Arbeit mit heranwachsenden Jungen stützen. Ich möchte diese Feststellungen nunmehr mit dem Bestand an psychoanalytischer Theorie, ihrem Entwicklungsschema und der Dynamik der Neurosengenese integrieren. Es mag selbstverständlich sein, ich möchte aber doch hinzusetzen, daß ich Kinder analysiert habe, bevor ich mich in meinen Publikationen auf das Jugendalter konzentrierte, und ferner, daß mir meine analytische Arbeit mit Männern bis zum 50. Lebensjahr und darüber hinaus erlaubte, nach Bestätigung, Widerlegung oder Modifizierung meiner theoretischen Thesen über die männliche Entwicklung und insbesondere die männliche Adoleszenz zu suchen. Eine der beiden Thesen schreibt der Adoleszenz, wie ich bereits bemerkt habe, die endgültige Auflösung des gleichgeschlechtlichen Komplexes zu und impliziert, daß die Auflösung des »vollständigen Ödipuskomplexes« – um Freuds Begriff zu gebrauchen, auf den ich später zurückkommen werde – in zwei Phasen vor sich geht. Die Auflösung des triadischen oder Ödipuskomplexes erfolgt schon frühzeitig; sie wird dann in der Adoleszenz wiederbelebt und weitergeführt, um im Zusammenhang der sexuellen Reifung überarbeitet zu werden. In diesem Stadium kommt es zum schicksalhaften Zusammenstoß der dyadischen Vaterbindung mit der fortschreitenden Entwicklung, zur letzten Schlacht des männlichen gleichgeschlechtlichen Komplexes. Die andere These besagt, daß vieles von dem, was im allgemeinen der Wiederbelebung des ödipalen Vaters in der Adoleszenz zugeschrieben wurde – seinen Ursprung und Charakter betreffend –, verständlicher wird, wenn man es zur Vaterimago der dyadischen Phase in Beziehung setzt. Eine solche Zuweisung muß bewiesen werden, wenn sie überzeugen soll.

Doch bevor klinisches Beweismaterial vorgelegt wird, sollte, wie ich meine, eine Differenzierung – sei sie auch vorläufig und unvollständig – zwischen der Sohn-Vater-Beziehung der dyadischen Phase und der der triadischen Phase vorgenommen werden. Der dyadische Vater übernimmt einige wichtige Teile der Bindungsgefühle, die das Kleinkind der Mutter entgegenbringt, einschließlich der Spaltung des Objekts in Gut und Böse. Falls der Vater in diesem Stadium lediglich zu einer schlichten Verschiebung oder Kopie der Mutter wird, kann man darauf gefaßt sein, daß eine pathogene Beziehung entsteht; will sagen, daß sie das normale Fortschreiten zur Differenzierung von Selbst- und Objektrepräsentanzen verhindert, primitiv gestaltet, verzögert oder zum Stillstand bringt. Hindernisse oder Überreste symbiotischen Charakters, vom sich erweiternden Bereich des Ichs abgekapselt oder abgeschnitten, scheinen in irgendeinem verleugneten Seelenwinkel fortzubestehen. Die Folgen dieses Zustands treten während der Entwicklung in der Form in Erscheinung, daß sie zu charakterologischem oder emotionalem Infantilismus verschiedener Art und verschiedenen Grades beitragen. Wenn der Sohn den Vater indessen anders wahrnimmt und von ihm profitiert, dann läßt sich eine gesunde Ausdehnung und Bereicherung der werdenden kindlichen Persönlichkeit erkennen. Der Vater übt auf den kleinen Jungen schon früh durch seine körperliche Erscheinung eine charismatische Wirkung aus, die sich hinsichtlich ihrer Konstitution wie ihrer physischen Reaktionsweisen von der der Mutter unterscheidet. Die Art und Weise, wie Vater und Mutter das Kind halten oder mit ihm spielen, macht die Unterschiede, die ich meine, hinreichend deutlich. Der Vater der dyadischen Phase ist in der Tat ein Förderer, der den Individuationsprozeß zusammen mit der Mutter aktiviert und schließlich für den Sohn zum Retter vor der lockenden Regression und der drohenden Wiederverschlingung in der Subphase der Wiederannäherung wird (Mahler, 1955). Die Wahrnehmung des Vaters in diesem Stadium geht Hand in Hand mit den rudimentären Anfängen eines Systems psychischer Selbstrepräsentanz des Kindes. Diese frühe Erfahrung soll den Vater zum lebenslänglichen Beschützer vor den Gefahren der Regression machen oder, allgemeiner gesprochen, vor dem existentiellen Drang zum Einssein, wie es vor der Differenzierung bestand, d. h. vor der Verschmelzung mit der Objektwelt, die man als »rückgängig gemachte Individuation« bezeichnen könnte.

Auf Grund der Tatsache, daß der dyadische Vater niemals ein regelrechter symbiotischer Partner war, wurde er als »unkontaminiert« bezeichnet. Er gehört in die Zeit nach der Differenzierung, in das präambivalente, idealisierende Stadium der frühen Objektbeziehungen. Eifersucht zeigt sich bereits als eifersüchtiges Verlangen nach der Verfügbarkeit des Objekts und als Forderung nach vollkommenem Objektbesitz. Doch die Hinwendung des Sohnes zum Vater wird noch nicht durch sexuelle Eifersucht, Vatermordkonflikte und Vergeltungsangst belastet. Diese emotionalen Dissonanzen gehören zum Vater der ödipalen Phase. Die triadische Konfiguration konfrontiert das Kind mit den widersprüchlichen sexuellen Leidenschaften, die es seinen ersten Versorgern entgegenbringt, welche nunmehr zu genital begehrten und gefürchteten Liebesobjekten geworden sind. Diese neuartigen Leidenschaften sind zudem auf den Charakter des triadischen Konflikts zurückzuführen, der auf sexuellen, geschlechtsspezifisch differenzierten Strebungen zu beiden Elternteilen beruht. Wird der dyadische Vater des kleinen Jungen in die triadische Konfiguration hineingenommen, bleibt es ihm nicht erspart, von Gefühlen und Erregungen genitaler Art bedrängt zu werden.

Neben diesen charakteristischen ödipalen Strebungen nach Befriedigung und Identifizierung durch beide Eltern des kleinen Jungen bewahrt die dyadische Sohn-Vater-Beziehung während der ödipalen Phase die ursprünglich idealisierenden, zärtlichen Eigenschaften früherer Tage. Die mit dem dyadischen Vater verbundenen Gefühle und Phantasiebilder werden niemals begraben oder von abgeleiteten psychischen Formationen bis zum Abschluß der Adoleszenz gänzlich absorbiert; aber selbst dann bestimmen Spuren des dyadischen Vaterbereichs weiterhin gewisse besonders geschätzte, aufmerksam gehütete, Ich-syntone Aktivitäten, Einstellungen, Überzeugungen und Glaubensgewißheiten des Erwachsenenlebens. Ja, ich wage zu sagen, daß die dyadische (»präödipale«) Vaterimago des Jungen als sogenannter gleichgeschlechtlicher Komplex in der ödipalen Phase Gestalt annimmt; wir könnten uns dann vorstellen, daß er durch die triadische Erfahrung organisiert und strukturiert wird. Mit der Auflösung der dyadischen Objektbeziehungen versinkt ihre Wirklichkeit in der Wesenlosigkeit einer Imago, die noch einer Reihe von Umwandlungen ihren Stempel aufdrückt; eine davon, das reife Ich-Ideal, werde ich später eingehender erörtern.

Der Hinweis auf einen gleichgeschlechtlichen (»negativen«) Komplex, der der dyadischen (»präödipalen«) Phase zugeordnet wird, wirft begriffliche Probleme auf. Erst im nachhinein, vom ödipalen Standpunkt aus, können wir die obige Terminologie benutzen, weil die dyadische Vaterbindung der genetische Vorläufer des endgültigen gleichgeschlechtlichen – oder »negativen« – Komplexes der triadischen oder ödipalen Konstellation ist. In diesem eingeschränkten Sinne spreche ich von einem frühen Vaterkomplex. Meine Adoleszenzforschung läßt vermuten, daß dieser Komplex die ödipale Phase überlebt, ohne in den Auflösungsprozeß hineingezogen zu werden, der den gegengeschlechtlichen Ödipuskomplex, d. h. die triadische Konstellation, zum Verschwinden bringt. Die Vorstellung einer verspäteten Auflösung des gleichgeschlechtlichen Komplexes während der Adoleszenz wurde mir durch die beredte Rolle aufgezwungen, die dieser Gemütszustand und seine konfliktvolle Ausgestaltung bei der Analyse jedes männlichen Jugendlichen spielt.

Als ich einmal einem älteren Jugendlichen gegenüber metaphorisch bemerkte, er mache es sich in seinem selbstzufriedenen, konflikt- und zeitlosen analytischen Kokon gemütlich, weckte dies in ihm die Erinnerung an eine glückliche Stimmung, die plötzlich in ihm aufgetaucht war, während ich sprach. Er erinnerte sich an Gelegenheiten, wenn er als kleiner Junge ruhig im Zimmer seines Vaters sitzen durfte, während dieser an seinem Schreibtisch arbeitete. Er erlebte in der analytischen Situation aufs neue den dyadischen Zauber solcher Kindheitsereignisse, die im Laufe der Jahre ein zeitloses, geheimes Bild des Lebens für ihn geprägt hatten. Indem er dieser Erinnerung nachging, gelangte der Patient zu der Erkenntnis, daß sein lebenslanger Hunger nach großen Leistungen und Ruhm nicht nur auf seine vorzeitig aufgegebenen schwächlichen Versuche, mit dem Vater zu konkurrieren, zurückzuführen war, sondern daß dieser Hunger – ging man der Sache auf den Grund – sein leidenschaftliches Verlangen nach der Liebe seines Vaters, nach der Vereinigung und dem Einssein mit ihm widerspiegelte. Als der Patient mit Hilfe von Übertragungsdeutungen diese Einsicht gewann, war er tief bewegt und sagte: »Es ist, als würde mich mein Vater zum ersten Mal in die Arme nehmen oder als hätte ich ein eigenes Leben und würde nicht nur so tun, als lebte ich.« Was das Leben dieses Jugendlichen ursprünglich in die neurotische Sackgasse geführt hatte, war sein Verlangen nach dem Fortbestehen der dyadischen Bindung. Das führte wiederum dazu, daß ihm bei seinen nimmer endenden Bemühungen, die Fixierung auf die dyadische Vaterimago zu transzendieren, nur scheinhaftes, unechtes Handeln übrigblieb.

Die dyadische Vaterbindung und die Teilhabe an der Größe des Vaters hatten in diesem Fall zur Folge, daß der Patient auf der Ebene des Teilens, des Spiegelns und der Imitation verharrte. Die Ebene der Identifizierung war niemals erreicht worden, weil sie mit Objektlibido besetzt blieb und damit außerhalb des Bereichs des autonomen Ichs lag. Der Sohn bewunderte den Vater, der arbeiten konnte, während er selbst, von übersteigerten Erwartungen vorangetrieben, nur hektische Betriebsamkeit zu entfalten vermochte. Was er »Arbeit« nannte, blieb auf der Ebene des »Vorspiels«, das wir in diesem Zusammenhang als eine Infantilisierung des »Arbeitsprinzips« bezeichnen können. In seiner Verzweiflung darüber, niemals seinen eigenen oder den Erwartungen des Vaters gerecht werden zu können, niemals imstande zu sein, dem Vater oder sich selbst eine befriedigende Leistung vorzuweisen, begann der junge Mann schließlich seinem Vater vorzuwerfen, daß er seine außergewöhnlichen Geistesgaben nicht voll nutze, um große Dinge zu vollbringen, was wiederum auf den Sohn zurückstrahlen und ihn mit Hoffnung und Selbstvertrauen erfüllen würde. Das Gewahrwerden seiner emotionalen Vaterbindung wurde vom Patienten mit den

Worten zusammengefaßt: »Wenn ich jemals imstande sein soll, irgend etwas oder irgend jemanden ein für allemal aufzugeben – und was bedeutet denn Erwachsenwerden sonst? –, muß ich zuerst meinem Vater Lebewohl sagen.« Wir könnten seine Worte in dem Sinne deuten, daß sie besagen: ». . . meinem dyadischen Vater Lebewohl sagen«. Die Tatsache, daß er die Entidealisierung des Vaters in der Adoleszenz nicht ertragen konnte, führte zur Fixierung seiner emotionalen Entwicklung an das Stadium der ausgehenden Kindheit und konsolidierte seine Neurose an der Schwelle zum Erwachsenenleben. Ich spreche hier von der Entidealisierung des Vaters als einem symbolischen Vatermord, der den Sohn befreit, indem er die Entidealisierung des Selbst in Gang setzt.

Das charakterlich bedingte Leiden bestand in diesem Fall in einer bösartigen, kräfteverzehrenden Pseudogeschäftigkeit und chronischer Unfähigkeit, Dinge zu Ende zu bringen. Daß der Patient das eben beschriebene Problem erkannte, ermöglichte ihm Identifizierungen, die am Vaterbild orientiert waren, während der Analytiker als – wenn nicht gar der erste – Repräsentant fungierte. In der Behandlung manifestierte sich diese Erkenntnis im therapeutischen Bündnis. An die Stelle ständigen Zuspätkommens und versäumter Verabredungen trat das Engagement für unsere Arbeit, die schließlich zu einem gemeinschaftlichen Unternehmen wurde.

Die Wechselseitigkeit der Positionen von Vaterschaft und Sohnesschaft

An dieser Stelle muß ich eine Korrektur der Darstellung der dyadischen Sohn-Vater-Beziehung vornehmen, von der ich – wie ich befürchte – ein allzu idyllisches Bild gezeichnet habe. Erwähnt werden müssen die widerstreitenden Gefühle, die der Vater gegenüber seinem kleinen Sohn hegte und die dunkle Schatten auf dessen kindliche Ausgelassenheit und Lebenslust warfen. Selbst wenn die manifesten und offen bekundeten Gefühle des Vaters Liebe, Stolz und Hingabe sind, müssen auch negative

Empfindungen in die Beziehung einfließen. In der Regel wird der Vater sie nicht zur Kenntnis nehmen; sie bleiben unbewußt. Doch wenn sie nicht bis zu einem gewissen Grade neutralisiert werden, pflegen sie die frühe Sohn-Vater-Bindung ungünstig zu beeinflussen. Der Vater, der Neid, Groll und Todeswünsche gegenüber seinem Sohn hegt, wird in der griechischen Mythologie in dramatischer Weise durch König Laios verkörpert, der seinen Sohn Ödipus zu töten beabsichtigte, indem er ihn gleich nach der Geburt mit durchbohrten Füßen im Gebirge aussetzen ließ. Der Einwand, daß die unnatürliche Tat des Laios durch einen Orakelspruch veranlaßt wurde, verweist nur auf die allgegenwärtige Gefahr, daß durch die Geburt eines Knaben beim Vater feindselige Gefühle geweckt werden. Das Orakel hat demnach nur die unbewußte Furcht des Vaters vor dem Sohn zum Ausdruck gebracht und damit die moralische Verantwortung für den Mord den Göttern überlassen, die den Vater rechtzeitig warnten, so daß er um der eigenen Sicherheit willen Zuflucht zum Kindesmord nahm. Wenn solche Vorahnungen – wie im Falle des Laios – als etwas Reales und Stichhaltiges betrachtet werden, wird der Vater zum wichtigsten Komplizen des Sohnes, wenn dieser sich anschickt, die für ihn vorgesehene Rolle zu spielen, was zu Aufbegehren oder Unterwerfung, Vatermord oder Selbstmord führt. Normalerweise werden feindselige Empfindungen des Vaters durch die Freude und das Hochgefühl, die ihm die Vaterschaft bereitet, bedeutungslos. John Munder Ross (1982) hat eine überzeugende Arbeit über dieses Thema geschrieben, in der er diese besondere Komponente der ödipalen Konfiguration als Laios-Komplex bezeichnete, vor dem jeder Sohn steht, wenn er seinerseits Vater eines Sohnes wird.

Die Auswirkungen negativer Gefühle des Vaters – etwa Eifersucht, Neid und Rachsucht – gegenüber seinem kleinen Sohn sind weit weniger gründlich untersucht und verläßlich belegt worden als die negativen Emotionen der Mutter und ihr potentiell schädlicher Einfluß auf die Fähigkeit des Kindes, sich gedeihlich zu entwickeln, die heutzutage ein anerkannter Faktor der Ätiologie dieses Zustands ist.* Der Analogieschluß führt mich zu der Annahme, daß extrem ambivalente Gefühle des Vaters gegenüber seinem kleinen Sohn gleichermaßen schädliche Auswirkungen haben. Ich muß mich bei diesem Thema auf Vermutungen beschränken, weil ich keine unmittelbaren Erfahrungen aus klinischer Arbeit mit Säuglingen habe, und bisher gibt es nur wenige, eher tentative Publikationen über dieses Problem. Hingegen kann ich klinische Beweise für Gefühle der Rivalität, Rache und Destruktivität von Vätern gegenüber ihren geliebten kleinen Söhnen vorlegen.

Eine repräsentative Fallbeobachtung mag genügen, um den Punkt zu veranschaulichen; sie entstammt meiner analytischen Arbeit mit einem 40jährigen Mann, der stolzer Vater eines ersehnten Sohnes geworden war. Doch das »freudige« Ereignis von Schwangerschaft und Geburt löste bei ihm wiederholte depressive Verstimmungen aus. Eine überwältigende Eifersucht stieg in ihm auf, als der Körper seiner Frau während der Schwangerschaft seine Form veränderte; die nahe bevorstehende Anwesenheit eines Rivalen war plötzlich zur Realität geworden. Der Rivale war ihr Kind, ob Knabe oder Mädchen. Beim Stillen stahl das Baby die Brüste, die etwas von ihrer erotischen Empfänglichkeit während des Vorspiels verloren hatten, wodurch der Gatte seines rechtmäßigen Besitzes beraubt und seine Lust geschmälert wurde. Während des ganzen ersten Lebensjahres des Kindes wurde der Vater immer wieder von Neid und Ressentiments gequält. Lustvolle Phantasien über einen mutterlosen Haushalt, den Vater und Sohn gemeinsam führten, gingen ihm durch den Kopf und verschafften ihm flüchtige Glücksgefühle. Die Ich-Dystonie seiner negativen Empfindungen hatte auf Grund von Schuldgefühlen und Selbstbezichtigun-

* »Unfähigkeit zu gedeihlicher Entwicklung« ist eine anerkannte diagnostische Kategorie in der Kinderpsychopathologie; sie bezeichnet ein kritisches Defizit an emotionaler Zuwendung, das zu einer Verlangsamung der normalen körperlichen Entwicklung und einer Verschlechterung des Gesundheitszustandes des Säuglings führt.

gen einen chronischen Zustand der Verstimmung zur Folge. Immer wenn das Baby die Mutter dem Vater vorzog, fühlte er sich zurückgestoßen und verlassen. Solche Vorfälle waren besonders schmerzlich, wenn er körperlichen Kontakt und Trost brauchte. Als ihn seine Frau einmal ermahnte, beim Spiel mit dem Krabbelkind vorsichtig zu sein, war er tagelang depressiv. Die analytische Nachforschung ergab, daß er die harmlose Ermahnung als Beschuldigung verstanden hatte, er hege Mordabsichten gegen seinen Sohn. Wandte sich ihm das Kind gelegentlich fröhlich zu, hob sich seine Stimmung, und er fühlte sich glücklich; diese Emotionen wurden allmählich zu Vermittlern zwischen Liebe und Haß.* Wegen eines Aufflammens von Eifersucht und Feindseligkeit kam es beim Vater zum erneuten Auftreten der Depression, als das Kind zu laufen begann. Obwohl der Vater stolz und erfreut war, vermittelte er mir ein Gefühl der Bedrohung, die die ersten Schritte des Sohnes in ihm weckten. Er sagte: »Jetzt sehe ich, daß er ein Mann wird.« Als er beobachtete, wie das Kind aufstand und dann lief, rief er aus: »Nun gibt es zwei aufrechte Männer, die in meinem Haus herumlaufen.«

Ich möchte noch kurz erwähnen, daß die aggressive Eifersucht, die der schwangere Körper seiner Frau in ihm erregte, ihn daran erinnerte, wie sich die Figur seiner Mutter veränderte, als er vier Jahre alt war. Die depressiven Empfindungen von Neid und Zurückweisung waren Überreste von Affekten, die mit der Geburt seines Bruders (als er vier Jahre alt war) zusammenhingen und nun durch die Geburt seines Sohnes wieder aufgerührt wurden. Wir beobachten oft, daß feindselige Gefühle gegenüber Geschwistern im Erlebnis der Vaterschaft mit ödipalen Residuen verschmelzen. In Verbindung mit dem Geschwi-

---

* Das manifeste Problem im Leben des Kindes war eine Schlafstörung. Herzog (1980) hat mehrere Fälle von Schlafstörungen bei männlichen Säuglingen infolge der ausgeprägten chronischen emotionalen Instabilität zwischen Vater und Sohn eingehend beschrieben. Goethes Gedicht »Der Erlkönig«, in dem die dyadische Sohn-Vater-Bindung aufscheint, wurde von Herzog in seiner Erklärung einer Schlafstörung bei drei kleinen Jungen (»Erlkönig-Syndrom«) als literarische Metapher für »Vaterhunger« benutzt.

stertrauma erlebte der Patient mittels der Übertragung aufs neue sein Verlangen nach der Aufmerksamkeit seines Vaters, das in der frühen Kindheit unterdrückt worden war, weil dieser emotional nicht zur Verfügung stand und der Vaterrolle nicht gewachsen war. Mein Patient neutralisierte diese beiden Mängel des Vaters wirksam, indem er ihn idealisierte und sich dem Glauben hingab, es sei die Mutter gewesen, die den Vater daran gehindert habe, dem Sohn seine Liebe zu zeigen. Die Entschuldigung des Vaters und die Bewahrung der Imago des »guten Vaters« wurden durch Idealisierung zustande gebracht. Ein Teufelskreis wurde so errichtet, dem die Überzeugung des Kindes zugrunde lag, die Mutter habe die Macht, den Vater, den Mann zu beherrschen. Die Furcht vor der kastrierenden Mutter verstärkte unablässig das Bedürfnis nach Idealisierung des Vaters und Verleugnung seiner bedenklichen Schwäche. So wurde der Grund für Angst und Mißtrauen gegenüber Frauen gelegt, die bis weit in seine Mannesjahre hinein wirksam blieben.

Bei der Beschäftigung mit diesen Themen wurde deutlich, daß der Mann die Frauen um ihre Gebärfähigkeit (»einen vollkommenen lebenden Organismus zu schaffen«) beneidete; er fühlte sich unvollständig, unvollkommen und mangelhaft. Das Erleben dieser Gefühle brachte die heftigste Wut auf seinen Vater zum Vorschein, der, wie er nun zu erkennen begann, seine männliche Identität niemals unterstützt und anerkannt hatte – ihr, wie ich es an anderer Stelle dieses Aufsatzes genannt habe, nie seinen »Segen« gegeben hatte. Er entdeckte in diesem fortgeschrittenen Alter die verleugnete Inkompetenz seines Vaters, seine Schwäche, seinen Egoismus, seine vorgetäuschte Großzügigkeit. Ich zitiere: »Mein Vater war ein Feigling. Er überließ mich meiner Mutter, beschützte mich niemals vor ihr, war nie da, wenn ich ihn brauchte. Und wie sehr habe ich versucht, ihm zu gefallen, immer vollkommen, ein guter Junge zu sein, aber – nie konnte ich sein Herz erobern. Ich liebte ihn. Ich hielt ihn immer für klug, stark und sicher. Er war der einzige, der mich hätte retten können, aber er war zu schwach, hatte zuviel Angst vor meiner Mutter.« Als diese verschütteten Emotionen sich schließlich Bahn brachen, kam es zum Ausbruch einer Mischung von mörderischer Wut, Liebessehnsucht, Groll, zu Gefühlen des Verlustes, der Verlassenheit und schließlich der Trauer. Tief erschüttert von diesem Ansturm verwirrender Gefühle, traten dem Mann Tränen in die Augen – für uns beide der Beweis für die Echtheit seiner verlorenen und wiedergefundenen Empfindungen.

Die Auflösung der dyadischen Vaterfixierung leitete den allmählichen Fortschritt zur ödipalen Position ein. An die Stelle der infantilen Gegensätze von Gut oder Böse trat nun die Wahrnehmung des Vaters als einer »ganzen Person«. Der Sohn begann anzuerkennen, daß der Vater trotz der häuslichen Schwierigkeiten mit einer zänkischen Ehefrau ein hervorragender Arbeiter war. An die Stelle der primitiven, illusorischen Dichotomien der Vaterimago trat die integrierende Wahrnehmung einer höheren Entwicklungsstufe – des triadischen, ödipalen Stadiums.

Wenn ich diesen Fall mit anderen Fällen von Vätern vergleiche, die zur Zeit der Analyse sehr kleine Kinder hatten, stelle ich fest, daß die Vaterschaft Gefühle weckt, die dem eigenen – dyadischen und triadischen – Erleben der Sohnesschaft entstammen. Dies muß nun mit der realen Situation der Generationen in Einklang gebracht werden: mit der Tatsache, daß man zum Partner – zum älteren männlichen Partner, um genau zu sein – in einer neuen Familie geworden ist. Als Therese Benedek (1959) die Elternschaft als eine Entwicklungsphase bezeichnete, bezog sie im Geist diejenige mit ein, die ich als wechselseitig formendes Erleben zwischen Vater und neugeborenem Sohn beschrieben habe.

Die theoretischen Rückschlüsse, die ich im vorliegenden Aufsatz bisher gezogen habe, beleuchten viele Facetten normalen jugendlichen Verhaltens. Immer wenn ich einem Jugendlichen begegne, der sich ständig zwischen Vater und Mutter gewandt hin- und herbewegt und ohne Konflikte, Unbehagen oder Verlegenheit den einen gegen den anderen austauscht, vermute ich, daß sich dieser Jugendliche noch immer – in loser oder fixierter Form – auf der Entwicklungsstufe des dyadischen Sohnes befindet. In der Tat verrät ein solch gewandtes Hin und Her von einem zum anderen zum Zwecke libidinöser und anderer Befriedigungen eine merkwürdig undifferenzierte Unstetigkeit der Beziehung. Die Unreife dieser libidinösen Modalität der Objektbeziehungen beruht auf der Tatsache, daß die elterlichen Objektrepräsentanzen ungefestigt, flüchtig und austauschbar sind. Sie werden unbekümmert errichtet, je nach den momentanen Bedürfnissen des Jugendlichen und der Verfügbarkeit einer Person, die sie befriedigt, statt durch die unveränderliche Individualität von Subjekt und Objekt sowie ihre einzigartige Interaktionsgrammatik geformt zu werden. Wenn eine solche *ad-hoc*-Plastizität und Lockerheit von Objektbeziehungen, die der dyadischen Phase zugehören, in der Adoleszenz erneut in Erscheinung treten, ist dies ein Hinweis darauf, daß irgendwelche entscheidenden genetischen Determinanten der beim Jugendlichen beobachteten Störung in diesem dunklen Bereich der Vergangenheit liegen. Die frühe Spaltung des Objekts in ein gutes und ein böses wiederholt sich in der normalen Adoleszenz nicht. Ein Überbleibsel davon könnten die sprichwörtlichen Stimmungsumschwünge Jugendlicher sein, die zu Schwankungen zwischen Liebe und Haß in der Beziehung zum Selbst und zum Objekt führen. Die Zuweisung gegensätzlicher Eigenschaften auf der beschwerlichen Suche nach Gewißheit und Verankerung, während die psychischen Turbulenzen der Adoleszenz andauern, haben Beobachter dieser Altersstufe lange Zeit beeindruckt. Wir finden ein begriffliches Äquivalent dazu in der Neigung zur Zuweisung von Gegensätzen wie klug – dumm, modern – altmodisch, locker und offen – starr oder »zugeknüpft« und vieles andere an den einen oder den alteren Elternteil oder ihre gesellschaftlichen Stellvertreter (Lehrer, politische Führer, Gesetzes- und Ordnungshüter, etc.). Die Verwendung derart starrer Dichotomien enthüllt das Bemühen des Jugendlichen, die Wiederbelebung der früheren Teilobjekt-Beziehungen zu überwinden, indem er eine wertende, d. h. begriffliche Ordnung in die Außenwelt bringt und damit eine gefährliche Verzerrung des Realitätssinns verhindert. Im Bereich dieser konfliktbeladenen

Gegensätze verliert der Jugendliche normalerweise niemals den Kontakt zum entwerteten, abgelehnten Elternteil. Dies steht im Widerspruch zum Kind in der dyadischen Phase, bei dem das Interesse an einem Elternteil vorübergehend die Existenz des anderen auslöscht – ein Zustand, der typisch ist für das Kind, welches sich in dem der Objektkonstanz vorausgehenden Stadium befindet.

Der Vergleich jugendlichen Verhaltens mit den Befunden der Kinderforschung hat unser therapeutisches Wissen bereichert, da er neue genetische Entwicklungsdeterminanten aufgezeigt und uns außerdem auf neue therapeutische Modalitäten von Techniken aufmerksam gemacht hat, die gezielt auf Jugendliche abgestimmt sind. Ich möchte in diesem Zusammenhang darauf hinweisen, daß gefühlsmäßige Handlungen, die über Polaritäten – etwa Spaltungen – ablaufen, in der Tat in einem feindseligen Widerspruch zu den Objektbeziehungen der triadischen Phase stehen. Abelin (1975) führte eine besondere Terminologie für diese eigentümliche präödipale Konstellation ein, die – zumindest in ihren Frühstadien – abwechselnd beide Elternteile einschließt. Er spricht von früher Dreiecksbildung (Triangulation), deren Schlußpunkt der Erwerb stabiler psychischer Repräsentanzen ist, die Vater, Mutter und Selbst umfassen. Der Abschluß dieses Verinnerlichungsvorgangs führt zur triadischen Modalität der Objektbeziehungen, mit der wir seit langer Zeit bestens vertraut sind. Was Abelin »frühe Dreiecksbildung« nennt, unterscheidet sich wesentlich von der triadischen Konstellation: Sie besteht aus einer gleichzeitigen Polarität oder doppelten Dyade.

Mehrere Jahre lang hat mich die Frage beschäftigt, weshalb der Rolle des gleichgeschlechtlichen (»negativen«) Komplexes während der männlichen Adoleszenz vom psychoanalytischen Establishment nicht jenes klinische und theoretische Interesse entgegengebracht wurde, das ihrer Bedeutung entsprach. Es ist eine verbürgte Tatsache, daß die klinische Phänomenologie des gleichgeschlechtlichen Komplexes während der Adoleszenz in das Prokrustesbett des triadischen Ödipuskomplexes gezwängt blieb und in der Pubertätskrise dem Konflikt um den hetero-

oder homosexuellen Inzest zugewiesen wurde. An dieser Stelle ist eine persönliche Bemerkung angezeigt, da verschiedentlich bei wissenschaftlichen Diskussionen über das Thema der Adoleszenz die Meinung geäußert wurde, meine Entwicklungstheorie über die männliche Adoleszenz sei durch meine ausgiebige, ja sogar ausschließliche Arbeit mit männlichen Jugendlichen ungebührlich beeinflußt worden. Ich fühle mich daher zu der Erklärung gezwungen, daß sich in meiner analytischen Praxis die Arbeit mit Adoleszenten gleichmäßig auf Jungen und Mädchen verteilte und daß ich mich bei meinen klinischen Beobachtungen stets von vergleichenden Gesichtspunkten leiten ließ.

Fallbeschreibungen zum Lehrsatz vom »Scheideweg« der Adoleszenz

Wir sind mit dem sprichwörtlichen Scheideweg, an dem der Jugendliche steht, wohlvertraut. Der Hinweis auf den »Scheideweg« sollte den Leser an dieser Stelle an den Ort erinnern, an dem Ödipus auf der Reise nach Theben in den tödlichen Kampf mit Laios, seinem Vater, geriet, weil ihm dessen Wagen den Weg versperrte. Natürlich wußte keiner der beiden, wer der andere war. Wer würde im Kampf unterliegen? Wettstreit und Zusammenprall zweier Willen, wie sie der Ödipusmythos berichtet, spiegelt in paradigmatischer Essenz die allumfassende Krise des heranwachsenden Jungen wider: Zweierlei Verführungen und Antriebe locken ihn in entgegengesetzte Richtungen. Es sind jene des emotionalen Rückzugs auf frühere Kindheitspositionen, als Idealisierungen der Eltern das Leben verläßlich und vorhersehbar machten, und jene aggressiver Selbstbestimmung und Unabhängigkeit, die in eine unbekannte, nicht vorhersehbare Zukunft führen. Gemessen an seinen Gemütszuständen wie Entschlossenheit und Unentschlossenheit erscheint es dem Sohn als unverzeihliche Beleidigung und Betrug, wenn er nach der Entidealisierung des Vaters entdeckt, daß dieser wie der sprichwörtliche Kaiser in seinen neuen Kleidern dasteht. Auf dem qualvollen Weg durch das Labyrinth der Adoleszenz erhebt sich der

Wunsch, der Vater möge seinen Sohn noch einmal vor dem düsteren Gefühl der Einsamkeit und Verlassenheit beschützen, das mit der Entidealisierung des Vaters einhergeht. Diese Entidealisierung wird gleichermaßen als Verlust und potentielle Befreiung erlebt, die plötzlich das Ende der Kindheit und das Heraufdämmern des Erwachsenseins mit strahlendem Hoffnungsschimmer umgibt. Beide Entwicklungsschübe versetzen den Jugendlichen in Trauer: »Der König ist tot, es lebe der König.«

Zwei Bemerkungen sind hier angebracht. Die eine betrifft eine Komponente der üblichen oppositionellen und selbstbehauptenden Haltung des Sohnes gegenüber dem Vater als Abwehr gegen Passivität. Diese dynamische Erklärung wird überzeugend durch die Tatsache unterstützt, daß die Analyse verdrängter Passivität die desorganisierte und desorganisierende Oppositionshaltung in angepaßtes, geordnetes Verhalten umwandelt und in ihrem weiteren Verlauf zur Konsolidierung eines gefestigten wie auch harmonischen Selbstgefühls führt. Die zweite Anmerkung bezieht sich auf das Thema, das ich als Suche nach dem liebenden und geliebten Vater bezeichnen will. Diese Facette des Vaterkomplexes des Jungen erlangt in der Adoleszenz ein libidinöses Übergewicht, das sich auf jeden Aspekt des Gefühlslebens des Sohnes auswirkt. Dieses Verlangen, wie man es bei männlichen Kleinkindern beobachtet hat, ist von Herzog (1980) »Vaterhunger«, von Abelin (1977) »Vaterdurst« genannt worden. Die Terminologie als solche impliziert die Annahme beider Autoren, daß die Sehnsucht nach dem Vater in der frühen Kindheit während der oralen Phase erlebt wird. Ihre Wiederbelebung in der Adoleszenz geschieht in verschiedenen Gestalten, auf die ich in der Vergangenheit (Blos, 1974) hingewiesen habe. Auf jeden Fall haben wir oft guten Grund erstaunt zu sein, welche sichtlichen Fortschritte die analytische Arbeit am Vaterkomplex des heranwachsenden Jungen auf dem Weg zur heterosexuellen Identität bewirkt. Die analytische Arbeit an der Auflösung des gleichgeschlechtlichen Komplexes während der männlichen Adoleszenz übernimmt wiederholt und oft urplötzlich die Hauptrolle auf dem therapeutischen Schauplatz, wo der Prozeß der psychischen Restrukturierung abläuft. Mit anderen Worten, die Auflösung des Ödipuskomplexes gelangt in der Adoleszenz durch die Auflösung der präödipalen, d. h. dyadischen Vaterbeziehung endgültig zum Abschluß. Diese Feststellung ändert nichts an der überragenden Bedeutung des Konflikts des Jungen mit dem ödipalen Vater (»der mörderischen Konfrontation am Scheideweg«) oder macht sie gar hinfällig, sie bezieht sich vielmehr auf eine wesentliche Komponente des männlichen Vaterkomplexes als ganzem.

Klinisch beschränkt sich der obige Lehrsatz nicht auf die Adoleszenz, denn er spielt auch oft genug eine wichtige Rolle in der Analyse des männlichen Erwachsenen. Daß der Vaterkomplex nicht überwunden oder aufgelöst wurde, wie im Fall einer mißlungenen Adoleszenz, läßt seine pathogene Rolle im Zusammenhang mit der Neurose jedes erwachsenen Mannes zutage treten. Ich werde die eben vorgetragene These anhand der Analyse eines Mannes in mittleren Jahren veranschaulichen. Seine emotionale Bindung an den Vater war ebenso extrem wie die unnachsichtige Forderung des Vaters, daß sich der Sohn seinem Willen unterzuordnen und seinen Erwartungen zu entsprechen habe. Der Sohn mußte die ihm zugedachte Rolle in einer kodifizierten Sohn-Vater-Interaktion spielen – und zwar gut –, die vom Vater inszeniert war, um seinen eigenen Hoffnungen auf Verwirklichung einer Sohnesimago konkrete Gestalt zu geben.

Bis weit in seine Mannesjahre hinein wurde der Patient von der Furcht beherrscht, daß ihm beim geringsten Anzeichen von Selbstbehauptung gegenüber seinem Vater die Enterbung drohte, d. h., daß er zurückgewiesen, verlassen, dem Hunger preisgegeben, verloren sein würde. Die Liebe zu seinem Vater – die in der Tat ein »Vaterhunger« war – trat in der Analyse zutage, und er bekannte sich dramatisch zu ihr. Weinend und schluchzend stammelte er: »Ich liebe diesen Mann.« Bewußt hatte der Sohn den Vater stets abgelehnt. Er war verunsichert, weil er eine Rolle übernehmen sollte, die er niemals ausfüllen konnte, sosehr er sich auch darum bemühte. Er begann die Analyse mit den Worten: »Ich kann meinen Vater nicht bis an mein

Lebensende hassen. Es bringt mich um.« Angstanfälle und die Zuflucht zum Alkohol in letzter Zeit brachten diesen gepeinigten Mann in die psychoanalytische Behandlung. Während er den Vater haßte, hatte er die Mutter, über die sich niemals etwas Nachteiliges sagen ließ, stets verehrt. Erst nachdem die Analyse des gleichgeschlechtlichen Komplexes beträchtlich fortgeschritten war, konnte er sie in einem Licht sehen, das mit seiner echten wiederbelebten Wahrnehmung der Vergangenheit in Einklang zu stehen schien. Er begann Zweifel über ihre Liebesfähigkeit zu äußern. Als er seinem trügerischen gegengeschlechtlichen (»positiven«) Komplex auf den Grund ging, entdeckte er zu seinem Erstaunen eine kalte, managerhafte Versorgerin, »die mich niemals in den Arm nahm oder küßte«. Der Patient erkannte, daß er sie zu einem idealisierten Madonnenbild gemacht hatte, nachdem der Vater zum hoffnungslosen Fall geworden war, wenn es um sein Bedürfnis nach emotionaler Nähe ging. Der erwachsene Sohn konnte nun sagen: »Ich habe meinen Vater zu sehr geliebt.« Er hörte auf, sich bei Vaterfiguren beliebt zu machen, und gleichzeitig unterließ er es von nun an, Frauen in den Himmel zu heben, von denen er sich angezogen gefühlt hatte und die ihn immer wieder enttäuscht hatten. Durch diese Veränderungen trat sein suchthaftes Verhalten in den Hintergrund und verlor allmählich die Gewalt über ihn; das gleiche galt für seine zwanghaften, kurzlebigen Beziehungen zu Frauen.

Dieser Fall zeigt mit bemerkenswerter Klarheit den doppelschichtigen Charakter des Vaterkomplexes. Eine frühe traumatische Enttäuschung über die Mutter, die etwa im dritten Lebensjahr eingetreten war, hatte in der Analyse die Oberfläche des Bewußtseins gestreift durch eine Erinnerung, die, wie es schien, entweder die Erinnerung an eine Tatsache war, der die Unwirklichkeit einer Phantasie anhaftete, oder die Erinnerung an eine Phantasie, die die Realität einer Tatsache besaß. Ungeachtet dieser Ungewißheit beharrte eine innere Stimme auf der Überzeugung, »daß ich meine Mutter im Bett gesehen habe mit einem Mann, der nicht mein Vater war«. Angesichts dessen, was ich oben über den Vater berichtet habe, ist es keine überraschende Entdeckung, daß die Hinwendung des kleinen Kindes zum Vater eine immerwährende Disposition zu passiver Hingabe schuf, die gegenüber Männern erwünscht war, gegenüber Frauen gefürchtet wurde. Im Gegensatz dazu sah das gelebte Leben ganz anders aus. Der Patient wurde zum gewissenhaften, aber niemals befriedigten Arbeiter in der speziellen Laufbahn seines Vaters und ein Weiberheld mit einer nicht abreißenden Folge von Liebschaften. Um Nachfolger im Beruf des Vaters zu werden, mußte er auf die Zukunftspläne verzichten, an denen sein Herz hing. Er war in einem ähnlichen Dilemma wie Darwin, der, wie bereits erwähnt, als junger Erwachsener vor dem Wendepunkt seines Lebens stand. Die dyadische Vaterbindung blieb in diesem Fall die entscheidende emotionale Determinante seiner Lebensführung in Verbindung mit dem idealisierten Madonnenbild der Mutter oder, anders ausgedrückt, mit der Verleugnung ihrer entwerteten Imago. Diese beiden Motivationen beeinflußten entscheidend die Richtung, in welche die Objektbezogenheit des Kindes steuern sollte. Dieser mühsam gewahrte Kompromiß hielt, bis die Neurose nach dem Tode des Vaters zum Ausbruch kam; zu diesem Zeitpunkt begann er mit der Analyse.

Im Zusammenhang dieses Aufsatzes ist es wichtig zu erwähnen, daß während der Behandlung die größte Mühe darauf verwandt wurde, der Ambivalenz des Patienten gegenüber seinem Vater in ihren anhaltenden infantilen Widersprüchlichkeiten beizukommen. Diese Affekte wurden dem Patienten bewußt, als er sich seiner verdammenden, herabsetzenden stummen Ausfälle erinnerte, die er während der Adoleszenz und als junger Erwachsener leidenschaftlich gegen den Vater richtete; verzweifelt hatte er versucht, seine starke Vaterbindung auszulöschen. Dieses Stück analytischer Arbeit gab den Blick frei auf die behutsame Konservierung der dyadischen, idealisierten Vaterimago des Mannes und seine Sorge, sie vor aggressiver Entidealisierung zu schützen, während er gleichzeitig unaufhörlich die Regression zum dyadischen Vater zu vermeiden suchte. Der Vater war nie viel mehr gewesen als die trügerische Realisierung eines bedürfnisbefriedigenden Wunsches des Jungen.

Um die Gedanken und Gefühle in diesem Stadium der Analyse, in dem wir uns eingehend mit dem erwähnten Vaterkomplex befaßten, zu vermitteln, will ich die wörtlichen Äußerungen des Patienten, die sich über eine gewisse Zeit erstreckten, jedoch thematisch zusammengehören, in der verdichteten Form eines ausgedehnten Monologs zusammenfassen. Auf diese Weise wird das Material für sich selber sprechen und die theoretischen Formulierungen anschaulich machen.

> »Ich liebte meinen Vater – ich weiß das. Aber ich wußte nicht, daß ich ihn auch haßte – schlimmer noch: ich verabscheute ihn. Wenn ich ihn verabscheute, war es, als ob Gott in Stücke zersprungen wäre. Ich wollte, daß mein Vater mich anbetete, auf die Knie fiele. Ach, ›Liebe‹ und ›Haß‹, das sind nur ganz allgemeine Redensarten. Da gibt es noch etwas anderes. Aber was? Den Wunsch, ihn zu besiegen. Er erwiderte meine Liebe niemals; niemals konnte ich auf ihn zählen. Ich mußte ihn anbeten, ihm gefallen, damit er Notiz von mir nahm. Wenn ich ihn betrunken sah, wenn ich ihn als bigotten Heuchler, als Lügner sah, fühlte ich mich von ihm verraten. Der Liebende wurde verraten. Da gibt es einen großen Widerspruch, mit dem ich nicht fertig werde. Ich weiß, daß mein Vater mich liebte, aber er brauchte mich nur als den Sohn, den er haben wollte, nicht als das Kind, das ich war. Er brauchte ein Publikum, er brauchte Lob. Wenn Leute ihn lobten, dachte ich im stillen, Papa ist ein Narr. Er ist aufgetakelt wie die wichtigen, mächtigen Menschen, die auch Narren sind. Seine Erbärmlichkeit verletzte mich. Ach, diese kriecherische Bewunderung, die Götter fordern! Ich merkte nie, wie sehr ich ihn verehrte, daß ich ihn brauchte wie einen Gott. Aber Vater erwartete Vergötterung – er erwartete sie von mir. Es ist paradox, daß die Götter ihre Verheißung nicht erfüllen können, daß sie sich selbst zum Gespött machen. Es war mein Vater, von dem ich Liebe und den Nährstoff des Lebens erhoffte. Was er mir geben konnte, war Geld. Diese

goldene Nabelschnur band mich an ihn. Meine Lebensangst beruhte darauf, daß ich dieses Lebensblut, das von ihm kam, zu verlieren fürchtete. Aus Angst vor dem Verhungern unterwarf ich mich ihm.* Ich hasse mich wegen dieser Unterwürfigkeit und Schwäche. Mein Vater erkannte mich nie als den an, der ich war. Ich existierte nicht in ihm; ich mußte anwesend sein, um für ihn zu existieren. Wenn das Baby in der Wiege aufschaut und zum ersten Mal seinen Vater sieht, dann ist das der liebe Gott. Er hatte die Macht, mich zu vernichten. Er liebte mich auf seine Weise, aber ich wollte als der geliebt werden, der ich war, und nicht als ein Abbild von mir. Ich möchte sagen, mein Vater hätte für mich ein Sandkasten sein sollen, in dem ich spielen konnte.** Ich brauchte seine Unterstützung und seinen Segen. Ich glaubte immer, ich hätte einen Schutzengel – oder hätte einen haben sollen. Jetzt weiß ich, dieser Schutzengel ist mein Vater. Ich weiß auch, Papa, daß du das Beste getan hast, was du konntest. Jetzt kannst du in Frieden schlafen. Ich zürne dir nicht mehr. Der Krieg ist aus.«

Der Patient hatte diese letzten Worte kaum ausgesprochen, als er in Tränen ausbrach. Die Entidealisierung des Vaters ohne Rachegefühle und Aggression hatte die Trauer möglich gemacht. Der Patient war von den aufwallenden Gefühlen wie betäubt; als der Affektsturm von ihm Besitz ergriff, fehlten ihm die Worte.

* Diese Redewendung gehört entwicklungsmäßig zur frühen Kindheit, dem dyadischen, präödipalen Stadium der Objektbeziehungen.

** Diese assoziative Redewendung gehört entwicklungsmäßig zum Kleinkindalter, wo der Vaterhunger auf dem Höhepunkt ist.

Die Theorie des phasischen Fortschreitens von der Kindheit zum Erwachsenenalter

Als überzeugende Ergänzung meiner eben vorgetragenen analytischen Erfahrung drängt sich mir Freuds Bemerkung über die Auflösung des Ödipuskomplexes beim Mädchen auf. Bei seiner Arbeit mit Patientinnen verblüffte ihn die Tatsache, daß der gegengeschlechtliche (»positive«) Ödipuskomplex mit der Vertiefung der Analyse zur Bedeutungslosigkeit herabsinkt, während der gleichgeschlechtliche (»negative«) Komplex im Leben der Patientin in entscheidender Weise in den Vordergrund tritt. Die Analyse des Ödipuskomplexes – und Freud verweist hier darauf, daß die gegengeschlechtliche (»positive«) Komponente der Analyse unterzogen wird – kommt zum Stillstand. Freud (1924) schreibt: »Unser Material wird hier – unverständlicherweise – weit dunkler und lückenhafter« (GW XIII, S. 400). Indem er diesem Problem verwundert nachging, begann er zu erkennen, daß die präödipale Phase auf die emotionale Entwicklung der Frau einen Einfluß ausübt, der dem Einfluß der gegengeschlechtlichen (»positiven«) ödipalen Position gleichkommt oder ihn sogar übersteigt. Er (GW XIV, 1931) stellt fest: »... scheint es erforderlich, die Allgemeinheit des Satzes, der Ödipuskomplex sei der Kern der Neurose, zurückzunehmen« (S. 518). Er fährt fort, daß »diese Korrektur« nicht nötig sei, wenn wir in den Ödipuskomplex die gleichgeschlechtliche (»negative«) Komponente der ausschließenden Bindung an die Mutter einschließen und erkennen, daß das Mädchen die gegengeschlechtliche Position erst erreicht, »nachdem es eine vom negativen Komplex beherrschte Vorzeit überwunden« hat (S. 518 f.). Offensichtlich ist für Knaben und Mädchen die präödipale Mutterbindung eine primäre Struktur, während die Vaterbindung für beide von sekundärer Bedeutung ist. Wir wissen – und hier liegt ein Unterschied zwischen Knabe und Mädchen –, daß nur das Mädchen beim Fortschreiten der triadischen Phase das andere Geschlecht zum bevorzugten Liebesobjekt macht; es errichtet auf dieser Stufe eine festgefügte Geschlechtskomplementarität, ohne deshalb alle Überreste der dyadischen Bindung jemals gänzlich zu zerstören. Ich wiederhole hier, was bereits oftmals ausgesprochen wurde.

Was in diesem Zusammenhang meine Aufmerksamkeit erregt, ist das Schicksal des dyadischen Vaters, sobald der Junge den gegengeschlechtlichen (»positiven«) Komplex ausbildet oder, genauer gesagt, das Schicksal des gleichgeschlechtlichen (»negativen«) Komplexes – seine Auflösung und sein Einfluß auf die Neurosenbildung. Es sollte klar sein, daß sich diese Bemerkung auf einen weit umfassenderen Zusammenhang als den der Homosexualität bezieht. Es wäre in der Tat angemessen und klinisch vertretbar, wenn wir einen Unterschied zwischen dem gleichgeschlechtlichen (»negativen«) Komplex des Jungen in der triadischen Konstellation und seinem dyadischen Vaterkomplex machten, der einem früheren Stadium der Objektbeziehungen angehört, und wenn wir ferner zwischen ihren jeweiligen Einflüssen auf das Liebesleben und das Selbstgefühl des Mannes unterschieden. Die Benutzung der Bezeichnung »präödipal« ist nicht angebracht und irreführend, wenn sie nicht dynamisch definiert wird, weil dadurch eine Verknüpfung mit der eigentlichen ödipalen Phase hergestellt wird. Durch diese Ausschaltung der beiden heterogenen Stadien dyadischer und triadischer Objektbeziehungen wird ihre spezifische Modalität verwischt, weil die präödipale Phase auf einen der Vorbereitung dienenden, unreifen Zustand des Ödipuskomplexes *in statu nascendi* reduziert wird. Vom Entwicklungsstandpunkt aus dient jedes Stadium der Vorbereitung dessen, was kommen soll, doch sagt dies wenig aus über den wesentlichen, einzigartigen Fortschritt der jeweiligen psychischen Differenzierung und ihre Auswirkung auf die psychische Strukturbildung. Natürlich gibt es Entwicklungsaspekte, hinsichtlich derer wir noch um Aufklärung bemüht sind.

Freuds Anmerkung zum gleichgeschlechtlichen (»negativen«) Komplex des Mädchens und seinem überwältigenden pathogenen Einfluß, wie er sich in der Neurose zeigt, fordert zum Vergleich mit meiner klinischen Erfahrung mit dem heranwachsenden Jungen heraus. Hier kann ich die Beobachtung mitteilen, daß der gleichgeschlechtliche (»negative«) Komplex vorübergehend, aber regelmäßig alle anderen genetischen Ursachen seines neurotischen, fehlangepaßten Zustands überschattet. Unter den vielfachen Determinanten seiner Neurose dominiert immer wieder der gleichgeschlechtliche (»negative«) Komplex. Die entwicklungsbedingte Dringlichkeit seiner Auflösung führt dazu, daß der Vaterkomplex unter den Problemen, die der Jugendliche zu bewältigen hat, eine vorrangige Stellung einnimmt. In dieser Hinsicht kann man die Endphase der Adoleszenz mit der Endphase der frühen Kindheit vergleichen: die eine ist die Vorbereitung auf den Eintritt in die Latenzphase, die andere ist unerläßlich für den Eintritt ins Erwachsenenleben. Die psychische Restrukturierung auf beiden Ebenen hängt von der Auflösung der jeweils phasenspezifischen Komponente des Ödipuskomplexes ab.

Um nicht mißverstanden zu werden, beeile ich mich hinzuzufügen, daß die Überreste des gegengeschlechtlichen (»positiven«) Komplexes oder die ihm zugehörigen Fixierungen während der ganzen männlichen Adoleszenz genauso deutlich in Erscheinung treten, wie wir stets behauptet haben. Unser Interesse weckt jedoch die widerstreitende, d. h. aktive und passive Hinwendung des Jungen zum Vater und seine Loslösung von ihm, die beide eine spezifische emotionale Dringlichkeit und Motivationsstärke widerspiegeln. Dies sollte uns nicht überraschen, wenn wir bedenken – wie es die psychoanalytische Theorie tut –, daß in der ödipalen Phase die sexuelle Libido von beiden primären Liebesobjekten abgezogen und einem davon zugewandt wird, woraus der triadische Konflikt resultiert. Außerdem geht es in der ödipalen Phase letztlich um das Problem der Neuverteilung der Libido, was Ziel und Objekt sowie die Umwandlung des Verdrängten in psychische Struktur betrifft. Die wichtigsten strukturellen Errungenschaften im Hinblick auf ödipale Konfliktlösungen beider Geschlechter – jede zu ihrer Zeit, d. h. beim Bevorstehen der Latenzphase und später des Erwachsenenlebens – sind das Überich bzw. das reife Ich-Ideal.

Ich konzentriere mich nun wieder auf den Jungen und erwähne zunächst den bekannten Lehrsatz, daß das männliche Überich den Grund für sein Entstehen für alle Zeiten in sich trägt, nämlich das Inzestverbot unter Strafandrohung; es bleibt eine Verbotsinstanz. Das infantile Ich-Ideal mit seiner Nähe zu Objektidealisierung und Überich-Dominanz stellt sich dem Fortschreiten zu libidinöser Loslösung entgegen. Es bewahrt die Abhängigkeit vom »Du sollst« und »Du sollst nicht«, wobei beides durch den zwingenden Einfluß von Schuldgefühlen verstärkt wird. Die Objektidealisierung ist die Voraussetzung für das Sicherheits- und Geborgenheitsgefühl des Kindes, und zwar im physischen wie im emotionalen Sinne. Durch ihre Verinnerlichung wird das infantile Ich-Ideal etabliert. Im Gegensatz dazu ist das reife Ich-Ideal eine Instanz autonomen Strebens; von daher wird es als hochgeschätztes Persönlichkeitsattribut gehütet, dessen archaischer Ursprung in der Vaterbindung, der Vateridealisierung, kurz gesagt, im gleichgeschlechtlichen (»negativen«) Komplex zu suchen ist. Ich habe dies (Freud umschreibend) so ausgedrückt: ». . . das reife Ich-Ideal ist der Erbe des negativen Ödipuskomplexes« (Blos, 1979). »Genetisch«, kommentiert Grete Bibring (1964), »bezieht es [das Ich-Ideal] seine Stärke hauptsächlich von den positiven* libidinösen Strebungen im Gegensatz zum Überich, bei dem aggressive Kräfte vorherrschen« (S. 517). Diese Ansicht wird durch die klinische Tatsache bestätigt, daß das reine Ich-Ideal, einmal erworben, standhaft und ohne Ambivalenz an seiner Position festhält.

Betrachtet man den Zeitraum der Sohn-Vater-Bindung, in der es keine Rivalität gibt, sowie das Vertrauen und die Sicherheit, die dem kleinen Jungen durch die Kontrolle und die Herrschaft des Vaters zufließen, liegt die Vermutung nahe, daß ein unzerstörbarer Rest dieses frühen Vertrauens zum Vater in die Arena des triadischen Kampfes hineingetragen wird, d. h. in die eigentliche ödipale Phase. Ich will damit sagen, daß der einschränkende und strafende Vater auch der Retter des Sohnes

* Das Adjektiv wird hier im Sinne seiner Wörterbuch-Definition benutzt.

vor infantilen Täuschungen ist. Dieser sogenannte Retter ist die frühe Personifizierung des Realitätsprinzips, die das Hineinwachsen in die Männlichkeit erreichbar erscheinen läßt. Dadurch wird liebevolle Dankbarkeit geweckt, die, wie ich es sehe, im reifen Ich-Ideal ihre unvergängliche Form erhalten soll. An dieser Stelle drängt sich Nunbergs (1932) Ausspruch auf: »Während sich das Ich dem Überich aus Furcht vor Strafe beugt, unterwirft es sich dem Ich-Ideal aus Liebe« (S. 146). Es scheint, daß ohne die zweifache Herausforderung durch ödipale Angst und Schuld und die präödipale Vaterbindung die Persönlichkeitsentwicklung des Jungen in Gefahr gerät; eine Neigung zu sozialem und libidinösem Fehlverhalten würde sein Schicksal sein. Umfassende statistische, klinische und psychologische Untersuchungen sind dem Thema des männlichen Kindes, das ohne Vater aufwächst, gewidmet worden, die einige der von mir angeführten Schlußfolgerungen stützen.

Die Beschreibung und Kategorisierung aufeinanderfolgender Phasen menschlicher Entwicklung lassen stets die Überschneidungen und Verschwommenheiten in exakten Zeitplänen in den Hintergrund treten – eine Tatsache, die wir bei der klinischen Arbeit für selbstverständlich halten. Wenn wir von Entwicklungsfortschritt sprechen, denken wir zumeist an das, was mehr Gewicht hat, in der Richtung hervortritt oder einen relativen Zugewinn darstellt. Nach diesem Vorbehalt fällt es mir leichter, mit meiner Erörterung einen Schritt weiterzugehen und die Konsequenzen dessen zu erforschen, was bisher über die psychoanalytische Theorie im allgemeinen und ihre Modifizierung im besonderen gesagt wurde. Mir ist bewußt, daß sich der Einfluß der Kinderforschung auf die psychoanalytische Theorie und die klinische Analyse nur langsam bemerkbar machte und daß sie noch immer von einigen Analytikern zwar für wichtig und interessant gehalten wird, im Hinblick auf eine Revision der psychoanalytischen Theorie im allgemeinen und die Behandlung der Neurose im besonderen aber von geringer Bedeutung sei oder gar vernachlässigt werden könne. Ich wäre nicht überrascht, wenn das Ergebnis meiner Untersuchungen und die Forderung nach Erweiterungen der klassischen Theorie nicht nur zustimmend, sondern auch ungläubig zur Kenntnis genommen würde. Ich gebe zu, mich bei meinen Thesen nicht auf ausgiebige Forschungen stützen zu können. Ich kann den Leser nur bitten, sie mit kritischem Interesse zu betrachten und durch objektive Beobachtung zu überprüfen.

Psychischer Determinismus vor und während dem Erwachsenenalter

Die These von der zweiphasigen Auflösung des Ödipuskomplexes führt zu dem logischen Schluß, daß die definitive Organisation der Neurose des Erwachsenen im Endstadium der Adoleszenz erfolgt. Ich sage nichts Neues, wenn ich darauf hinweise, daß wesentliche Einflüsse, die zur Strukturierung einer neurotischen Erkrankung beitragen, in allen Phasen der protoadoleszenten Entwicklung zu erkennen sind. Nimmt man ein Bauwerk als Beispiel, dann liegt auch auf der Hand, daß seine Konstruktion unvollständig bleibt und daß letztlich seine Tragkraft und solide Festigkeit erst gesichert sind, wenn der Schlußstein gelegt ist. Analog dazu bleibt die definitive Neurose, d. h. die Neurose des Erwachsenen, vor dem Abschluß der Adoleszenz unvollständig; dieses Moment bezeugt, daß die psychobiologische Phase, die man Kindheit nennt, vorüber ist. Wenn es in der Kindheit zu einer Entgleisung phasenspezifischer Differenzierungen der psychischen Struktur oder zu ihrer abnormen Konsolidierung kommt, hat die Entwicklungsstörung in der Adoleszenz eine letzte Chance zu spontaner Heilung. Danach stellen konstitutionelle Erfindungsgabe und ein einfallsreiches Ich zahllose Anpassungsmöglichkeiten bereit, von denen eines der neurotische Kompromiß, die Neurose, ist. Die vielen Lebenskrisen und die darauf folgenden neurotischen Verzerrungen einer normalen Entwicklung – zu denen die infantile Neurose gehört – bilden die psychologischen Bestandteile des Kumulationsprozesses der Neurosenentstehung. Für mich hat es den Anschein, als müßte ihre definitive Strukturierung das Ende der Kindheit in der späten Adoleszenz abwarten. Wir glauben heute, daß die infantile Neurose eine allgegenwärtige, d. h. normale Struktur ist, die sich in den meisten Fällen von selbst auflöst. Anna Freud (1970) hat diese Tatsache treffend zum Ausdruck gebracht: »Unter dem Gesichtspunkt der Entwicklung ist die infantile Neurose unzweifelhaft ein positives Zeichen des Persönlichkeitswachstums: ein Fortschritt von primitiveren zu differenzierten Reaktionsmustern und als solcher eine Begleiterscheinung und vielleicht der Preis für die Höherentwicklung des Menschen« (S. 2551).

Ich wage es, der Adoleszenz im allgemeinen einen analogen Prozeß der Selbstauslöschung psychischer Verschiebungen zuzuschreiben. Dadurch wird die Adoleszenz zu einer Phase von entscheidender Bedeutung für den schließlichen Erwerb einer gesunden oder aber mangelhaft funktionierenden erwachsenen Persönlichkeit. Auf jeden Fall trägt sie entschieden zur endgültigen, dauerhaften Strukturierung einer neurotischen Erkrankung bei. Anna Freud (1965) hat uns mit der verwirrenden Tatsache bekannt gemacht – verwirrend im Lichte der vorherrschenden psychoanalytischen Theorie –, daß eine in der Kindheit vorhandene Störung nicht mit Sicherheit voraussagen läßt, welche neurotische Störung letztlich im Leben des Erwachsenen auftreten könnte.

Die Behauptung, daß der Untergang des Ödipuskomplexes in zwei Phasen erfolge, besagt – gewissermaßen im selben Atemzug –, daß die psychologische Kindheit am Ende der Adoleszenz zum Abschluß kommt. Dieser Aussage muß hinzugefügt werden, daß die dyadische Erfahrung der gleichgeschlechtlichen Bindung des männlichen Kindes eine Grunddeterminante neurotischer Formationen darstellt, die in seinem Erwachsenenleben auftauchen. Der entscheidende Einfluß der dyadischen Determinante wird am Ende der Adoleszenz manifest, da die Auflösung des gleichgeschlechtlichen (»negativen«) Komplexes deren Aufgabe bleibt. Wenn ich von einer zweiphasigen Auflösung des dyadischen gleichgeschlechtlichen (»negativen«) Komplexes des Jungen spreche, fordere ich, daß diese Aufgabe in der Adoleszenz mit neuem Nachdruck in Angriff genommen wird. Diese These steht im Gegensatz zur klassischen psychoanalytischen Wiederholungstheorie, wonach frühere Konfliktlösungen einer gründlichen Revision unterzogen werden, indem man die infantilen Konflikte noch einmal durchlebt, diesmal aber mit einem Ich, welches unendlich viel kompetenter ist als jenes, das sich den gigantischen Verwirrungen der ödipalen Welt stellen mußte. In meiner *Brill Memorial Lecture* von 1975 teilte ich meinen Eindruck mit, daß am Ende der früheren Kindheit einige ödipale Probleme – ich war damals nicht sicher, wie ich sie benennen sollte – gleichsam aufgeschoben werden, was ich als »ödipale Entspannung« bezeichnete. Damit wurde gesagt, daß bestimmte ödipale Probleme – anscheinend konfliktfreier Art – nicht dringend nach einer Regelung oder Lösung verlangen. Sie verfallen lautlos einer nicht-defensiven Verdrängung, wo sie ruhig verharren, bis das somatische Stadium der Pubertät sie zur Konfrontation oder zum offenen Konflikt zwingt. Dann werden die ungelösten, schlummernden Probleme des gleichgeschlechtlichen (»negativen«) Komplexes zu Traumen und Konflikten, was vieles von den typischen psychischen Turbulenzen beim männlichen Jugendlichen erklärt.

Wie ich bereits festgestellt habe, kann die klassische psychoanalytische Wiederholungstheorie die Adoleszenz nicht begreiflich machen, weil der Zeitpunkt für gewisse emotionale Erfahrungen und Aufgaben gewöhnlich nicht vor der Adoleszenz kommt, in der das Kind durch den Entwicklungsfortschritt vor neuartige Konfliktkonstellationen gestellt wird. Eine dieser wichtigen Konstellationen will ich hier zur Sprache bringen. Das Ereignis der Geschlechtsreife, d. h. die Pubertät, ist das biologische Signal dafür, daß sich die Kindheit ihrem Ende nähert. Jede unangemessene Verlängerung dieser Phase deutet darauf hin, daß die Entwicklung fehlläuft, weil Wachstumsprozesse auf abweichende Anpassungsgleise verschoben wurden.

Der Wechsel in der Objektwahl oder die adoleszente Verdrängung des primären Liebesobjekts ist in bezug auf die Sohn-Mutter-Beziehung gut untersucht. Auch die verräterische Hinwendung zum anderen Geschlecht bei der Objektwahl des Mädchens ist uns wohlbekannt. Weniger gut verstanden wird das Schicksal der libidinösen Vaterbindung des Sohnes. Eine einfache Verschiebung auf gleichgeschlechtlicher Linie beobachtet man nur, wenn eine anhaltende Fixierung verhindert, daß sich in der Pubertät die Libido in dem Sinne wandelt, daß die Bildung der heterosexuellen Identität voranschreitet. Eine einfache Verschiebung auf Objektbindungen anhand des Vaterbildes (dyadischer Typ) gefährdet die heterosexuelle Identitätsbildung des Sohnes in der Adoleszenz; möglicherweise schwächt oder verhindert sie sie, so daß sie keine irreversible Beständigkeit erlangt. Ich will nun die verwirrende, schwierige Lage erörtern, in der sich jeder Sohn befindet, wenn er die Pubertät erreicht oder, genauer gesagt, wenn die Zeit gekommen ist, in der sich der Junge in einen Mann, der Sohn in einen potentiellen Vater verwandelt.

Die Auflösung des dyadischen Vaterkomplexes des Knaben

Ich habe mich mit dieser Frage beschäftigt, seitdem das Schicksal des gleichgeschlechtlichen (»negativen«) Komplexes des Jungen oder, anders ausgedrückt, die Frage, was wir mit seiner Auflösung meinen, meine Neugier erregte. Die Verdrängung der sexuellen Libido und die Identifizierung mit dem Vaterprinzip, beide im Überich strukturiert, sind die wohlbekannten Transformationen, die die Auflösung des gegengeschlechtlichen (»positiven«) Komplexes des Jungen gegen Ende der ödipalen Phase bekunden. Diese Auflösung wird durch energische Ich-Expansion und die physische wie kognitive Aneignung der Realität in der Latenzphase unterstützt. Einen analogen Verlauf für die Auflösung des dyadischen gleichgeschlechtlichen (»negativen«) Komplexes zu fordern, wäre weder überzeugend noch klinisch beweisbar; in der Tat bliebe hier eine Frage offen, die unsere Neugier noch immer wachhält. Daß in unserem Verständnis für dieses spezielle Thema eine Lücke klafft, ist darauf zurückzuführen, daß der gleichgeschlechtliche (»negative«)

Komplex des Jungen in der psychoanalytischen Literatur gewöhnlich mit Passivität und Homosexualität gleichgesetzt wird. Diese Analogie trifft eher auf die triadische Konstellation zu; sie läßt sich sicherlich nicht umfassend auf die dyadische Vaterbindung des Jungen anwenden, auch wenn diese frühe Bindung zweifellos passive Strömungen enthält. Ihre Herkunft von der passiven Position des Babys, wenn es von der Mutter versorgt wird, läßt sich leicht vom Verhalten des kleinen Kindes ablesen. Andererseits beobachten wir eine allmähliche Wandlung des Bindungsverhaltens, wenn der kleine Junge die maskuline Haltung des Vaters im Gegensatz zu der femininen der Mutter aktiv übernimmt, nachahmt und zur Schau stellt. Die Terminologie, die wir benutzen, wenn wir von diesen Themen sprechen, pflegt Verwirrung zu erzeugen, weil der »positive« männliche Komplex unausgesprochen als aktiv, der »negative« Komplex als passiv verstanden wird.

Die Adoleszenz des Jungen stellte einen fruchtbaren Boden dar, um die eben erwähnten Probleme zu beobachten und klinisch zu untersuchen. Ich möchte daher eine Beobachtung aus der Analyse von Adoleszenten mitteilen, die, da ich sie in mehreren Fällen immer wieder machte, meine Aufmerksamkeit auf die Tatsache lenkte, daß der Auflösung des gleichgeschlechtlichen (»negativen«) Komplexes häufig eine intensive positive Vaterübertragung folgt.* Die Suche eines Patienten nach einem Modell ist deutlich erkennbar. Die bloße Tatsache, daß ein neues Modell gewählt wird, weist darauf hin, daß die Entidealisierung des Vaters im Gange ist. Auf diese Wandlung der positiven Übertragung zwischen dem Jugendlichen und dem Analytiker könnten wir Winnicotts (1969) Terminus »Gebrauch eines Objekts« anwenden, um eine entwicklungsbedingte normative Vorwärtsbewegung in der psychischen Restrukturierung des Jugendlichen begrifflich zu fassen. In der Analyse kommt eine Zeit, in

* Man beachte in diesem Satz das verwirrende und ungeschickte Vokabular, das aus der sich erweiternden Vorstellung vom »vollständigen Ödipuskomplex« hervorgegangen ist.

der der jugendliche Patient zum Analytiker als einer realen Person in Beziehung treten möchte. Wir entdecken in dieser veränderten Haltung den Auftakt zu einer veränderten Wahrnehmung der väterlichen Imago. Der Junge beginnt seinen Vater ohne die Verzerrungen durch Idealisierung oder Herabsetzung wahrzunehmen; gleichzeitig werden die Objektbeziehungen des Patienten in der Gegenwart individueller gestaltet, sind weniger stereotyp und wiederholsam. Ich konnte feststellen, daß die Ich-Organisation stabiler und verläßlicher wurde. Diese Veränderung ließ sich anhand einer vergleichenden Beurteilung des Funktionierens seines Ichs im Verlauf der analytischen Arbeit aufzeigen.

Bei der Beurteilung adoleszenter Veränderungen lasse ich den Blick stets kritisch über ein breites Verhaltensrepertoire schweifen. Einige der dazu gehörigen Merkmale sollen hier genannt werden, etwa die launenhafte Erregbarkeit des Jugendlichen, seine diffusen, unstet umherirrenden oder fanatisch eingeschränkten Interessen, übermäßige Idealisierung oder zynische Herabsetzung von Menschen und Ideen und letztlich eine Neigung zu zufälligen und vorübergehenden Identifizierungen und Gegenidentifizierungen. Aus all diesen Eigentümlichkeiten tritt schließlich, wenn alles gutgeht, die Persönlichkeit hervor, die hinsichtlich ihrer Absichten, Richtungen und Ziele einigermaßen einschätzbar und gefestigt ist. Sobald dem Jugendlichen zunehmend klarer und sicherer bewußt wird, wer er ist, erfährt er auch, wer er nicht ist. Erikson (1981) war an diesem Aspekt der menschlichen Persönlichkeit besonders interessiert und hat dies folgendermaßen formuliert: »Diese habituellen Zurückweisungen haben ihrerseits dazu beigetragen, das eigene ›wahre Selbst‹ oder auch jene verschiedenartigen ›Selbste‹ klarer zu umreißen, die entweder voll Stolz oder fatalistisch als eigene Darstellung der Rollen akzeptiert werden, die man jeweils in der Welt spielt«. Wenn ich Erikson richtig verstehe, würde ich daraus den Schluß ziehen, daß durch die Integration dieser einschließenden und ausschließenden Entscheidungen das Identitätsgefühl geformt und aufrechterhalten wird und daß sie die

Bausteine des sich herausbildenden Charakters des Erwachsenen sind. Indem das Individuum dieser inneren Inklusivität und Exklusivität eine dauerhafte Struktur verleiht, wird ihm in der Endphase der Kindheit die einzigartige Position der Generation zwischen Vergangenheit und Zukunft bewußt.

Mit der Verringerung möglicher Selbstverwirklichungen bzw. dem Verzicht auf vielfältige Wahlmöglichkeiten zugunsten einiger weniger auserwählter kommt es zu einem Gemütszustand, in dem die ihrem Ende zugehende Kindheit betrauert wird. Die unausweichliche Erkenntnis, daß die Kindheit vorüber ist, vermittelt dem heranwachsenden Individuum das Gefühl des Tragischen der *Conditio humana*. Nachdem die schützende Hülle der Kindheit abgestreift wurde, tritt an die Stelle der Sicherung von Sinn und Zweck des Lebens der Schutz des Selbst. Ich verstehe die Dynamik dieser Persönlichkeitsveränderung beim Jungen in dem Sinne, daß sie mit der Lösung der dyadischen Vaterbeziehung zusammenhängt, die in zunehmendem Maße von infantilen Bindungsbedürfnissen befreit wird. Diese Loslösung kann nicht durch Objektverschiebung erreicht werden, sondern nur durch die Bildung einer neuen psychischen Instanz, d. h. durch eine neuartige Struktur, das reife Ich-Ideal (Blos, 1974).

Ich glaube – vielleicht allzu weitschweifig – klargestellt zu haben, daß der Junge nach meiner Meinung in der Adoleszenz vor der Aufgabe steht, auf das libidinöse Band zu verzichten, das ihn einst mit dem dyadischen und triadischen, d. h. dem präödipalen und dem ödipalen Vater verknüpft hatte. Was unsere besondere Aufmerksamkeit erregt, das sind die Schicksale des »negativen« Komplexes, wie sie sich von der Adoleszenz an durch das ganze Leben des Mannes erstrecken. Die Verhaltensforschung hat uns gelehrt, daß der heranwachsende Junge eine besondere Sensibilität für soziale Situationen oder Interaktionen besitzt, die die Gefahr der Unterwürfigkeit gegenüber Männern oder der Abhängigkeit von ihnen bergen. Dieselben emotionalen Reaktionen gegenüber weiblichen Personen sind allgemein bekannt, da er sie oft bemerkenswert unbekümmert zum Ausdruck bringt. Wir wissen, daß der heranwachsende Junge wirkliche oder eingebildete Unterwürfigkeit und Abhängigkeit auf vielerlei Art abwehrt, doch wir sollten nicht übersehen, daß er auch auf vielerlei Art offen oder insgeheim nach direkten oder symbolischen Formen von Unterwürfigkeit sucht. Diese Neigungen können in Gestalt von Bewunderung, Dankbarkeit, Gefolgschaft, Idealisierung und als Wunsch zu gefallen auftreten. Die Analyse dieser Neigungen, wie sie in der Beziehung zu männlichen Personen, Vater oder Vaterersatzfiguren sowie Bruder oder Brudersatzfiguren zum Ausdruck kommen, läßt eine Fixierung auf den dyadischen oder triadischen Vater erkennen – einen Zustand, der zu abweichender Charakterbildung und emotionaler Unreife führen kann. Beides tritt während der Adoleszenz deutlich in Erscheinung. Unübersehbar ist die Analogie zwischen dem sich individuierenden Kleinkind auf der einen Seite, das sich von der wiederverschlingenden Mutter abwendet und Zuflucht beim Vater als neuentdeckter Quelle emotionalen Schutzes und Beistands sucht, und dem pubertierenden Jungen andererseits, der vor einem ähnlichen Dilemma steht und in eine ähnliche, aber weitaus verschleiertere Selbstrettungsoperation verstrickt ist. Die zweischichtige Identifizierung des Jungen mit der dyadischen und triadischen Vaterimago wird im Erwachsenenleben ausgeglichen und gefestigt. Ein Mann in mittleren Jahren, der während der Analyse zu einem solchen Ausgleich gelangt war, drückte dies folgendermaßen aus: »Ich bin zu der Überzeugung gelangt, daß in mir ein Junge und ein Mann stecken. Der Junge sucht die Gesellschaft von Männern, und der Mann sucht die Gesellschaft der Frauen.«

Das Auftauchen des reifen Ich-Ideals und wie es abgeschreckt wird

Um die eben gezogenen Schlüsse zu spezifizieren, beziehe ich mich auf die Phänomenologie des Ich-Ideals im Übergang während der Adoleszenz. Ich denke dabei an die sprichwörtliche Heldenverehrung des heranwachsenden Jungen und an seine Suche nach Vorbildern, an denen er sich messen kann; das geschieht bezeichnenderweise, indem er sich eine persönliche »Ruhmeshalle«* errichtet. Wir beobachten, daß die auf Plakaten und Schallplattenalben abgebildeten Persönlichkeiten, die die innerste Sphäre der Welt des Jugendlichen bevölkern, seine vorübergehenden Identifizierungen repräsentieren. Diese imaginären Beziehungen, obzwar in hohem Maße emotional, sind frei von sexuellen, d. h. genitalen Bestandteilen und infolge sublimatorischer Umwandlungen auch frei von infantilen Bindungsgefühlen. Bei den Ich-syntonen Affekten handelt es sich ausschließlich um solche der Bewunderung, Idealisierung und Verehrung der hervorragenden Eigenschaften des jeweiligen Helden, die am häufigsten Persönlichkeiten aus dem Bereich des Sports, der Musik und der Bühne zugewendet werden. Die Träger dieser Eigenschaften sind vorwiegend bejubelte Stars und fast ausschließlich Männer. Wir beobachten hier *in statu nascendi* die Sozialisierung des infantilen Ich-Ideals und die Umwandlung in eine reife Form, das reife Ich-Ideal, während der Adoleszenz.

Ein weiterer Grund, auf das hinzuweisen, was ich summarisch als die »Ruhmeshalle« des heranwachsenden Jungen bezeichnet habe, liegt darin, daß sie jenes einzigartige, machtvolle Bedürfnis nach personalisierten und spezialisierten Idealisierungen erkennen läßt, das in diesem Alter zutage tritt. Diese Neigung wurde bereits erkannt, als man die Adoleszenz zu beobachten oder zu untersuchen begann; Aristoteles beschreibt diese Eigenschaft des Jugendlichen höchst beredt.** Ein Blick auf den infantilen Ursprung jugendlicher Idealisierungen veranlaßt mich zu der Bemerkung, daß wir diese Tendenz auf zwei Quellen zurückführen können, nämlich auf den dyadischen und triadischen, d. h. den präödipalen und den ödipalen Vater; sie sind die Vorläufer der Ontogenese jugendlicher Formen von Idealisie-

---

* »Hall of Fame« (»Ruhmeshalle«) – eine Gedenkstätte in New York, die Büsten und Gedenktafeln berühmter Amerikaner enthält. – Anm. d. Übers.

** Wichtige Auszüge aus Aristoteles' Schriften, die sich mit der Adoleszenz befassen, finden sich in meiner Arbeit »The Generation Gap« (Blos, 1971).

rung. Die fundamentale Bedeutung der Mutter für die Idealisierungsneigung ist uns hinreichend bekannt und gründlich belegt, so daß sie im Zusammenhang dieser Untersuchung nicht noch einmal dargestellt werden muß.

Hingegen muß an dieser Stelle darauf hingewiesen werden, daß pathologische Charaktermerkmale bei Erwachsenen wie übersteigerte Arroganz und idealisierende Verzerrungen der Realität ebenso wie zwanghafter Zynismus und die »Entlarvung« der Welt im allgemeinen regressive Phänomene darstellten, die auf frühen Ambivalenzen beruhen. Diese schwanken zwischen den Exzessen der Idealisierung und jenen von Verlust und Verzicht. Meine klinische Arbeit ermutigt mich zu der Feststellung, daß die obengenannten Merkmale ihre Wurzeln im Bereich der frühen Objektbeziehungen haben, die dem Selbstgefühl und der Interaktion mit der Objektwelt ihren Stempel aufdrücken. Ein besonders massives Hindernis auf dem Weg von infantiler Bindungsabhängigkeit zur expandierenden Autonomie der triadischen Phase fordert an dieser Stelle unsere Aufmerksamkeit heraus. Ich habe dies auf eine besondere emotionale Verstrickung von Vater und Sohn zurückgeführt, nämlich auf das überwältige Verlangen des Vaters nach gleichgeschlechtlichen Nachkommen, die seinem Gefühlsleben Nahrung geben. Dies ist durch seine Vaterschaft endlich in den Bereich des Möglichen gerückt. Wir könnten sagen, daß die Vaterschaft als eine Entwicklungsstufe (Benedek, 1959) die Eltern erleben läßt, wie sie als solche interagieren, und daß sie normalerweise den Boden bereitet, auf dem bestimmte Aspekte ihrer eigenen Kind-Eltern-Erfahrung, seien sie bereichernd oder nicht, in der Elternrolle zur Darstellung gelangen. Eine daraus hervorgehende Interaktion kann zweierlei pathogene Auswirkungen haben: Der Vater wird durch sein infantilisierendes Pflegeverhalten in Verbindung mit dem emotionalen Wohlbefinden, das es ihm verschafft, immer stärker zum Sohn hingezogen; umgekehrt bedarf der Sohn in anormaler Weise der Pflegeleistungen und der demonstrativen Liebe des Vaters, wodurch das, was als befreiende Vaterbindung der dyadischen Phase gedacht war, zum bedrükkenden Zwang wird. Auf diese Art entsteht eine wechselseitige Abhängigkeit, die von erotisch gefärbten Affekten und Sensationen zusammengehalten wird. Diese Form von emotionaler Überbelastung bildet dann den Kern einer pathogenen Fixierung. In dieser intensiven engen Beziehung zu seinem Sohn befriedigt der Vater stellvertretend und verspätet seinen lebenslangen »Vaterhunger«. Eine emotionale Verstrickung dieser Art schließt stets drei Generationen ein. Man könnte sagen, daß die aufgegebene Verführungstheorie hier auf einem unerwarteten Wege und in unerwarteter Verkleidung wieder aufgetaucht ist. Ich meine die dyadische Konstellation des Vaters, der den Sohn verführt, wobei ich das Wort »verführen« in dem umfassenderen Sinne benutze, daß das kleine Kind einem intensiven, verlockenden interpersonalen Erleben ausgesetzt wird, das phasenfremd und von ihm nicht zu bewältigen ist. Daher hemmt diese Erfahrung die emotionale Entwicklung, statt sie zu fördern.

Ich habe diese Form der Interaktion zwischen Vater und Sohn im Verlauf der Analyse mehrerer Männer entdeckt, denen die Pflege ihrer kleinen Söhne außerordentliches Vergnügen bereitete und die ihnen gegenüber ein ausgeprägtes Bedürfnis nach körperlicher Nähe empfanden. Ich will hier auf einen Fall verweisen, in dem das Kind auf das Bedürfnis des Vaters reagierte, indem es allnächtlich in sein Bett kam, ohne jemals von der Mutter Notiz zu nehmen. Keine Strafmaßnahme konnte das nunmehr vierjährige Kind dazu bringen, in seinem Bett zu bleiben. Der kleine Junge reagierte weiterhin auf die unverminderten unbewußten Wünsche des Vaters nach körperlicher Nähe. Als in der Analyse zur Sprache kam, daß der Patient in seiner frühen Kindheit keinerlei körperlichen und emotionalen Kontakt zu seinem Vater gehabt hatte, begann der kleine Junge der Aufforderung, in seinem Zimmer zu bleiben, zu folgen. Das nächtliche Pendeln zu Vaters Bett hörte auf, als dem Patienten zunehmend bewußt wurde, daß er seinen eigenen dyadischen »Vaterhunger« durch die körperliche Nähe seines kleinen Sohnes befriedigte. Die Ersatzbefriedigung, die dem Vater zuteil wurde, ließ diesen sensiblen, besorgten und klugen Mann die Augen davor verschließen, daß sein Verhalten unangemessen war. Obgleich er sich nur seiner guten Absicht bewußt war, begann er zu zweifeln, ob die Beziehung zu seinem Sohn vernünftig sei oder möglicherweise infantilisierend. Daß er sich selbst in Frage zu stellen begann, ging mit der Analyse seines Vaterkomplexes in der Übertragung Hand in Hand. Die Angst, daß die Behandlung abgebrochen werden könnte, falls er kein guter Patient wäre (d. h. »keine Träume brachte«), steigerte sich zum Schrecken vor dem Verlassenwerden: »Wie kann ich ohne Sie leben?« Die lebenslange emotionale Distanz zwischen Vater und Sohn ließ die Sehnsucht nach dem Kontakt zum Vater niemals erlöschen. Weinend und schluchzend begann er zu erkennen, wie sehr und wie hoffnungslos er seinen Vater liebte. Die Analyse des Patienten in seiner Rolle als Sohn und als Vater brachte verspätet ein befriedigendes Maß an Harmonie in diese gestörte Beziehung dreier Generationen, die in ihm ein Gefühl persönlicher Unvollkommenheit und Unzufriedenheit ausgelöst und zur Kompromiß(Symptom)bildung geführt hatte.

In den Frühstadien steht die Vateridealisierung in engem Zusammenhang mit der Abhängigkeit des kleinen Kindes von äußeren Hilfsquellen, die ihm das Gefühl körperlicher Sicherheit und emotionaler Geborgenheit geben. Ich habe bereits an anderer Stelle beschrieben, daß sich das männliche Kleinkind dem dyadischen Vater zuwendet, um diese speziellen Bedürfnisse zu befriedigen. Sie werden in dramatischer Weise offenkundig, wenn die ausschließliche Abhängigkeit von der Mutter (symbiotische Phase) an einen Punkt gelangt, wo der bisherige Zustand nicht mehr akzeptiert wird, und zwar wegen des Reifungsfortschritts des kindlichen Körpers und seines Dranges, diese Bedürfnisse zu befriedigen und mit seiner Umwelt immer umfassender zu interagieren. Der Vater der triadischen Phase ist zum Erben einiger der früheren Bindungsgefühle ausersehen, die der Knabe der dyadischen Phase in der Partnerschaft mit dem Vater ausgebildet und gefestigt hat. Dieser Überrest der präödipalen Objektbindung an den Vater zeigt sich in der triadischen Konstellation, wenn Vater oder Mutter abwechselnd zu Eindringlingen oder Widersachern werden, je nachdem, wer gerade der bevorzugte Partner der ödipalen Paarung ist. Wie wir wissen, verursacht der bestimmende Einfluß des gegengeschlechtlichen (»positiven«) Komplexes einen Zusammenstoß mit dem Realitätsprinzip, d. h. der physischen Unreife des Kindes und seiner Abhängigkeit von der elterlichen Fürsorge. Das Realitätsprinzip ebnet den Weg zur Konfliktlösung und zur Herrschaft innerhalb seines Bereiches, hat man einmal seine Oberhoheit anerkannt. Das heißt im vorliegenden Fall, daß die Veränderung des Selbst Vorrang hat vor dem Versuch, die Realität zu verändern. Es hieße Eulen nach Athen tragen, wollte ich nochmals ausführen, wie – beim Vorgang der Auflösung – das Überich zum Erben des gleichgeschlechtlichen (»positiven«) Komplexes wird oder wie sich in diesem kritischen Augenblick der Entwicklung die meisten Überich-Vorläufer vereinigen und zu psychischer Struktur werden.

Die Funktion des dyadischen gleichgeschlechtlichen Vaters in der Adoleszenz und darüber hinaus

Die psychische Restrukturierung in der Adoleszenz schließt stets die emotionale Vorgeschichte ein, die der Junge mit seinem präödipalen und ödipalen Vater teilte. Der in diesem fortgeschrittenen Stadium ausbrechende Konflikt hat zwei Facetten: Der Vater ist nicht nur Widersacher und Rivale, sondern auch Beschützer, Partner und Mentor. Während diese Vaterrollen im manifesten Verhalten oder den bewußten Gedanken des Jungen nur selten aufscheinen, lassen sie sich dennoch an bestimmten Aspekten seines sozialen Verhaltens, der Beziehung zu den Gleichaltrigen, seinen Tagträumen und Stimmungen (Blos, 1976) ablesen. Der durch die gegensätzlichen Positionen bedingte Konflikt tritt in der Spätadoleszenz in ein akutes Stadium, stellt aber im Gefühlsleben des Jungen jederzeit ein herausragendes Problem dar. Es sollte daher nicht überraschen, daß der Auflösung des gleichgeschlechtlichen (»negativen«) Komplexes aus dem Wege gegangen wird, wenn sich die zähe präödipale Vaterfixierung als unüberwindlich erweist. Wie immer, wenn kontinuierliche Entwicklungen unterbrochen und auf ein totes Gleis geschoben werden, kommt es zu einer abweichenden Form der Anpassung, etwa in Gestalt von Kriminalität, pathologischen charakterlichen, sozialen und sexuellen Entwicklungen, zum Ausbruch einer Neurose oder einem psychotischen Zusammenbruch.

In den vorangegangenen Ausführungen habe ich den Vaterkomplex des Jungen bis zum Ende der Kindheit verfolgt, das mit dem Abschluß der Adoleszenz zusammenfällt. Bei unseren erwachsenen Patienten beobachten wir unweigerlich, daß dieses Problem fortbesteht, weil es während der Spätadoleszenz übergangen oder unvollständig gelöst wurde. Was ich hier als Versäumnis während der Adoleszenz bezeichne, läßt sich nicht exakt und absolut definieren, weil wir große individuelle Unterschiede beobachten, die darauf beruhen, daß dieses Versäumnis in besonderer Weise in eine Mischung präödipaler und ödipaler Strebungen eingebettet ist, die gleichzeitig und im Widerstreit miteinander ablaufen.

An dieser Stelle sollten zwei Tatsachen erwähnt werden, die der Erforschung der Kindheitsentwicklung zu verdanken sind. Man hat festgestellt, daß sich das männliche Kleinkind eher als das Mädchen von der Mutter ab- und dem Vater zuwendet. Außerdem wirkt sich die Entbehrung des Vaters in der dyadischen Phase auf die spätere Anpassungsfähigkeit des Jungen weit schädlicher aus, als es beim Mädchen der Fall ist. Wegen dieser Erkenntnisse, die durch die Analyse erwachsener männlicher Patienten bestätigt wurden, wird oft die Frage außer acht gelassen, ob ihre Anpassungsschwierigkeiten auf eine grundlegende Konfliktkonstellation mit nachfolgender Regression zurückzuführen sind oder aber auf eine Verzögerung oder einen Stillstand der Entwicklung. Bei einer beträchtlichen Anzahl meiner erwachsenen männlichen Patienten im Alter von zwanzig bis in die späten fünfziger Jahre erscheint der gleichgeschlechtliche (»negative«) Komplex – mit seiner zweischichtigen Verstrickung – überraschend oft als Urgrund ihrer neurotischen Störung.

Ich erinnere den Leser hier an die bereits erwähnte Arbeit Freuds aus dem Jahre 1931 über die weibliche Sexualität. Er verweist dort auf die allumfassende Fixierung seiner Patientinnen an die Mutter der frühen Kindheit, die ihrem neurotischen Leiden zugrunde liegt. Man muß sich wirklich fragen, weshalb der männliche gleichgeschlechtliche (»negative«) Komplex, der die gleiche Wertigkeit für die Neurosenentstehung besitzt, niemals ein ebensolches Interesse gefunden hat. An dieser Vernachlässigung änderte sich auch nichts, obwohl Freud – wie Ruth Mack Brunswick (1940) in ihrer klassischen Arbeit über die »präödipale Phase« (die sie zusammen mit Freud verfaßte) mitteilt – zu jener Zeit gesagt hatte, daß »auf Grund dieser neuen Vorstellung von der frühen weiblichen Sexualität die präödipale Phase des Knaben gründlich untersucht werden sollte« (S. 266). Diese Mahnung wurde niemals hinreichend beachtet, es sei denn, wir behaupten schlichtweg, die präödipale Phase des Jungen sei eben eine bisexuelle Phase – eine Position, die kaum haltbar ist. Die klinische Beobachtung läßt keinen Zweifel, daß ein universaler Bestandteil der normalen psychosexuellen Entwicklung, nämlich eine homosexuelle Neigung, bei Männern und Frauen denselben Verlauf nimmt. Sie wird zweifellos von Männern weit stärker verdrängt als von Frauen. Für diese Divergenz sind aller Wahrscheinlichkeit nach der Wechsel des Objekts, die Morphologie des Geschlechts und die kulturelle Prägung verantwortlich.

Die Überreste der dyadischen, d. h. präödipalen Bindung des Sohnes an den Vater unterliegen weitgehend einer machtvollen Verdrängung, sobald die Adoleszenz abgeschlossen ist. Der latenten Intensität dieses tiefreichenden kindlichen Erlebens kommt man gewöhnlich – wenn es in der Analyse emotional wiedererweckt wird – nicht allein dadurch bei, daß man es in Worte faßt. Es bricht sich auf affektiv-motorische Weise Bahn, etwa durch unbeherrschbares Weinen und Schluchzen, wenn der Patient von überwältigenden Empfindungen der Liebe und des

Verlusts in bezug auf den dyadischen Vater gequält wird. Ein Mann in den Fünfzigern rief in einem solchen Augenblick unter Tränen aus: »Weshalb habe ich meinen Vater so sehr geliebt? Schließlich hatte ich doch eine Mutter.« Im Gegensatz zu diesen leidenschaftlichen Affekten war die offenkundige, erinnerte Sohn-Vater-Beziehung im allgemeinen distanziert oder haßerfüllt, bewundernd oder unterwürfig gewesen; Furcht vor Zurückweisung, Widerwille und ein quälendes Gefühl der Enttäuschung beherrschten sie. Diese letzte Empfindung beruht darauf, daß der Junge die Unzulänglichkeiten des Vaters aufmerksam und sensibel registriert, die ihn als Helden oder würdigen Gegner des Sohnes disqualifizieren. Neben diesen Aspekten muß die nachgiebige oder widerstrebende Haltung des kleinen Jungen gegenüber dem unkontrollierten Bedürfnis des Vaters nach libidinöser Befriedigung beachtet werden, die er in der engen Beziehung zu seinem Sohn zu finden sucht. Beide extreme Reaktionen auf das verführerische Verhalten des Vaters – Hingabe oder Flucht – bereut der kleine Junge, weil es ihm nicht gelungen ist, dem Vater das ihm zustehende Maß an Anerkennung, Freude und liebevoller Unterstützung zu entlocken, das er gebraucht hätte, um heranzuwachsen, sein »großer Junge« zu werden. Das ist das verwirrende Paradoxon des Vaterkomplexes, den ich beschrieben habe. Im Laufe der Zeit entsteht durch diese frühe Erfahrung das Fundament eines Selbstbildes von deprimierender Unzulänglichkeit oder aggressivem Selbstbewußtsein; beide verschmelzen in der Adoleszenz zu pathologischen Anpassungsformen, die während des ganzen Erwachsenenlebens weiter ausgestaltet werden.

Die klinischen Hinweise in diesem Buch beruhen auf meiner analytischen Arbeit mit männlichen Patienten verschiedener Altersstufen. Während der dyadischen und triadischen Vaterübertragung, hatte sie sich in der Behandlung einmal manifestiert, war es möglich, ihren Vaterkomplex hinreichend herauszuarbeiten oder zu lösen, um ihr Leben einigermaßen vernünftig, produktiv und lohnend werden zu lassen. Allem Anschein nach ist für die Behandlung der dyadischen Vaterfixierung des männlichen Patienten eine gleichgeschlechtliche Übertragung von besonderer Bedeutung. Dies vor allem, weil präödipale Erinnerungsspuren nicht ohne weiteres in Worte gefaßt werden, sondern – wie ich bereits in meinen Fallbeispielen angedeutet habe – affektiv-motorischer Ausdrucksweisen bedürfen, bevor der Prozeß der Symbolisierung auf dem Wege verbaler Kommunikation der Einsicht und Rekonstruktion nutzbar gemacht werden kann.

Eine Frage, die hier gestellt werden muß, betrifft die dyadische Vaterübertragung, wenn die Behandlung von einer Analytikerin durchgeführt wird. In der außerordentlich spärlichen Literatur zu diesem Thema erregt die Arbeit von Laila Karme (1979) unser Interesse. Sie behandelt wichtige Probleme von praktischer Bedeutung für diesen Bereich, der durch unsichere Beobachtungen und Begriffsbildungen gekennzeichnet ist. Die lange Zeit hindurch für unumstößlich gehaltene Ansicht besagt, daß »die Wiederholung des vollständigen Ödipuskomplexes ein wesentlicher Teil aller Analysen« sei (Glover, 1955).* Es wurde daher für selbstverständlich gehalten, daß es für Übertragungswiederholungen unerheblich ist, ob der Patient von einem Analytiker oder einer Analytikerin behandelt wird. Diese Annahme wird zur Zeit in Frage gestellt, weil die Überzeugung wächst, daß der dyadische Vaterkomplex des männlichen Patienten nicht hinreichend verstanden wird, wenn man sich in den Grenzen dessen bewegt, was summarisch als homosexuelle oder »negative« Übertragung bezeichnet wurde. Ist also ein wesentlicher Unterschied in den Fällen zu beobachten, wo der männliche Patient von einer Frau analysiert wird?

Unter diesen Umständen könnten wir fragen, ob der gleichgeschlechtliche (»negative«) Komplex des Patienten in der Über-

* Der Terminus »vollständiger Ödipuskomplex« kam in der psychoanalytischen Literatur in Gebrauch, um die Definition des ursprünglichen Ödipuskomplexes dahingehend zu erweitern, daß sie die dyadische (präödipale) Phase einschloß, nachdem man deren universale, häufig überragende Bedeutung für die Entstehung der Neurose erkannt hatte.

tragung als Manifestation einer homosexuellen Vaterfixierung anzusehen ist, wie nach einer weitverbreiteten Interpretation behauptet wird. Wahrscheinlich haben wir der Gefahr zu wenig Aufmerksamkeit geschenkt, die eine Analytikerin an einem bestimmten Punkt für ihren männlichen Patienten darstellt. Er erlebt in ihr aufs neue die dyadische »wiederverschlingende Mutter«, die in der Übertragung zur kastrierenden Frau wird, vor der sich der erwachsene männliche Patient durch seine Flucht ins Heiligtum der gleichgeschlechtlichen Partnerschaft zu schützen sucht. Diese Position entspricht dem, was wir als den dyadischen gleichgeschlechtlichen (»negativen«) Komplex bezeichnen. Betrachten wir diese Abwehrhaltung unter dem Gesichtspunkt der Entwicklung, müssen wir ihr wachstumsförderndes Potential anerkennen. Wenn wir von der »kastrierenden Frau« sprechen, implizieren wir eine geschlechtliche Spezifität, die in späteren Stadien in engem Zusammenhang mit der frühen Abkehr von der Mutter als verlockender Quelle passiver Abhängigkeit gebracht wurde; dies macht sie zu einem »gefürchteten« Objekt, das verallgemeinernd zur prototypischen »Frau« wird.

Was Freud (1923) als »zärtliche feminine Einstellung [des Knaben] zum Vater« bezeichnet hat, ist nicht *prima facie* feminin, weil eben diese Haltung dazu dient, die Männlichkeit des Jungen sowie seine fortschreitende Entwicklung vor der Behinderung oder Zerstörung durch die »wiederverschlingende« oder »kastrierende« Mutter zu schützen, oder, genauer gesagt, durch die Furcht des Kindes, daß es diesem regressiven Drang nachgeben könnte. Ich habe dieses normative Stadium der kindlichen Objektbeziehungen in dem vorliegenden Buch ausführlich behandelt. Die Ausdehnung aller normativen Stadien über ihren normalen Zeitpunkt hinaus führt zu einer schiefen Entwicklung, d. h. zu irgendeiner Art von Fehlanpassung. Dies trifft sicherlich auf den dyadischen Vaterkomplex des Jungen zu, der sein Bemühen um Distanzierung von der symbiotischen Mutter widerspiegelt. Eine Fixierung in diesem Stadium führt in den gegengeschlechtlichen Objektbeziehungen des Knaben zu allen Arten von Vermeidungen und Ängsten oder zu zwanghaften Bestätigungen ihres Gegenteils. Wenn diese Fixierung schließlich in den physischen Vorgang der sexuellen Reifung hineingezogen wird, ist es nicht überraschend zu sehen, daß der Vaterkomplex als unvermeidliche Begleiterscheinung einer niemals aufgegebenen Idealisierung des Vaters und des Widerstandes gegen Abhängigkeit von der Mutter homosexuelle Neigungen hervortreten läßt.* All das soll nun im Bereich der klinischen Psychoanalyse untergebracht werden. Ich glaube, daß das Problem des »negativen« Komplexes in der Übertragung des männlichen Patienten auf eine Analytikerin nur von einer Frau gelöst werden kann. Ich hüte mich deshalb davor, Meinungen zum besten zu geben, die keine authentische Grundlage in meiner analytischen Erfahrung haben, weil ich ein Mann bin. Ich möchte nur einen der Befunde Laila Karmes (1979) erwähnen. Sie stellt fest, daß in ihrem Fall »... eine auf den Vater bezogene homosexuelle Übertragung sich nicht entwickelte ... die auf die Mutter bezogene Übertragung blieb bestehen« (S. 266). Sie beobachtete keine analogen Übertragungsbegrenzungen oder -einschränkungen bei irgendeiner anderen Kombination von Analytikern und Analysanden, noch wurden solche von anderen männlichen oder weiblichen Analytikern berichtet.

Ich habe mich in meiner Darstellung ausführlich über die Beziehung des Jungen zum Vater der dyadischen und triadischen Phase geäußert sowie über die kontinuierlichen und diskontinuierlichen Entwicklungen beim Übergang von der einen zur anderen und insbesondere über den Einfluß dieser Beziehungserfahrung auf das Schicksal des gleichgeschlechtlichen (»negativen«) Komplexes und auf die männliche Persönlichkeitsbildung. Ich fühle mich nun veranlaßt, die Unterscheidung zwischen dem dyadischen und dem triadischen Vater substantiell zu spezifizieren. Zunächst und vor allem wird der dyadische Vater zum Erben der infantilen Spaltung in die gute und die ursprüngliche böse Mutter, in jenen zweigeteilten »anderen«, der Lust oder

* Dieses Schema liefert keineswegs eine gültige ätiologische Erklärung der männlichen Homosexualität im allgemeinen.

Schmerz, Sättigungsbehagen oder Bedürfnisspannung weckt. Mahler (1975) hat diese infantile Spaltung in Teilobjekte als »Ambitendenz« im Gegensatz zur »Ambivalenz« bezeichnet, weil letztere das Vorhandensein von Objektkonstanz und der Repräsentanz eines ganzen Objekts voraussetzt. Ambivalenz im eigentlichen Sinne wird nicht vor der triadischen Phase erworben und voll entwickelt. Die Analyse von Jugendlichen hat mich gelehrt, daß der präödipale Vater dem kleinen Jungen eine Quelle der Sicherheit und des unausgesprochenen Schutzes vor den Kräften regressiver Bedürfnisse bietet und ihm zudem die Erfahrung männlicher Kongruenz und Identität vermittelt. Die Teilhabe an der Männlichkeit des Vaters stellt das Frühstadium der Geschlechtsidentität dar; hier liegen die zarten Wurzeln der Identifizierung. Sobald sie sich voll entfaltet haben, bringen sie zu einem späteren Zeitpunkt die ödipale Phase zum Abschluß. Die vorherrschenden Empfindungen des kleinen Jungen gegenüber dem präödipalen Vater sind Zuneigung, Freude an Körperkontakt, an den Aktivitäten der großen Muskeln, verbunden mit der Nachachmung von Bewegungen. Hinzu tritt ein Bindungsverhalten, das die Mutter-Kind-Interaktion fortsetzt und ausdehnt. Das Gleichgewicht zwischen passiven und aktiven Neigungen verschiebt sich normalerweise mit zunehmendem Alter zugunsten der letzteren, was als gutes Zeichen für die geschlechtsspezifische Entwicklung des Jungen während der triadischen Konfrontation zu betrachten ist. Bleibt der Vater weiterhin der infantilen Spaltung in den Objektbeziehungen unterworfen, ergibt sich ein Zustand, der die ödipale Herausforderung abschwächt und sie möglicherweise zunichte macht. Anhand der Beobachtung von Übertragungen Jugendlicher habe ich den Eindruck gewonnen, daß die präödipale Sohn-Vater-Bindung im allgemeinen nicht auf einen engen genitalen Fokus beschränkt ist. Erregung und Lust stellen sich als sinnliche Reaktionen des ganzen Körpers ein – insbesondere der Muskulatur –, wobei der Penis die erste Komponente unter gleichrangigen ist.

Die dyadischen gleichgeschlechtlichen Bindungsgefühle leisten nicht ohne weiteres einer femininen Orientierung des Jungen Vorschub. Der entscheidende Faktor hinsichtlich der männlichen Homosexualität findet sich demnach nicht in diesem Entwicklungsstadium. Wenn jedoch eine präödipale Vaterfixierung den Jungen daran hindert, das dyadische Band zu lösen, kommt es zu einer Vermischung mit den sexuellen Leidenschaften der ödipalen Phase. Mit anderen Worten, die Bindungsgefühle verschmelzen mit dem Wunsch, die Mutter zu ersetzen, indem man den Vater befriedigt und von ihm befriedigt wird. Dies kann sich in Gestalt des Verlangens, ein Baby zu bekommen, oder in dessen ungestümer Verleugnung durch ein anmaßendes, widerspenstiges, selbstgewisses Verhalten äußern. Unter solchen Auspizien wird letztlich in die postödipale psychosexuelle Organisation des Jungen eine homosexuelle Gefährdung hineinverwoben. Eine dyadische Vaterfixierung muß meines Erachtens nicht vorausgehen, um den homosexuellen Trieb das Übergewicht erlangen zu lassen; wir wissen nur zu gut, daß ödipale Determinanten entscheidender zu einem solchen bleibenden Resultat beitragen. Wenn die Furcht vor der verschlingenden Mutter oder der kastrierenden Frau in dieser Phase regressiv oder defensiv wiederbelebt wird, dann enthüllt die Flucht des Jungen zum Vater, oder, allgemeiner gesagt, zu einem männlichen Objekt die präödipalen Determinanten seiner sexuellen Orientierung. Mit dem Ansturm ödipaler Objektbeziehungen verliert die starke dyadische Vaterbindung, wie zuvor die Mutterbindung, ihre Ausschließlichkeit. Bevor ich diese Erörterung der Unterscheidung zwischen der dyadischen und der triadischen Vaterbeziehung des Jungen abschließe, möchte ich darauf hinweisen, daß die präödipale Bindung von der Furcht vor Objektverlust (d. h. »Liebe«) und einem wahnhaften Gefühl der Unverwundbarkeit beherrscht wird. Letzteres wird durch die Bindung an den Vater erworben und durch das Wetteifern mit ihm sichergestellt. Im Gegensatz dazu wird die ödipale Beziehung von der Furcht vor Vergeltung und Schuldgefühlen beherrscht. In beiden Phasen beobachten wir Eifersucht und Neid, jedoch mit einem Unterschied: In der früheren Phase wird die libidinöse Besetzung abwechselnd dem einen oder dem anderen oder beiden Elternteilen zugewandt, wobei es immer wieder zu Kehrtwendungen kommen muß. In der ödipalen Phase wird die libidinöse Besetzung nunmehr eindeutig gefestigteren und differenzierteren Objektbindungen zuteil, die für Vater und Mutter, Mann und Frau spezifisch sind.

Der Einfluß der dyadischen und triadischen Phase auf die Entwicklung des kognitiven Denkens

Um meine Beobachtungen über die Entwicklung von Beziehungen mitzuteilen, habe ich eine begriffliche Differenzierung zwischen der dyadischen (präödipalen) und triadischen (ödipalen) Phase, entsprechend ihrem Verlauf und ihren Eigentümlichkeiten, vorgenommen. Die normale Entwicklung beider Phasen wurde anhand ihres entscheidenden, jedoch nicht identischen Einflusses auf die Bildung psychischer Struktur, auf die Regulierung des Gefühlslebens im allgemeinen, auf die zunehmende Komplexität von Kognition, Verstehen und kreativer Artikulation und – *last not least* – auf die Bildung der sozialen und sexuellen wie der Selbst-Identität beschrieben. Daß beide Komplexe – zwar qualitativ und quantitativ wandelbar – innerhalb gewisser Grenzen ständig koexistierten, erhält jenes Maß psychischer Spannung aufrecht, ohne das der psychische Stoffwechsel aufhört und die Kontinuität der psychischen Homöostase in Gefahr gerät. Die Nachklänge beider Komplexe durchziehen das ganze Leben eines Mannes, auch wenn sie sich in bevorzugten Objektbeziehungen, sozialer Stellung, Beruf, Liebhabereien und Charakterstruktur stabilisiert haben. Ihr Fortbestehen entspricht dem gesunden Funktionieren des Körpers.

Wenn ich von den beiden Komplexen sprach, habe ich stets betont, daß ihre unvollständige und damit das Gleichgewicht störende Auflösung den »Kern der Neurose« bildet. Da dem gleichgeschlechtlichen, d. h. »negativen« Komplex wenig Aufmerksamkeit gewidmet und die Entstehung der Neurose fast ausschließlich dem gegengeschlechtlichen, d. h. »positiven« Komplex zugeschrieben wurde, liegt ein fruchtbarer Boden für die analytische Forschung noch vor uns. Diese Feststellung ist allerdings nur bedingt richtig, weil die Tatsachen, auf die ich in dieser Darstellung immer wieder verwiesen habe, dem Blick des kritischen Praktikers nie entgangen sind. Ich wage jedoch zu behaupten, daß die Rolle des dyadischen Vaters als eines Faktors der Neurosenentstehung beim Mann nur gelegentlich – d. h. im speziellen Fall, aber nicht in allen Fällen – in der modernen Neurosentheorie anerkannt wurde. Bei psychischen Störungen heranwachsender Jungen hingegen wurde eine Pathogenität, die ihre Wurzeln in der dyadischen Phase hat, durchaus anerkannt.

Es gibt jedoch noch einen weiteren Gedanken, den ich mitteilen möchte, bevor ich dieses Kapitel schließe. Es handelt sich dabei um eine Abschweifung spekulativer Art. Ich habe bereits oben erwähnt, daß die dyadische Phase mit Gegensätzen operiert, die sich in der Spaltung in »gute« und »schlechte« Objekte widerspiegeln. Das kognitive Denken bleibt primitiv und von begrenzter Wirksamkeit, wenn man es auf den ausschließlichen Gebrauch von Gegenständen beschränkt, weil komplexe Erscheinungen im Sinne simpler Dichotomien behandelt werden. Mit dem Erreichen der triadischen Phase werden die Denkvorgänge auf eine höhere Ebene gehoben oder, um genau zu sein, sie ist die Voraussetzung für diesen Fortschritt. Wir könnten sagen, daß die Komplexität der triadischen Objektbeziehungen mit dem impliziten Aufstieg zu einer höheren Ebene der Konfliktbildung in ihrem Bereich eine unendliche Vielfalt möglicher Konstellationen schafft; von diesen werden wenige auserwählte beibehalten und mit der Überwindung der triadischen Phase stabilisiert.

Die ödipale Kompliziertheit zwischenmenschlicher Erfahrungen tritt auf der kognitiven Ebene mit dem Einsetzen des dialektischen Prozesses in Erscheinung. Wir erkennen in diesem Prozeß den triadischen Charakter von These, Antithese und Synthese. Die Komplexität dieses Denkvorgangs erlaubt – sei es auf Grund bewußter Wahl oder durch Zufall – eine endlose Folge möglicher kognitiver Kombinationen oder Abwandlungen, von denen jede nach einer Lösung auf einer höheren Ebene des Denkens drängt. Wir könnten hier von einer geistigen Anstrengung oder Spannung in der kognitiven Sphäre als einem Anreiz zur Problemlösung in Gedanken sprechen, die durch den unerbittlichen Zufluß widerstreitender Gefühle – etwa lustvollem Objektbesitz versus unlustvollem Konfliktgeschehen – in Gang gehalten wurde, bis schießlich eine befriedigende Lösung erreicht war.

Aus dem Postulat einer Auflösung des Ödipuskomplexes in zwei Phasen ergibt sich, daß die sogenannten höheren Denkebenen zum Zeitpunkt seiner endgültigen Auflösung erreicht werden, nämlich in der Adoleszenz. Diese theoretische Annahme wird durch die Jugendforschung von Piaget und Inhelder (1958) bestätigt, die sagen: ». . . die Wörter ›Theorie‹ und ›Systeme‹ seien in ihrer weitesten Bedeutung verstanden: Der Heranwachsende ist . . . dasjenige Individuum, das System oder Theorien zu konstruieren beginnt . . . Der Heranwachsende reflektiert sein Denken und konstruiert Theorien« (S. 326 und 327). Die Fähigkeit, sich solcherart geistig zu betätigen, kündet von der Bereitschaft des Jugendlichen, sich mit den Abstraktionen auseinanderzusetzen, die Ideologien, der Philosophie, Epistemologie und den Naturwissenschaften innewohnen. Das Kind besitzt keine Denkfähigkeit dieser Art. Die Forscher behaupten: ». . . vom Funktionellen her gesehen, haben diese Systeme die wesentliche Bedeutung, daß sie dem Heranwachsenden die moralische und intellektuelle Einfügung in die Gesellschaft der Erwachsenen ermöglichen . . . Sie sind für ihn insbesondere unerläßlich, um die Ideologien zu assimilieren, die die Gesellschaft oder die Gesellschaftsklassen als Körperschaften im Gegensatz zu den einfachen interindividuellen Beziehungen charakterisieren« (S. 327).

Ich habe auf die Tatsache hingewiesen, daß die Primitivität des Denkens, wie sie in dyadischen Objektbeziehungen verankert ist, in krassem Gegensatz zum dialektischen Denken steht. Im triadischen Gemütszustand geht es um Selbst, Objekt und Identität sowie um objektgerichtete emotionale und sexuelle Themen. Dieser Zustand transzendiert seinen infantilen Ursprung und die Triebverstrickung, indem er seiner Existenz in der kognitiven Sphäre Dauer verleiht, d. h. im unendlichen Bemühen, die Welt und das Selbst in immer komplexeren Bedeutungen und Strukturen zu verstehen.

Ich bin in meinen Ausführungen dem wechselseitigen Einfluß von Trieb- und Ich-Entwicklung während der dyadischen und triadischen Vaterbezogenheit des männlichen Kindes nachgegangen, wie sie sich in den ersten beiden Lebensjahrzehnten in einem sich wandelnden Soma und einer sich wandelnden sozialen Umwelt abspielt. Ich habe mich bemüht, den normalen Entwicklungsfortschritt bei der männlichen Persönlichkeitsbildung begrifflich zu fassen, indem ich nachdrücklich auf das Schicksal der dyadischen Vaterbeziehung des Jungen sowie auf seinen gleichgeschlechtlichen (»negativen«) Ödipuskomplex im allgemeinen hinwies. Im weiteren Sinn habe ich mich mit der wechselseitigen Integration von Sohnesschaft und Vaterschaft befaßt. Die Tatsache, daß jeder Vater einmal ein Sohn gewesen ist, läßt ihn seine eigene diesbezügliche Erfahrung in den neuen Zusammenhang eines Kontinuums der Generationen einbringen. Diese Betrachtungen, so begrenzt sie nach Umfang und Art sind, räumen dem dyadischen Vaterkomplex eine entscheidende Bedeutung für die Entstehung der Neurose ein und sehen in ihm einen ätiologischen Faktor in bezug auf spezifische Formen von Psychopathologie im ganzen Lebenszyklus des Mannes.

Bevor ich schließe, überlasse ich einem siebenjährigen puertorikanischen Jungen aus der zweiten Klasse einer New Yorker Grundschule das Wort, der seiner Lehrerin etwas gab, das er »Ein kleines Gedicht für meinen Papa« nannte. Es lautet:

»Du bist wie ein starker Drachen,
der auf den Wind wartet,
wie der süße Schnee, der mich liebt,
und wie der verwundete Tiger, der meine Hilfe braucht.«

Teil 2
Einige literarische Beispiele der dyadischen Sohn-Vater-Verbindung

Tradition ist viel mehr als Erinnerung.
Ist sie Erfahrung, endgültige Form,
Zu der alle anderen Formen zuletzt zurückkehren,
Der Rahmen eines wiederholten Geschehens?
Sie hat eine klare, einzigartige, solide Gestalt:
Die des Sohnes, der auf seinem Rücken
Den Vater trägt, den er liebt, den er trägt
Aus den Ruinen der Vergangenheit, dem Nichts, das ihm geblieben,
Veredelt von der Ehre, die ihm widerfährt
Wie in einer goldenen Wolke. Der Sohn erschafft
Den Vater neu. Er verbirgt sein Altersgrau
Hinter dem eigenen leuchtenden Rot. Doch er trägt ihn aus Liebe,
Weil des Vaters Leben sein Leben verdoppelt,
Es zum Menschlichen emporhebt. Das ist
Der Tradition Gestalt.

Aus dem Gedicht »Recitation after Dinner« von Wallace Stevens.

Vorbemerkung

Die beiden nachstehenden Essays bedürfen einiger einführender Worte, um zu erklären, in welchem Umfang und zu welchem Zweck ich die ausgewählten Werke der Literatur zu benutzen beabsichtige. Es scheint unvermeidlich, daß ihr Thema – allein auf Grund der anerkannten Bedeutung dieser Werke – beim Leser Erwartungen wecken werden, die sehr viel weiter reichen, als ich gehen möchte. Die im folgenden vorgetragenen Gedanken lassen sich zutreffend unter dem literarischen Genre des »Aperçu« oder der »Reflexion« subsumieren; sie sollen nicht mit einer Literaturkritik auf eine Stufe gestellt werden, in der das besprochene Werk des Autors in allen Einzelheiten und unter Berücksichtigung der Komplexität aller möglichen Verästelungen behandelt wird. Ganz im Gegensatz dazu versuche ich, ein spezifisches Entwicklungsprinzip auf einen bestimmten Text anzuwenden, um festzustellen, inwiefern es sich zur Vertiefung unseres Verständnisses dieses Werkes als geeignet und nützlich erweist.

Wir sollten nicht vergessen, daß sich die These, die ich in der vorstehenden Abhandlung aufgestellt habe, auf Vorstellungen von spezifischen Aspekten der männlichen Entwicklung stützt, die sich von der Wiege bis zum Grabe verfolgen lassen. Meine Erkenntnisse und Formulierungen über die Sohn-Vater-Beziehung mit ihrem wechselseitigen Zusammenspiel und der in allen Generationen zu beobachtenden Periodizität werden nunmehr auf die drei Themen der folgenden Erörterungen angewendet.

Diesem Unternehmen liegt die Überzeugung zugrunde, daß die spezifischen Merkmale der männlichen Entwicklung, wie sie im Eingangskapitel dieses Buches beschrieben werden, die universale Voraussetzung darstellen, ein männliches Kind zu sein und ein Mann zu werden. Um diesen spezifisch menschlichen Zustand zu schildern und ihn zum geschlechtsbezogenen Aspekt der männlichen Persönlichkeit in Beziehung zu setzen, habe ich die Entwicklungsstadien in bezug auf Objektbeziehungen und psychische Strukturbildung einer detaillierten Untersuchung unterzogen. Ausgehend von der theoretischen Formulierung eines männlichen geschlechtsspezifischen Fortschreitens von einem Stadium zum anderen, wagte ich eine phänomenologische Übereinstimmung von Verhalten, Denken und Affekt zu postulieren, insofern diese für die Gegenseitigkeit in der Sohn-Vater-Beziehung typisch sind. Eine Verbindung von klinischer Beobachtung und theoretischer Formulierung, hat man sie einmal annähernd exakt hergestellt, bot die Aussicht, zu einem weiterreichenden Verständnis literarischer Werke zu gelangen, in denen das Vater-und-Sohn-Thema eine unübersehbare Rolle spielt.

Ich habe für meinen Deutungsversuch zwei Werke ausgewählt: einen Brief Kafkas mit einem Nachtrag zu Freuds Fall Schreber und Shakespeares *Hamlet*. Was meine Ergebnisse für ein tieferes Verständnis auch bedeuten mögen, ich betrachte sie allenfalls als zusätzliche Beiträge zur fortlaufenden Diskussion dieser Werke – insbesondere *Hamlet* –, die seit langem von vielen hervorragenden Wissenschaftlern in der ganzen Welt geführt wird.

Kommentar zu Franz Kafkas autobiographischem Dokument seiner Sohnesrolle, dem Brief an den Vater (1919)

Einführende Bemerkungen

Im Jahre 1919 machte Kafka – er war 36 Jahre alt – einen verzweifelten Versuch, den emotionalen Abgrund zu überbrücken, der zeitlebens zwischen ihm und seinem Vater bestanden hatte. Der Brücke, die er baute, gab er die Form eines Briefes; er hoffte, seinem Vater auf diese Weise die persönlichsten, intimsten Gefühle und Gedanken nahezubringen, die er niemals hatte ausdrücken können, wenn er ihm von Angesicht zu Angesicht gegenüberstand. Der Brief umfaßt 74 Druckseiten. Er bezeugt Kafkas lebenslangen Monolog über seinen Kampf und schließlich seine Niederlage bei den Auseinandersetzungen mit den Anforderungen seiner Sohnesschaft. Er liest sich wie ein letzter, krampfhafter Versuch, ein verborgenes Fundament guter Gefühle zwischen Vater und Sohn aufzuspüren, wobei keiner von den beiden sicher war, daß es erreicht werden könne, obgleich beide an seine Existenz glaubten. Der *Brief* klingt wie der Entwurf eines Friedensvertrages, dem es gelingen könnte, beiderseitiges Mißtrauen, Anschuldigungen und Mißklänge für immer zum Schweigen zu bringen.

Doch es ergab sich, daß der *Brief* dem Vater niemals ausgehändigt wurde, weil der Sohn die Mutter zur Überbringerin erwählte; sie wiederum entschloß sich, den Brief seinem Verfasser zurückzugeben, um ihrem Mann eine Konfrontation zu ersparen, von der sie wußte, daß sie ihm gänzlich mißfallen hätte. Der *Brief* offenbart mit außergewöhnlicher Aufrichtigkeit die qualvolle Beziehung des Sohnes zu seinem Vater; er legt beredtes Zeugnis ab vom leidenschaftlichen Zusammenspiel von Sohnesschaft und Vaterschaft, das ich im vorangegangenen Aufsatz unter Entwicklungsaspekten beschrieben habe.

Der *Brief* ist ein menschliches Dokument im wahrsten Sinne des Wortes und nimmt in der Literatur der großen Bekenntnisse einen herausragenden Platz ein. Aus diesem Grunde habe ich ihn gewählt, um die Schicksale einer spezifischen Sohn-Vater-Beziehung darzustellen, in der das emotionale Wachstum den normativen Phasen der Kindheit und Adoleszenz nicht gerecht zu werden vermochte. Als Folge davon war der erwachsene Sohn von einer infantilen Vaterimago besessen; er konnte weder mit ihr noch ohne sie leben und war so gezwungen, unaufhörlich die Tragödie ungestillter Sehnsucht und Einsamkeit zu durchleben. Wenn es jemals einen unverminderten Vaterhunger gegeben hat, dann ist der *Brief* seine epische Dokumentation. Ganz allgemein gesprochen ist der *Brief* Ausdruck einer Sohn-Vater-Bindung, die niemals ans Ziel gelangte und niemals aufgelöst wurde. Diese starke Vaterbindung übte einen vernichtenden Einfluß auf die Persönlichkeit des heranwachsenden Sohnes aus. Dies spricht der *Brief* mit aller Deutlichkeit aus, indem er den Vater für Kafkas Selbstverachtung, seine Schüchternheit, seine emotionale Isolierung und seine Unfähigkeit zu heiraten verantwortlich macht, um nur einige der ständigen Beeinträchtigungen seiner Existenz zu nennen. »Und weil Du mein eigentlicher Erzieher warst, wirkte das überall in meinem Leben nach« (S. 20)*. Der Vater war nicht im wörtlichen Sinn der Erzieher des Sohnes, denn das Kind wurde in einer intakten, etablierten, bürgerlichen Familie aufgezogen. Was Kafka sagt, gibt seinen Eindruck wieder, daß der Einfluß des Vaters auf ein Selbstgefühl, das er als sein eigenes betrachten konnte, den Einfluß jedes anderen Menschen überstieg.

Kafkas anschauliche Schilderung der Gefühle, die er zeitlebens gegenüber seinem Vater hegte, ist so aufrichtig und von einer derart unerschrockenen, seelenentblößenden Offenheit, daß ich nicht zögere, den *Brief* als eine authentische, umfassende persönliche Aussage zu verwenden, die meine Thesen über die emo-

---

* Die Zitate sind der Ausgabe des Fischer Taschenbuch Verlages (Frankfurt/Main) vom April 1987 entnommen.

tionale Ontogenese der Sohn-Vater-Beziehung eindrucksvoll zu bestätigen verspricht. Indem ich bei der Lektüre des *Briefes* die Entwicklungskonzepte benutze, die ich im 1. Teil ausführlich dargestellt habe, beabsichtige ich ein Persönlichkeitsbild zu zeichnen, das alle Facetten der von mir durchgeführten Reflexionen zu einer überzeugenden und glaubhaften *Gestalt* vereinigt. Einfacher ausgedrückt, ich möchte den ganzen, häufig wirren und rätselhaften autobiographischen Bericht verständlich machen. In diesem Sinne berühren sich meine augenblicklichen Absichten mit meiner klinischen Arbeit, bei welcher mich die Vorstellungen über die Entwicklung der Sohn-Vater-Beziehung zu rekonstruktiven Bemühungen um psychopathologische Abweichungen und ihre therapeutische Behebung veranlaßt haben. Ich benutze den *Brief* zur Erhärtung dieser Thesen, ohne Kafkas Lebensgeschichte in ihrer ganzen Komplexität rekonstruieren zu wollen. Ich konzentriere mich bei meiner Untersuchung ganz auf Kafkas Erfahrung als Sohn. Ich spüre dem Einfluß des Vaterkomplexes auf seine Persönlichkeitsentwicklung und auf sein gestörtes Gefühlsleben nach, soweit beides im *Brief* durch die innere Folgerichtigkeit der autobiographischen Aufzeichnung unmittelbar dokumentiert wird. Ich beabsichtige indessen nicht, eine Pathographie Franz Kafkas zu schreiben.

Den *Brief* ziehe ich in derselben Weise heran, wie ich die kreativen Aufzeichnungen oder autobiographischen Aufsätze heranwachsender Jungen und Mädchen zu Beginn meiner Adoleszenzforschung (Blos, 1941) benutzte. Ich abstrahierte von ihrer inneren Folgerichtigkeit, die individuell und kollektiv zutage trat, die allgemeine emotionale Dynamik, welche den Prozeß der Adoleszenz unabhängig von individuellen Lebensgeschichten beherrscht. Die auf diese Art gewonnenen Entwicklungs- und Formungsvorgänge können dann im Leben des einzelnen als Maßstab dienen, der geeignet ist, ihren normativen Charakter zu bestätigen oder zu widerlegen. Dieser Ansatz erwies sich in der Vergangenheit bei meinen Entwicklungsstudien als nützliche Methode. In ähnlicher Weise betrachte ich den *Brief* als einen dramatischen Monolog, geschrieben von einem tragischen Autor mit außergewöhnlicher introspektiver Begabung und unvoreingenommenem Denken, der die geheimsten Wirrnisse seiner qualvollen Sohnesrolle in Worte zu fassen vermochte.

Themenkreis des Briefes

Vier verschiedene Themen treten bei der Lektüre des *Briefes* zutage; sie pendeln dazwischen hin und her und vermischen sich wieder miteinander. Sie sind leicht auszumachen, weil ihre Variationen in dem nie endenden Klagelied des Sohnes widerhallen, sich vom Flüstern bis zum Aufschrei als immer wiederkehrende Leitmotive vernehmen lassen. Diese vier Seelenzustände oder emotionalen Komplex werden vom Briefschreiber aus allen erdenklichen Blickwinkeln beleuchtet, bis sie mit blendender Schärfe hervortreten, mit dem Werkzeug der Sprache aufs feinste herausgemeißelt und abgemildert durch den angstvollen, verzweifelten Wunsch Kafkas, daß sein Vater ihn verstehen möge.

Das erste Thema ist die fanatische Idealisierung des Vaters, von dem der Sohn sagt: »In Deinem Lehnstuhl regiertest Du die Welt« (S. 13). Die Vorzüge des Vaters sind von so unvergleichlicher Herrlichkeit, daß sie vom Sohn, der zu einem Zustand der Nichtigkeit verurteilt ist, weder ganz noch teilweise errungen werden können. Die Größe des Vaters macht es dem Sohn völlig unmöglich, bei allem, was er unternimmt, bei jeder Hoffnung, die er nährt, auch nur ansatzweise ein gewisses Maß an Selbstachtung zu gewinnen.

Das zweite Thema ist die durch nichts zu erschütternde zentrale Stellung des Vaters im Leben des Sohnes. Zitat: »Bestand die Welt also nur aus mir und Dir, eine Vorstellung, die mir sehr nahelag . . .« (S. 62); dann, so schließt Franz, wären sie vollkommen miteinander vereint. Dieses unerreichbare Paradies gegenseitiger Zuneigung und Harmonie wird ständig durch den Ansturm blasphemischer, anklagender, herabsetzender Gedanken über den Vater verwüstet, wodurch der Sohn den Qualen von Schuld und Scham ausgeliefert wird. Da ihm weder die Flucht noch eine Atempause vergönnt war, blieb ihm keine Alternative, als sich immer wieder aufs neue die ganze Last von Schuld und Scham aufzubürden. Er tat dies, wenn Reue und Gewissensbisse ihn überfielen, die bekundeten, daß der Vater unschuldig, schuldlos und zu gottähnlich sei, um ihn ertragen zu können. In diesem Teufelskreis bleibt der feste Glaube bestehen, daß der Vater ihn liebe und aus Eifersucht Menschen, Dinge oder Ideen, die dem Sohn wert sind, als verächtlich, wertlos und schädlich darstelle.

Das dritte Thema ist die ständige psychische Wachsamkeit des Sohnes, sich nicht von dem Mann überwältigen zu lassen, den er aller Vernunft zum Trotz liebt. Der *Brief* gibt Zeugnis von Wechselseitigkeit und Knechtschaft zwischen dem Tyrannen und dem Sklaven, dem Verfolger und dem Opfer. Eine Flucht aus diesem Geflecht von Furcht und Wunsch, beide tief verwurzelt und im Rahmen einer alles verzehrenden kindlichen Anhänglichkeit ambivalent aufrechterhalten, war nicht möglich. »Ich stand ja in allem meinem Denken unter Deinem schweren Druck, auch in dem Denken, das nicht mit dem Deinen übereinstimmte, und besonders in diesem« (S. 14).

Das vierte Thema kann als eine Bitte um Waffenruhe, als Beschwörung bezeichnet werden, den Kampf zu beenden und einander nicht länger wehzutun. Das Leben erscheint Kafka – dem Kind, dem Jugendlichen, dem Mann – unmöglich, wenn die Beziehung zu seinem Vater unwiderruflich zerbricht. Die einzige Möglichkeit, Frieden zu finden, scheint darin zu bestehen, daß man sich gegenseitig akzeptiert, daß man Verbrechen verzeiht, die nie begangen wurden, und daß man den Segen des Vaters für seine Arbeit, seine Liebe und seinen Haß und vor allem für seine Männlichkeit erlangt. »Meine Selbstbewertung war von Dir viel abhänger als von irgend etwas sonst, etwa von einem äußeren Erfolg« (S. 54). Nichts ließ sich erreichen, an nichts konnte man sich erfreuen ohne den Segen des Vaters. Da es in Kafkas Leben weder dazu kam, daß die Unvollkommenheiten des anderen akzeptiert wurden, noch dazu, daß die Enttäuschungen durch den anderen aufhörten, stellen sich zwei Fragen, die der *Brief* beantwortet. Die erste Frage betrifft das Aufspüren der historischen Entwicklung des Vaterkomplexes, um die in diesen Gemütszustand eingeflossenen besonderen emotionalen Elemente erkennen zu können, die Kafkas Persönlichkeit beherrschten. Die andere Frage soll Aufschluß darüber geben, welche Kunstgriffe der Sohn anwandte, um seine abnorme psychische Anpassung abzuschütteln. Ferner möchte ich etwas Licht auf die inneren Ressourcen werfen, die Kafka in die Lage versetzten, jenes Körnchen autonomer Selbstheit zu retten, das ihn befähigte, zum außergewöhnlichen, weltbekannten Schriftsteller zu werden.

Die folgende Diskussion soll zeigen, daß eine sorgfältige Lektüre des *Briefes* die Antworten auf diese Fragen liefert. Mit anderen Worten, eine Synthese der vier Themen und der besonderen Rolle, die sie in Kafkas Leben spielen, verleiht dem Autor die Vielgestaltigkeit und Kohärenz einer einheitlichen, tragisch menschlichen Persönlichkeit. Ich sollte an dieser Stelle ankündigen, daß es keine separate Zusammenfassung der Themen geben wird, weil in jeder Erörterung eines Themas Bestandteile der übrigen drei in seine Struktur verwobenen Themen enthalten sind. In diesem Rückblick auf sein Leben, den er im Kontext der Beziehung zu seinem Vater schrieb, hinterließ Kafka der Nachwelt ein Bekenntnis – seltsam, exzentrisch, häufig von perverser Verrücktheit –, das ein Licht auf das einzigartige normale und abweichende Erleben seiner Sohnesschaft wirft.

Idealisierung des Vaters

Die Idealisierung des Vaters durch den Sohn bildet das Gegengewicht seiner eigenen Selbsterniedrigung; beide Positionen sind voneinander abhängig, gelangen niemals zu einer Lösung oder Klärung. Eine ähnlich antagonistische Verwicklung findet sich in der Herabsetzung des Vaters in Gedanken, auf die unfehlbar folgt, daß man dem Vater schmeichelt, sich selbst demütigt und sich bedingungslos die Schuld zuschreibt an der katastrophalen Entfremdung und gegenseitigen Enttäuschung. Die Vaterimago erlangt in diesen Augenblicken eine unbegreifliche überlebensgroße Dimension. In der ersehnten und gefürchteten Konfrontation, die niemals zustande kommt, bleibt der Vater unangreifbar; diese absolute Dominanz des Vaters beschreibt Kafka mit den Worten: »Du warst für mich das Maß aller Dinge« (S. 12). Was der Vater dem Kind sagte, war ». . . geradezu Himmelsgebot, ich vergaß es nie, es blieb mir das wichtigste Mittel zur Beurteilung der Welt« (S. 16).

Der Vater ist im Vergleich mit ihm »ein wirklicher Kafka an Stärke, Gesundheit, Appetit, Stimmkraft, Redebegabung, Selbstzufriedenheit, Weltüberlegenheit, Ausdauer, Geistesgegenwart, Menschenkenntnis, einer gewissen Großzügigkeit« (S. 8). Auf dieses exaltierte Urteil folgt mit gleicher Eloquenz die Herausstellung der »Fehler und Schwächen« (S. 8) des Vaters. Diese hätte der Vater ausmerzen müssen, um dem Sohn den Heldenvater von dyadischer Grandiosität zurückzugeben. Im *Brief* fordert der Sohn vom Vater »ein beispielhaftes Leben«, zu dem er seinen Kindern gegenüber verpflichtet sei, weil ihm die Auszeichnung zuteil geworden war, ein Vater zu werden.

Angesichts dessen, was ich in dem Aufsatz über die Ontogenese der gleichgeschlechtlichen Sohnesschaft ausgeführt habe, scheint es, daß die Spaltung des Vaters in eine beschützende, gottähnliche und eine grausame, gefährliche Imago – beide mächtige Tyrannen – eine dyadische Objektbeziehung widerspiegelt, die aus dem Leben eines Mannes niemals vollständig oder spurlos verschwindet. Wenn eine dyadische Vaterbindung, die ins Mannesalter hineingetragen wurde, jemals überzeugend dargestellt wurde, dann in diesem *Brief* mit seiner klaren, leidenschaftlichen Sprache. Kafkas Vaterhunger kommt in der Schilderung einer lebenslangen Anstrengung zum Ausdruck, dem Vater emotional nahe zu sein und zu bleiben und damit die Nahrung zu bekommen, um zum Mann als Ebenbild des Vaters heranzuwachsen und so für immer mit ihm eins zu sein. Wir können aus der Tatsache, daß die Rolle des Vaters in Kafkas Seelenleben während der verschiedenen Entwicklungsstadien der Kindheit oder der Adoleszenz keine wesentliche Änderung erfuhr, schließen, daß die Flucht des dyadischen Sohnes vor der sogenannten wiederverschlingenden Mutter zum dyadischen Vater ein verhängnisvoller Fehlschlag war. Was als vorübergehender Rastplatz gedacht ist, verwandelte sich in einen ständigen Wohnsitz. Ob ein solches Debakel zu einer übertriebenen Idealisierung des Vaters und zu einem fatalen Bruch der kindlichen Mutterbindung führte, läßt sich aus dem Inhalt des *Briefes* nicht entnehmen.

Ich verzichte auf Rekonstruktionen, wo dokumentarische Beweise fehlen, sowie auf die Beantwortung hypothetischer Fragen. Ich ziehe es vor, mich an den wörtlichen Inhalt des *Briefes* zu halten, um meine Untersuchungen über Sohnesschaft damit anschaulich und überzeugend zu belegen. Es gibt jedoch einige Fälle, in denen ich nicht umhin kann, deutende und hypothetische Schlüsse zu ziehen, wobei ich die Thesen meines Essays über Sohn und Vater berücksichtige, insoweit sie allgemeine, normative Entwicklungsmarksteine definieren. Ich sollte auch erwähnen, daß ich der schwierigen Persönlichkeit des Vaters, die von mehreren Zeugen bestätigt und in Biographien Kafkas überzeugend dargestellt wird, keine kausale, letztlich entscheidende Bedeutung zuschreibe. Natürlich steht außer Zweifel, daß der Vater – wie jeder Vater in einer vergleichbaren Familienkonstellation – in idiosynkratischer Weise auf die Persönlichkeitsbildung des Sohnes einwirkte. Ich will mich jedoch an den *Brief* halten, der den Entwicklungsgang eines bestimmten Sohnes in einer bestimmten Konstellation beschreibt, der in seiner Einzigartigkeit die normativen Stadien der Sohn-Vater-Beziehung widerspiegelt, welche in diesem Fall kläglich in die Irre führte. An dieser Stelle sollte angemerkt werden, daß Kafkas Mutter im *Brief* keinen hervorragenden Platz einnimmt und auch nicht als ausgeprägte Persönlichkeit mit eindrucksvoller Haltung in Erscheinung tritt. Von ihr ist vielmehr immer nur im Zusammenhang mit dem Vater die Rede, etwa wenn Kafka davon spricht, daß die Mutter ihn verwöhne und ihn allzu bereitwillig vor der Härte des Vaters in Schutz nehme und damit seine aktive Loslösung vom Vater verhindert, die er so verzweifelt zu erreichen versuchte. ». . . man dachte nur an den Kampf, den Du [der Vater] mit uns, den wir [die Kinder] mit Dir führten, und auf der Mutter tobten wir uns aus« (S. 36); »Es ist wahr, daß die Mutter grenzenlos gut zu mir war, aber das alles stand für mich in Beziehung zu Dir« (S. 27). Selbst wenn der Vater einen Mann aus ihm hätte machen können, »so glich das die Mutter durch Gutsein, durch vernünftige Rede« aus. Er fährt fort: ». . . ich war wieder in Deinen Kreis zurückgetrieben, aus dem ich sonst vielleicht, Dir und mir zum Vorteil, ausgebrochen wäre . . . die Mutter [schützte mich] vor Dir bloß im geheimen« (S. 28). Die dynamische Konstellation, die Kafka hier beschreibt, entspricht der »wiederverschlingenden Mutter« und dem Wunsch des dyadischen Kindes nach der Nähe des Vaters. Kafka bezeichnet seine Mutter als schwach und ihrem Mann allzu ergeben, um dem Sohn bei seinem Bemühen, erwachsen zu werden, zu helfen. Er benutzt einen anklagenden, äußerst grausamen Vergleich, wenn er beschreibt, wie die Mutter ihren Ehemann unterstützte, als sich dieser in aggressiver Weise mit dem Sohn anzulegen begann. Er vergleicht die Interaktion seiner Eltern mit ihm mit einer Treibjagd. »Die Mutter hatte unbewußt die Rolle eines Treibers in der Jagd« (S. 27f.). Hinsichtlich ihres Einflusses auf den Sohn-Vater-Konflikt schreibt er seiner Mutter eine Doppelrolle zu: Das Kind durfte seine Aggressionen an ihr auslassen, und sie beschützte es vor dem väterlichen Zorn, während sie den kleinen Jungen andererseits in den Herrschaftsbereich des Vaters jagte, wenn sie seine kindlichen Schwächen, die der Vater verabscheute und unbarmherzig verurteilte, mit Nachsicht behandelte. Nur durch »Gewalt und Umsturz«, behauptet Kafka, wäre es möglich gewesen, von zu Hause auszubrechen – »vorausgesetzt, daß . . . die Mutter nicht ihrerseits . . . dagegen gearbeitet hätte.« (S. 30).

Die obigen Bemerkungen spiegeln die frühe Dreiecksbeziehung wider; tatsächlich beschrieben sie exakt die Flucht des kleinen Jungen zu seinem Beschützer, dem mächtigen Vater, der ihn vor dem Rückzug in die symbiotische Position bewahren soll. Die primitive Furcht vor der wiederverschlingenden Mutter und der Gefahr, von ihr verlassen oder gar geopfert zu werden, findet im Vergleich mit der Treibjagd lebhaften Ausdruck. Mit gleichem Recht kann man sagen, daß Wunsch und Furcht, vom gottähnlichen Vater überwältigt und vernichtet, d. h. seinem Umkreis einverleibt zu werden, dazu beitrugen, das Kind in den mütterlichen Bereich, eine verschlingende Festung, zu treiben, aus dem es schließlich für immer in die Arme des Vaters flüchtete. Es scheint, daß diese frühe Aufteilung der Welt des Kindes vom heranwachsenden Jungen oder dem Mann niemals aufgegeben, sondern mit zunehmendem Alter nur desto starrer fixiert wurde. Was als Übergangsphase der frühen Entwicklung gedacht ist, setzte sich als niemals aufgelöste und somit permanente Disharmonie fest, die ihre schmerzliche innere Zerrissenheit auf alle bedeutsamen Aspekte des Lebens ausdehnte. Man könnte ohne weiteres sagen, das Leben sei eine ewige Wallfahrt zum Schrein des dyadischen Vaters geworden. Der *Brief* beschreibt die Stationen dieser Wanderungen, einschließlich der letzten Anstrengung, zu einer dauernden Versöhnung zu gelangen. Diese Anstrengung war in der Tat der *Brief* selbst. Dieses Bemühen wurde, wie jedes andere, vereitelt, weil Kafka den *Brief* seiner Mutter anvertraute und es ihrem Urteil und ihrem Verantwortungsbewußtsein überließ, ob sie ihn aushändigen wollte. Er ernannte sie damit zu seinem Richter und Zensor und schützte den Vater so vor neuer Kränkung und neuem Kummer, weil er erwartete, daß die Mutter diese Aufgabe genauso wahrnehmen würde, wie sie es in der Vergangenheit stets getan hatte. Natürlich führte dieses Arrangement dazu, daß der *Brief* völlig seinen Zweck verfehlte, nämlich Sohn und Vater »etwas der Wahrheit so sehr Angenähertes« erreichen zu lassen, »daß es uns beide ein wenig beruhigen und Leben und Sterben leichter machen kann« (S. 74). Mit diesen Worten schließt der Brief. Es kam niemals dazu, daß Sohn und Vater gemeinsam sangen: *Dona nobis pacem.*

Das Thema der dyadischen Idealisierung des Vaters scheint auch in der Bewahrung einer Vaterimago von sexueller Reinheit, Unschuld und ehelicher Vollkommenheit auf. Kafka erinnert im Brief daran, wie ihm sein Vater sexuelle Aufklärung zuteil werden lassen wollte, als er ein Junge von sechzehn Jahren war (S. 60ff.). Er war beleidigt, entsetzt und erschreckt, daß sein Vater so tief sinken und über »das Schmutzigste, was es gab« (S. 61), reden konnte und damit zeigte, daß der Sohn offenbar nichts Besseres verdiente, als in körperlichem Schmutz zu leben, während »Du außerhalb Deines Rates bliebst, ein Ehemann, ein reiner Mann, erhaben über diese Dinge; das verschärfte sich damals wahrscheinlich noch dadurch, daß mir auch die Ehe schamlos vorkam und es mir daher unmöglich war, das, was ich Allgemeines über die Ehe gehört hatte, auf meine Eltern anzuwenden. Dadurch wurdest Du noch reiner, kamst noch höher . . . So war also fast kein Rest irdischen Schmutzes an Dir . . . dann endete also mit Dir diese Reinheit der Welt, und mit mir begann kraft Deines Rates der Schmutz« (S. 61f.). Diese Worte, aus denen Kränkung und Empörung sprechen, vermitteln sein Gefühl, in den Schmutz gestoßen worden zu sein, »als wäre ich dazu bestimmt« (S. 62). Der Sohn hatte die infantile Vateridealisierung niemals aufgegeben, nicht einmal mit dem Eintritt in die Pubertät. Er fühlte sich durch die Anspielungen des Vaters auf Bordelle, Prostituierte und Geschlechtskrankheiten besudelt und beleidigt, weil er den Vater niemals als sexuell aktiven Mann zur Kenntnis genommen hatte. Die väterliche sexuelle Reinheit wurde vom Sohn eifersüchtig gehütet; obgleich er schreibt: »So war also fast kein Rest irdischen Schmutzes an Dir«, erwähnt er – halb anklagend, halb erschrocken verwundert – die »vulgäre« Sprache des Vaters, »Deine Vorliebe für unanständige . . . Redensarten« (S. 27), und ihren unbekümmerten Gebrauch sowohl in seinem Geschäft als auch zu Hause.

Der *Brief* liefert überzeugende Beweise, daß sich der Sohn an einen überlebensgroßen Vater klammerte und ein solches Bild tatsächlich kultivierte. Mit anderen Worten, er klammerte sich buchstäblich an das Gefühl, im Vergleich zum gigantischen Vater, der ihn leicht zerschmettern oder zum Sklaven machen konnte, klein und kümmerlich zu sein: »Ich mager, schwach, schmal, Du stark, groß, breit« (S. 12). Das Kind war überaus stolz auf den herrlichen Körper seines Vaters, ja, es hatte teil an ihm oder versuchte zumindest, an ihm teilzuhaben, indem es seinen eigenen Körper als verächtlich und hassenswert opferte. Die Erinnerung an einen Badeausflug mit seinem Vater bringt die tiefe Beschämung über seinen Körper zurück, die er angesichts des Körpers seines Vaters empfand: »Ich war ja schon niedergedrückt durch Deine bloße Körperlichkeit« (S. 12). Er fährt fort: ». . . [ich] war . . . stolz auf den Körper meines Vaters. Übrigens besteht zwischen uns dieser Unterschied heute noch ähnlich« (S. 13). Der Neid und die Anhimmelung des Kindes, verbunden mit dem Wunsch, stilschweigender Mitbesitzer des väterlichen Körpers zu sein, blieben unverändert bestehen, bis Kafka im Alter von sechsunddreißig Jahren seinen *Brief an den Vater* schrieb. Natürlich erscheint der dyadische Vater jedem Kleinkind als riesengroß und überragend, und er wird als eine Quelle der Furcht wie auch der Sicherheit und des Stolzes erlebt. Die Furcht ist ein bestätigender Teil der Beziehung, bis sie schließlich in die Organisation des Überichs eingeht, während das Verlangen nach der beschützenden Sorge und Macht des Vaters eine nie erfüllte Sehnsucht bleibt, die mit dem Wunsch nach Eigenständigkeit und Selbstheit in Widerspruch steht. Tatsächlich beginnt der *Brief* mit dem Satz: »Du hast mich letzthin einmal gefragt, warum ich behaupte, ich hätte Furcht vor Dir« (S. 5). Im kaleidoskopischen Wandel der Gefühle gegenüber seinem Vater wiederholen sich unaufhörlich zwei gleichermaßen beherrschende Strömungen: das Verlangen nach einem Heldenvater und der tödliche Schrecken, von ihm überwältigt und zu Machtlosigkeit und Nichtigkeit verurteilt zu werden. In diesem Zusammenhang könnte man auf Kafkas Stellung in der Geschwisterreihe verweisen, obgleich der Brief darauf nur flüchtig und ziemlich mysteriös Bezug nimmt: »Ich wäre glücklich gewesen, Dich als Freund, als Chef, als Onkel, als Großvater, ja selbst (wenn auch schon zögernder) als Schwiegervater zu haben. Nur eben als Vater warst Du zu stark für mich, besonders da meine Brüder klein starben, die Schwestern erst lange nachher kamen, ich also den ersten Stoß ganz allein aushalten mußte, dazu war ich viel zu schwach« (S. 8). Er sagt dann, daß er nach der Familie seiner Mutter schlage, die im Vergleich zur Familie Kafka, mit ihrer Macht und Tüchtigkeit beim Vater nur Verachtung wecken könne, zumal das Kind zwar ein Junge, aber kein »richtiger« Junge und nur dem Namen nach »ein Kafka« sei.

Wäre es falsch anzunehmen, daß dieser Vater, dem zwei Kinder, beides Söhne, im Säuglingsalter starben, naturgemäß seine ganze Hoffnung auf diesen einzigen überlebenden Sohn – und zudem seinen Erstgeborenen – richtete? Wiederholt wird im *Brief* auf die Bemühungen des Vaters hingewiesen, aus dem – von Natur aus sensiblen und zartgebauten – Kind einen »richtigen Jungen« zu machen, auf den er stolz sein konnte. Leidenschaftlich versuchte er, ihm körperliche Disziplin und eine soldatische Haltung beizubringen. »Du muntertest mich zum Beispiel auf, wenn ich gut salutierte und marschierte, aber ich war kein künftiger Soldat« (S. 11); »Du [wolltest] einen kräftigen mutigen Jungen in mir aufziehen« (S. 10). Niemals kam der Sohn über diese Qualen seiner Kindheit und die schweren Enttäuschungen hinweg, die er seinem Vater hinsichtlich alles dessen bereitete, was diesem in bezug auf das Leben seines einzigen überlebenden Sohnes wichtig erschien. An den unablässigen, aber vergeblichen Anstrengungen des Vaters, sein Verlangen nach einem Sohn zu befriedigen, den er bedingungslos lieben konnte, läßt sich der titanische Kampf von Vater und Sohn ablesen, ihren wechselseitigen Rollen gerecht zu werden. Das Kind nahm mit krankhafter Aufmerksamkeit wahr, wie der Vater auf es reagierte; Kafka spricht zutreffend von einem »vor lauter Ängstlichkeit überscharf beobachtenden Kind« (S. 48). Der Sohn hatte es nie verstanden, die widersprüchlichen Verhaltensweisen des Vaters in Einklang zu bringen: »Und auch hier war wieder Deine rätselhafte Unschuld und Unangreifbarkeit, Du schimpftest, ohne Dir irgendwelche Bedenken deshalb zu machen, ja Du verurteiltest das Schimpfen bei anderen und verbotest es« (S. 22). »Du bekamst für mich das Rätselhafte, das alle Tyrannen haben« (S. 14).

Um dieses verwirrende Leben einigermaßen verständlich zu

machen, hatte Kafka »die Welt . . . in drei Teile geteilt, in einen, wo ich, der Sklave, lebte, unter Gesetzen, die nur für mich erfunden waren . . . dann in eine zweite Welt, die unendlich von meiner entfernt war, in der Du lebtest . . . und schließlich in eine dritte Welt, wo die übrigen Leute glücklich und frei von Befehlen und Gehorchen lebten« (S. 17f.). Die körperliche, emotionale und spirituelle Bindung an den dyadischen Vater war im Laufe der Jahre zu einer Lebensweise geworden, insofern als die Versklavung des Sohnes das einzige Mittel war, zum emotional bedeutsamen, wenngleich verächtlichen Objekt des väterlichen Interesses zu werden. Es überrascht kaum, daß sich der Briefschreiber selbst als Schmarotzer im wörtlichen Sinne bezeichnet, der den erwählten Wirt aussaugt. So legt Kafka dem Vater als vermeintliche Antwort auf den Brief des Sohnes folgende Worte in den Mund: »Wenn ich nicht sehr irre, schmarotzest Du an mir noch mit diesem Brief als solchen« (S. 73). Vielleicht hat diese Art der Selbstanklage und das daraus resultierende Schuldgefühl die Übergabe des *Briefes* an den eigentlichen Adressaten verhindert.

Trotz der Bilder des Tyrannen und des grausamen Riesen, der den Wurm von Sohn zertrat, trotz des furchterregenden Schimpfens des Vaters (»ich zerreiße Dich wie einen Fisch«, S. 22), beharrte er auf der Überzeugung, der Vater sei »im Grunde ein gütiger und weicher Mensch . . . aber nicht jedes Kind hat die Ausdauer und Unerschrockenheit, so lange zu suchen, bis es zu der Güte kommt« (S. 10). Der Vater wird wiederholt für schuldlos erklärt, wie Gott; allein der Sohn ist schuld daran, daß aus der Güte und fürsorglichen Liebe des Vaters ein Zustand von Uneinigkeit und Entfremdung erwuchs. Die Suche nach Harmonie und gegenseitiger Anerkennung – beide laut Aussage des Sohnes vorhanden, auch wenn er sie nie erlebt – ging infolge eines tiefen beiderseitigen Bedürfnisses weiter; Kampfesmüdigkeit ließ diese aussichtslose Suche für Augenblicke erlahmen, wie aus den Worten des sich erinnernden erwachsenen Sohnes hervorgeht: ». . . weil das ausschließliche Schuldgefühl des Kindes zum Teil ersetzt ist durch den Einblick in unser beider Hilflosigkeit« (S. 20). Mit diesen Worten brachte Kafka die Schlacht in einer Sackgasse der Resignation zum Stillstand, die Sohn und Vater in paradoxer Weise gleichsam durch Zermürbung einander näherbringt. Interpretiert man die obigen Worte, lautet die darin enthaltene Botschaft folgendermaßen: Wir wollen uns eingestehen, daß wir beide hilflos sind; wir sind Gleichgestellte und keiner von uns ist schuldlos oder schuldig. Dann sind wir jenseits der Spaltung in Groß und Klein, Sklave und Tyrann, denn wir sind beide schwach (siehe *Brief*, S. 20). Dieser Gedanke linderte für einen Augenblick das Gefühl der Getrenntheit und des Verlusts, das Kafka wie folgt beschrieb: »Du warst so riesenhaft in jeder Hinsicht; was konnte Dir an unserem Mitleid liegen oder gar an unserer Hilfe?« (S. 25). Aus dem Text geht klar hervor, daß »unser« sich auf die Kafka-Kinder bezieht.

Eine ungelöste dyadische Vaterbindung und die Beibehaltung einer infantilen Idealisierung schließen aus, daß das kleine Kind und der Jugendliche zu trauern vermögen. Dieser Affekt ist die logische Folge des ersten und zweiten Individuationsprozesses; ohne die Fähigkeit zu trauern, können diese Vorgänge nicht normal ablaufen. Kafka war sich dieses Unvermögens (»die ... innere Ablösung von Dir«, [S. 42]) bewußt.* Allgemein gesprochen, die Unfähigkeit zur inneren Ablösung von primären Objekten hat stets tiefgreifende, infantilisierende Konsequenzen für die Persönlichkeitsbildung. Zunächst verhindert sie, daß sich die Fähigkeit zur Realitätsprüfung altersentsprechend weiterentwickelt. So wird es möglich, daß durch unzensiertes Eindringen primärprozeßhafter Ideen, Bilderwelten und verwandte Emotionen Wahrnehmungen und Empfindungen so stark verwischt und verzerrt werden, daß es zu zeitweiligen Selbsttäuschungen kommen kann. Eine derartige bleibende Durchlässigkeit der Ich-Grenzen erklärt die infantile Emotionalität, die im *Brief* zum Ausdruck kommt, wenn sich Kafka als «ein mürrisches,

* Ihm war bewußt, daß das verinnerlichte Objekt für den von ihm beschriebenen Prozeß von wesentlicher Bedeutung ist (Blos, 1967).

unaufmerksames, ungehorsames Kind, immer auf eine Flucht, meist eine innere, bedacht« (S. 24) bezeichnet.*

Wir wollen uns nun die Folgen einer unterbliebenen Entidealisierung zuwenden.

Zunächst ein Wort über die Bedingungen, unter denen es zur Idealisierung kommt. Idealisierungen entstehen aufgrund des infantilen Status der Identität, die das Kind abhängig macht von den Meinungen wichtiger Personen. »Du bist ein guter Junge« – eine solche Feststellung tut dem Kind wohl; dies stimmt mit der Vorstellung davon überein, was und wer er ist. In diesem Stadium einer Selbstdifferenzierung auf niedrigem Niveau ist das eingegebene Material, das sich objektiver Selbsteinschätzung und Unterscheidungsfähigkeit verdankt, notwendigerweise schwach und unbedeutend. Die Bewahrung der Identität ist daher von Angst umgeben, weil Erfahrung, Kontinuität und Beständigkeit des Selbst weitgehend Menschen oder ihren kollektiven Repräsentanzen – etwa sozialen Einrichtungen – in der Außenwelt überlassen sind. Eine legitime narzißtische Befriedigung, vom reifen Ich-Ideal immer dann abgeleitet, wenn es durch die erfolgreichen Bemühungen des Ichs annähernd erreicht wird, war Kafka versagt. Weder sein hervorragendes schriftstellerisches Werk noch die Anerkennung, die ihm dafür zu Lebzeiten zuteil wurde, konnten ihm zu einem Gefühl vollbrachter Leistung, zu Stolz und Eigenständigkeit verhelfen. Ich werde auf dieses Problem bei der Erörterung des vierten Themas zurückkommen.

Bei seiner Selbstbetrachtung verwirrte Kafka die Tatsache, daß er niemals einen anderen Mann mit Vatereigenschaften vorübergehend als idealisiertes Objekt, Idol oder Helden auserwählt oder auch nur in Betracht gezogen hatte, um auf normale Weise die emotionale Ablösung vom Vater zustande zu bringen, von der er so oft sehnsuchtsvoll sprach. Wenn er jemals daran

* Kafkas Polarisierung von äußerer und innerer Aktivität zeigt ein außergewöhnlich hohes Maß an psychologischem Scharfblick, das unbedingt hervorgehoben zu werden verdient.

gedacht hätte, schreibt er: »... hätte sich ja das gewöhnliche Denken der Sache bemächtigt und mir andere Männer gezeigt, welche anders sind als Du« (S. 70). Die Entidealisierung des Vaters nahm niemals einen normalen Verlauf, weil weder eine innere noch eine äußere aggressive, wertende Konfrontation mit der idealisierten Vaterimago in der Reichweite des Sohnes lag. »Zwischen uns war es kein eigentlicher Kampf; ich war bald erledigt; was übrigblieb war Flucht, Verbitterung, Trauer, innerer Kampf« (S. 39). Unter dem Druck eines überwältigenden Bedürfnisses nach Bewahrung eines allmächtigen, untadeligen Vaters war es ausgeschlossen, ihn einer kritischen Beurteilung zu unterziehen und zur Konsolidierung einer getrennten Identität zu gelangen. Es war besser, beschämt, getadelt und gedemütigt als infolge der Gleichgültigkeit des Vaters ignoriert und ausgelöscht zu werden. »Ich konnte, was Du gabst, genießen, aber nur in Beschämung, Müdigkeit, Schwäche, Schuldbewußtsein. Deshalb konnte ich Dir für alles nur bettlerhaft dankbar sein, durch die Tat nicht« (S. 31). Die masochistische Befriedigung, passiv Almosen entgegenzunehmen, verbunden mit demütiger Unterwürfigkeit, nährte ein bodenloses Schamgefühl, welches in ihm das Gefühl weckte, nicht rechtmäßig in dieser Welt zu leben. »Ich war immerfort in Schande« (S. 18). »Er fürchtet, die Scham werde ihn noch überleben« (S. 43).*

Unterwerfung unter den Vater

Über Kafkas lebenslange Fixierung an den dyadischen Vater ist genug gesagt worden. Deutliche Hinweise darauf in seinem Erwachsenenleben, etwa seine sich selbst auslöschende Unterwürfigkeit und emotionale Kapitulation vor dem Vater, bereiteten seinem besten Freund und späteren Biographen Max Brod große Sorgen, die ihn veranlaßten, seinen geliebten und bewunderten Freund zur Besinnung zu bringen; zumindest versuchte

* Kafka zitiert hier eine Bemerkung, die er einmal über jemand anderen machte; im *Brief* bezieht er sie auf sich selbst.

er es. In seiner Biographie stellt Brod – »mit nüchterner Arroganz gesprochen« – die rhetorische Frage: »Wozu hat Kafka seinen Vater gebraucht? Oder (richtiger ausgedrückt): Warum hat er sich von ihm nicht losmachen können?« (S. 28). Er konnte dieses Rätsel niemals lösen. Er beschreibt die Einstellung des Freundes zum Vater als geprägt von kritischer Rationalität, überschattet von »liebender Bewunderung« (S. 28). Dies, so schreibt er, sei nur zu vergleichen mit einer Situation, in der man »den Menschen, so wie er ist – zum Beispiel eine geliebte Frau – braucht und daher unter allen Umständen ertragen muß« (S. 28). Brod berührt hier die androgyne Stellung des Sohnes gegenüber dem Vater. Er hat mit seiner Vermutung, die auf eingehenden Beobachtungen beruhen muß, welche er als enger Freund anstellen konnte, zweifellos recht. Brod blieb ein hilfloser Zeuge der unbegreiflichen, unveränderlichen, emotional lähmenden Zwangslage des Freundes.

Kleine Kinder erregen normalerweise gern das Wohlgefallen ihrer Eltern, indem sie sich mit deren Erwartungen und Forderungen identifizieren, d. h. sie reagieren auf sie mit eingelernter, gezielter Bewußtheit. Diese spezifizierte Reaktion auf die Umwelt bringt das Kind auf den Weg zur Sozialisation im weitesten Sinne. Seine Fortschritte in dieser Richtung hängen davon ab, daß es zwischen kritischen Reaktionen anderer und kritischen Beobachtungen des Selbst schärfer zu unterscheiden lernt. Der kleine Franz scheiterte an dieser Entwicklungsaufgabe der frühzeitigen Loslösung vom Objekt, d. h. der kindlichen Individuation. Dies hinderte ihn jedoch nicht, ein Individualist von außergewöhnlichen Graden zu werden, wie sein schriftstellerisches Werk beweist.

Es kann dem Leser des *Briefes* nicht entgehen, daß der Sohn vom Vater und zum Vater in den liebevollsten Tönen spricht. Es hat den Anschein, als habe der Vater – reale oder eingebildete – mütterliche Eigenschaften von zarter Schönheit und Vollkommenheit erworben, nämlich: »Du hast auch eine besonders schöne, selten zu sehende Art eines stillen, zufriedenen, gutheißenden Lächelns, das den, dem es gilt, ganz glücklich machen kann« (S. 26). »Selten war das allerdings, aber es war wunderbar« (S. 25). »Zu solchen Zeiten legte man sich hin und weinte vor Glück und weint jetzt wieder, während man es schreibt« (S. 26). Er schrieb es nieder im Alter von sechsunddreißig Jahren mit einem wonnevollen Gefühl, das unvermindert seit der frühen Kindheit bestand und für alle Zeiten gehütet wurde wie eine leuchtende Erinnerung ans Paradies. Kafka fügt hinzu, daß es seltene Augenblicke waren, in denen der Vater dem Sohn »Liebe und Güte« zuwandte; sie konnten sich nur zu einer Zeit ereignet haben, so vermutet er, »da ich Dir noch unschuldig schien und Deine große Hoffnung war« (S. 26) – mit anderen Worten, vor dem »Sündenfall«, bevor die ursprüngliche Unschuld verlorenging, weil Aggression, Furcht und Schuld in die Beziehung eindrangen. Kafka nahm die ganze Schuld auf sich, die großen Hoffnungen des Vaters vernichtet zu haben, ein Sohn zu werden, der der Liebe eines so großartigen Vaters würdig war. Damit wollte er den Vater, der das Gemüt des Kindes zerrüttet hatte, von jeglichem Schuldgefühl entlasten.

Im Tonfall eines Angeklagten verteidigt er sich und beschuldigt seinen Ankläger: »Faßt Du Dein Urteil über mich zusammen, so ergibt sich, daß Du mir etwas geradezu Unanständiges oder Böses nicht vorwirfst (mit Ausnahme vielleicht meiner letzten Heiratsabsicht), aber Kälte, Fremdheit, Undankbarkeit« (S. 6). Kafka behauptet, ein reines Kind gewesen zu sein, dem man nur vorwerfen konnte, etwas »Unanständiges und Böses« begangen zu haben, weil man als Erwachsener seinen Wunsch zu heiraten kundgetan hatte. Für ihn war es unbezweifelbar, daß der Vater seinem erwachsenen Sohn nicht verzeihen konnte. So machte er die Bestätigung seiner Männlichkeit und die Befriedigung seiner sexuellen Wünsche, auch den Abzug seiner Zuneigung vom Vater und die Unterwürfigkeit ihm gegenüber von dessen Vorwurf der »Kälte, Fremdheit, Undankbarkeit« abhängig. Die Nebeneinanderstellung von Kind und Erwachsenem, nämlich einem unschuldigen Kind und einem von übler, egoistischer Sexualität (Heirat) erfüllten Erwachsenen, erscheint als Widerspiegelung der Selbstbeschuldigung unanständiger sexueller Wünsche, die der heranwachsende Sohn dem Vater einst als Antwort auf dessen »unanständige und böse« Rede entgegenschleuderte oder entgegenschleudern wollte. Damit hatte der Vater, wie der Sohn glaubte, seine eigenen besitzergreifenden emotionalen Ansprüche auf ihn übertragen. Kafka bringt dies klar zum Ausdruck, wenn er sagt, der Vater habe von ihm – sei es als Kind, sei es als Erwachsener – »wenigstens irgendein Entgegenkommen, Zeichen eines Mitgefühls« (S. 6) erwartet. Der Sohn floh vor der fordernden, demonstrativen Liebe des Vaters. Neben der qualvollen Disharmonie bestand zwischen ihnen ein unbegreifliches und unzerstörbares Verständnis und beiderseitige Anziehung: »Irgendeine Ahnung dessen, was ich sagen will, hast Du merkwürdigerweise. So hast Du mir zum Beispiel vor kurzem gesagt: ›ich habe Dich immer gern gehabt‹« (S. 7). Tatsächlich bedeutete es dem Sohn alles, dies zu hören, aber er konnte es nicht in gleicher Weise erwidern, es sei denn, er hätte sein Selbst rückhaltlos aufgegeben, auf seine getrennte Identität verzichtet. Sich von seinem Vater zu lösen und sich an eine Frau zu binden und zu heiraten, würde sicherlich in den Wahnsinn führen. »Hier hinauskommen zu wollen, hat deshalb etwas von Wahnsinn, und jeder Versuch wird fast damit gestraft« (S. 67). Nachdem er in einem permanenten Chaos von Schuld und Sehnsucht nach Anerkennung und Zuneigung seines Vaters gelebt hat, ruft er aus: »Und jetzt heirate, ohne wahnsinnig zu werden!« (S. 71).

Kafka versuchte verzweifelt und vergeblich, das Dunkel dieser geheimnisvollen Bindung und Qual wechselseitiger Anziehung und Abstoßung zu erhellen. Er begnügte sich mit der Erkenntnis, »daß zwischen uns etwas nicht in Ordnung ist, und daß Du es mitverursacht hast, aber ohne Schuld« (S. 7). Der in sich widersprüchliche Glaube: »Du hast mir wehgetan, aber Du bist schuldlos«, läßt schlagartig erkennen, daß der dyadische Vater insgeheim beschuldigt wird, das grauenvolle Verbrechen begangen zu haben, wegen seines blinden, leidenschaftlichen Verlangens – »weil Du einen kräftigen mutigen Jungen in mir aufziehen wolltest« (S. 10) oder einfach, weil ich ein »Mensch nach Deinem

Herzen« (S. 7) hätte werden sollen – den kleinen Sohn zu wenig oder zu sehr geliebt zu haben. Vater und Sohn konnten ihre verschiedenartigen Persönlichkeiten, ihr widerstreitendes Temperament und ihre libidinösen Bedürfnisse niemals in Einklang bringen. »Jedenfalls waren wir so verschieden und in dieser Verschiedenheit einander so gefährlich . . . ich, das langsam sich entwickelnde Kind, und Du, der fertige Mann . . . daß Du mich einfach niederstampfen wirst, daß nichts von mir übrigbleibt« (S. 9). Kafka lebte in ständiger Vernichtungsangst; in der Tat setzte er sich ständig dem Zorn seines Vaters aus, indem er Forderungen an ihn stellte, denen dieser stets mit hochfahrenden Ausbrüchen von Abscheu und Mißvergnügen begegnete. Infolgedessen lebten sie in wechselseitiger Anziehung und Abstoßung, »mit ehrnen Haken« (*Hamlet*, 1. Akt. 3. Szene) aneinandergeklammert. Noch als erwachsener Mann beklagte Kafka unablässig, daß es ihm nicht gelang, ins Herz des Vaters vorzudringen: ». . . nicht jedes Kind hat die Ausdauer und Unerschrockenheit, so lange zu suchen, bis es zu der Güte kommt« (S. 10). Niemals zweifelt er daran, daß der Vater liebevoll und freundlich, »im Grunde ein gütiger und weicher Mensch« (S. 10) ist; er, der Sohn, hat alles durch seine Schwäche und Unterwürfigkeit verdorben: ». . .nur sollst Du aufhören, es für eine besondere Bosheit meinerseits zu halten, daß ich dieser Wirkung erlegen bin« (S. 9). In paradoxer Weise mußte der idealisierte Vater immer aufs neue bestätigt werden, ungeachtet der Widersprüche, die die Realität aufzeigte und die Kafka klar erkannte. Die niemals aufgegebene gespaltene Vaterimago der dyadischen Phase wirkte der Integration einer Repräsentanz des ganzen Objekts unerbittlich entgegen. Diente die Aufrechterhaltung der idealisierten Vaterimago, dieses Relikt der dyadischen Phase, als Bollwerk gegen die besitzergreifende oder infantilisierende Frau? Wir können hier nur vermuten, daß dies der Fall war, und wenden uns nunmehr zwei Themen des *Briefes* zu, die möglicherweise zu unserer Aufklärung beitragen können.

Eins der Themen besagt, daß der Vater über alle Maßen an seinem kleinen Sohn hing und dadurch das emotionale Wachstum des Kindes zum Stillstand brachte oder verhinderte; das andere Thema, im *Brief* sehr ausführlich dargestellt, hängt mit dem Umstand zusammen, daß das Fortschreiten zur triadischen Phase nur ansatzweise und schwächlich angestrebt und durch eine verkümmerte Adoleszenz endgültig verhindert wurde.

Hinsichtlich des ersten Themas ist festzustellen, daß das Kind ebenso wie der Erwachsene Kafka die besitzergreifende Zudringlichkeit des Vaters als Ausdruck seiner Liebe ansah. Er wußte, daß sein Vater »mißtrauisch und eifersüchtig (leugne ich denn, daß Du mich liebhast?)« annahm, »daß ich mich für den Entgang an Familienleben anderswo entschädigen müsse« (S. 44). Der Sohn vermutet, daß der Vater es als Ablehnung seiner Person empfand, wenn sich dieser seinen Freunden, Kameraden oder Interessen zuwandte. Der Vater war eifersüchtig auf jeden – Mann oder Frau –, den der Sohn gernhatte oder liebte: ». . . und wie so oft für Leute, die mir lieb waren, hattest Du automatisch das Sprichwort von den Hunden und Flöhen bei der Hand« (S. 15). Solche Eifersuchtsbekundungen des Vaters setzten den Sohn in einen Zustand verwunderter Isolierung und Unentschlossenheit, ob er den aufdringlichen libidinösen Wünschen des Vaters nachgeben oder vor ihnen flüchten sollte. Die Lektüre des *Briefes* liefert uns keinen Beweis, daß die Schilderung des älteren Kafka der Realität entspricht; andererseits haben wir keinen Grund zu zweifeln, daß sie den Vater so darstellt, wie er vom Sohn gesehen und erlebt wurde. Trotz unterstellter Eigenschaften und offensichtlicher Projektionen enthält jede Verzerrung und Übertreibung ein Körnchen Wahrheit, wie uns von Kafka-Biographen berichtet wird.

Es überrascht nicht, wenn man im *Brief* liest, daß das Kind auf die Freundlichkeit des Vaters mit einem Gefühl der Schuld reagierte, weil es sie nicht zu verdienen glaubte: »Übrigens haben auch solche freundliche Eindrücke auf die Dauer nichts anderes erzielt, als mein Schuldbewußtsein vergrößert und die Welt mir noch unverständlicher gemacht« (S. 26). Dieses unerschöpfliche Schuldreservoir wird durch das ständige Bemühen um Distanzierung genährt, das im Denken und Verhalten zutage tritt, um sich von dem Verlangen zu befreien, der überwältigenden Macht des Vaters zu erliegen. »Um mich Dir gegenüber nur ein wenig zu behaupten, zum Teil auch aus einer Art Rache, fing ich bald an, kleine Lächerlichkeiten, die ich an Dir bemerkte, zu beobachten, zu sammeln, zu übertreiben« (S. 26). Die typische Offenbarung, die dem Jugendlichen zuteil wird, der den Vater in »des Kaisers neuen Kleidern« sieht, wurde von Kafka nie als nackte Wahrheit anerkannt, sondern immer wieder verneint, wodurch das Schuldreservoir ständig aufgefüllt wurde und überzulaufen drohte. Der eben beschriebene Teufelskreis band den Sohn unerbittlich an den Vater. Gegenüber dem verführerischen Wesen des Vaters war der Sohn hilflos. Wir können nur vermuten, daß die Mutter ihm ebenso untertan war und der imponierenden, unnachgiebigen Herrschaft des Vaters in der Familie mit Nachsicht und Toleranz entgegenwirkte.

Der *Brief* gibt uns keinen unmittelbaren Aufschluß über die verhängnisvollen Umstände, die die dyadische Entwicklungsphase des Kindes bestimmten. Dennoch erscheinen gewisse Annahmen über den Schreiber, die sich auf Entwicklungsprinzipien stützen, durchaus glaubhaft. Indem wir sie zusammenfassen, können wir sagen: 1) Die idealisierte Vaterimago wurde niemals mit der Stimme der Vernunft konfrontiert. 2) Die Entidealisierung des Vaters während der Adoleszenz ist mißlungen. 3) Das infantile Ich-Ideal, gestützt auf das Bild des Vaters von einem idealen Sohn, wie er ihn sich wünschte, blieb im wesentlichen unverändert und wurde zum dauernden Persönlichkeitsattribut. 4) Die polarisierte dyadische Vaterimago – Gut und Böse oder Gott und Teufel – blieb lebenslang unversöhnt und bewirkte eine Segmentierung des Selbstgefühls. 5) Das reife Ich-Ideal wurde nur in isolierten Fragmenten erworben, insbesondere Kafkas Identität als kreativer Künstler. 6) Die Funktion der Realitätsprüfung blieb ernsthaft beeinträchtigt, wenn auch nur in gewissen Bereichen; die Beurteilung der Realität durch seinen Vater blieb ein ständiger innerer Bezugspunkt, der ihm niemals gestattete, seine eigene Einschätzung von Tatsachen oder Gefühlen klar und deutlich und ohne korrigierende Einmischung des

Vaters zu vermehren. Wir könnten sagen, daß sich das Realitätsprinzip in Kafkas Fall niemals von der infantilen Vateridealisierung freigemacht hatte und daher niemals zu reifer Autonomie gelangte.

Das zweite obengenannte Thema soll nun eingehender untersucht werden, weil es ein Licht auf Kafkas Vaterfixierung zu werfen verspricht. Diesem Zustand liegt die Tatsache zugrunde, daß die dyadische Phase des Kindes nur ansatzweise und ambivalent über die Identifizierung mit der Mutter und die emotionale Hingabe an den idealisierten Vater bewältigt wurde. Es gab einen deutlichen Versuch, zur ödipalen triadischen Phase fortzuschreiten, weil sich Versklavung und Bindung an den Vater stets als unüberwindlich erwiesen. Kafka wiederholt im *Brief* immer wieder die Auffassung, daß seine emotionale Befreiung davon abhänge, dem Vater gleich zu werden – ein Schritt, so vermutet er allen Ernstes, der mit Wahnsinn bestraft werden wird. Gleichheit mit dem Vater kann nur durch Heirat und Familie erreicht werden. Diese endgültige Bestätigung von Mannestum und Vatersein ist jedoch ein mit Wahnsinn zu strafender Akt der Vermessenheit; nur Selbstentmannung kann dieses schreckliche Schicksal verhüten, verdammt aber die elende Kreatur zu einem schmachvollen Dasein. Diese emotionale Ausweglosigkeit spiegelt sich dramatisch wider in Kafkas sexuellem Erwachen als Jugendlicher, der sich an seinen Vater um Hilfe wendet, ferner in der Geschichte seiner verschiedenen Verlobungen, Heiratspläne und nicht zuletzt darin, daß er sie zu der Zeit, als der *Brief* geschrieben wurde, für immer aufgibt.

Kafka erinnert sich gut, daß er als Sechzehnjähriger seinen Eltern auf einem Spaziergang »dumm großtuerisch . . . und stotternd« vorhielt, »daß ich unbelehrt gelassen worden bin«, und erklärte [wegen ihrer Nachlässigkeit als Eltern]: »daß ich in der Nähe großer Gefahren gewesen bin (hier log ich meiner Art nach unverschämt, um mich mutig zu zeigen)«. Der Vater habe auf diese hochnäsigen Anklagen erwidert, er könne »mir einen Rat geben, wie ich ohne Gefahr diese Dinge werde betreiben können. Vielleicht hatte ich gerade eine solche Antwort hervorlokken wollen ...« (S. 60). Mit diesen letzten Worten gesteht Kafka seinen Wunsch ein, den Vater, indem er ihn auf sexuelle Dinge ansprach, in die steigende Erregung seiner pubertären Seelentumulte hineinzuziehen. Der Hinweis des Vaters auf den Gebrauch eines Kondoms – er benutzte das Wort nicht direkt, sondern bot nur einen »Gesundheitsschädigungen vielleicht vermeidenden Rat« (S. 62) an – sowie auf Frauen, die in Bordellen zur Verfügung stünden, erweckte in dem Jungen Gefühle der Scham und Demütigung. Er war unfaßbar schockiert, daß sein Vater ihm raten konnte, das »Schmutzigste, was es gab« (S. 61) zu praktizieren. Er fragte sich, ob es möglich wäre, daß sein Vater denselben abscheulichen Rat, den er jetzt seinem Sohn gab, vor seiner Heirat befolgt hätte. Das war für ihn »völlig undenkbar« (S. 62). Für einen Augenblick war der idealisierte Vater zerstört, doch die Verleugnung machte die unerträgliche Enttäuschung ungeschehen, indem sie ihm selbst das Verbrechen zur Last legte; die Göttlichkeit war wiederhergestellt, die Welt wieder in Ordnung. »Die Hauptsache war vielmehr, daß Du außerhalb Deines Rates bliebst« (S. 61). Nachdem die sexuelle Reinheit und Unschuld des Vaters wiederhergestellt war, konnte der Sohn den Gedanken nicht loswerden, er sei »dazu bestimmt, ... in diesen Schmutz hinunter« gestoßen zu werden. Durch den ungeheuerlichen Rat des Vaters wurde jedoch die Reinheit des großen Mannes in den Augen des Sohnes nicht in Zweifel gezogen; das Schicksal nahm seinen Lauf. Hier vernehmen wir die Stimme Hiobs, der Gott um eine Erklärung bittet, weshalb er ihn verlassen hat, so daß er in Schmutz und Schuld versinken muß, obgleich er ein Leben in treuer Ergebenheit geführt, Gottes Gerechtigkeit und Liebe niemals angezweifelt hat.

Kafka erlebte sein pubertäres Trauma in den wiederholten Heiratsplänen aufs neue. Der erwachsene Mann war sicher, daß der Vater eifersüchtig auf ihn war. Wenngleich er dessen Mißtrauen lautstark verurteilt, steht er unter dem Zwang, auf seine Heiratspläne immer wieder zu verzichten und sich den geheimen Wünschen des Vaters zu fügen. Wenn man den Bericht über die gescheiterten Verlobungs- oder Heiratsabsichten liest, kann man sich des Eindrucks nicht erwehren, daß das leidenschaftliche Engagement des Vaters, sein Widerstand oder seine Bitten um Aufschub zum Teil auf die Konstruktionen des Sohnes zurückzuführen sind. Alle diese dramatischen Episoden tragen die Merkmale einer *Folie á deux*. Kafka erkennt mit sechsunddreißig Jahren in der negativen Einstellung des Vaters zu seinen letzten Heiratsplänen eine Wiederholung ihres vernichtenden, schockierenden Zusammenstoßes vor zwanzig Jahren während seiner Adoleszenz, d. h. als er sechzehn Jahre alt war. Für den Vater, so meint er gedankenverloren, ist er nicht zwanzig Jahre älter, »sondern nur um zwanzig Jahre jämmerlicher« (S. 64).

Er fühlt deutlich und spricht es klar aus, daß die Bindung des Vaters an ihn so stark ist, daß er sich ihr nicht entziehen kann. Diese Tatsache wird durch zwei Passagen gut belegt. Die eine bezieht sich auf die Ankündigung der letzten Heiratspläne Kafkas, als er sechsunddreißig Jahre alt ist; zu dieser Zeit wurde der *Brief* geschrieben. Der Vater reagiert auf die Absicht seines Sohnes mit beleidigendem Zynismus, indem er unterstellt, daß nur sexuelles Verlangen, von der Frau raffiniert angestachelt, ihn dazu gebracht habe, sie heiraten zu wollen. Wie im *Brief* zitiert, sagt der Vater: »Sie hat wahrscheinlich irgendeine ausgesuchte Bluse angezogen . . . und daraufhin hast Du Dich natürlich entschlossen, sie zu heiraten. Und zwar möglichst rasch, in einer Woche, morgen, heute« (S. 63). Wütend schlägt der Vater andere Möglichkeiten vor – ob im Ernst oder höhnisch bleibt ungewiß –, solche dringenden sexuellen Bedürfnisse zu befriedigen. In dieser Gefühlsaufwallung soll er gesagt haben: »Wenn Du Dich davor fürchtest, werde ich selbst mit Dir hingehen« (S. 63). Der Leser des *Briefes* steht vor der Frage: Wohin? Man wundert sich. Zu der Frau, die der Sohn heiraten möchte oder – in der Version des Vaters – nach der es ihn gelüstet? Die Verbindung, die im *Brief* zwischen der Heiratsabsicht und dem mit sechzehn Jahren geführten Gespräch über sexuelle Dinge geknüpft wird, stellt und beantwortet die Frage, die sich im Geist des nunmehr sechsunddreißigjährigen Mannes erhebt, und zwar, welcher andere schreckliche Rat jetzt wohl erteilt werden würde – der Rat nämlich, der Sohn möge ein Bordell aufsuchen, um seinen klaren Kopf wiederzubekommen, sobald sein Verlangen gestillt sei. Dies wird im *Brief* nicht ausdrücklich ausgesprochen, denn Kafka kann sich nicht mehr erinnern, was der Vater an dieser Stelle der Unterhaltung »ausführlicher und deutlicher« sagte: ». . . vielleicht wurde mir auch ein wenig nebelhaft vor den Augen« (S. 63).

Die Einmischung des Vaters in das Liebesleben seines erwachsenen Sohnes hatte schwächliches Nachgeben und hilflosen Seelenschmerz zur Folge. In Kafkas Worten: »Meine Entscheidung für ein Mädchen bedeutete Dir gar nichts. Du hattest meine Entscheidungskraft (unbewußt) immer niedergehalten und glaubtest jetzt (unbewußt) zu wissen, was sie wert war« (S. 64). Er glaubte zwar, daß der Vater mit der Frau seines Herzens rivalisierte, doch konnte er nicht übersehen, daß die Erregung, die er angesichts seiner Heiratspläne an den Tag legte, etwas Verführerisches hatte. Natürlich unterstützte der Vater den Wunsch des Sohnes nach Unabhängigkeit, die Heirat und Familienleben mit sich bringen. Das waren fromme Worte, prinzipielles Einverständnis, aber – wie der klug gewählte Vergleich im *Brief* enthüllt – unausgesprochen blieb alles, worauf es wirklich ankam, das heißt: ». . . nur daß es dann in Wirklichkeit so ausfällt wie das Kinderspiel, wo einer die Hand des anderen hält und sogar preßt und dabei ruft: ›Ach geh doch, geh doch, warum gehst Du nicht?‹ Was sich allerdings in unserem Fall dadurch kompliziert hat, daß Du das ›geh doch!‹ seit jeher ehrlich gemeint hast, da Du ebenso seit jeher, ohne es zu wissen, nur kraft Deines Wesens mich gehalten oder richtiger niedergehalten hast« (S. 65). Der Sohn reagierte auf die Macht, die der Vater über ihn hatte, mit beinahe aufreizenden Heiratsversuchen. »Gerade diese enge Beziehung lockte mich ja teilweise auch zum Heiraten. Ich denke mir diese Ebenbürtigkeit, die dann zwischen uns entstehen würde und die Du verstehen könntest wie keine andere . . .« (S. 67). Er spricht natürlich von sexueller Ebenbürtigkeit, die ihre Bindung von den verhängnisvollen libidinösen Unterströmungen befreien würde. ». . . weil ich dann ein freier . . . Sohn sein, Du ein . . . zufriedener Vater sein könntest« (S. 67). Und mit typisch kafkascher Logik kommt er zu dem Schluß: »Aber zu diesem Zweck müßte eben alles Geschehene ungeschehen gemacht, das heißt, wir selbst ausgestrichen werden« (S. 67).

Schmerzlich gedemütigt, möchte Kafka den Vater mit Hilfe des *Briefes* von der Vorstellung abbringen, daß seine Absicht zu heiraten auf nichts anderem beruhe als dem »Entzücken über eine Bluse« (S. 65). Mit seiner zynischen Anspielung auf den Busen des Mädchens degradierte er den Wunsch des Sohnes nach Unabhängigkeit zu billiger sexueller Begierde; es war der letzte Trumpf, den er beim Kampf um die Wiedererringung der Seele des Sohnes ausspielte. Zwar spürte Kafka deutlich die unbewußte oder unwissende (seine Worte, siehe oben) Obsession des Vaters gegenüber seinem Sohn, doch er sah nicht, welche Rolle er selbst spielte, um sicherzustellen, daß seine emotionale Sklaverei niemals endete. Das Streben nach Freiheit wurde ausgelöscht durch den Wunsch, in Gefangenschaft zu bleiben. Kafka vergleicht seinen gelähmten Willen mit einem Gefangenen, der »nicht nur die Absicht zu fliehen [hätte] . . . sondern auch noch, und zwar gleichzeitig die Absicht, das Gefängnis in ein Lustschloß für sich umzubauen« (S. 67). Er stellt eindeutig fest: ». . . das Heiraten . . . gibt die ehrenvollste Selbständigkeit, aber es ist auch gleichzeitig in engster Beziehung zu Dir. Hier hinauskommen wollen [d. h. zu heiraten], hat deshalb etwas von Wahnsinn . . .« (S. 67). Der Wahnsinn wurde durch Unterwerfung, durch das Akzeptieren der Entmannung vermieden, auf die Selbstverachtung, Scham und Schuldgefühl folgten.

Kafka spricht von dem Wunsch, dem Vater ebenbürtig zu werden, indem er heiratet und eine Familie gründet: ». . . Heiraten ist zwar das Größte . . .« (S. 67), aber eine solche Tat wäre ein Eindringen in den Bereich des Vaters und würde ihm gewaltsam den privilegierten Status nehmen, der ihm von Natur aus zukommt. »So wie wir aber sind, ist mir das Heiraten dadurch verschlossen, daß es gerade Dein eigenstes Gebiet ist« (S. 67). Die Mißachtung der heiligen Schranken, die von Kind und Vater errichtet wurden, könnte nur mit prometheischer Anmaßung verglichen werden. Solche Vermessenheit fordert Bestrafung durch Wahnsinn oder die Zufügung körperlichen Schadens, nämlich Entmannung. Wir erkennen im Kampf um sexuelle Ebenbürtigkeit das Bemühen, die Bindung an den dyadischen idealisierten Vater, der noch kein Rivale ist, zu lösen und einen Halt auf der triadischen Konfliktebene von Rivalität und Wettstreit zu finden. Den Wettstreit mit dem Vater aufzunehmen, bedeute Verzicht auf die dyadische Vaterbindung. Kafka versuchte dies in seinem Leben zu wiederholten Malen, scheiterte aber stets aufs neue und kapitulierte schließlich endgültig. Die triadische Herausforderung – dem Vater ebenbürtig zu werden – wurde niemals angenommen und nicht bewältigt, sondern sie wiederholte sich bis zum letzten fehlgeschlagenen Versuch zu heiraten. Der Gedanke war unerträglich, daß der Vater im Falle der Heirat des Sohnes »vor ihm fliehen, auswandern« (S. 69) könnte, weil er die Enttäuschung nicht verwinden würde; wenigstens glaubte der Sohn, für das Leben des Vaters von solcher Bedeutung zu sein. Dieser Glaube trug wahnhafte Züge, die jeder realistischen Einschätzung widerstanden. Das Ich des Kindes wie des Erwachsenen Kafka litt unter der bedrohlichen Vorstellung, die Überreste einer infantilen emotionalen Verschmelzung mit dem dyadischen Vater zu verlieren. Wir können nur folgern, daß die Macht und Herrlichkeit des Vaters, wie sie vom kleinen Kind wahrgenommen wurde, zum dauernden Schutz vor gefährlichen Elementen in der Umwelt und später zunehmend in seinem privaten emotionalen Universum geworden war, über dessen wahren Charakter der *Brief* keinen Aufschluß gibt.

Daß der *Brief* so gut wie keine wesentliche Aussage über die Mutter enthält, ist als erhebliche Lücke in Kafkas Bericht zu betrachten. Einen Umstand dokumentiert der *Brief* jedoch sehr deutlich: ihre Präsenz in der Häuslichkeit in den Jahren, als er heranwuchs. Die Tatsache, daß er ihr den *Brief* anvertraute, um ihn dem Vater zu überbringen, und es so letztlich ihr überließ zu entscheiden, was damit geschehen sollte, läßt sie in der Rolle eines Puffers oder Vermittlers zwischen Kind und Vater erscheinen. Daß sie dem Vater den *Brief* nicht aushändigte, verrät uns nichts darüber, ob sie ihren Mann oder ihr Kind zu schützen beabsichtigte. Da ich keine Vermutungen anstellen möchte, wo Beweise fehlen, wende ich mich der Erörterung anderer Probleme im Brief zu, die jetzt unsere Aufmerksamkeit fordern.

Verfolgungsideen

Was ich bisher über Sohnesschaft und Vaterschaft in Kafkas Leben erläutert habe, stützte sich auf Auszüge aus dem *Brief*. Auf diese Weise hoffte ich die Schlußfolgerungen, die ich aus dem Text gezogen habe, authentisch und rational darzustellen und ihre Gültigkeit im Hinblick auf die Entwicklungstheorie zu untermauern, die ich auf das Kafkasche Dokument angewandt habe. Nachdem ich eine größere Anzahl einigermaßen gut belegter und, wie ich hoffe, überzeugender psychologischer Meinungen vorgetragen habe, fühle ich mich berechtigt, im folgenden auf die einmal gesicherten Formulierungen zurückzugreifen, ohne die bereits zitierten Textstellen wiederholen zu müssen.

Bei dem Thema, das ich jetzt erörtern werde, handelt es sich um die gegenseitige Verstrickung von Sohn und Vater in Verfolgungsideen. Ich werde hier die Depressionen des Kindes beleuchten, seine Furcht vor Verlassenwerden und vor Vernichtung durch den Vater. Die unvollständige Individuation in Verbindung mit der Anklammerung an das Objekt, im vorliegenden Fall den Vater, ist zu offensichtlich, um darüber längere Überlegungen anstellen zu müssen. Hingegen verdient die außergewöhnliche Geschichte der Entwicklung des Kafkaschen Verfolgungskomplexes eine eingehendere Betrachtung; dies geschieht am besten, indem wir uns die affektiven und assoziativen Erlebnisse väterlicher Verfolgung während seiner ganzen Lebenszeit in ihrer subjektiven Realität nochmals vor Augen führen. Der Verfasser des *Briefes* zeigt uns mit seinem Bemühen den Weg, die Herkunft des Komplexes in den verschiedenen Abschnitten seines Lebens von der Kindheit bis nahezu in die mittleren Jahre aufzuhellen. Wir können im *Brief* nicht übersehen, daß die turbulenten, wütenden Stimmungsschwankungen und die affektiven Überspanntheiten seiner frühen Kindheit und Adoleszenz zielstrebig und bewußt stets auf eine einzige Person gerichtet waren, den Vater.

Es scheint, daß Kafka im Bemühen, seiner Verfolgungsangst zu entgehen, seit seiner frühen Kindheit eine innere Auseinandersetzung mit dem Vater führte, wobei er ihn abwechselnd anklagte und für schuldlos erklärte, doch niemals auch nur für einen Augenblick die Bindung an seinen Erlöser und Vernichter verlor. Er streitet mit dem unbegreiflichen, geheimnisvollen, faszinierenden Vater in der gleichen Weise, wie Hiob mit Gott stritt: »Verdamme mich nicht! Laß mich wissen, warum du mich vor Gericht ziehst« (Das Buch Hiob, 10:2), »Deine Hände haben mich gebildet und bereitet; danach hast du dich abgewandt und willst mich verderben?« (10:8); ». . . so würdest du mich jagen wie ein Löwe und wiederum erschreckend an mir handeln« (10:16); »So wäre ich wie die, die nie gewesen sind, vom Mutterleib weg zum Grabe gebracht« (10:19).

Die Bindung an den Vater diente dem kleinen Jungen – wie allen kleinen Jungen – als Anker, der ihn davor bewahrte, in die mächtigen Strömungen seines Bedürfnisses nach der wiederverschlingenden Mutter zu geraten. Dieser im allgemeinen vorübergehende Zustand führte im vorliegenden Fall offenbar zu einer vollständigen Hingabe an den Vater, der eine eindeutige Vorstellung davon hatte, welche Art Sohn er zu besitzen hoffte. Dies machte er dem kleinen Jungen in Wort und Tat und mit der ganzen Wucht seiner vollblütigen väterlichen Leidenschaft unmißverständlich klar. Die Konfrontation des Kindes mit einem vorfabrizierten Modell dessen, was der Sohn seines Vaters zu sein habe, führte zur Hingabe seiner aufkeimenden Identität an die auferlegten und imponierenden Dimensionen einer vom Vater erzwungenen Schablone. Daß er dem idealen Modell eines Sohnes nicht entsprach, wurde mit der Zeit ebenso unverzeihlich, als habe er ein Verbrechen begangen. Darauf folgte ein unaufhörliches Forschen, welcher der beiden Protagonisten als der Schuldige anzusehen sei. Dieser Prozeß dauerte ein Leben lang.

Kafka wußte, daß er ein Gefangener seiner Kindheit war; er äußerte dies gegenüber seinem Freund mit folgenden Worten: »Ich werde nie das Mannesalter erleben, aus einem Kind werde ich gleich ein weißhaariger Greis werden« (Brod, 1963, S. 40). Wo immer die Ursachen liegen mochten, der *Brief* macht klar, daß Liebe und Haß, die er für den Vater empfand, niemals in Einklang gebracht wurden, noch wurden sie jemals auf den Umfang eines erträglichen Konflikts reduziert. Die dyadische Polarität zwischen dem wohlwollenden und dem übelwollenden Vater wurde niemals aufgegeben, vielmehr wurde mit perverser Zähigkeit an ihr festgehalten bis zu dem Augenblick, als Kafka mit sechsunddreißig Jahren, fünf Jahre vor seinem Tod, den *Brief* schrieb.

Es gibt im *Brief* mehrere Passagen, die von dem gigantischen, d. h. unbarmherzigen Vater berichten, der darauf aus ist, den »Schmarotzer« (S. 73) oder den »Wurm« (S. 50), nämlich den enttäuschenden, widerwärtigen Sohn, zu vernichten. Diese alptraumhaften Episoden führten zu zwanghaften Grübeleien mit depressiven und hypomanischen Stimmungsschwankungen, die von ekstatischen Glücksempfindungen bei dem Gedanken, als Mensch, der er war, vom Vater geliebt und anerkannt zu werden, bis zu Schuldgefühlen und Selbsthaß reichten. »Dort, wo ich lebte, war ich verworfen, abgeurteilt, niedergekämpft ...« (S. 54). In solchen Augenblicken verzichtete er auf die niederschmetternde Anklage, der Vater habe seinen Sohn vernichtet, erklärte sie für null und nichtig und gab ihm seine rechtmäßige Position als Herrscher der Welt zurück. Im selben Atemzug machte sich der beklagenswerte Bittsteller bereit, seinen Teil Demütigung entgegenzunehmen, indem er sich der seelischen und körperlichen* Auslöschung unterwarf, die er als feiger, seinen Verpflichtungen nicht nachkommender Prometheus verdiente. Im *Brief* ist wiederholt davon die Rede, daß der Vater in

* Auf die Tuberkulose anspielend, die schließlich zu seinem Tode führte, sagte Kafka: »Mein Kopf hat sich hinter meinem Rücken mit meiner Lunge verabredet« (Brod, 1963, S. 71 f.).

den geheimen Winkeln seines Herzens den Sohn sehr wohl liebt, ihn in Anbetracht der kosmischen Dimensionen seiner Enttäuschung vielleicht sogar zu sehr liebt. Der Sohn glaubt auch, daß der Vater Zeichen der Liebe von ihm erwartet – eine Erkenntnis, die sofort alle positiven Gefühle lähmt und einen Zustand der Furcht, wenn nicht des Schreckens hervorruft. In solchen Augenblicken erscheint der Vater rätselhaft und überwältigend; ihn zu durchschauen, überfordert die Seelenstärke des Sohnes. Im *Brief* heißt es: »Und wenn ich hier versuche, Dir schriftlich zu antworten, so wird es doch nur sehr unvollständig sein, ... weil die Größe des Stoffs über mein Gedächtnis und meinen Verstand weit hinausgeht« (S. 5). Der Sohn konnte nie den Verdacht loswerden, daß der Vater etwas Unergründliches gegen ihn im Schilde führte oder eine geheime Absicht verfolgte, die hinter seinen Worten und Taten verborgen lag. Der Sohn empfand den Vater als mißtrauisch und eifersüchtig, und er suchte »irgendeine geheime Absicht« (S. 25) hinter dem Verhalten des Vaters. Solche geheimen Absichten konnten wahnhaften Schrecken auslösen; so beschreibt Kafka im Brief die verzerrten Gesichtszüge des Vaters, die an eine Teufelsmaske erinnern: »... wenn Du mit zusammengebissenen Zähnen und dem gurgelnden Lachen, welches dem Kind zum erstenmal höllische Vorstellungen vermittelt hatte, bitter zu sagen pflegtest ... ›Das ist eine Gesellschaft!‹« (S. 24f.).

Die Anspielungen auf Verfolgung im *Brief* sprechen von der zwanghaften Beschäftigung des Sohnes mit den besitzergreifenden, aufdringlichen Wünschen, die dem Vater zugeschrieben werden, sie künden ferner von dem Selbstschutz, den der Sohn gegen die Versuchung errichtete, sich von der Gottheit vernichten oder absorbieren zu lassen und so mit ihr in ihrer Macht und Glorie eins zu werden. Die Verstrickung von Verfolger und Verfolgten, die ihre Wurzeln in der dyadischen Vaterfixierung hat, wurde tentativ in die Sexualisierung der triadischen Phase hineingetragen.* An diesem Punkt kam es wahrscheinlich zu einem

* Jeder Praktiker, der mit dem normalen und abweichenden Prozeß der männ-

unheilvollen Bruch in der Entwicklung. Eine zweipolige oder bisexuelle Identifizierung hatte den Vater zum dominanten »anderen« gemacht. Identifizierung mit dem Vater auf der Ebene männlicher Geschlechtsidentität und die daraus folgende ödipale Rivalität hatten ein verbotenes, unerfülltes Sehnen geweckt, das im moralischen Bereich der Blasphemie vergleichbar war. Die blasphemische Phantasie des Jungen wurde erregt, als der Vater ihn in die Synagoge mitnahm; er berichtet von seiner zwanghaften Schmähung Gottes, »etwa wenn die Bundeslade aufgemacht wurde, was mich immer an die Schießbuden erinnerte, wo auch, wenn man in ein Schwarzes traf, eine Kastentür sich aufmachte, nur daß dort aber immer etwas Interessantes herauskam und hier nur immer wieder die alten Puppen ohne Köpfe. Übrigens habe ich dort auch viel Furcht gehabt ...« (S. 46). Der Judaismus als Tradition und Ethos blieb zwischen Sohn und Vater zeitlebens kontrovers. Kafka glaubte, daß sein eigenes Judentum den Fluch des Vaters in sich trüge (siehe S. 50) und daß es durch dessen zynische und heuchlerische Bemerkungen vergiftet war, die sich der Junge und später der Mann anhören mußte. Er meinte, daß dieser heimtückische Einfluß ihn seines Geburtsrechts beraubte und es ihm unmöglich machte, jemals eine eigene jüdische Identität zu erwerben (siehe S. 45). Die obenerwähnte Szene in der Synagoge macht den Vater rachsüchtig zum Gespött und zur Karikatur. Psychologisch gesprochen, gehört die plasphemische Schmähung Gottes

lichen Adoleszenz vertraut ist, hatte reichlich Gelegenheit, die Verzahnung von Verfolgungsideen des Sohnes mit denen des Vaters als logische Folge der Auflösung des »negativen«, d. h. gleichgeschlechtlichen, Ödipuskomplexes zu beobachten. Wenn diese gleichsam wahnhaften Verfolgungsideen durch die Reifung nicht von selbst zum Erliegen kommen, sondern fortbestehen, sehen wir ihren schädlichen Einfluß auf die Bildung des reifen Ich-Ideals, auf die Verläßlichkeit der Realitätsprüfung und auf die Festigung der Geschlechtsidentität. Der Begriffszusammenhang, in dem die gerade erwähnten adoleszenten Persönlichkeitsdifferenzierungen von der gleichgeschlechtlichen dyadischen Beziehung und ihrer Auflösung beeinflußt werden, ist im 1. Teil ausführlicher dargestellt worden.

und des Vaters durch den Jungen zu jenem Bündel von Determinanten, die normalerweise zu einem Aufwallen von Unabhängigkeitsbestrebungen führen. Doch diese Selbstbehauptung war allzu halbherzig, als daß sie den Jungen von seiner infantilen Vaterbindung hätte befreien können. Das Erlebnis im Tempel spiegelte die ambivalenten Gefühle des Sohnes gegenüber dem Vater wider, der versäumt hatte, ihm sein jüdisches Erbe weiterzugeben, es vielmehr durch seine oberflächliche, heuchlerische Teilnahme an den Sabbat-Gottesdiensten zum Gespött gemacht hatte (siehe S. 45 bis 50). Kafka war nach seinem Empfinden »in Wahrheit ein enterbter Sohn« (S. 53).

Dieser Gedanke führt uns zur Erörterung der infantilen bisexuellen Position zurück, die niemals aufgegeben wurde und damit die dyadische Vaterspaltung defensiv intakt hielt. Dadurch blieb der phasenspezifische libidinöse Beitrag zum triadischen Stadium für immer unerreichbar. Die Leidenschaften des ödipalen Konflikts wurden gehemmt oder zum Stillstand gebracht und blieben damit Bestandteil einer sadomasochistischen Sohn-Vater-Sklaverei; diese Konstellation hat eine abweichende Charakterbildung zur Folge. Jedes Lob des Vaters wurde als unverdient und damit im Kern falsch zurückgewiesen; in einem perversen Bedürfnis nach masochistischer Demütigung und Selbstverachtung hörte Kafka niemals auf, diese emotionalen Erfahrungen immer wieder zu provozieren.

Eine frühe Erinnerung, die Kafka im *Brief* schildert, trägt das Gepräge eines paradigmatischen Ereignisses, das den Wesensgehalt seines infantilen Traumas verdichtet; er muß es ständig wiedererleben, vermag es aber nicht zu bewältigen. »Direkt erinnere ich mich nur an einen Vorfall aus den ersten Jahren« (S. 10). Er beschreibt diesen Vorfall: »Ich winselte einmal in der Nacht immerfort um Wasser . . . Nachdem einige starke Drohungen nicht geholfen hatten, nahmst Du mich aus dem Bett, trugst mich auf die Pawlatsche und ließest mich dort allein vor der verschlossenen Tür ein Weilchen im Hemd stehen« (S. 10f.). Das »außerordentlich Schreckliche« dieses Ereignisses machte einen bleibenden Eindruck. »Noch nach Jahren litt ich unter der quälenden Vorstellung, daß der riesige Mann, mein Vater«, etwas Derartiges tun konnte, »daß ich also ein solches Nichts für ihn war« (S. 11). Kafka rührt hier an den Ursprung – in einer einzigen Episode (einer Deckerinnerung vergleichbar) verdichtet – seiner lebenslangen Angst vor Vernichtung, Verlassenwerden, Depression, Hilflosigkeit in den Armen des »riesigen Mannes«; am Ende verzichtete er auf jede Art von Selbstbehauptung. Das niederschmetternde Gefühl der Nichtigkeit ließ dem Kind keinen anderen Ausweg als masochistische Hingabe, das Bitten um »ein wenig Aufmunterung, ein wenig Freundlichkeit, ein wenig Offenhalten meines Wegs« (S. 11). Paradoxerweise war es gerade die Sanftmut des Kindes, seine weinerliche, demütige Art, die die sadistische Verächtlichkeit und emotionale Brutalität des Vaters weckte. Kafka legt Wert auf die Feststellung, daß er als Kind nicht geschlagen, sondern von seinem Vater gefühlsmäßig vernachlässigt und mißbraucht wurde (siehe S. 24). Er bedauert immer noch, daß »Du . . . kaum einmal des Tages Dich mir zeigen konntest« (S. 10); er vermißte die körperliche Nähe zu seinem Verfolger; daß er ihm seelische Qualen bereite, war wie eine Sucht, wichtiger als die Abwesenheit oder Gleichgültigkeit des Vaters. Er versäumte nie, sich dem Vater in den Weg zu stellen und seine Beleidigungen und demütigenden Bemerkungen entgegenzunehmen, die alles verdarben, was eine Quelle des Glücks oder der Freude hätte sein können: ». . . daß Du solche Enttäuschungen dem Kinde immer und grundsätzlich bereiten mußtest kraft Deines gegensätzlichen Wesens« (S. 14 f.); ». . . man war gegen Dich vollständig wehrlos« (S. 16). Er fühlte sich stets im Unrecht, gleichgültig, ob er unterwürfig und schwach oder aufsässig und widerspenstig war. Er saß in der Falle seiner masochistischen Schuldgefühle. Dennoch wußte er: ». . . hätte ich Dir weniger gefolgt, Du wärest sicher viel zufriedener mit mir« (S. 20). Doch obgleich er wußte, wie er seinem Vater gefallen und seinen Erwartungen entsprechen konnte, gewann das passive masochistische Verlangen letztlich die Oberhand. In perverser Weise war er das ideale Gegenstück des Vaters, der den Sohn verschwenderisch mit sadistischen Quälereien bedachte, der schwach, gelähmt und schreckensbleich vor dem Riesen und seiner »rätselhaften Unschuld und Unangreifbarkeit« (S. 22) stand. Das Paar stellte das perfekte Gespann Herr und Sklave dar. Kafka drückte es folgendermaßen aus: »Wenn ich etwas zu tun anfing, was Dir nicht gefiel, und Du drohtest mir mit dem Mißerfolg, so war die Ehrfurcht vor Deiner Meinung so groß, daß damit der Mißerfolg . . . unaufhaltsam war« (S. 22).

Man ist versucht, den Verzicht des Sohnes auf seine Wünsche der Furcht vor der Konkurrenz mit dem ödipalen Vater zuzuschreiben. Zweifellos spielt dieser Faktor bei seiner chronischen Unterwürfigkeit eine Rolle. Dennoch ist es im Lichte meiner hier vorgetragenen Untersuchungen wahrscheinlicher, daß die Bewahrung der idealisierten Vaterimago und die Abhängigkeit von ihr den einzigen wirksamen Schutz vor der drohenden Gefahr bildete, in Chaos und Schrecken der Ich-Auflösung hineingerissen zu werden. Diese meine Auffassung wirft drängende Fragen auf; sie sollen nun erörtert werden.

Kreativität als Lebensweise

Es erhebt sich die Frage, weshalb Kafka als kleiner Junge in den dyadischen, gleichgeschlechtlichen Schutzbereich flüchtete, in dem der Vater der absolute Alleinherrscher war, und ferner, weshalb Kind und Erwachsener niemals diesen Bereich gegenseitiger Quälerei verließen. »Für mich als Kind war aber alles, was Du mir zuriefst, geradezu Himmelsgebot . . . das wichtigste Mittel zur Beurteilung der Welt« (S. 16). Diese Sackgasse als Entwicklungsstillstand zu bezeichnen, beantwortet nicht die Frage, an welchem Punkt der Entwicklungslinie es zum Zusammenbruch kam, so daß eine pathologische Vaterfixierung entstand.

Meine klinischen Untersuchungen der Ontogenese dyadischer, gleichgeschlechtlicher Sohnesschaft umfassen stets ein synergistisches System zweier Generationen, das ich bei der Analyse männlicher Jugendlicher und erwachsener Männer zu beobachten Gelegenheit hatte. Diese Beobachtungen verbanden sich mit den gut belegten Befunden der Kinderforschung*, welche die leidenschaftliche Hinwendung des kleinen Jungen zum Vater als dem Retter vor dem regressiven Drang zur wiederverschlingenden Mutter beschreiben. Dieses normale dyadische Wechseln von einem Elternteil zum anderen verliert sich allmählich, wenn die Subphase der Wiederannäherung in den Vordergrund tritt. Die Errichtung der darauf folgenden Objektkonstanz führt naturgemäß zur Reduzierung der dyadischen Spaltung in das gute und das böse Objekt. Mir scheint, daß es an diesem Punkt zu einem Bruch in Kafkas Entwicklung kam. Die Subphase der Wiederannäherung wurde übersprungen, mit dem Resultat, daß die Idealisierung der guten, nämlich gottähnlichen Vaterimago als lebenslanges Bollwerk gegen die Regression zur archaischen Mutter bestehen blieb.

Diese Abwehrhaltung führte dazu, daß Kafka in seinen Beziehungen zu Frauen mit dem Eintreten der Pubertät zeitlebens gehemmt war. Selbst wenn wir konstitutionelle Empfindlichkeiten und körperliche Mängel in Betracht ziehen, auf die er im *Brief* wiederholt hinweist, bleibt die Frage, welche unheilvollen Ängste den normalen Verlauf der Entwicklung von Objektbeziehungen in den ersten Lebensjahren des kleinen Jungen entgleisen ließen.

An einer Stelle des *Briefes* erwähnt Kafka die Tatsache, daß er der machtvollen Gegenwart des Vaters unterliegen mußte, »besonders da meine Brüder klein starben« (S. 8). Er als erstes Kind und erstgeborener Sohn erlebte den Tod der beiden kleinen Brüder. Der kleine Junge könnte sich gefragt haben, weshalb die Mutter sie nicht am Leben erhielt oder weshalb sie dem nicht seltenen Wunsch nachgab, daß der Erstgeborene ihr einziges Kind bleiben solle. Wir können nur vermuten, daß der Vater infolge des erlittenen Verlustes alle Erwartungen auf den Sohn häufte, der ihm als einziger geblieben war. Kafkas erster Bruder wurde geboren, als er wenig mehr als zwei Jahre alt war, und als der Bruder starb, war er etwa vier Jahre alt; etwas mehr

* Diese Untersuchungen wurden im 1. Teil behandelt.

als vier Jahre alt war er bei der Geburt des zweiten Bruders, der im Alter von sechs Monaten starb. Die drei Schwestern kamen zur Welt, als Kafka sechs, sieben und neun Jahre alt war.* Der Hinweis im Brief auf den Tod seiner kleinen Brüder im Zusammenhang mit der gewaltigen Macht des Vaters legt die Vermutung nahe, daß die Mutter als Hüterin des Lebens in der Vorstellung des kleinen Kindes entwertet worden war, das nun Schutz im Bereich des idealisierten Vaters suchte. Die infantile Fixierung wurde zur Quelle lebenslanger Sehnsucht nach Behütung oder Bemutterung durch die gottähnliche Vaterimago. Nur die physische und psychische Gegenwart des Vaters besänftigte seine Todesfurcht. Wie wichtig es für den Vater war, einen Sohn zu haben, und welchen Kummer ihm der Verlust zweier Söhne im frühen Kindesalter bereitete, zeigt folgende Stelle aus Haymans (1982) Kafka-Biographie: »Aus den späteren Reaktionen Hermann Kafkas [des Vaters] auf die Geburt von Neffen und Enkeln, kann man schließen, daß ihn die Geburt des ersten Sohnes mit ungeheurem Vergnügen und Stolz erfüllte . . .« (S. 12).

Die Frage, die sich an diesem Punkt folgerichtig erhebt, betrifft Kafkas Kampf, der pathologischen Anpassung in den ersten Lebensjahren und dem Leiden, das ihm unaufhörlich daraus erwuchs, zu entrinnen. Er besaß drei wichtige Persönlichkeitsmerkmale, die im *Brief* wiederholt zutage treten. Das erste ist sein angeborenes Talent zum Schreiben und zu phantasievollem Denken. Seine einzigartige, ganz individuelle Vorstellungsgabe und seine Fähigkeit, sie schöpferisch zu nutzen, ermöglichten es ihm, sein Innenleben so zu gestalten, daß er es anderen nahebringen und mit ihnen kommunizieren konnte; dadurch wurden die Gefängnismauern seiner Isolation, Entfremdung und Einsamkeit zum Einsturz gebracht. Hier ist es an der Zeit, uns zu erinnern, mit welcher Leichtigkeit Kafka in seinen Werken die Gemütszustände der Entfremdung und des Absurden (Worte, die zu weitverbreiteten Bezeichnungen für Stimmungen

* Die hier angegebenen Daten entstammen der Kafka-Biographie von R. Hayman (1982, S. 11,19).

und Einstellungen in der Zeit nach dem Zweiten Weltkrieg wurden) darzustellen vermochte, was ihm den Ruf verschaffte, ein Vorläufer des literarischen Existenzialismus gewesen zu sein. Der sehr persönliche Stil seiner phantasievollen Sprache, die seine schöpferische Produktivität stärkte, wurde zur Brücke zur Außenwelt, die den gefährdeten Künstler vor wahnhafter Isolation rettete.

Kafka kannte sicherlich die Abneigung des Vaters gegen sein Schreiben, und er wußte ferner: »Hier war ich tatsächlich ein Stück selbständig von Dir weggekommen ... Einigermaßen in Sicherheit war ich, es gab ein Aufatmen, die Abneigung, die Du natürlich auch gleich gegen mein Schreiben hattest, war mir hier ausnahmsweise willkommen« (S. 50 und 51). Gleichgültig, wohin seine Phantasie ihn trug, der Vater blieb während des Schreibens gegenwärtig, doch könnte man zu dem Schluß gelangen, daß Kafka seinen pathologischen Vaterkomplex im literarischen Akt zu meistern versuchte und es ihm zumindest gelang, ihn in beherrschbaren Grenzen zu halten. Zu anderen Zeiten lebte er wie ein entflohener Sträfling, der die Welt nach Beweisen seiner Schuld durchforschte; da er für sein Verbrechen nicht ausreichend gebüßt hatte, war ihm die Rückkehr in den seligen Zustand der Unschuld für immer verwehrt. Er war von dem Gedanken besessen, »abgeurteilt« (S. 54) zu sein. Kein Wunder, daß den Autor die Ungewißheit quälte, ob seine Kreativität ihm wohl erhalten bliebe: »... im Schreiben und in dem, was damit zusammenhängt, [habe ich] kleine Selbständigkeitsversuche, Fluchtversuche mit allerkleinstem Erfolg gemacht ... Trotzdem ist es meine Pflicht oder vielmehr es besteht mein Leben darin, über ihnen zu wachen, keine Gefahr ... an sie herankommen zu lassen« (S. 69). Er war sich bewußt, daß sein Schreiben seine selbsterrichtete, selbstregulierte Identität am verläßlichsten und damit am wertvollsten widerspiegelte, ohne die sein psychisches Überleben in Gefahr geraten wäre. Paradoxerweise bot ihm das Schreiben nicht nur die Möglichkeit zur Flucht aus der emotionalen Sklaverei, sondern es hielt ihn auch in ständiger enger Verbindung mit dem Vater, wenngleich in abgewandelter

Form. Er sagt: »Mein Schreiben handelt von Dir, ich klage dort ja nur an, was ich an Deiner Brust nicht klagen konnte. Es war ein absichtlich in die Länge gezogener Abschied von Dir« (S. 51). Das Schreiben wurde zum Stabilisator in Kafkas Seelenleben, das er am höchsten vervollkommnet hatte.

Wir halten hier inne und wenden uns den Untersuchungen zu, die Greenacre (1963) über talentierte und schöpferische Menschen angestellt hat, die sie ähnlich meiner Deutung Kafkas charakterisierte. Sie erforscht »besonders die Vater-Sohn Beziehung, weniger den Anteil der Mutter-Sohn Beziehung« (S. 72) der ödipalen Phase, und sie sagt: »Wir werden uns vor allem mit der ewigen Suche nach dem Vater beschäftigen, die viele Künstler (den Begriff im weiteren Sinne verstanden) antreibt und ein integraler Bestandteil ihrer ödipalen Probleme zu sein scheint« (S. 72). Im Hinblick auf den Künstler bemerkt sie ferner: »Die Bereitschaft zur Wahrnehmung von ›kollektiven Ersatzbildungen‹ und die Fähigkeit, mit ihnen umzugehen, lassen dann einen weniger entschiedenen Abschluß der aufeinanderfolgenden libidinösen Phasen der frühen Kindheit zu, als es sonst der Fall wäre. Ein Ergebnis dieser spezifischen Sachlage kann eine verringerte Festigkeit der Schranken zwischen primärprozeßhaftem und sekundärprozeßhaftem Denken und Vorstellen sein, ein offensichtlich für begabte Individuen charakteristischer Zustand« (S. 73f.).

Der *Brief an den Vater* zwingt dem Leser diese Erkenntnis durch seine Überzeugungskraft geradezu auf, ja, der Beweis dafür wird im Text durchgehend geliefert.

Greenacre führt diese Gedanken weiter aus, indem sie sagt: »Die Verschiebung der Lösung des Ödipuskomplexes kann zur Folge haben, daß die passiven Elemente des Charakters verstärkt werden; gelegentlich wird eine ständig wiederholte, endlose Suche nach dem Vater etabliert« (S. 79). Die Vergeblichkeit dieser Suche veranlaßt den Künstler schließlich, »sich mit der kreativen Fähigkeit abzufinden und sie innerlich als dem Individuum selbst zugehörig zu akzeptieren. Sie ist sein eigener Besitz, seine Begabung, sein Schicksal, seine Last und seine Verpflichtung durch einen hypothetischen Gott oder Gott-Vater nicht zu entschuldigen, zu sanktionieren oder zu erleichtern« (S. 80).

Der *Brief* läßt klar erkennen, daß keine Ablehnung, kein Hohn, keine Geringschätzung seines Schreibens oder seiner veröffentlichten Werke durch den Vater ihn jemals hindern konnten, in seinem schöpferischen Bemühen fortzufahren. In jeder anderen Hinsicht billigte er dem Vater das Recht, ja sogar die Pflicht zu, seine Überzeugungen, Werte und Handlungen zu bestimmen. Doch im Berich seiner kreativen Arbeit war er frei, obgleich er erklärte: »Mein Schreiben handelt von Dir« (S. 15), dem Vater. Diese Enklave geistiger Freiheit in seiner bedrängten Privatwelt machte es ihm möglich zu überleben, denn, um Greenacre zu zitieren: ». . . nur wenn ein kreativer Mensch seine Fähigkeit wirklich erkennt und die damit verbundene Verantwortung akzeptiert, tritt eine spürbare Verminderung der gefährlichen Schuldgefühle und der Selbstdestruktion ein« (S. 80). Kafka spricht von dieser Enklave der Freiheit wie von einem Heiligtum, das er um jeden Preis hüten muß; nichts anderes scheint von Wichtigkeit, solange er dieses *Sanctum sanctorum* vor den zerstörerischen Kräften zu schützen vermag, die innen und außen wüten.*

Die zweite Möglichkeit zur Flucht vor der peinigenden Bindung an den Vater war die Heirat. Kafka stellt im *Brief* unzweideutig fest, ». . . das Heiraten ist zwar das Größte und gibt die ehrenvollste Selbständigkeit, aber es ist auch gleichzeitig in engster Beziehung zu Dir« (S. 67). In die Dreierbeziehung Selbst, Ehefrau und Vater einzutreten, »hat deshalb etwas von Wahnsinn, und jeder Versuch wird fast damit gestraft« (S. 67). Kafka versuchte zu wiederholten Malen seinem Wunsch zu entfliehen, durch Heirat zu verwirklichen: ». . . die Heiratsversuche [wurden] der großartigste und hoffnungsreichste Rettungsversuch«

* Hier kommt einem die Eintragung André Gides in sein Tagebuch in den Sinn: »Ein Kunstwerk ist ein Gleichgewicht außerhalb der Zeit, eine künstliche Gesundheit.« Jean Delay, *The Youth of André Gide* (1963, S. 9).

(S. 57). Seine Furcht vor dem Wahnsinn und vor der Gefährdung seiner Identität als Schriftsteller ließen ihm keine andere Wahl, als entschlossen auf »Heiraten, eine Familie gründen, alle Kinder, welche kommen, hinnehmen ...« (S. 58f.) zu verzichten – nach seiner Überzeugung auf »das Äußerste, das einem Mensch überhaupt gelingen kann« (S. 59).

Die dritte Möglichkeit zur Flucht vor der unerträglichen Qual der seelischen Gefangenschaft wurde im *Brief* niemals so deutlich beschrieben oder erkannt wie die beiden vorgenannten. Ich spreche von Kafkas Tuberkulose, die schließlich seinen Tod herbeiführte. Er versuchte, den geistigen und körperlichen Zusammenbruch zu verhindern, indem er eine »kalte ... tierisch selbstzufriedene Gleichgültigkeit« (S. 52) an den Tag legte, die »der einzige Schutz gegen die Nervenzerstörung durch Angst und Schuldbewußtsein« (S. 53) war. Bemerkungen über seine körperliche Schwäche und Unvollkommenheit finden sich im *Brief* in Hülle und Fülle. Der hypochondrischen Beschäftigung mit seinen körperlichen Mängeln – »eine kleine Befürchtung wegen der Verdauung, des Haarausfalls, einer Rückgratverkrümmung ... schließlich endete es mit einer wirklichen Krankheit« (S. 53) – entsprach seine Neigung, in der kläglichen Beschaffenheit seines Körpers zu »schwelgen«, die zu ertragen sein Los war. Sie wurde zur Ursache grenzenloser Scham, aber das passive Hinnehmen seiner körperlichen Minderwertigkeit verschaffte ihm wenig Erleichterung. Auf die Konkretisierung seines Körperbewußtseins folgte die Somatisierung. Kafkas *Brief* läßt stark vermuten, daß die Abfolge der unverdienten körperlichen Unversehrtheit, deren Zerstörung im Verlauf der Sühne und die nachfolgenden Zwänge zum tödlichen Zusammenbruch führten. Seine eigenen Worte bezeugen seinen Glauben an das unausweichliche Geschick, dem zu gehorchen er sich gezwungen fühlte: »... natürlich [wurde mir] auch das Nächste, der eigene Körper unsicher ... staunte alles, worüber ich noch verfügte, als Wunder an, etwa meine gute Verdauung; das genügte, um sie zu verlieren, und damit war der Weg zu aller Hyochondrie frei, bis dann unter der übermenschlichen Anstrengung des Heiraten-Wollens ... das Blut aus der Lunge kam ... Also das alles stammte nicht von übergroßer Arbeit« (S. 53f.). Das hinausgezögerte, langsame und qualvolle Hineintreiben in die Selbstvernichtung blieb der einzige Ausweg, nachdem alle anderen Bemühungen, die Lasten des Lebens zu tragen, gescheitert waren. Kafka war sich dieses Hineintreibens in die körperliche Selbstauslöschung vage bewußt.*

Der *Brief* war Kafkas letzter, verzweifelter Appell an den Vater, ihm im Augenblick körperlicher und seelischer Erschöpfung zu Hilfe zu kommen; einzig seine Liebe, seine Sorge und Anerkennung könnten die drohende Katastrophe verhindern. Nachdem er dem Vater im *Brief* sein Herz geöffnet hatte, hoffte der Sohn wider alle Hoffnung, daß ein Wort gegenseitigen Verzeihens gesprochen, ein Zeichen – und sei es noch so gering – von Freundlichkeit und Liebe gesetzt werden könnte. Diese Hoffnung war vergeblich. Schweigen senkte sich herab, und die Leidenschaften, die der *Brief* offenbarte, fielen ins Leere. In dieser einsamen Wildnis hören wir Worte widerhallen, die vor zweitausend Jahren gesprochen und seither viele Male von Menschen in höchster Not wiederholt wurden: »Vater, ich befehle meinen Geist in deine Hände!« (Lukas 23:46) und »Mein Gott, mein Gott, warum hast du mich verlassen?« (Matthäus 27:46).

Nachtrag zu Freuds Fall Schreber

Jeder, der mit Freuds Schriften vertraut ist, muß beim Lesen des vorstehenden Kommentars zu Kafkas *Brief an den Vater* an den Fall Schreber – die am häufigsten zitierte seiner fünf Fallgeschichten** – erinnert worden sein. Freud stützte seine Fallge-

* Über die Umstände, die zu Kafkas Bemerkung führten, schreibt Brod: »Über den ersten Blutsturz, der die Tuberkulose ankündigte, äußerte er (und bezeichnet die Krankheit damit als einen gleichsam gewollten Ausweg aus seinen damaligen Schwierigkeiten, die geplante Ehe betreffend): ›Mein Kopf hat sich hinter meinem Rücken mit meiner Lunge verabredet‹« (Brod, 1963, S. 71f.).

** Sigmund Freud, Psychoanalytische Bemerkungen über einen autobiographisch beschriebenen Fall von Paranoia (Dementia paranoides), GW VIII, 1911.

schichte auf den 1903 erschienenen autobiographischen Bericht Schrebers (1842–1911) *Denkwürdigkeiten eines Nervenkranken.* In diesem Dokument wird seine Geistestätigkeit während der Jahre seiner psychotischen Erkrankung im einzelnen beschrieben, deretwegen er zweimal hospitalisiert war.

In beiden autobiographischen Dokumenten – dem Kafkas und dem Schrebers – sind die Schicksale der Sohn-Vater-Beziehung von entscheidender Bedeutung, und sie werden aufs Beredteste festgehalten; sie enthüllen das Innenleben ihrer Autoren mit außergewöhnlicher Offenheit und schonungsloser Selbstentblößung. Die Dokumente lassen klar erkennen, daß keiner der beiden Männer im Laufe seiner Entwicklung jenes Mindestmaß an Loslösung und Distanz vom dyadischen Vater gewonnen hat, wodurch normalerweise der infantilisierende Einfluß einer starken frühen Vaterbindung und -idealisierung aufgehoben wird, der die Möglichkeit einer regressiven Verschmelzung in sich trägt. Schreber erreichte sein Mannestum, das ständig gefährdet blieb, nur fragmentarisch, weshalb er alle möglichen Schutzmaßnahmen ergriff, um den drohenden Zerfall des schwachen Selbst abzuwehren. Da er der Vaterimago mit immerwährender Ambivalenz gegenüberstand, nahm er den realen Vater nur verschwommen wahr. Dieser bei beiden Männern ähnliche Zustand machte sie nicht nur anfällig für heftige Gefühle von Schuld und die Vorstellung, dafür büßen zu müssen, sondern auch für androgyne Schwankungen ihrer Selbst- und Geschlechtsidentität. In diesen Konfliktzuständen und infolge der unsicheren Identität war der Vater zur zentralen Figur geworden, auf die hin ein verwirrter, desorientierter Gemütszustand sich verfestigte. Eine geregelte Beziehung zum Vater ließ sich nicht herstellen, da der Sohn bald argwöhnte, daß zwischen ihnen eine gegenseitige verführerische Komplizenschaft – vorwiegend sadomasochistischer Art – bestand, eine gleichermaßen vernichtende Lösung entgegenwirkte, nämlich, beim Vater eine schützende Zuflucht, eine selige Vereinigung mit der Gottheit zu suchen.

Nachdem wir die in beiden Dokumenten erkennbaren allgemeinen psychologischen Tendenzen in großen Zügen umrissen haben, müssen wir zugeben, daß ihre Ähnlichkeit an diesem Punkt endet. Es liegt auf der Hand, daß Schrebers Paranoia und seine Beziehung zu Gott einerseits und Kafkas lebenslange zwanghafte Beschäftigung mit der Beziehung zu seinem Vater andererseits von ganz unterschiedlicher Qualität sind. Beide Männer kämpfen mit ähnlichen Konflikten, die auf einer dyadischen Vaterbindung beruhen, jedoch mit ganz verschiedenen Waffen. Dem Selbstschutz dienende psychische Vorkehrungen werden nicht nur durch die Klebrigkeit einer gegebenen Fixierung und einer daraus folgenden bevorzugten Triebrichtung bestimmt, sondern auch durch die angeborene Ausstattung des Individuums, durch individuellen Erfindungsreichtum, Kreativität oder Talent. Die Funktion des letzteren wird in meinem Kommentar zu Kafkas *Brief an den Vater* dargestellt. Er geht hier eindeutig davon aus, daß die schöpferische Tätigkeit ihm absoluten Schutz vor dem Persönlichkeitszerfall bietet, wenngleich er den kreativen Akt selbst, nämlich das Schreiben, bewußt als intimes Verhältnis mit dem Vater erlebte: »Mein Schreiben handelte von Dir, ich klagte dort ja nur, was ich an Deiner Brust nicht klagen konnte« (S. 51). Während Kafka so seine infantilen Sehnsüchte stillte, blieb er infolge seiner Begabung – jener undefinierbaren Genialität – in sicherem Kontakt mit der Welt der Menschen; sie bewahrte ihn vor solipsistischer Isolation und von wahnhafter Verkennung der Realität. Folglich ging der Kontakt mit der Menschheit oder, genauer gesagt, mit seinem sozialen Umfeld niemals verloren. Er konnte die unheimliche, unwirkliche, traumhafte, dunkle Seite seiner Innenwelt beim Schreiben mit seinen Mitmenschen teilen. Mir scheint, daß diese bemerkenswerten Schöpfungen denselben Kräften ihre Entstehung verdanken wie Goyas »schwarze Bilder«: Beide lassen unser Gefühl, »in der Welt zu sein«, für den Augenblick unwiderstehlich dahinschwinden.

Im Gegensatz dazu verlor Schreber alle Bindungen an die reale Welt. Er erfand eine eigene Kosmologie, ein selbstentworfenes autistisches Universum. Darin verlor sein Vater als reale Person seines früheren Lebens seine Identität, indem er ins

Reich übernatürlicher, trügerischer Konstruktionen projiziert wurde. Er ersetzte seine eigene Identität und die des Vaters durch wahnhafte, halluzinatorische Schöpfungen seines psychotischen Geistes, so daß ihn seine Mitmenschen nicht mehr begreifen konnten. In dieser Isolation versuchte er umständlich und mühselig, sein fragmentiertes Innenleben zu festigen, indem er seine eigene Weltordnung aufstellte, in der Gott und er sich vergeblich bemühten, einen *Modus vivendi* auszuarbeiten: »Die Vorstellung einer ... von einzelnen menschlichen Körpern oder in meinem Falle – von einem einzigen menschlichen Körper ausgehenden *Anziehungskraft* müßte ... geradezu absurd erscheinen. Gleichwohl ist das Wirken der Anziehungskraft als Tatsache für mich vollkommen unzweifelhaft« (S. 14, Fußnote 5). Er äußert sich dann ausführlich über einen »regelmäßigen Verkehr Gottes mit Menschenseelen« und definiert verschiedene Grade der Seligkeit für männliche und weibliche Seelen nach dem Tode. Geschichte, Erforschung und Verifizierung solcher Ideen sind hauptsächlich Inhalt der *Denkwürdigkeiten* (Schreber, 1903), auf die sich Freuds Fallgeschichte (1911) stützt. Kein Leser außer Freud hatte in den *Denkwürdigkeiten* zur Zeit ihrer Veröffentlichung mehr sehen können als die bizarre, irgendwie pikante Selbstenthüllung eines Geistesgestörten.

Zur Nebeneinanderstellung der Bekenntnisse der beiden Männer fühle ich mich durch Freuds Bemerkung in seinem Schreber-Essay ermutigt, wo er sagt: »Man braucht dann nur ... wie man es in der psychoanalytischen Technik gewohnt ist, das Beispiel für das Eigentliche ... zu nehmen, und befindet sich im Besitze der gesuchten Übersetzung aus der paranoischen Ausdrucksweise ins Normale« (Freud, GW VIII, S. 269). Diese Feststellung bestätigt, daß wesentliche Aspekte einer psychopathologischen Abweichung auf die maligne Deformation eines normalen Entwicklungsstadiums zurückzuführen sind sowie auf den vergeblichen Versuch, den zugefügten Schaden zu beheben. Ein solches Stadium, das ich in diesem Essay untersuche, ist das dyadische Vatererlebnis des männlichen Kindes. Die Anwendung der obigen Bemerkung Freuds auf meine Absicht, den Schreber-Essay dazu zu benutzen, die universale Bedeutung des gleichgeschlechtlichen dyadischen Komplexes für die psychologische Entwicklung des männlichen Kindes näher zu beleuchten, beschränkt jedoch den Vergleich beider Dokumente auf einige ausgewählte Themen. Eine Erörterung der Wahnvorstellungen und Konstruktionen Schrebers im Zusammenhang mit der psychoanalytischen Theorie der Psychose ist in dieser Abhandlung nicht unterzubringen. Es gibt jedoch Parallelen, die unsere Aufmerksamkeit verdienen, wenn wir den tiefen, allgegenwärtigen Einfluß erfassen wollen, den die Imago des Vaters der ersten Lebensjahre auf das männliche Kind und seine spätere Entwicklung ausübt. Folgende Fragen stellen sich: Welche Umwandlungen erfährt die Vaterimago im Laufe der Zeit? Was bleibt als Erbe dieser frühen Erfahrung im Leben des Mannes zurück, und in welcher latenten oder manifesten Form vermag der Beobachter des Lebenszyklus, sei er Psychoanalytiker, Anthropologe oder Soziologe, diese Überreste zu erkennen?

Die verblüffendste Parallele zwischen beiden Dokumenten ist in der Identität von Vater und Gott zu sehen, die wie ein roter Faden die autobiographischen Berichte beider Männer durchzieht. Gott bleibt das unergründliche Symbol des anderen Mannes bzw. der einzige andere von irgendwelcher Bedeutung; seine Gegenwart reicht in die Dämmerung der individuellen Existenz zurück und hat seither niemals die charismatische Anziehungskraft des ursprünglichen Vatererlebnisses verloren. Das heranreifende Kind, das an seiner frühen Bindung über die angemessene Zeit hinaus festgehalten hat, scheint immer und ewig auf der Suche nach seinem eigenen Stein von Rosette zu sein, um fesselnde Hieroglyphen und symbolische Repräsentanzen seiner eigenen vergessenen Erzeugung zu entziffern. Sie werden projiziert oder in Äquivalente archaischer, fixierter Erlebnisse umgewandelt und auf allen körperlichen und geistigen Ebenen zum Ausdruck gebracht. Diese Kämpfe müssen von Männern ausgefochten werden, die unter einer dyadischen Vaterfixierung leiden; ihr Leben wird von einer niemals gestillten Sehnsucht nach einer undefinierten und undefinierbaren Erfüllung bestimmt;

die Frage nach dem Sinn des Lebens läßt sie niemals los; unablässig verlangen sie nach Klarheit und Verständnis für das geheimnisvolle Unbekannte, um den Druck des Vaterkomplexes auf die Psyche zu lockern oder zu meistern. Dieser Situation sind jene männlichen Jugendlichen oder erwachsenen Männer ausgesetzt, deren dyadische Vaterbindung nicht gelöst wurde, als die emotionale Reifung fortschritt.

In seinem Schreber-Essay hat Freud die Identität von Gott und Vater im Denken des Patienten überzeugend nachgewiesen. Schrebers nie endendes Hadern mit Gott und die ewig vergeblichen Bemühungen, der unerträglichen Unzufriedenheit zu entfliehen (außer in seinem kosmologischen Wahn), finden ihre Parallele in Kafkas niemals endendem Bemühen, zu einer von gegenseitigem Respekt getragenen Anerkennung von Vater und Sohn und damit zu emotionaler Unabhängigkeit und Seelenfrieden zu gelangen. Kafka beschuldigt seinen Vater, seine Lebenslust, sein Selbstwertgefühl und seine Liebesfähigkeit im Keim erstickt zu haben. Das sind niederschmetternde Punkte auf der langen Liste der Anklagen des Sohnes. Hier kommt einem Freuds Bemerkung über Schrebers Autobiographie in den Sinn: »Durch das ganze Buch Schrebers zieht sich die bittere Anklage, daß Gott, nur an den Verkehr mit Verstorbenen gewöhnt, den lebenden Menschen nicht versteht« (Freud, GW VIII, S. 258). Um den Vater-Gott zu erreichen, muß man seine Selbst-Identität aufgeben und zu einem Körper ohne selbstinitiierte Lenkung werden. Schrebers ambivalente Einstellung läßt ihn glauben, »daß Gott von der Vollkommenheit, die ihm die Religionen beilegen, weit entfernt ist« (S. 257f.).

Kafka beschuldigt seinen Vater in unmißverständlichen Worten, seinen Willen als kleines Kind gebrochen und damit einen symbolischen Sohnesmord begangen zu haben, der niemals wiedergutzumachen war: »Der Mut, die Entschlossenheit, die Zuversicht, die Freude an dem und jenem hielten nicht bis zum Ende aus, wenn Du dagegen warst oder schon wenn Deine Gegnerschaft bloß angenommen werden konnte; und angenommen konnte sie wohl bei fast allem werden, was ich tat« (S. 15). Doch obschon er den Vater anklagt, seinen Geist tödlich getroffen zu haben, äußert er die Überzeugung: »Nun bist Du ja im Grunde ein gütiger und weicher Mensch« (S. 10). Schreber schreibt ausführlich über »Seelenmord«. Dessen klagt er seinen Arzt, Professor Flechsig, zunächst an; dann zieht er diese Anklage zurück und sucht Zuflucht bei komplizierten kosmologischen Konstruktionen. Mit »Seelenmord« wird der Akt der Entmannung bzw. des Tötens der Seele, d. h. des Geistes, der Vernunft, des Willens und der Identität umschrieben.

Beide Dokumente enthalten endlose Grübeleien, Behauptungen und deren Widerruf; sie spiegeln die Überzeugung wider, daß Gott oder Vater entweder ein gräßlicher Schurke, ausgestattet mit übler Macht und bösen Absichten, oder aber ein unglaublich reiner, schuldloser Heiliger von unerschöpflicher Güte sei. Schreber schreibt Gott moralische Zwiespältigkeit zu; es gibt einen »oberen« Gott und einen »niedrigen«, Ariman und Ormuzd. Beide sind Projektionen seines gespaltenen Selbst, sie stellen einen höheren Status des Mannes und einen minderen der Fau dar; letzteren beschreibt er als einen Zustand ununterbrochener Wollüstigkeit, von dem er sich gegen seinen Willen angezogen fühlt. Diese wechselnden Wahrnehmungen des Vater-Gottes, des *pater noster*, sind ein Widerschein des Zustands der frühen Objektbeziehungen, in dem die »guten« und »schlechten« Eigenschaften eines Objekts nicht derselben Person angehören. Sie sind Teil-Objektbeziehungen und daher präambivalent, da Ambivalenz ihrem Wesen nach voraussetzt, daß das Kind einen Begriff von der ganzen Person in sich trägt. Für die sich gegenseitig ausschließenden Wahrnehmungs- und Affektzustände, hier als präambivalent bezeichnet, sollten wir richtiger den Terminus »Ambitendenz» (Mahler, 1975) verwenden, um Verwirrung zu vermeiden.

Als nächstes erwähne ich die Empfänglichkeit des kleinen Jungen für frühe körperliche Manipulationen, die vom Vater ausgehen, begleitet von einer aggressiv zwingenden Haltung und egoistischer affektiver Verstrickung. Die Untersuchungen Niederlands haben uns mit den Publikationen von Schrebers Vater bekanntgemacht, einem Arzt, der orthopädische Apparate aus Eisen erfand, die das heranwachsende Kind zwangen, in einer fixierten, angeblich natürlichen Haltung zu liegen, zu sitzen, den Kopf zu tragen, um so die Natur bei der Schaffung schöner Kinder zu unterstützen. Diesen Bemühen hatte Dr. Schreber senior sein Leben gewidmet. Dieses ausgeklügelte und in Deutschland seinerzeit weitgehend anerkannte System körperlicher Erziehung nannte er »Pangymnasticon«. Die besonderen Übungen und die Benutzung korigierender Apparate bildeten ein »Kallipaedie« genanntes System, was wörtlich »schönes Kind« bedeutet (Niederland, 1974, S. 77).* Viele der physischen Symptome des Patienten, etwa Sensationen im Kopf, in der Brust oder im Steißbein, wurden, um seine Worte zu gebrauchen, von göttlichen Kräften »angewundert«. Diese Symptome waren als Teil von Schrebers Wahnsystem konkretisierte empirische Bezüge auf die von seinem Vater konstruierten Apparate, auf die uns Niederland, gestützt auf die Originalillustrationen aus den Büchern von Schreber senior, aufmerksam gemacht hat. Schreber beschreibt die »angewunderten« Zustände in seinen Visionen von der Zerstörung der Welt als »zum Teil . . . von unbeschreiblicher Großartigkeit« (1903, S. 55). Die physische Manipulation des Kindes mit den Apparaten des Vaters löste höchstwahrscheinlich zwei extreme Gemütszustände aus – Schrecken und Bezauberung, Panik und Ekstase –, die beide als isolierte Fragmente des frühen Vatererlebens bestehen blieben.

Der Wunsch des Vaters nach einem Sohn ist nicht selten mit dem Wunsch verbunden, es möge ein »richtiger« Junge sein, nämlich stark und gutaussehend; dieser Wunsch kann kaum als tadelnswertes väterliches Verlangen bezeichnet werden. Wenn jedoch übertriebene Praktiken angewandt werden, um seine Realisierung zu gewährleisten, oder wenn der Wunsch aus-

* Beide Termini wurden von Schreber senior aus dem Griechischen abgeleitet, da er wahrscheinlich wie viele gebildete Deutsche zu jener Zeit glaubte, daß die griechische Kultur Körper von funktionaler Vollkommenheit und größter Schönheit geschaffen habe.

schließlich dem Bedürfnis des Vaters entspringt, eigene gegenwärtige oder frühere körperliche Mängel wettzumachen (Vater Schreber war angeblich ziemlich klein von Statur [Niederland, 1974]), dann empfindet der Sohn die Bemühungen des Vaters als Tadel, als Ablehnung, als Herabsetzung seiner männlichen Identität.

Kafkas *Brief an den Vater* enthält ein Beispiel dieser Reaktion. Der Vater wünschte sich einen »soldatischen« Sohn, der marschierte, schwamm, Sport trieb, kurzum, einen »richtigen« Jungen. Dieser Wunsch wurde hauptsächlich mit Worten vermittelt, z. B. durch Ermahnungen mit entsprechenden affektiven Untertönen, um dem Söhnchen die Wünsche des Vaters einzubleuen. In Kafkas *Brief* findet sich ein entscheidender Hinweis auf eine körperliche Manipulation des Vaters, die mit physischer Gewalt und in einem Zustand wütender Erregung ausgeführt wurde. Kafka erblickt in diesem Vorfall ein unheilvolles Ereignis seiner ersten Lebensjahre. Wir könnten es als Muster einer Erinnerung bezeichnen, die die frühe Beziehung des Sohnes zum Vater sozusagen verdichtet oder, genauer gesagt, eine bedeutende Komponente davon in den Mittelpunkt des Interesses rückt. Der *Brief* verweist auf endlose Wiederholungen dieses prototypischen Ereignisses in späteren Jahren, wenn der Vater dem Gefühlsleben und dem Wertsystem des Sohnes mit aggressiver Mißachtung begegnete. Kafka beschreibt im Detail einen Vorfall aus den ersten Jahren, an den er sich direkt erinnert. Das Kind bat in der Nacht um Wasser. Als es auf die wiederholte Aufforderung zu schlafen nicht reagierte, nahm der wütende Vater es aus dem Bett, trug es auf den Balkon, ließ es dort stehen, kehrte ins Haus zurück und schloß die Tür. Kafka bemerkt: »Ich will nicht sagen, daß das unrichtig war«; er wollte lediglich sagen, daß dieser Vorfall wie ein Mahnmal der unfaßbaren Macht des Vaters und der eigenen Nichtigkeit in seinem Gedächtnis verankert blieb. Zum Beispiel: »Noch nach Jahren litt ich unter der quälenden Vorstellung, daß der riesige Mann, mein Vater, die letzte Instanz ... kommen und mich in der Nacht aus dem Bett tragen ... konnte ... und daß ich also ein solches Nichts für ihn war« (S. 11). In diesem Zusammenhang sollte man bedenken, daß physischer Kontakt und physische Interaktion zwischen Vater und Sohn desto zahlreicher sind, je jünger das Kind ist, und daß die Rolle, die sie für die Kommunikation sowie für die emotionalen Prägungen dieser physischen, sensorischen Kontakterlebnisse spielen, desto bedeutungsvoller ist. Diese Prägungen (Fixierungen) bedürfnisbefriedigender Zustände, die Erfahrungen von Lust und Schmerz umfassen, werden einer radikalen Metamorphose unterzogen, sobald das Kind die Fähigkeit erwirbt, den symbolischen Prozeß zu nutzen, jenes exquisit humane, mächtige geistige Instrument der Meisterung der Welt durch den Menschen. Am frühesten und spektakulärsten tritt es in Erscheinung, wenn sich das Kind die Sprache und das Denken aneignet. Durch sie wird der Geist befähigt, das Erleben physischer und emotionaler Bedürfnisse in ein sich ausdehnendes inneres und soziales Universum zu transponieren, das vom symbolischen Prozeß geschaffen wird. Wir bezeichnen dieses Phänomen als zunehmende Komplexität des Geistes und des sich erweiternden Erfindungsreichtums in der sozialen Kommunikation.

Ich habe im 1. Teil geschildert, wie der kleine Junge den dyadischen Vater als allmächtigen Beschützer des hilflosen, abhängigen Kindes wahrnimmt. Wenn man sich seiner Fürsorge und Anteilnahme anvertraut, sei es unterwürfig oder nachahmend, bewahrt die charismatische Gegenwart des dyadischen Vaters das Kind immer wieder vor dem Verlassenwerden. Diese passive Haltung weckt Lustgefühle, die im Verlauf der Entwicklung einer männlichen Identifizierung weichen müssen, was eine aktive emotionale Distanzierung vom Vater der ersten Jahre mit sich bringt. Dieser Prozeß durchläuft viele Stadien, die vorwärts und rückwärts weisen. Oft beobachten wir, daß die Rolle des »großen Jungen« gespielt wird, bis das Kind imstande ist, das Vertraute und Vergangene hinter sich zu lassen und voranzuschreiten. Selbst dann wird der Schritt zu männlicher Identitätsbildung oft nur vorübergehend und unsicher getan und ist mit geräuschvoller Selbstbehauptung verbunden. Wenn diese

Verschiebung des Gleichgewichts vom Passiven zum Aktiven, vom Getragen- und Gehaltenwerden zum Stehen auf den eigenen Füßen und selbständigen Handeln beim männlichen Kind nur schwächlich vor sich geht oder gar zunichte gemacht wird, dann bleiben die passiven Bindungen der dyadischen Phase über die reguläre Entwicklungsstufe hinaus bestehen. Der triadischen, d. h. ödipalen Phase mangelt es folglich an den üblichen, obligatorischen Konflikten, die tiefgreifende Veränderungen in der kindlichen Persönlichkeit bewirken. Mit dem Einsetzen der Pubertät oder sexuellen Reifung wird die niemals aufgegebene geschlechtsfremde Haltung wieder an den Geschlechtstrieb gebunden; diese psychophysiologische Konstellation erlebt der männliche Jugendliche als Gefahr der Verweiblichung. Kommt es in dieser Übergangssituation zu einem Verschanzen, führt dies letztlich dazu, daß der Prozeß der Adoleszenz nicht zum Abschluß kommt oder fehlschlägt. Die Adoleszenz bedarf zu ihrer Vollendung der endgültigen Bildung der Geschlechtsidentität. Wenn die Vaterbindung mit all ihren ambivalenten Nuancen in der Zeit wiederauflebt, in der der Knabe die Geschlechtsreife erlangt, handelt es sich beim Rückzug zum dyadischen Vater um ein normales Entwicklungszwischenspiel; als Regression im Dienste der Entwicklung ebnet es den Weg zur Entfernung infantilisierender Rückstände der Bindung an den dyadischen Vater. Aufgaben der frühen Kindheit werden nun bewältigt. Daher hilft dem Heranwachsenden der Erfindungsreichtum seines Ichs, den er in der Mitte der Kindheit erworben hat, diese Aufgaben zu lösen, denen das kleine Kind seinerzeit nicht gewachsen war.

Schrebers Beschäftigung mit der Verweiblichung, d. h. der Vorstellung, entmannt oder in eine Frau verwandelt worden zu sein, taucht in den *Denkwürdigkeiten* immer wieder auf und spielt für die Freudsche These eine zentrale Rolle, wonach homosexuelle Neigungen, Phantasien und Ideenbildung den Kern der Paranoia bilden. »Die Beobachtung läßt keinen Zweifel darüber, daß der Verfolger kein anderer ist als der einst Geliebte« (Freud, GW VIII, S. 300), nämlich der Vater. Ihn in eine Frau verwandelt zu haben, beschuldigt Schreber abwechselnd seinen Arzt, Professor Flechsig, die Vaterkopie, und Gott, die vergöttlichte Vaterimago. Flechsig, der Mann, dem Schreber vielleicht eine »zärtliche Anhänglichkeit« (S. 277) bewahrt hatte, wurde in seiner Wahnwelt zum Verfolger. Mit Hilfe magischer Projektion verleugnet der Patient den unannehmbaren Wunsch und entrückt ihn radikal dem gefährdeten Selbst. Die Umkehrung lautet: »Nicht ich will mich dir unterwerfen, sondern du willst, daß ich dir gegenüber die Frauenrolle spiele.« Der Patient bekennt in seine *Denkwürdigkeiten*, ohne Ehrgefühl akzeptiert zu haben, daß er einen weiblichen Körper besitze, was die Vorbedingung sei, »Seelenwollust« zu erleben, die nur Frauen zugänglich ist, aber einen Zustand lustvoller Erfüllung bedeute, um den er sie beneidet und den er erlangen wolle.

Kafkas *Brief an den Vater* zeigt uns den lebenslangen Kampf mit demselben Problem von Unterwerfung und Selbstbehauptung, das er als Mann bewußt als Unmännlichkeit und in seinen Kinderjahren als mangelnde Jungenhaftigkeit erlebt – er spricht sogar von Mädchenhaftigkeit. Alle diese Gefühle, die er im *Brief* beschreibt, werden ohne Ausnahme auf seine Beziehung zum Vater bzw. die des Vaters zu ihm bezogen. Kafkas Heiratsabsichten scheiterten wiederholt, weil er überzeugt war, daß sein Vater über die Heirat wegen der erwählten Frau enttäuscht sein würde, obgleich der Vater den Wunsch geäußert hatte, der einzige überlebende Sohn möge das Geschlecht der Kafka vor dem Aussterben bewahren. Wir sehen in Kafkas Beweisführung die projektive Umkehrung am Werke; sie lautet: »Ich kann meinen Vater nicht verlassen, ohne zuvor unsere schwierige Beziehung durch freundschaftliche Versöhnung und gegenseitige Vergebung geregelt zu haben; außerdem kann ich meinen Vater nicht verlassen, weil ich weiß, daß sein Leben ohne mich nicht glücklich sein kann.« Das ist es, worum sich in Wahrheit der ganze *Brief* dreht.

In beiden Fällen ist das Versöhnungsmotiv fortgesetzt und mächtig, fast zwanghaft gegenwärtig. In beiden Fällen ist auch die Anklage des »Seelenmordes« der Anlaß zu einem aufwühlenden Kampf um Entlassung aus einem emotionalen Gefängnis,in dem der Wärter abwechselnd Erlöser und Peiniger des Gefangenen ist. Freud brachte diesen Gedanken in seinen Schreber-Essay zum Ausdruck: »Die infantile Einstellung des Knaben zu seinem Vater ist uns genau bekannt; sie enthält die nämliche Vereinigung von verehrungsvoller Unterwerfung und rebellischer Auflehnung, die wir im Verhältnis Schrebers zu seinem Gott gefunden haben, sie ist das unverkennbare, getreulich kopierte Vorbild dieses letzteren« (S. 287).

Ich habe zu zeigen versucht, daß solche tragischen Umstände, wie sie in den beiden autobiographischen Dokumenten festgehalten wurden, im wesentlichen auf zwei Entwicklungsstörungen im Leben eines Jungen zurückzuführen sind. Die eine ist das Scheitern der Loslösung vom dyadischen Vater; die andere tritt in der Adoleszenz auf, wenn normalerweise das unvollendete Entwicklungsstadium der dyadischen Kindheit definitiv zum Abschluß gebracht wird. Zusammenfassend bezeichne ich diese Aufgabe als die Entidealisierung der infantilen Vaterimago. Ob ein Versagen im Bereich dieser Entwicklungslinien zu einer psychotischen Erkrankung, zu neurotischer oder charakterologischer Persönlichkeitsdeformierung, zu Perversionen oder abweichenden Mustern von Objektbeziehungen führt, hängt von einer Vielzahl von Faktoren ab, deren Erörterung außerhalb des Rahmens dieser Diskussion liegt.

Eine Anmerkung möchte ich jedoch zum unterschiedlichen Ergebnis der Vaterkomplexe Kafkas und Schrebers machen, wenngleich sie zwangsläufig spekulativ ist. Schrebers Vater starb, als sich der Sohn in der Spätadoleszenz befand; er war 19 Jahre alt. Kafkas Vater überlebte den Sohn. Kafka hatte somit einen lebenden Gegner, mit dem er in der fortlaufenden Dramatisierung seines dyadischen Vaterkomplexes interagieren konnte, wobei er in einem Augenblick dem großen Mann die Schuld an seinen eigenen Sünden und schlechten Absichten zuschreiben und im nächsten Augenblick Schuld und Schlechtigkeit in vollem Umfang auf sich nehmen konnte, indem er den Vater für schuldlos, gottähnlich und über jeden Tadel erhaben erklärte. Dieser Zyklus wiederholt sich im *Brief an den Vater* unaufhörlich.

Ich bin mir durchaus bewußt, daß die Persönlichkeit des Vaters und sein despotisches Verhalten in der Familie ebenso wie allgemein in seinen gesellschaftlichen Beziehungen die Anklagen des jungen Kafka in einem realistischen Kontext erscheinen lassen, der den Hintergrund des Alltagslebens bildete, auf den die Eigentümlichkeiten der Sohn-Vater-Beziehung abgestimmt werden konnten. Nach allen Berichten lieferten Verhalten und Persönlichkeit von Schreber senior ebenfalls einen konkreten Anlaß für die Wahnvorstellungen und Anklagen seines Sohnes, wenngleich Schreber junior die Grenze zwischen Realität und Phantasie deutlich überschritt und sich damit zum Bewohner einer Wahnwelt machte.

Während Kafka jederzeit mit dem lebenden Repräsentanten seines Vaterkomplexes interagierte, mußte Schreber im Gegensatz dazu die Tragödie seines dyadischen Vaterkomplexes ausschließlich auf der inneren Bühne seiner Psyche ausagieren, weil der Vater gestorben war. Der Vater hatte während der Spätadoleszenz des Sohnes den Status einer begrifflichen, d. h. verinnerlichten, »Imago« erworben. Hier kommt uns Schrebers Unterscheidung von Leichen und Seelen zum Bewußtsein sowie die Ausgestaltung dieser Unterscheidung. Die Trauerarbeit wurde niemals abgeschlossen. Der Tod des Vaters trennte Körper und Seele: Der Körper verfault in der Erde, während die Seele im Himmel weiterlebt, wo sie eins mit Gott geworden ist. Eine ausgedehnte Trauer, in eine konkretisierende Bilderwelt eingeschlossen, beschäftigt Schrebers Geist. Man könnte annehmen, daß im adoleszenten Prozeß des Sohnes durch das Trauma eines zweifachen Todes ein Kurzschluß ausgelöst wurde: Der eine Tod war der des wirklichen Vaters, als Schreber ein Jugendlicher war, während der andere Tod der des Vaters der Kindheit war, den jeder männliche Jugendliche ertragen muß, um zum erwachsenen Mann zu werden. Der zweifache Tod könnte die Trauerarbeit gelähmt haben oder, mit anderen Worten, die Trauer konnte niemals auf natürliche Weise enden. In diesem Zusammenhang muß ich erwähnen, welche Bedeutung das Datum des Todes seines Vaters für Schreber hatte. In seinen *Denkwürdigkeiten* notiert er zweiunddreißig Jahre nach dem Tode des Vaters (10. November 1861), daß genau »am 8. oder 9. November 1893 ... meine Krankheit nun bald einen bedrohlichen Charakter (annahm)« (zit. von Niederland, S. 115); in der Nacht vom 10. oder 11. November 1893 machte Schreber den ersten Selbstmordversuch und wurde ins Krankenhaus eingeliefert. »Einige Tage später versuchte er zum zweitenmal, sich zu töten, glaubte bald danach, neben anderen Symptomen an Darmverschlingung zu leiden – also an eben der Krankheit, der sein Vater erlegen war.« (Niederland, S. 115).

Freud bemerkt: »Bei diesem Kranken hatte sich die infantile Einstellung gegen den Vater zweizeitig durchgesetzt. Solange der Vater lebte, volle Auflehnung und offenes Zerwürfnis; unmittelbar nach seinem Tode eine Neurose, die sich auf sklavische Unterwerfung und nachträglichen Gehorsam gegen den Vater gründete. Wir befinden uns also auch im Falle Schreber auf dem wohlvertrauten Boden des Vaterkomplexes.« (Freud, GW VIII, S. 291).

Das moralische Diktum »De mortuis nil nisi bene« führte dazu, daß der Heranwachsende die Aufgabe der Entidealisierung angesichts des Todes des Vaters nicht zu erfüllen vermochte. Wie wir wissen, verleitet der Tod zur Idealisierung. Die Gefühle des heranwachsenden Jungen gelangten so an einen toten Punkt. Wahrscheinlich konnte der Sohn den Schritt zum emotionalen Erwachsensein nicht tun, weil eine haßerfüllte Ambivalenz gegenüber dem Vater bestand. Die Bereitschaft zu psychischer Erkrankung wurde dadurch früh geweckt; die Arbeit an der adoleszenten Individuation wurde durch den Tod des Vaters in verhängnisvoller Weise unterbrochen und schließlich zunichte gemacht. Es ist möglich, daß die in der Adoleszenz nicht abgeschlossene Trauerarbeit während seiner psychischen Erkrankung, die in der Lebensmitte auftrat, in wahnhafter Verschlimmerung fortgesetzt wurde. Im Alter von 42 Jahren wurde er erstmals für ein Jahr ins Krankenhaus aufgenommen, ein zweites Mal im Alter von 51 Jahren für neun Jahre; die *Denkwürdigkeiten* schrieb er während seines zweiten Krankenhausaufenthaltes.

Wenngleich meine Vorstellungen spekulativ sind, will ich diesen Gedankengang doch weiterverfolgen, indem ich behaupte, daß Kafka und Schreber den normalen infantilen Vaterkomplex in der Adoleszenz, die der angemessene Zeitpunkt für die Lösung dieser besonderen Entwicklungsaufgabe ist, unvollständig oder nur defensiv und regressiv, d. h. fehlangepaßt, bewältigten. Daher wurde die normale Trauer über den Verlust des dyadischen Vaters als logische Folge der Entidealisierung seiner Imago während der späten Adoleszenz von keinem der beiden Männer durchlebt. Schreber nahm Zuflucht zu wahnhafter Trauer, während Kafkas Trauer mit seiner lebenslangen Hingabe an das Schreiben verschmolz, von dem er sagt: »Es war ein absichtlich in die Länge gezogener Abschied von Dir« (S. 51).

Wir könnten hier auf das verweisen, was wir so oft bei unserer klinischen Arbeit beobachtet haben: Zufällige Ereignisse, etwa Tod, Unfall, Liebesenttäuschungen und vieles andere, vor allem, wenn sie in einem kritischen Augenblick der Entwicklung eintreten und damit die eine oder andere Tendenz der latenten oder manifesten Ausstattung des Individuums die Oberhand gewinnen lassen, lenken den Verlauf seines Lebens, sei es zum Guten oder zum Schlechten, in eine bestimmte Richtung.

Hamlet: 75 Jahre nach Ernest Jones

Einführende Bemerkungen

Sophokles' *König Ödipus* und Shakespeares *Hamlet* sind die beiden großen Tragödien der westlichen Welt, die im Bewußtsein und den Mysterien verwurzelt sind, von denen die Sohn-Vater-Beziehung zu allen Zeiten beherrscht wurde. Dennoch unterscheiden sich die beiden Tragödien in bedeutsamer Weise, obgleich das ergreifende Thema des Sohn-Vater-Erlebens bei beiden im Mittelpunkt steht. Das griechische Trauerspiel enthüllt, was von Freud als Ödipuskomplex bezeichnet wurde: das Wetteifern des kleinen Jungen um den ausschließlichen Besitz der Mutter und den Wunsch, den Platz des Vaters einzunehmen, indem man den großen, bewunderten und beneideten Rivalen von seinem Königsthron stößt. In den berühmten Zeilen aus Sophokles' *König Ödipus* wird dies unerschrocken ausgesprochen, wenn Jokaste, Mutter und Gattin des Ödipus, erklärt: »Im Traum vielleicht – da sah sich mancher schon im Bett der Mutter! Niemand mache sich mit solchem Hirngespinst das Leben schwer!« *König Ödipus* ist demnach die Tragödie des ödipalen bzw. triadischen Sohnes.

In *Hamlet* hingegen überschatten – trotz des ödipalen Konflikts, in den der Prinz unmißverständlich verwickelt ist – die dyadischen Bindungsgefühle gegenüber dem Vater der frühen Lebensjahre den triadischen Konflikt und fügen so der Sohn-Vater-Tragödie einen komplexen Aspekt hinzu, der in *König Ödipus* weder explizit vorhanden noch erkennbar ist. Meine These, daß *Hamlet* die Tragödie des dyadischen Sohnes ist, will ich im folgenden zu beweisen versuchen. Im weiteren Verlauf hoffe ich, einen Aspekt des Verhaltens Hamlets zu erhellen – nämlich seine Unentschlossenheit –, der zum Teil rätselhaft geblieben ist, obwohl er umfassender und länger untersucht wurde als irgendein anderer Aspekt des Dramas.

Die Darstellung des Ödipuskomplexes in Freuds frühen Schriften hat seither viele Verfeinerungen und Modifizierungen erfahren; einige davon werden noch immer nicht allgemein anerkannt. Da Jones seine Hamlet-Deutung vorwiegend auf Freuds frühe Auffassungen stützte, sollen zwei wichtige Kommentare Freuds (GW XI, 1917) hier zitiert werden: »Von dieser Zeit an muß sich das menschliche Individuum der großen Aufgabe der Ablösung von den Eltern widmen, nach deren Lösung es erst aufhören kann, Kind zu sei« (S. 349). Und er fährt fort: »Die Aufgabe besteht für den Sohn darin, seine libidinösen Wünsche von der Mutter zu lösen ... und sich mit dem Vater zu versöhnen, wenn er in Gegnerschaft zu ihm verblieben ist, oder sich von seinem Druck befreien, wenn er ... in die Unterwürfigkeit gegen ihn geraten ist« (S. 349). Nach klassischer Freudscher Auffassung, die noch in vielen Bezirken vorherrscht, überschattet die triadische ödipale Situation alle früheren phantastischen Vorstellungen des Kindes; sie ist es, die die formenden, schicksalhaften Bindungen des männlichen Kindes an den dyadischen Vater lange Zeit, vielleicht allzu lange, im Dunkel des Nichterkennens gehalten hat.

Es war Ernest Jones, der sich jahrzehntelang darum bemühte, eine thematische Brücke zwischen den beiden Tragödien zu schaffen. Seine erste Arbeit über *Hamlet* wurde 1910 veröffentlicht; seine ausführliche, letzte Untersuchung zum Thema erschien erst 1949 als Buch unter dem Titel *Hamlet and Oedipus*, dem 1948 eine kurze Arbeit, betitelt »The Death of Hamlet's Father«, vorausgegangen war. Diese Studien gingen von Freuds Konzeptualisierung des Ödipuskomplexes aus. Jones befaßte sich eingehend mit einer Bemerkung Freuds in der *Traumdeutung* (GW II/III, 1900): »Auf demselben Boden wie ›König Ödipus‹ wurzelt eine andere der großen tragischen Dichterschöpfungen, der ›Hamlet‹ Shakespeares ... Das Stück ist auf die Zögerung Hamlets gebaut, die ihm zugeteilte Aufgabe der Rache zu erfüllen ... Hamlet kann alles, nur nicht die Rache an dem Mann vollziehen, der seinen Vater beseitigt und bei seiner Mutter dessen Stelle eingenommen hat, an dem Mann, der ihm die Realisierung seiner verdrängten Kinderwünsche zeigt« (S. 271 und 272).

Maloney und Rockelein (1949) waren sich der ungeheuren Schwierigkeit, den Ödipuskomplex und seine frühen Vorläufer zu ergründen, bewußt. Ihre Arbeit enthält zahlreiche anregende Ideen über die frühe emotionale Entwicklung. In der Tat stellen sie die brennende Frage, der wir uns später widmen wollen: Was glaubte Hamlet befürchten zu müssen, wenn er Claudius tötete? War er gezwungen, passiv-unterwürfig zu bleiben? Lähmt seine Furcht vor dem Erwachsenwerden – mit allem, was es mit sich bringt, einschließlich der Schrecken einflößenden Person, der Königin – seine Handlungsfähigkeit und verwirrt sie seinen Geist? Kann er, wenn er darauf verzichtet, Claudius zu töten, »zur Schule zurückkehren, d. h. ein Schuljunge werden« (S. 95) und dadurch ein behütetes Kind bleiben, von dem er mit zynischer Geringschätzigkeit und Selbstverachtung sagt:

> »Was ist der Mensch,
> Wenn seiner Zeit Gewinn, sein höchstes Gut
> Nur Schlaf und Essen ist?«
> (4. Akt, 4. Szene)

Sind nicht Schlafen und Essen die »wichtigsten physiologischen Aktivitäten des Säuglings?« (Maloney und Rockelein, S. 97).

Ich gehe von derselben Überzeugung aus, die Jones bei seiner Arbeit leitete: Endogene Gegebenheiten repräsentieren ebenso wie das durch Erfahrung Erworbene die Grundstrukturen des geistigen und körperlichen Menschen, die das individuelle Verhalten bestimmen. Es ist wahr, daß Jones seinen Deutungsansatz auf die Prämisse stützt, daß anormale, d. h. neurotische Abweichungen der Triebe und der Abwehrorganisation des Ichs die ätiologische Erklärung für gestörtes Verhalten liefern. Seit Jones seine Hamlet-Studie verfaßte, hat die psychoanalytische Theorie entwicklungs- und anpassungsbedingten Verhaltenskomponenten sehr viel mehr Gewicht beigemessen, um Motivationen im Zusammenhang des normativen Phasenablaufs zu verstehen. Dieser Gesichtspunkt ist mittlerweile mehr oder weniger zum festen Bestandteil der psychoanalytischen Theorie geworden und wird ebenso hoch eingeschätzt wie die traditionellen Kategorien der psychoanalytischen Metapsychologie. Jones ging bei seiner Argumentation von der Universalität des Ödipuskomplexes aus, um zu erklären oder, besser gesagt, sinnfällig zu machen, daß Hamlet zögerte, den Mord an seinem Vater durch dessen Bruder zu rächen, der eiligst die verwitwete Königin geheiratet hatte.

Eine Bemerkung muß vorausgeschickt werden, bevor ich mich dem wesentlichen Punkt meines Beitrags zum »Hamlet-Problem« zuwende. Bei der Durchsicht der psychoanalytischen Literatur über *Hamlet* gelangte ich zu der Erkenntnis, daß jeder Autor irgendeine spezifische Idee beigetragen hatte, um der Tragödie in ihrer Gesamtheit zu überzeugender Kohärenz zu verhelfen. Meine Absicht ist demgegenüber bescheidener; textliche, historische und gesellschaftliche Überlegungen lasse ich ebenso außer acht wie eine Diagnose von Hamlets »Tollheit« oder Ophelias »Wahnsinn«. Es ist auch nicht mein Ehrgeiz, eine umfassende oder alternative Deutung des ganzen Dramas vorzunehmen. Mit leichter Ironie zitiere ich vielmehr aus dem Hamlet-Diskurs von James Joyce in *Ulysses*: »All diese Fragen sind rein akademisch, orakelte Russell aus seinem Schatten hervor. Ich meine, ob Hamlet nun Shakespeare ist oder Jakob I. oder Essex. Pfaffendebatten über die Historizität Jesu. Die Kunst hat uns Ideen zu offenbaren, formlose geistige Essenzen. Die oberste Frage an ein Kunstwerk ist, aus wie tiefem Leben es geboren ward . . . die Worte Hamlets bringen unseren Geist in Verbindung mit der ewigen Weisheit, Platons Ideenwelt. Alles andere ist bloß Spekulation von Schuljungen für Schuljungen« S. 260).* Das sind anmaßende Worte: Joyce kann selbst nicht

* Alle Zitate aus dem *Ulysses* von James Joyce sind der deutschen Übersetzung von Hans Wollschläger entnommen, die als Einmalige Sonderausgabe 1979 im Suhrkamp Verlag, Frankfurt am Main, erschienen ist. Die erste Auflage dieser Übersetzung erschien 1975, ebenfalls bei Suhrkamp. – Anm. d. Übers.

ganz auf ihnen beharren. Er will einfach erklären, daß er Hamlet als poetisches Werkzeug benutzt hat, um seine eigenen Gedanken auszudrücken; dies erscheint mir als verzeihliche Abweichung von formalisierter Literaturkritik. Der Anfang seines idiosynkratischen Diskurses über Hamlet führt ihn in die Welt der Ideen Platos, deren Wesensgehalt er in den übermütigen Neologismus faßt: »Pferdheit ist die Washeit des Allpferds« (S. 262). Er versucht, seine Ideen auf die verwirrende Schöpfung Shakespeares anzuwenden. Eine seiner Ideen ist die Verdoppelung oder spiegelbildliche Austauschbarkeit von Vater und Sohn. »Ist es möglich, daß dieser Schauspieler Shakespeare, ein Geist durch Abwesenheit, und im Gewand des begrabenen Dänemark, ein Geist durch Tod, der seine eigenen Worte zu seines eigenen Sohnes Namen spricht (hätte Hamnet Shakespeare* gelebt, er wäre Prinz Hamlets Zwillingsbruder gewesen), ist es möglich, will ich wissen, daß er den logischen Schluß aus diesen Prämissen nicht zog oder doch vorhersah: du bist der enterbte Sohn: ich bin der ermordete Vater: deine Mutter ist die schuldige Königin: Ann Shakespeare, geborene Hathaway?« (S. 265).

Der naive Leser und das Publikum werden seit Jahrhunderten von einem Drama bewegt, das so zeitlos ist wie die *Conditio humana*, so vertraut wie die Entwicklungsstufen von der Geburt bis zum Tode, einschließlich der zahllosen und unerklärlichen Wirrnisse, die dazwischenliegen. Das Drama berührt jeden zutiefst und ganz persönlich. Noch einmal Joyce: »Aber der *Hamlet* ist doch so persönlich, nicht wahr? machte Mr. Best geltend. Ich meine, eine Art Privataufzeichnung, verstehen Sie, seines privaten Lebens. Ich meine, es ist mir völlig egal, verstehen Sie, wer da getötet wird und wer schuldig ist . . .« (S. 272). Die spontane Publikumsreaktion bezeugt, daß durch das Stück bei jedem Zuschauer die persönlichsten und privatesten, dabei aber universalen menschlichen,

---

* Shakespeares einziger Sohn, 1585 auf den Namen Hamnet getauft, starb mit neun Jahren, ein Jahr bevor sein Vater *Hamlet* schuf. (Fußnote von P. B.)

Gefühle, Gedanken und Phantasien geweckt werden. Ich hege die Hoffnung, daß mein Kommentar zu *Hamlet* diese Publikumsreaktion etwas verständlicher macht. Zwischen allgemeinmenschlichen Empfindungen und dem Stück besteht eine Übereinstimmung, die uns veranlaßt, nach wichtigen Ursachen dieser allgemeinen, zeitlosen menschlichen Erfahrung zu suchen.

Von all diesen Empfindungen habe ich das Sohn-Vater-Erleben ausgewählt und in den Mittelpunkt meiner Untersuchung gestellt. Es gibt viele andere, und die meisten sind von anderen Kommentatoren erschöpfend behandelt worden. Die Überdeterminierung irgendeines Einzelaspekts des Dramas führt ins Unendliche und macht es unmöglich, ihm mit einer einzigen umfassenden Deutung gerecht zu werden, selbst wenn deren begrenzter, aber dennoch charakteristischer Beitrag zu unserer Aufklärung über *Hamlet* nicht zu bezweifeln ist (vgl. Hutter, 1975). Ich stelle die einfache Frage, wo wir in Hamlets Verhalten oder Äußerungen Spuren des universalen Erlebens der dyadischen gleichgeschlechtlichen Phase – im allgemeinen als präödipale Phase bezeichnet – der emotionalen Entwicklung des männlichen Kindes feststellen können. Wenn wir postulieren, daß die Folgen oder die Überreste eines jeden formenden Entwicklungsstadiums nicht verlorengehen können, ohne Spuren in der menschlichen Seele zu hinterlassen, und wenn wir ferner annehmen, daß diese Spuren zu Bestandteilen der emotionalen Ausstattung werden, die die individuelle Verhaltens- und Denkweise bestimmen, dann erhebt sich vor uns eine dringliche Frage: Inwiefern tragen diese Gegebenheiten zum Verständnis des verwirrenden Zögerns Hamlets bei, genauer ausgedrückt: zum Verständnis des Zögerns und der Tatenlosigkeit, die sich auf den Racheakt, d. h. die Tötung des Onkels, beschränken? Hamlet ist in allen anderen Angelegenheiten, mit Ausnahme dieser einen, von bewundernswerter Entschlußfähigkeit. Jones war sich der frühen Determinanten seiner Motivation durchaus bewußt: ». . . es wird oft übersehen, daß der Kindheit eine andere Phase vorausgeht, die der Säuglingszeit, die weitaus schicksalhafter für die Zukunft ist als alles, was in der Kindheit geschieht« (1949, S. 84f.).*

Im 1. Teil dieses Buches habe ich ein dyadisches gleichgeschlechtliches Stadium postuliert, das für die Entwicklung zur eigentlichen ödipalen Phase von ausschlaggebender Bedeutung ist. Da ich diese dynamische Formulierung auf meine Erörterung des Hamlet-Problems anwenden möchte, will ich an dieser Stelle die Merkmale der dyadischen Phase ebenso Revue passieren lassen, wie die aus ihnen während der Adoleszenz hervorgehenden Konflikte und Lösungen. Sodann werde ich den Überresten dieser kindlichen Gefühle nachspüren, wo sie ungeniert und infantil, aber verlockend und theatralisch verschleiert in den Verhaltensweisen, Handlungen und Äußerungen Hamlets zutage treten, der sich in jenem Niemandsland bewegt, das zwischen Jugend und Mannesalter liegt.**

Die Idealisierung des dyadischen Vaters: der »lichte Engel«

Die gleichgeschlechtliche dyadische Phase des Jungen ist präambivalent und noch frei von Rivalitätsstreben. Die männlichen Haltungen und Strebungen, die von Ambivalenz und Rivalität mit dem Vater gekennzeichnet sind, erreichen ihren Höhepunkt in der triadischen oder ödipalen Phase, d. h. im Alter von etwa

* Laut Johes ist die Aufklärung über die Säuglingszeit Freud zu verdanken, vor allem aber auch Melanie Klein und ihren Mitarbeitern. Er unterscheidet zwischen Säuglingsalter und Kindheit als zwei im wesentlichen verschiedenen Stadien. In der psychoanalytischen Terminologie werden sie gewöhnlich als präödipale und ödipale Phase bezeichnet, während ich es vorziehe, sie, entsprechend des wichtigsten Merkmals einer jeden von ihnen, als dyadische und triadische Phase der Säuglingszeit und der frühen Kindheit zu bezeichnen.

** Das Alter Hamlets war bei Kritikern und Schauspielern lange Zeit umstritten; es reichte von 18 bis zu 40 Jahren. Jones empfiehlt als Alter des Hamlet-Darstellers »die zwanziger, vorzugsweise die späten zwanziger Jahre« (1949, S. 182). Eissler (1968) bemerkt: »Hamlet war zu Beginn des Dramas etwa 20 Jahre alt« (S. 207). Ich neige zu dieser letzten Altersbestimmung, da sie mir unter Entwicklungsgesichtspunkten richtig erscheint.

drei bis fünf Jahren. Überschneidungen der dyadischen und triadischen Phase lassen eine exakte Altersangabe eher willkürlich und unangebracht erscheinen. Vor der ödipalen Phase ist die Großartigkeit des Vaters eine Quelle der Sicherheit und verstärkt das Selbstwertgefühl des Kindes; der Knabe eignet sich sein Bild ungeschickt, aber entschlossen durch Nachahmung und lebhaftes Rollenspiel an. Der Vater wird im Vergleich zur Mutter und der übrigen Welt verschwommen als strahlende Erscheinung wahrgenommen und – fürs erste – maßlos überschätzt. Die Erhebung in den Zustand äußerster Vollkommenheit entspricht dem Bedürfnis des Kleinkindes nach einem Beschützer, der sein Streben nach Eigenständigkeit und seinen Widerstand gegen den infantilisierenden regressiven Zug zur symbiotischen Mutter stärkt.

Noch ein Merkmal der dyadischen Phase muß hier erwähnt werden, nämlich die Teil-Objekt-Beziehung des Kindes. Dies wird als Spaltung* bezeichnet, was heißen soll, daß das »gute« Objekt, in unserem Fall der »gute« Vater, nicht als dieselbe Person begriffen wird wie der »schlechte« Vater, der – oft aus unerforschlichen Gründen – plötzlich zum Anlaß für Unbehagen und Unlust werden kann. In einer solchen aussichtslosen Lage läuft das Kind einfach vor ihm fort, oder es verbannt ihn aus seinem Bewußtsein oder seinem Wahrnehmungsbereich und wendet

* Das Wort »Spaltung« setzt die Annahme der Existenz eines Ganzen voraus, das auseinandergenommen wird. Das ist nicht ganz richtig, da das Kind zunächst Teilobjekte besitzt, die zu angemessener Zeit durch den Prozeß der sensorischen und geistigen Reifung zur Vorstellung einer ganzen Person vereinigt werden. Die Objektbezeichnung des Säuglings beginnt mit einer Reaktion auf einen »anderen«, der entweder Lust oder Schmerz bereitet. Wir sprechen von einem »Lustobjekt« und einem »Schmerzobjekt«, kurz gesagt, einem Teilobjekt; beiden fehlt die Vorstellung einer ganzen Person, weil jedes eine getrennte Einheit ist. Wenn die Integration beider Einheiten in die Vorstellung von der ganzen Person erreicht ist – was langsam vor sich geht –, sprechen wir von »Ganzobjekt«-Beziehungen. Jede Spaltung, die nach dieser Differenzierung erfolgt, fällt in die infantile Modalität der Objektbeziehungen zurück, die einem Abwehrzweck dient und ein primitives Stadium im Gefühlsleben des Individuums darstellt.

sich der Mutter oder einem Partner zu, der ihm mehr verspricht, wenn er ihn braucht.

Die kindlichen Gefühle, die ich soeben beschrieben habe, sind paradigmatisch für das Leben des kleinen Jungen mit seinem Vater. Man entwächst ihnen, wenn das Kleinkind die Merkmale seines Umfeldes zunehmend bewußter wahrnimmt, die mit Personen, Fakten und dem Ablauf der Ereignisse zusammenhängen. Daran erkennen wir, daß das Gefühl für Realität und Berechenbarkeit zunimmt. Die verzerrten Idealisierungen bleiben jedoch weit länger als verinnerlichte Realität bestehen, die sich das Selbst partiell aneignet. Sie sind Teil dessen, was wir als Familienstützungssystem ansehen, wo dem Vater in der privaten Kosmologie des kleinen Jungen ein besonderer Rang gebührt. Normalerweise werden diese Vorstellungen erst korrigiert, wenn der Junge die Adoleszenz erreicht. Dann wird die Entidealisierung – vornehmlich in der Spätadoleszenz – zur wichtigsten und schmerzlichsten Aufgabe dieser Phase, die ich als zweiten Individuationsprozeß bezeichnet (Blos, 1967) und im 1. Teil zusammenfassend dargestellt habe. Ich stelle hier ohne zu zögern fest, daß das Fortschreiten von der Kindheit zum Erwachsenenalter das Fassungsvermögen eines Jugendlichen übersteigt, dem es nicht gelungen ist, die Entidealisierung der dyadischen Vaterimago zu vollziehen. Dieser Grundsatz wird uns auch bei der Erörterung von Hamlets Unentschlossenheit und Zögern beschäftigen.

Die Vateridealisierung Hamlets entgeht keinem Zuschauer oder Leser des Dramas. Die Glorifizierung, die Lobpreisung, die über jeden Tadel erhabene Vortrefflichkeit, die strahlende Tugend und unerschöpfliche Güte des toten Vaters fordern der Ausdrucksfähigkeit des Sohnes das Äußerste ab, wenn er sie beschreiben will:

»Seht, welche Anmut wohnt auf diesem Braun!
Apollos Locken, Jovis hohe Stirn,
Ein Aug wie Mars, zum Drohn und zum Gebieten.
Des Götterherolds Stellung, wann er eben

Sich niederschwingt auf himmelnahe Höhn:
In Wahrheit, ein Verein und eine Bildung,
Auf die sein Siegel jeder Gott gedrückt,
Der Welt Gewähr für einen Mann zu leisten.«
(3. Akt, 4. Szene)

Nur himmlische oder mythologische Bezüge, göttergleiche Bilder sind erhaben genug über die gewöhnliche irdische Mittelmäßigkeit, um dem Gedenken an den Vater würdigen Ausdruck zu verleihen. Wenn vom Vater als einem »lichten Engel« (1. Akt, 2. Szene) gesprochen wird* oder Hamlet ihn mit seinem Onkel, diesem »Satyr«, vergleicht, macht er den Vater zum mythischen Sonnengott seines eigenen inneren Himmelsgewölbes.** Dies wird eindrucksvoll bestätigt durch das schreckliche Wortspiel Hamlets zu Beginn des Dramas: »Ich habe zuviel Sonne« (1. Akt, 2. Szene) (vgl. Gedo, 1972). Umgewandelt und weiter ausgeführt würde dieser Bezug auf den Vater lauten: »Mein Leben war zu sehr von der blendenden Helligkeit meines Vaters umgeben, als daß ich die Wirklichkeit noch in überzeugender Klarheit und einigermaßen richtigen Proportionen sehen konnte.« Freud hielt es für durchaus wahrscheinlich, daß Shakespeares Lebensverhältnisse die Entwicklung des Sohn-Vater-Themas im Drama beeinflußt haben könnten. Er schrieb in der *Traumdeutung*: »Es kann natürlich nur das eigene Seelenleben des Dichters gewesen sein, das uns im Hamlet entgegentritt; ich entnehme dem Werk von Georg Brandes über Shakespeare (1896) die Notiz, daß das Drama unmittelbar nach dem Tode von

* Vom »lichten Engel« spricht der Geist von Hamlets Vater. Geht man davon aus, daß König Hamlet mit diesen Worten beschworen werden soll, dann setzt dies voraus, daß es sich bei der Rede des Geistes um eine Verschmelzung des Befehlstons und der moralischen Haltung des Vaters, wie sie der Sohn in Erinnerung hat, und – in gleichem Maße – um eine solche von Hamlets eigenen Gedanken, Wünschen und Urteilen handelte, die sämtlich projiziert und zu einem kohärenten Gefüge, der Rede des Geistes, vereint sind.

** Helios, der Sonnengott der griechischen Mythologie, trägt auch den Beinamen Hyperion (vgl. Graves, 1955).

Shakespeares Vater (1601), also in der frischen Trauer um ihn, in der Wiederbelebung . . .« (S. 272) entstand.

Dies sind nur einige der Hinweise auf eine Idealisierung, die im Drama häufig vorkommt. Selbst wenn wir berücksichtigen, daß Trauer zur Idealisierung des Toten anregt, entstehen aufgrund der losen, nahezu wahnsinnigen Form, die sie hier annimmt, ohne den Racheakt herbeiführen zu können, Fragen komplexerer Natur. Der Überrest der dyadischen »Spaltung«, auf die ich oben hingewiesen habe, wird erkennbar, wenn Hamlet seinen Vater erbarmungslos mit seinem Onkel Claudius, der seine Mutter geheiratet hat, vergleicht. Der frühe Bruch zwischen König Hamlet und König Claudius, den jeweiligen Verkörperern von himmlischer Reinheit und niederer Lust, wird wiederbelebt und konkretisiert. Die beiden Männer bilden das unversöhnliche Zweiergespann der archaischen Vaterimago. Harold Jenkins bemerkt in seinen »Longer Notes« zur Arden Shakespeare-Ausgabe von *Hamlet* (1982, S. 438): »Die Antithese des Sonnengottes [Hyperion] in seiner majestätischen Schönheit und einer Kreatur, die halb Mensch, halb Tier ist [der Satyr], stellt in gedrängter Form die komplexe Natur des Menschen dar . . . der Gegensatz zwischen den beiden Bruderkönigen ist nicht weniger wichtig, *wenngleich er seltener beachtet wird*, als die Enthüllung des Gemütszustandes Hamlets und der Einstellung zu seiner Mutter« (Hervorhebung von mir, P. B.). In der Tat sind die beiden Seiten der doppelten Vaterimago, die reine und die böse, Projektionen von Hamlets gespaltenem Selbst und repräsentieren als solche den eigentlichen Wesenskern einer fehlgeschlagenen Entidealisierung von Selbst und Objekt. Werden diese unbewältigten Teilobjekt-Beziehungen ins Erwachsenenalter hineingetragen, dann schaffen sie den emotionalen Nährboden für ein gespaltenes Selbst. »Die Vorstellung, daß der Mensch zugleich Göttliches und Tierisches in sich trage, die demnach dem Drama zugrunde liegt, entspricht weitgehend dem Denken der Renaissance« (Jenkins in The Arden Shakespeare *Hamlet*, 1982, S. 438). Dieser schwelende Konflikt lodert immer wieder auf, wenn Hamlet sich schuldig fühlt wegen seiner Schlechtigkeit, für die er dann büßt, und wegen seiner moralischen Schwachheit, woraufhin er aufs neue beschließt, mutig zu handeln.

Wenn ich Jenkins' Gedanken folge, daß die Literaturkritik Hamlets Mutterkomplex auf Kosten der einzigartigen Rolle, die der Vater für die Motivationen des Sohnes spielt, in den Vordergrund gerückt habe, muß ich auf Erlichs (1977) Abhandlung über Hamlet hinweisen. Er legt eine Deutung des Dramas vor, in der es sich einzig und allein um die Repräsentanz des Vaters im Gemüt des Kindes dreht. In seiner außerordentlich gründlichen Untersuchung geht Erlich den umgekehrten Weg wie Jones und andere, deren Interessen ausschließlich dem Mutter-Thema galt, und setzt seine überragende Shakespeare-Kenntnis ein, um die enorme Bedeutung der Vater-Problematik zu beweisen. Der Titel seines Buches, *Hamlet's Absent Father*, kündigt bereits das dominierende Thema seiner Argumentation an, d. h. den Versuch, Freuds »irreführende Vermutung« zu widerlegen. Erlich spricht von einem buchstäblich abwesenden Vater in den frühen Lebensjahren des Prinzen. Das daraus resultierende Gefühl, vom Vater verlassen worden zu sein, erscheint in Gestalt eines immerwährenden »Verlangens nach einem starken Vater«. Dieses Verlangen wurde durch den Tod des Königs verschärft: Daß er sich töten ließ, (noch dazu von einer Frau!), von seinem Sohn nun wieder »abwesend« war, beweist nur, wie schwach der Vater war und wie beklagenswert ungeeignet, als Identifikationsmodell zu dienen. Das Verlangen läßt die Gefühle, die mit der Abwesenheit des Vaters verbunden waren, der als Pirat oder Krieger entweder auf See marodierte oder in Polen kämpfte, zu neuem Leben erwachen. Tatsächlich bemerkt Horatio, als der Geist des Vaters auf der Terrasse des zinnenbewehrten Schlosses erscheint, daß er dieselbe Rüstung trage wie auf den Schlachtfeldern von Norwegen oder Polen:

> Genau so war die Rüstung, die er trug,
> Als er sich mit dem stolzen Norweg maß.
> So dräut er einst, als er in hartem Zweisprach
> Aufs Eis warf den beschlitteten Polacken.
> (1. Akt, 1. Szene)

Könnte man nicht sagen, daß der »abwesende Vater« zum heroischen, starken, überidealisierten Vater wurde, der dem Jungen sogar in seiner Abwesenheit als Beschützer in einer gefährlichen Welt diente? Wir kennen in der Tat kleine Jungen, die Bande des Stolzes und der Sicherheit zu einem Vater herstellen, der fortging, weil er eine »heldenhafte Mission« zu erfüllen hatte. Natürlich verringert dies nicht das Verlangen des Kindes nach seiner Gegenwart.

Nach Erlichs These muß der »abwesende Vater« ständig wiederhergestellt werden. In diesem Gedanken Erlichs kommt mit anderen Worten und in einem anderen dynamischen Zusammenhang zum Ausdruck, was ich meine, wenn ich von Hamlets Bewahrung der idealisierten dyadischen Vaterimago spreche. Erlich stimmt daher mit der psychoanalytischen These nicht überein. Hamlet kann Claudius deshalb nicht töten, weil er dann dasselbe Verbrechen beginge wie dieser: Vatermord und Inzest; Vatermord, weil er den Gatten seiner Mutter, seinen Stiefvater, töten würde, und Inzest, weil er sie nach dem Tode des Schurken als Liebhaber für sich gewinnen wolle. Wie Maloney und Rockelein (1949) neigt Erlich zu der Auffassung, daß Hamlet Claudius am Leben lassen müsse, um nicht dem Inzest zu verfallen (Erlich, S. 48). Noch überzeugender ist jedoch für Erlich das Verlangen des Sohnes, den schwachen Vater (Claudius) zu töten und den starken Vater (Geist-König) zu retten. Diese triadische Konstellation repräsentiert »eine sehr spezifische Art von ödipaler Krise, die mit einem abwesenden, einem geisterhaften Vater zu tun hat« (S. 25). Das Drama schildert nach Erlichs Auffassung, daß es Hamlets darum ringendem Unbewußten nicht gelingt, einen starken Vater zu erschaffen, mit dem er sich identifizieren kann, um erwachsen zu werden (S. 50). In welchem Maße Erlich die Vaterfigur als Angelpunkt betrachtet, um den sich das Stück dreht, läßt sich am besten an seinen Worten ablesen: ». . . das Drama dreht sich nicht um Hamlets Identifizierung mit Claudius, sondern um seine Identifizierung mit seinem Vater.« Deshalb: ». . . im *Hamlet* geht es Shakespeare nicht um verdrängte Vatermordimpulse [wie Freud und Jones postuliert haben]*, sondern um die äußerst schwierige Suche ... nach einem starken Vater... Hamlet will seinen Vater zurückhaben« (S. 260). Es ist wahr, daß Hamlet keinerlei konkrete Kindheitserinnerungen an den Vater erwähnt, die dessen Anwesenheit im Elternhaus beweisen würden. Er spricht von ihm nur als einer herrlichen Erscheinung, umgeben vom Glanz eines charismatischen väterlichen Geistes, der das Dasein des Kindes mit seiner gottähnlichen Gegenwart erfüllt. Im Gegensatz dazu spricht Hamlet in seiner Unterhaltung mit den Totengräbern von Yorick, dem Hofnarren, in den lebhaftesten und liebevollsten Tönen. Hier vernehmen wir Hamlets in die Kindheit zurückreichenden persönlichen, zärtlichen, spielerischen und sinnenfrohen Erinnerungen an den Mann Yorick, der in seinen Kinderjahren und auch später eine unvergeßliche Rolle gespielt hatte. Hamlet nimmt Yoricks Schädel aus den Händen des Totengräbers und sagt: »Ach, armer Yorick. Ich kannte ihn ... Er hat mich tausendmal auf dem Rücken getragen ... Hier hingen diese Lippen, die ich geküßt habe, ich weiß nicht wie oft. Wo sind nun deine Schwänke? deine Sprünge? deine Lieder, deine Blitze von Lustigkeit...?« (5. Akt, 1. Szene).

Sind die Widersprüche in den Kindheitserinnerungen Hamlets an diese beiden Männer auf die Verzerrung des einen zu einer unpersönlichen hereoischen Gestalt infolge der widerstreitenden Gefühle Hamlets für ihn zurückzuführen, während die Beziehung zu einem anderen die physische Realität, so wie sie in der Erinnerung lebte, bewahrt hatte, weil sie nicht durch beunruhigende Konflikte getrübt worden war? Oder sollten wir den Schluß ziehen, daß der eine Mann, der Vater, der buchstäblich abwesend war, wie Erlich behauptet, während der andere, Yorick, ein ständiger Gefährte und Mitglied des königlichen Haushalts war? Wir wissen nicht, wie die Antwort lauten würde, kön-

* Freud und Jones erblicken in Hamlets Konflikt und Hemmung eine Manifestation des klassischen Ödipuskomplexes, während Erlich darin das leidenschaftliche, aber gescheiterte Bemühen erkennt, die idealisierte Vaterimago wiederaufstehen zu lassen.

nen aber die Kontraposition der obigen Erinnerungen, wie sie im Drama zum Ausdruck kommt, nicht leugnen.

Jones (1949, S. 138) verweist in seiner Untersuchung auf die Spaltung in einen »guten« und einen »schlechten« Vater – einen psychischen Mechanismus, von Jones als »Aufspaltung« bezeichnet, der bei der Bildung von Mythen und Träumen eine Rolle spielt. Jones gesellt den ersten beiden, König Hamlet und König Claudius, eine dritte Vaterfigur bei: Polonius, »den senilen Schwätzer, der sich hinter wichtigtuerischer Aufgeblasenheit verbirgt« (S. 154), solcherart Züge des realen Vaters Hamlets karikierend, die, ebenso wie Claudius' Schurkerei, in der niemals entidealisierten Vaterimago keinen Platz finden konnten. Die drei Vaterfiguren – König Hamlet, König Claudius und Polonius – leben im Geist des Sohnes als getrennte Personifizierungen disharmonischer, unerkannter und nicht-integrierter Aspekte des ursprünglichen Vatererlebens. Durch diesen Prozeß der Dissoziation und Konkretisierung der abgespaltenen Vaterimagines hielt Hamlet seine Vateridealisierung unbefleckt aufrecht, die so von allen unwürdigen, minderwertigen Elementen unberührt blieb. Hamlet dehnt die Vateridealisierung noch weiter aus, nämlich auf die Ehe seiner Eltern, indem er die Dichotomie vertieft. Die Ehe der Eltern ist in seinen Augen die Ehe eines liebenden, ergebenen, treuen und edlen Gatten mit einer ehebrecherischen, lüsternen, von unersättlicher Begierde erfüllten Frau. Vier Worte in seinem Selbstgespräch sagen alles: »O höchst verderblich Weib!« (1. Akt, 5. Szene).

Selbst angesichts seiner Ermordung, in die die Königin verwickelt war, beschwört der Vater-Geist den Sohn, die Mutter nicht zu strafen, sondern ihren Liebhaber zu töten, um ihre Reinheit vor Entwürdigung durch den blutschänderischen Schurken zu bewahren. Diese Einschränkung, eine Projektion der ödipalen Wünsche des Sohnes, wie Jones überzeugend dargestellt hat, lähmt ihn, weil sie ihn vor die Wahl zwischen Muttermord und Mord am stellvertretenden Vater stellt. Der Muttermord wäre die Rache am »verderblichen Weib«, welches das eheliche Lager des großartigen, gütigen Vaters durch seine verführerische sexuelle Gier besudelt hat, während ihm der andere ermöglichen würde, sein Verlangen nach dem ausschließlichen Besitz der ödipalen Mutter zu befriedigen. Der Mord am stellvertretenden Vater und die damit einhergehenden Konflikte, Schuldgefühle und Hemmungen sind natürlich Jones' zentrales Thema. In diesem Zusammenhang beleuchtet er die Tatsache, daß Hamlet über Ehebruch und Blutschande der Mutter mehr entsetzt ist als über die Ermordung des Vaters. Mit anderen Worten, daß sich seine Mutter wahl- und zügellos Männern hingibt, bedeutet eine weit größere Gefahr, als den Befehl des Vaters auszuführen. Die Gefahr, von der ich spreche, ist die der Mutter unterstellte Absicht, ihn mit ihren besitzergreifenden, verführerischen Reizen zu überwältigen, sowie seine eigene Wehrlosigkeit gegenüber ihrer ihn lähmenden emotionalen Angriffslust. Wir begegnen hier der archaischen Konfiguration des kleinen Kindes, das sich zur wiederverschlingenden Mutter hingezogen fühlt und sich gleichzeitig dem Vater als seinem Retter vor der Regression zuwendet. Indem Hamlet den Auftrag des Vaters nicht ausführt, verwirkt er die Möglichkeit, seinen moralischen Verpflichtungen auf Grund eigener Erkenntnis nachzukommen. Ich habe vor, diese Betrachtungen über Hamlets Verhalten zu seiner dyadischen Bindung an den Vater in Beziehung zu setzen. Um dieser These Gewicht und Überzeugungskraft zu verleihen, muß ich mich nun der Erörterung eines bestimmten Aspekts der dyadischen Vaterfixierung den kleinen Jungen zuwenden.

Der Kampf des männlichen Kindes der Dyade: Unterwerfung versus Selbstbehauptung: das »furchtbare Gebot«

Diesen Aspekt der Kindheit im Auge will ich kurz auf das zurückkommen, was ich an anderer Stelle des Buches ausführlicher diskutiert habe. Dies erscheint notwendig, weil diese Hinweise für meinen Beitrag zu dem, was summarisch als Hamlet-Problem bezeichnet wird, von Bedeutung sind.

Indem das Kind das Objekt zu erkennen beginnt, taucht es aus einem undifferenzierten Dämmerzustand empor, der als symbiotischer Zustand beschrieben wurde. Mit der fortschreitenden Reifung der sensomotorischen Ausstattung macht sich die Differenzierung zwischen Selbst und menschlichem Objekt mit dem Lächeln als hervorstechendem Merkmal erstmals bemerkbar (»Loslösungsprozeß«; vgl. Mahler u. a., 1975). Der allmähliche Fortschritt zur unabhängigen Existenz oder Getrenntheit wird durch die Aktualisierung der Erinnerung gefördert, welche mittels Verinnerlichung der Umwelt, so wie sie erlebt wurde, zustande kommt. Das Kind schwankt noch eine Zeitlang zwischen dem seligen Zustand absoluter Abhängigkeit, des Einsseins mit der Mutter oder der Brust* und dem Vorwärtsdrang zur Selbstbehauptung, d. h. zur Differenzierung mit zunehmend schärfer definierten Grenzen des Körpers und später des Selbst. Diesen Prozeß hat Mahler (1975) als »Individuation« bezeichnet. Die Mutter wird weiterhin für lange Zeit erinnert und daher innerlich als Verkörperung von Sicherheit und Verlokkung erlebt. Ihr Einfluß oder, global gesprochen, der selige Zustand der Verschmelzung, d. h. die vor Schmerz oder Spannung schützende Hülle, steht in wachsendem Gegensatz zum Drang nach Selbstbehauptung. Dieser regressive Zug ist gemeint, wenn von der »wiederverschlingenden Mutter« die Rede ist.

An diesem Schnittpunkt der Entwicklung entdeckt der kleine Junge mit wachsender Erregung den Vater als potentiellen Verbündeten bei seinem Bemühen, aus einer kindlichen, einengenden Welt völliger Abhängigkeit von der nährenden Mutter auszubrechen. Der dyadische Vater wird zum Beschützer, dessen Hilfe und Lenkung von nun an vom kleinen Jungen mit großer Dringlichkeit gesucht wird. Das einstmals hilflose Baby kann jetzt auf eigenen Füßen stehen, es kann aber auch mit dem Vater in die weite Welt hinausgehen und erwarten oder sich ein-

---

* »Mutter« und »Brust« sind austauschbar benutzte Ausdrücke, um die Reaktion des Kindes auf eine sorgende und nährende Person, wer immer sie sein mag, zu benennen.

bilden, daß sie im gleichen Schritt und Tritt marschieren. Wie jeder Wendepunkt in der Entwicklung birgt auch dieser die Gefahr unvollkommener Errungenschaften oder halbherziger Verpflichtungen. Wenn man die Zügel schleifen läßt, verliert der Vorwärtsdrang gewissermaßen etwas von seinem Schwung und vermag den angelegten Möglichkeiten nicht zu entsprechen. Fragmentarische Entwicklungen dieser Art nennen wir Fixierungen.

Eine spezielle Folge der Tatsache, daß der kleine Junge den Vater nicht als Verbündeten seiner »Individuation« nutzen kann, ist seine Unfähigkeit, auf die Abhängigkeit von der Mutter zu verzichten. Statt sich einer vorübergehenden Abhängigkeit vom Vater, beruhend auf Gleichgeschlechtlichkeit und Idealisierung, zu überlassen, verbindet er die Hinwendung zum Vater mit Bindungswünschen an die Mutter. Statt im Vater das Modell für Nachahmung und Identifizierung zu sehen, tritt der Sohn zu ihm in eine Beziehung, die alle vitalen Elemente einer niemals aufgegebenen Identifizierung mit der Mutter enthalten. Dieser Umstand erklärt den feminisierenden Charakter der Unterwerfung des kleinen Jungen unter den idealisierten Vater.

Diese Gabelung emotionaler Bedürftigkeit in Unterwürfigkeit und Selbstbehauptungswillen läßt eine Konfliktquelle entstehen, die sich in der Adoleszenz und später im Leben des erwachsenen Mannes schicksalhaft bemerkbar macht. Dieser Konflikt spiegelt sich in der Ablehnung, der Verdrängung oder der Überkompensierung weiblicher Neigungen wider. Charakterologisch manifestiert sich eine solche innere Gespaltenheit in einer selektiven, vorübergehenden oder bleibenden Unentschlossenheit und Zwiespältigkeit im Handeln und Denken. Diese infantile Tendenz tritt mit nicht zu unterdrückender Gewalt im späteren Leben oft dann in den Vordergrund, wenn gehobene Gemütszustände mit dieser niemals bewältigten bisexuellen Neigung zusammentreffen. Mit anderen Worten, unabhängig davon, ob emotionale Vorlieben oder Rückstände über die frühe Kindheit hinaus bestehen bleiben und gleichgeschlechtliche dyadische Objektbindungen über ihren angemessenen Zeitraum hinaus am

Leben erhalten werden, der Eintritt in die triadische Phase kommt trotzdem zustande und fordert, wenngleich vielleicht halbherzig, sein Recht. Dennoch ist eine gewisse Zwiespältigkeit oder Schwäche bei der Bildung aller folgenden psychischen Strukturen unübersehbar. Es besteht weiterhin eine gespaltene Loyalität im Hinblick auf widerstreitende emotionale Bedürfnisse; beide Tendenzen tragen das Erbteil einer unvollendeten, nicht assimilierten Kindheitserfahrung in das künftige Leben. Wir könnten sagen, daß unter diesen Umständen der Vorwärtsdrang des normativen Entwicklungsfortschritts – gerade weil er tentativ ist – entscheidend an Schwungkraft verloren hat.

Diese kurze Rekapitulation der Rolle des dyadischen Vaters im Leben des kleinen Jungen mag als pauschaler Hinweis genügen, von dem aus ich meine Kommentare zu Hamlet fortführen will. Sie sollten als Nachtrag zu Jones' Untersuchung gelesen und nicht als ein Versuch angesehen werden, seine These *in toto* zu widerlegen und an ihre Stelle eine andere, umfassende Erklärung der Tragödie Shakespeares zu setzen.

Zu Beginn des Dramas teilt der Geist des Vaters seinem Sohn mit, daß er von dessen Onkel, dem Bruder des Vaters, ermordet worden sei. In seinen »Ideen« über Hamlet weist James Joyce auf die Unbestimmtheit der Vaterrepräsentanz in der Erscheinung des Geistes hin oder, anders ausgedrückt, auf den verinnerlichten Vater (Vaterimago) in verzerrter Gestalt. Darin summieren sich auf kreative Weise Gedächtnisspuren des Kindes, bedürfnisbefriedigende oder ersehnte Eigenschaften (Idealisierung) sowie das Übergehen unerwünschter Beobachtungen, die auf die objektive Wahrnehmung des Vaters als Person zurückzuführen sind. Diese Vaterimago, in die Außenwelt einer wesenslosen Wirklichkeit projiziert, ist der Geist. Joyce sagt: »Was ist denn ein Geist? sagte Stephen mit prickelnder Energie. Einer, der durch Tod, durch Abwesenheit, durch Sittenwandel in die Unfaßbarkeit entschwunden ist« (S. 264).

Kaum ist dem Sohn glaubhaft mitgeteilt worden, was es mit dem Tod seines Vaters auf sich hat, als die Idealisierung der Ehe seiner Eltern in sich zusammenfällt:

»... so meine Mutter liebend,
Daß er des Himmels Winde nicht zu rauh
Ihr Antlitz ließ berühren ...
... Hing sie doch an ihm,
Als stieg der Wachstum ihrer Lust mit dem,
Was ihre Kost war. Und doch, in einem Mond –«
(1. Akt, 2. Szene)

Die Tatsache, daß die Mutter so eilig ihren Schwager Claudius heiratete, deutet unwiderleglich auf ihre Schuld als Komplizin der schnöden Tat. Die Beteiligung der Mutter an dem Mord läßt vergessene Erinnerungen wiedererwachen. Er ruft aus: »O mein prophetisches Gemüt! Mein Oheim?« (1. Akt, 5. Szene). Wir können aus diesem Schock der Erkenntnis schließen, daß er schon immer wußte, wie falsch und untreu seine Mutter war, wie sehr sie zu sexueller Lasterhaftigkeit neigte. Die damit verbundene Erniedrigung des Vaters, das von der Mutter begangene zweifache Verbrechen, macht auf Hamlet einen tieferen Eindruck als die Ermordung des Vaters. In einer ersten Aufwallung denkt er an Muttermord, um Rache an der Frau zu nehmen, die das göttergleiche Bild des Vaters besudelt und zerstört hat. Doch der Muttermord ist eine Tat, die durch den strengen Befehl des Vaters untersagt ist. Kann der Mordimpuls des Sohnes seine Wachsamkeit überlistet haben, wenn er im Drama seinen Onkel einmal als Mutter anspricht? (4. Akt, 3. Szene). Richtet sich der Mordimpuls nicht elementarer gegen die Mutter, die der Ermordung des Vaters Vorschub leistete, als gegen den Onkel, der ihrem Wunsch nachkam?

Unter dem Einfluß infantiler Logik fürchtet Hamlet noch, daß ihre erbarmungslose Destruktivität ihn ebenso zum Opfer ausersehen könnte wie den Vater. In der 4. Szene des 3. Aktes kommt er dem Muttermord gefährlich nahe; er sticht nach ihr mit dem tödlichen Florett der Worte, so daß sie zurückzuckt und sich windet. »Nur reden will ich Dolche, keine brauchen« heißt es an anderer Stelle (3. Akt, 2. Szene). Als seine muttermörderische Raserei sich steigert, fleht er den Vater um Hilfe und Beherrschung an: »Schirmt mich und schwingt die Flügel über mir, ihr Himmelsscharen!« (3. Akt, 4. Szene). Der Geist verkörpert hier eindeutig den charismatischen Vater, der als halluzinatorische Erscheinung einen Augenblick lang die Grenze der Realität streift. Der sadistische Angriff auf die Mutter ist berechtigterweise als »verbaler Muttermord« bezeichnet worden (Hutter, 1975, S. 430f.). Die Mutter körperlich zu verletzen, hat der Geist des Vaters strikt verboten:

> »Doch wie du immer diese Tat betreibst,
> Befleck dein Herz nicht; dein Gemüt ersinne
> Nichts gegen deine Mutter; überlaß sie
> Dem Himmel . . .«
> (1. Akt, 4. Szene)

Dieses väterliche Gebot, das ihn im Sturm seiner mörderischen Leidenschaft trifft, stürzt Hamlet in ein Meer der Unentschlossenheit. Sein moralisches Selbst identifiziert sich mit dem Schuldspruch des Vaters gegen Claudius und fordert seinen Tod. Jedoch die Vorstellung, den zweifachen Befehl des Vaters auszuführen, d. h. den Onkel zu töten, das Leben des »verderblichen Weibes« hingegen zu schonen, wirft den Sohn in die unterwürfige Position gegenüber dem dyadischen Vater zurück, der er sich mit aller Macht zu widersetzen versucht. Hamlet tadelt sich selbst scharf wegen seiner Tatenlosigkeit und seiner mangelnden Bereitschaft, dem »furchtbaren Gebot« des Vaters zu folgen; es vermag ihn nicht zu bewegen, es als unabdingbare Verpflichtung auf sich zu nehmen. Hamlet sagt zum Geist:

> »Kommt Ihr nicht, Euren trägen Sohn zu schelten,
> der Zeit und Leidenschaft versäumt, zur großen
> Vollführung Eures furchtbaren Gebots?«
> (3. Akt, 4. Szene)

Diese tapferen Worte hemmen vorübergehend den Drang des Sohnes, Rache zu nehmen; Rache an der Mutter, die ihn seines

Beschützers vor der Regression zur wiederverschlingenden Mutter der symbiotischen Phase beraubt hat. Wir sollten uns vom manifesten Inhalt der 4. Szene des 3. Aktes nicht täuschen lassen, nur weil er in Begriffe gefaßt ist, die dem ödipalen, gegengeschlechtlichen Komplex, d. h. der heterosexuellen Modalität angehören. Ich habe bereits festgestellt, daß bei seiner Wiederbelebung infantile Fixierungen beim körperlich reifen Mann stets auf der Ebene der genitalen Sexualität aktualisiert werden. In Hamlets Fall wird dies durch das verführerische Verhalten der Mutter in der Schlafzimmer-Szene verstärkt.

Hamlet macht sich selbst hilflos Vorwürfe wegen seines Zauderns und seiner Gefühllosigkeit. Seine ungestüme Verkündigung der ihm obliegenden Pflicht wandelt sich zum »abgestumpften Vorsatz« (3. Akt, 4. Szene). »Der angebornen Farbe der Entschließung wird des Gedankens Blässe angekränkelt« (3. Akt, 1. Szene).

Während die Stimme des Vaters in ihm spricht: »Töte deinen Onkel – schone deine Mutter«, lautet die Version des Sohnes: »Stelle die Unschuld deiner Mutter wieder her, töte ihren Liebhaber und mache so den Bund der Ehe mit dem Schurken ungeschehen.« Das erstere ist Rache, das zweite Rettung seines Selbst (vgl. Jones, 1949, S. 109f.). Das folgende Zitat beschreibt, wie heftig der Sohn mit der Mutter darum ringt, daß sie ihr früheres tugendsames Leben wieder aufnehmen möge:

Königin: O Hamlet! du zerspaltest mir das Herz.
Hamlet: O werft den schlechtern Teil davon hinweg
und lebt so reiner mit der anderen Hälfte.
Gute Nacht! Doch meidet meines Oheims Bett,
Nehmt eine Tugend an, die Ihr nicht habt.
(3. Akt, 4. Szene).

In der Lähmung der Handlungsfähigkeit des Sohnes tritt die ungelöste Dichotomie des Vorsatzes zutage: die madonnenhafte Mutter wiederherzustellen oder als getreuer Sohn den Vater zu rächen. Die Tat, von der ich spreche, wird offensichtlich durch die zum Stillstand gekommene emotionale Entwicklung hinausgezögert oder unmöglich gemacht; sie hat das normale Fortschreiten von der präödipalen zur ödipalen Phase beeinträchtigt, weil an gegensätzlichen emotionalen und identifikatorischen Zielen festgehalten wurde. Mit anderen Worten, die Anziehung, die die archaische, symbiotische Mutter auf das Kind ausübt, und seine Furcht davor, von ihr wieder verschlungen zu werden, wurde in die ödipale Phase hineingetragen. Dies hat die triadische Mutter mit verführerischer Unwiderstehlichkeit ausgestattet und ihr die Kraft zu entmannender Unterjochung verliehen.

Immer wenn die Loslösung von der dyadischen Mutter unzureichend oder nur marginal geschah, wird sie in die nächste, d. h. die ödipale Phase verschoben. Wir sind daher nicht überrascht, wenn wir sehen, daß der kleine Junge auf die idealisierte Vaterimago als Schutz vor der verführerischen, besitzergreifenden Frau im allgemeinen nicht verzichten kann: Wenn die dyadische Mutter für das Kind stets die Versucherin geblieben ist, die das Kind zur Vereinigung mit ihr wie in der Zeit der vollkommenen Abhängigkeit verlockt, dann tritt die ödipale Mutter in die Fußstapfen vergangener Kindertage und wird zur maßlos überschätzten und gefürchteten sexuellen Verführerin.* Hamlets Worte: »Schwachheit, dein Nam ist Weib!« (1. Akt, 2. Szene) können sich auf das Urbild der Frau beziehen, die ihrem ganzen Wesen nach nur einem eigensüchtigen, prinzipienlosen, minderwertigen Moralkodex folgen kann. Jones hat Hamlets Spaltung der Mutterimago in Madonna und Hure so beschrieben: ». . . in eine Imago der jungfräulichen Madonna, einer unerreichbaren Heiligen, der gegenüber sinnliche Annäherungen völlig undenkbar sind, und die andere einer sinnlichen Kreatur, der sich jeder nähern darf« (Jones, 1949, S. 97).

Daß Hamlet mit der schamlos zur Schau getragenen Sinnlichkeit und inzestuösen Freizügigkeit der Mutter konfrontiert

---

* Die dyadische Mutter, von der ich hier spreche, erscheint in der Mythologie als die Sirene Circe oder als Rheinnixe Lorelei.

wird, erfordert die liebende Gegenwart und den Schutz des Vaters, damit der Sohn emotional überleben kann. Kein Wunder, daß die Tötung seines Stellvertretervaters Claudius wiederholt durch die Dichotomie des Vorsatzes verhindert wurde. Hätte Hamlet nicht länger gezögert, wäre dies im Lichte der hier vorgetragenen Theorie einem Selbstmord gleichgekommen, weil er sich dem erneut verwitweten »verderblichen Weib« ausgeliefert hätte. Meine These lautet, daß Hamlet seinen Stiefvater als Mann und als Ehegatten seiner Mutter brauchte, um sich vor den üblichen Verführungskünsten der Mutter zu schützen, weil er in der 4. Szene des 3. Aktes kläglich versagt hatte, als er sie beschwor, treu, tugendhaft und rein zu sein. Falls sie auf ihre gefährlichen Verführungskünste verzichtet, würde Hamlet nichts mehr daran hindern, seinen Vater zu rächen und seinen Onkel zu töten. Die Mutter weigerte sich jedoch, sich zu ändern und blieb so für ihren Sohn das »verderbliche Weib«. Seinen Onkel am Leben zu lassen ist ebenso dringlich durch den Schrecken vor der liebenden, besitzergreifenden Mutter geboten, die seine Männlichkeit zu zerstören droht, wie es umgekehrt dringend notwendig ist, die idealisierte Vaterimago als einziges emotionales Hilfsmittel am Leben zu lassen, die ihm ermöglicht, in der Witwenwelt der Mutter zu überleben. Zu diesem Zweck muß er das Bild des Vaters als eines untadeligen liebenden Gatten und tugendhaften Mannes aufrechterhalten. Beide obengenannten Determinanten des Zögerns und der Tatenlosigkeit Hamlets durchziehen unaufhörlich seine Reden und Handlungen während des ganzen Stückes.

Der Vergleich, den der Sohn zwischen der hingebungsvollen Liebe eines edlen Vaters und den gewöhnlichen Begierden einer tief gesunkenen Mutter zieht, weckt Zweifel an der Echtheit seiner ekstatischen Beschwörungen. Wenn Hamlet Gertruds Verbrechen in der 4. Szene des 3. Aktes als etwas beschreibt, das »Ehgelübde falsch wie Spielereide macht; o eine Tat, die aus dem Körper des Vertrags ganz die innre Seele reißet«, so besagt dies, wie Kahn überzeugend dargestellt hat, daß es zum Ehebruch lange vor dem Mord kam (Kahn, 1981, S. 137). Die angeführten Passagen lassen erkennen, daß Hamlet wußte, daß die Mutter dem Vater Hörner aufsetzte (ibid.). Der Knabe Hamlet konnte dem Vater nie verzeihen, daß er so schwach war, sich betrügen zu lassen, und – in der Gegenwart – daß er sich als unfähig erwiesen hatte, eine liebende und treue Gattin ans eheliche Lager zu fesseln. Dieses enttäuschende, verbotene Wissen durfte niemals ins Bewußtsein des Kindes treten; es mußte auf magische Weise zum Verschwinden gebracht werden. Welch ein entsetzlicher Gedanke, daß es dem Onkel eher gelingen könnte, seine Frau an sich zu fesseln und sie so davon abzuhalten, Jagd auf ihren Sohn zu machen! Onkel Claudius mußte um jeden Preis am Leben bleiben – selbst um den Preis moralischer Schuld und eines brennenden Schamgefühls.

Bei der eingehenden Beschäftigung mit Jungen in der Adoleszenz und jungen Männern hatte ich immer wieder erlebt, daß die pubertäre Reifung ödipale Konflikte in den Vordergrund treten läßt. In diesem Prozeß erhält die Beziehung zum dyadischen Vater plötzlich eine akute emotionale Bedeutung, die dem Bewußtsein nur in verschleierter Form und nur periodisch zugänglich wird. Wenn dieser Konflikt überstark ist, beobachten wir zwei typische Probleme: Das eine ist die Fixierung auf den dyadischen Vater, die sich im Tun und Denken als extremer Widerspruchsgeist äußert, während das andere Problem in der Form in Erscheinung tritt, daß die Frau als erniedrigte Partnerin sexueller Lust benutzt wird, ohne ihr Zärtlichkeit oder persönliche Intimität zuzuwenden. Ich habe das letztere, oft auffallende Verhalten als »ödipale Abwehr« bezeichnet. Damit meine ich die Vortäuschung einer sexuellen Reife, ein Rollenspiel in der ödipalen Konstellation, um das Verlangen nach einem dyadischen Vater ebenso zu verleugnen und auszulöschen wie die gefürchtete Beherrschung und Besitzgier einer mächtigen Frau, eines Mannweibs.

Hamlets Liebe zu seiner Freundin Ophelia ist mit Angst verbunden und frei von zärtlichen Regungen; sie ist weitgehend abwehrend, d. h. sie täuscht Männlichkeit vor. Seine mit zynischem Sadismus vorgebrachte Frauenfeindlichkeit trifft auch

Ophelia. In einem plötzlichen Ausbruch seiner Wut quält er sie mit seinem Ratschlag: »Geh in ein Kloster! Lebwohl! Oder willst du durchaus heiraten, nimm einen Narren; denn gescheite Männer wissen allzu gut, was ihr für Ungeheuer aus ihnen macht. In ein Kloster! geh! und das schleunig. Leb wohl!« (3. Akt, 1. Szene). Während dies wie ein Hinweis auf die Möglichkeiten klingt, ihre Keuschheit zu bewahren – eben das, was seine Mutter nicht fertigbrachte –, wird die doppelte Bedeutung dieses Ratschlags dadurch offenbar, daß in elisabethanischer Zeit (ebenso wie später) das englische Wort »nunnery« (deutsch: Kloster) als Slang-Ausdruck für Bordell benutzt wurde.

Kehren wir zum Thema der Frauenfeindlichkeit Hamlets und seiner sadistischen Rache an Ophelia zurück. Wir werden hier unmittelbar an eine ähnliche Szene im Stück (4. Szene, 3. Akt) erinnert, wo der Sohn seiner leidenschaftlichen Empörung über die Mutter freien Lauf läßt. Nachdem er Ophelia als nicht zur Familie gehörende Partnerin der Liebe und sexuellen Intimität entfernt hat, gilt seine sadistische Rache an den Frauen wieder wie früher dem ursprünglichen Prototyp, der Mutter. Diese um nichts gemilderte Neuauflage infantiler Wut im frühen Erwachsenenalter verstärkt das schutzsuchende Verlangen nach dem dyadischen Vater. In diesem Lebensabschnitt beobachtet man oft, daß der Verlust eines oder einer Geliebten infolge Regression eine schwere psychische Störung auslösen kann; die klinische Psychiatrie ist mit dieser kritischen Situation in der späten Adoleszenz, die zu einem psychotischen Bruch in der Persönlichkeitsintegration führen kann, wohlvertraut.

Hamlets emotionale Einstellung zu Frauen, die er im Dialog mit Ophelia offenbart, wurde durch die Untreue seiner Mutter und das Mordkomplott, das ihrer Begierde freie Bahn schaffen sollte, neu angefacht. Seine ungezügelte Reaktion auf dieses Ereignis entlud sich in der Beziehung zu Ophelia, zu der Jones bemerkt: »Welcher Art seine ursprünglichen Gefühle für Ophelia waren, liegt etwas im dunkeln« (1949, S. 91). Es ist eine allgemeine Beobachtung, daß junge Männer bei ihren ersten tastenden Liebesbeziehungen mit den Resten ihrer infantilen Einstellung zu Freunden zu kämpfen haben, denen in diesem Lebensabschnitt eine Art generischer Unpersönlichkeit anhaftet. Die prototypische Erfahrung, in der diese Einstellung wurzelt, führt zur Mutter des Jungen oder ihren Ersatzpersonen in den ersten Lebensjahren. Hamlets Konflikt wird zudem durch das »furchtbare Gebot« verschärft, das für den Augenblick alle anderen Empfindungen seines gegenwärtigen Daseins überschattet. Ich meine die emotionale Bindung an den Vater, der nur starb, um zu seinem lebendigen Gewissen zu werden.

Hamlet, ein junger Mann, der kaum der späten Adoleszenz entwachsen und noch Student in Wittenberg ist, macht uns die beiden Zustände deutlich, von denen oben die Rede war und die für den männlichen Jugendlichen typisch sind, der mit einem akuten Vaterkomplex kämpft. Der eine Zustand wird charakterisiert durch die bewußte Nichtbefolgung des väterlichen Gebots und der andere dadurch, daß er Ophelia als sexuelles Spielzeug benutzt. Vor allem möchte ich noch einmal betonen, daß Überreste der dyadischen Phase stets mit ödipalen Konflikten verknüpft werden, wenn diese ohne brauchbare Lösung sozusagen »hängen gelassen« wurden. Um die früheren oder die späteren und die zeitgerechten Komponenten des ödipalen Konflikts herauszukitzeln, muß man die Mittel des psychoanalytischen Prozesses einsetzen. Das ist mit der Arbeitsweise des Spektroskops zu vergleichen, das das Licht, welches uns gleichmäßig zusammengesetzt erscheint, in seine Bestandteile zerlegt und so ein Spektrum bildet. Auf diese Art werden wir über die heterogenen Elemente informiert, aus denen die Beobachtung einer scheinbar homogenen Kontinuität zusammengesetzt ist. Barnett (1975) unterscheidet drei Theorien, die sich hinter der dramatischen Struktur des Stücks verbergen. Sie bilden das Spektrum des *Hamlet* und können wie folgt zusammengefaßt werden: »Hamlet als Drama der Individuation eines jungen Erwachsenen«, »verhängnisvolle Enttäuschung über die Weltanschauung der Familie« und »das mißlungene Heranreifen zum Mannestum«. Mein Hamlet-Diskurs berührt nur jene Bezüge dieser Themen, die uns über das dyadische Sohn-Vater-Erleben und die Wirkung aufklären, welche es auf das spätere Leben des Sohnes hat.

Das Stück enthält viele Anspielungen auf die feminisierende Unterwerfung unter den Willen des Vaters. Hamlet beschuldigt sich selbst, seiner »Sache fremd« zu sein (2. Akt, 2. Szene). »Trefflich, brav, daß ich . . . wie eine Hure muß mein Herz entladen« (2. Akt, 2. Szene). Die Tat, d. h. die Ausführung des väterlichen Gebots, wie die Tatenlosigkeit, d. h. der von der eigenen moralischen Überzeugung diktierte Verzicht auf die Rache, versetzen Hamlet in einen Zustand selbstverachtender Unmännlichkeit; welche Richtung er auch einschlagen mag, keine trägt den Stempel der Eigenständigkeit. Eine bisexuelle Plänkelei gibt dem jungen Mann auf der Bühne ein faszinierendes, unbeständiges Ansehen. Hier macht uns Eissler (1971) auf die Hekuba-Äußerung aufmerksam: »Hamlet identifiziert sich in vollem Umfang mit seiner Mutter. Die Bezeichnungen, die er auf sich selbst anwendet, verweisen auf Homosexualität: Er nennt sich eine Hure, eine Schlampe, eine männliche Prostituierte (›Zuchthengst‹) . . . Doch diese Identifizierung mit der Mutter ist so beleidigend für ihn, daß er außerstande ist, seinen Grundkonflikt unmittelbar zum Ausdruck zu bringen« (S. 110).*

Auf einen femininen Zug in Hamlets Charakter ist von vielen Kritikern hingewiesen worden. Uns ist dieser Zug von vielen protoadoleszenten Jungen her vertraut, die diese vorübergehende bisexuelle Identifizierung relativ gleichmütig hinnehmen, bis die Vollendung der sexuellen Reifung ankündigt, daß nun eine irreversible Geschlechtsidentität in der einen oder der ande-

* Im Zusammenhang mit Hamlet sollte die »Homosexualität«, von der Eissler spricht, eher als spätadoleszentes Phänomen angesehen werden. Der junge männliche Erwachsene, der einen verspäteten Versuch unternimmt, den toten Punkt in seiner sexuellen Identitätsbildung zu überwinden, streift stets in den grenzenlosen Gefilden der Bisexualität umher, um über sie hinauszugelangen und erwachsen zu werden. Dieser Konflikt ist typisch für die späte Adoleszenz, der sich in jenen Fällen hinauszögert, da eine dyadische gleichgeschlechtliche Fixierung besteht. Homosexuelle Anspielungen im Stück sind meines Erachtens keine Beweise für eine manifeste Homosexualität.

ren Richtung dringend gefordert ist. Wir können annehmen, daß dieses Übergangsstadium vom jungen Hamlet unzureichend gemeistert wurde. Auf jeden Fall hat die Undurchsichtigkeit der psychophysiologischen Geschlechtszugehörigkeit, die Hamlet dem Zuschauer und Leser des Stückes vermittelt, seine Darstellung auf der Bühne zu einer äußerst herausfordernden Aufgabe gemacht. Viele große Schauspielerinnen haben Hamlet gespielt. Elizabeth Powell war 1796 der erste weibliche Hamlet im Londoner Drury Lane-Theater, Sarah Barthey der erste weibliche Hamlet in Amerika, und zwar im Jahre 1819 in New York. Auf diese Frauen folgten Sarah Bernhardt, Eleonora Duse, Judith Anderson und viele andere. Ihre Darstellung des Prinzen wurde vom Publikum ohne besondere emotionale oder ästhetische Erregung hingenommen. Diese Reaktion bezeugt, daß die bisexuelle Natur des »melancholischen Prinzen« und ihre treffende Darstellung allgemein akzeptiert wurde. Ich zitiere, was Joyce in *Ulysses* über Hamlet sagt: »Wie ich höre, hat gestern abend eine Schauspielerin in Dublin den Hamlet zum vierhundertundachten Mal gespielt. Vining hielt dafür, der Prinz sei eine Frau gewesen . . . hat eigentlich niemand einen Iren in ihm entdeckt?« (S. 278). Joyce spielt mit einer Bemerkung auf die undefinierte und undefinierbare Persönlichkeit des jungen Hamlet an, der die Mauserung der späten Adoleszenz noch nicht hinter sich hat und dessen Selbst noch nicht eindeutig und endgültig geprägt ist. Der Ehrgeiz von Schauspielerinnen, Hamlet als Transvestiten zu spielen, und die Bereitschaft des Publikums, dies – wenn auch vielleicht widerwillig – zu akzeptieren, zeigen uns, daß beide in den verwirrend widersprüchlichen Gemütszuständen des Helden den Widerschein seiner schlecht definierten Geschlechtszugehörigkeit, die in seinem Verhalten und in seinen Worten zutage tritt, wahrnahmen. Welch eine absurde Idee wäre es demgegenüber, die Rolle des Ödipus Rex mit einer Schauspielerin zu besetzen! Diese Überlegungen bestätigen meine Charakterisierung Hamlets als eines dyadischen, die des Ödipus als eines triadischen Sohnes; der eine steht noch mit einem Fuß in der Unreife der frühen Kindheit, während der andere die Schwelle zur Reife erreicht, wenngleich noch nicht überschritten hat.

Nur indem er das Zögern wählt, kann Hamlet seine teils gespielte und noch schwache Selbst-Identität retten, auch wenn er dafür den Preis der Selbstverachtung zahlt. In diesem Dilemma kann er einzig und allein den Entschluß fassen, den Ansturm seiner unannehmbaren Gefühle gewaltsam zum Schweigen zu bringen – seien sie dyadisch oder triadisch – und zu geloben, dem Gebot des Vaters zu gehorchen:

> Und dein Gebot soll leben ganz allein
> Im Buche meines Hirnes, unvermischt
> Mit minder würd'gen Dingen.
> (1. Akt, 5. Szene).

Jones stützt seine Beweisführung hinsichtlich Unentschlossenheit und Zögern auf eine verdrängte Feindseligkeit gegenüber dem Vater, die sich im Bewußtsein durch ihr Gegenteil bemerkbar macht, nämlich als »übertriebene Rücksicht und Achtung für ihn sowie als krankhafte Besorgtheit um sein Wohlergehen« (1949, S. 90). »Von allen infantilen Formen von Eifersucht ist jene am wichtigsten – und sie beschäftigt uns hier –, die ein Junge gegenüber seinem Vater empfindet ... Der einzige Aspekt, um den es uns an dieser Stelle geht, ist der Groll, den ein Junge gegen seinen Vater hegt, wenn dieser ihn zwangsläufig daran hindert, sich der ausschließlichen Zuneigung der Mutter zu erfreuen. Dieses Gefühl ist die tiefste Quelle des uralten Konflikts zwischen Vater und Sohn ...« (S. 86). Ich möchte hinzufügen, daß an einem entscheidenden Punkt der Entwicklung des kleinen Jungen die »tiefste Quelle« der Freude sich in eine ebenso tiefe Quelle der Verwirrung und des Unbehagens verwandelt, weil sie auf verhängnisvolle Weise den Vorwärtsdrang des Kindes zur Individuation und zum Abschütteln primärer Abhängigkeiten stört. In diesem prekären Augenblick des Abschiednehmens von archaischen Bindungen wird der Vater zunehmend wichtiger als neuartige Quelle und Modalität von

Freude und Zuneigung, die das Kind in der Beziehung zu ihm durch seine Stützungsfunktion beim Heranwachsen erlebt. Eine Zeitlang bilden die Gegenwart des Vaters und die Interaktion mit ihm einen unerläßlichen Stimulus, um die Selbstgenügsamkeit der frühen Mutter-Kind-Einheit hinter sich lassen zu können. Die Intensität dieser Bindung und das Gefühl der Sicherheit, das sie durch Idealisierung und Empfindungen von Verbundenheit vermittelt, können anormale Proportionen annehmen. Die Proportionen verschieben sich, wenn die Liebe der Mutter und ihr Verlangen, den Sohn zu besitzen, mit den Entwicklungsbedürfnissen des Kindes nicht Schritt halten, d. h. wenn die Mutter versäumt, die Bemühungen des Kindes um Lockerung der infantilen Bande zu unterstützen. Geschieht dieser Übergang nicht zeitgerecht, bleibt das Verlangen nach der idealisierten Vaterimago lebenslang bestehen. Wenn der Vater stirbt oder für immer aus dem Blickfeld des Kindes verschwindet, weil er die Familie verläßt, kann man es als glückliche Wendung betrachten, wenn die Vaterimago einer Ersatzperson angeheftet und von dieser akzeptiert werden kann.

Auf Grund dieser Thesen müssen wir uns fragen, weshalb Hamlet Claudius »Vater« nennt. Jones teilt uns mit, daß »Hamlet in der *First Quarto*-Ausgabe Claudius fünfmal als Vater anspricht. Shakespeare entfernte diese Passagen in der *Second Quarto*-und in der *Folio*-Ausgabe; sie waren der Wahrheit zu nahe!« (1949, S. 153). Natürlich ist die »Wahrheit«, die Jones meint, Hamlets unbewußter Wunsch, den Vater zu töten, um die ausschließliche Zuneigung der Mutter zu erlangen. Aber ist das alles, was sich aus Hamlets »Freudscher Fehlleistung« schließen läßt? Kam hier nicht auch sein Wunsch zum Ausdruck, einen neuen Vater zu bekommen, dessen Gegenwart ihm erlaubt, Student in Wittenberg, bei seinen Freunden zu bleiben, vor der niederdrückenden Verantwortung bewahrt zu werden, die die Krone bedeutete? Ich habe zwar gegen Jones' Erklärung nichts einzuwenden, möchte aber den komplexen Motivationen im Drama noch eine Komponente hinzufügen, nämlich das Verlangen des seines Vaters beraubten Sohnes nach dem zweiten Gatten der Mutter, der ihn vor dem »verderblichen Weib« beschützt, das ihn unmütterlich und gefährlich liebt. Das führt mich zur Betrachtung von Hamlets Unfähigkeit, die Vaterimago zu entidealisieren.

Die »Auch-Mutter« der dyadischen Phase: das »verderblich Weib«

Über den Charakter der Königin und ihre Lüsternheit ist genug geschrieben worden, und was darüber geschrieben wurde, zeigt eine so weitgehende Übereinstimmung, daß ich es als allgemein bekannt voraussetzen kann. Furnivall schreibt über die Königin: »Ihr schändlich ehebrecherisches und blutschänderisches Verhalten wie ihr Verrat am Andenken seines edlen Vaters ist Hamlet im tiefster Seele bewußt. Verglichen mit dieser tiefverwurzelten Veranlagung ist Claudius' Ermordung des Vaters – all seinen Beteuerungen zum Trotz – nur ein oberflächlicher Schmutzfleck.«* Wenn Hamlet mit solchem Abscheu die Treulosigkeit der Mutter anklagt und verdammt, nachdem der Geist des Vaters ihn über den Mord aufgeklärt hat, können wir seinen Worten entnehmen, daß ihm das Vergehen der Mutter, d. h. die hemmungslose Befriedigung ihrer erotischen Begierden, bekannt ist. Wie alle frühen Eindrücke im Leben ist dieses Wissen von einer Art offenkundiger Selbstverständlichkeit gekennzeichnet. Hier liegt also das unüberwindliche Hindernis, das die Entidealisierung des Vaters unmöglich macht. Nur durch die Bewahrung der dyadischen Vaterimago kann der Sohn jene Kräfte des Schutzes und der Sicherheit sammeln, die ihm helfen werden, die unheilvolle Angst vor der archaischen Mutter abzuwehren. Sie, das fühlt er, hat ihn im Stich gelassen, als er sich um Loslösung von ihr bemühte und jenen eigenständigen Willen zu erwerben versuchte, der ihn von der allmächtigen, gottähnlichen Vaterimago unabhängig machen würde.

In der Szene, in der sich die königlichen Zuschauer niederlas-

* Zitiert von Jones, 1949, S. 68.

sen, um das Schauspiel anzusehen, fordert die Königin ihren Sohn auf: »Komm hieher, lieber Hamlet, setz dich zu mir« (3. Akt, 2. Szene). Indem sie das tut, ignoriert die Mutter die Tatsache, daß Ophelia, die Freundin ihres Sohnes, die privilegierte Frau ist, der er Gesellschaft leistet und die an seiner Seite sitzt. Hamlet lehnt die Einladung seiner Mutter ab und erwidert spitz: »Nein, gute Mutter, hier ist ein stärkerer Magnet« (3. Akt, 2. Szene). Die Königin war und ist vernarrt in Hamlet, ihr einziges Kind und zudem ein Sohn, und sie will nicht, daß er sich ihrem Einfluß entzieht. Nicht ohne Bitterkeit und Unbehagen sagt Claudius von seiner Frau: »Die Königin lebt fast von seinem Blick« (4. Akt, 7. Szene). Als Laertes Claudius mit der Frage herausfordert, weshalb er Hamlet, der einen Anschlag auf sein Leben plane, nicht töte, antwortet der König, daß sich Gertrude dann von ihm abwenden würde und er verlassen und verloren wäre: »Sie ist mir so vereint in Seel und Leben. Wie sich der Stern in seinem Kreis nur regt, könnt ichs nicht ohne sie« (4. Akt, 7. Szene). Der Gatte weiß, daß seine Frau den Sohn mehr liebt als ihn. Dieses Wissen hindert ihn, zur Tat zu schreiten und den aufsässigen Neffen und Stiefsohn zu töten.

»Hamlet hatte nicht die Absicht, Claudius jemals umzubringen, den zweiten beschützenden Vater, der so günstig zwischen ihm und dem Thron stand« (Maloney und Rockelein, 1949). In Abwandlung des letzten Teils des Satzes würde ich sagen: der so günstig zwischen ihm und der Königin stand. In der Tat sind sich die Autoren in dieser Hinsicht im klaren, wie ihre Anmerkung zur Schlußszene des Dramas beweist: »Hier ist zunächst der Tod der Mutterfigur, die Hamlet fürchtete . . . Hamlets Reaktion auf den Tod seiner Mutter ist ein wichtiger psychoanalytischer Beweis, daß ihn die Mutter schreckte, als sie am Leben war.« Ich könnte hinzufügen, der Tod habe nun den Dämon Mutter – zum Teil eine Phantasie oder Externalisierung der Gedanken des kleinen Jungen – aus der Außenwelt entfernt. Doch der Sohn wurde dadurch nicht von seiner lebendigen Erinnerung befreit, die ihn vom Frauenleben ausschließt; nur im Tod kann jetzt sein Geist Erleichterung und Ruhe finden.

Ebenso wie Hamlet Claudius in der Rolle eines idealisierten Vaterstellvertreters braucht, der als lebender Schild und Abschreckungsmittel dient und ihn so vor der lasterhaften Unberechenbarkeit der Mutter bewahrt, fühlt sich Claudius in Sicherheit. Er nimmt Hamlets Gegenwart passiv hin, bis dieser, wie er hofft, unter schlau geplanten, unauffälligen Umständen in England zu Tode kommt. Daß dieser listige Plan mißlingt, verwickelt Claudius in ein anderes Komplott. Jeder Mann schmiedet Pläne gegen den anderen, und jeder wird durch seinen Selbsterhaltungstrieb daran gehindert, den anderen zu vernichten: Claudius will sich die Liebe seiner Frau erhalten, und Hamlet will der Verführung durch seine Mutter entgehen, sollte sie zum zweiten Mal Witwe werden.

Vergegenwärtigen wir uns diese Gedanken, wenn wir nun die letzte Szene des Dramas betrachten. Es ist keinem kritischen Autor, der sich mit Hamlet beschäftigt hat, entgangen, daß der Prinz in dem Augenblick seinen Vater rächt und Claudius tötet, als er erkennt, daß die Königin tot ist. Jones legt dar, daß Hamlet seinen Onkel in diesem Augenblick töten kann, weil das Objekt seiner ödipalen Wünsche vom Schicksal beseitigt wurde: ». . . sein Gewissen wird nicht durch einen tieferen Beweggrund für den Mord belastet« (1949, S. 100), den tieferen Beweggrund des unbestrittenen Besitzes seiner ödipalen Mutter. Mit anderen Worten, der Sohn ist nunmehr einer eigenständigen, schuldfreien Tat fähig. Eissler (1971) nimmt diese neugewonnene Freiheit zur Kenntnis, indem er auf »das Fehlen eines Hinweises auf das furchtbare Gebot am Ende des Stückes« hinweist (S. 285).

Angesichts der vorausgegangenen dyadischen Ereignisse, die in der Motivation des Sohnes noch höchst lebendig sind, lautet meine Schlußfolgerung folgendermaßen: Der Tod der Königin hat ihre bedrohliche, entmannende Verführungskraft für immer zum Erliegen gebracht. Es ist nicht mehr nötig, daß ihr Gatte am Leben bleibt; er ist plötzlich überflüssig geworden. Dieser Umstand befähigt Hamlet, zur Tat zu schreiten und sein Versprechen, das er dem Geist seines Vaters zu Beginn des Stückes gab, zu erfüllen:

Eil, ihn zu melden, daß ich auf Schwingen, rasch
Wie Andacht und des Liebenden Gedanken,
Zur Rache stürmen mag.
(1. Akt, 5. Szene).

Indem er Claudius tötet, macht Hamlet auch die Ahnung seines eigenen Schicksals wahr, die er in der 4. Szene des 3. Aktes hatte:

Der Spaß ist, wenn mit seinem eignen Pulver
Der Feuerwerker auffliegt ...*

»In diesem Satz wird das ironische Muster aufgegriffen, das in der Katastrophe verwirklicht werden soll« (Jenkins in Shakespeare, 1982, S. 332). Hamlet macht sich selbst bereits willig zum Opfergefährten im Familien- oder Weltuntergang.

Ich möchte betonen, daß mein Beitrag zum Hamlet-Problem ohne weiteres mit Jones' ödipalen Motivationen als unbewußter Determinante in Einklang zu bringen ist. Dennoch bin ich der Auffassung, daß dem dyadischen Vater in der Hamlet-Tragödie eine größere Bedeutung zukommt. Ich behaupte, daß die Furcht vor der archaischen Mutter, einer Projektion des regressiven Drangs des Kindes selbst, in der dynamischen Konfiguration des Stückes eine wichtigere Rolle spielt als die ausschließlich ödipalen, triadischen Gefühle von Liebe und Haß, Eroberung und Vatermord, Inzest und Schuld.

Hamlet als Sohn-Vater-Tragödie offenbart die komplexe Rolle, die dyadische und triadische Restbestände im Leben eines jungen Mannes spielen, der am Scheideweg seiner adoleszenten Persönlichkeitssicherung angekommen ist, ohne auf diese folgenschwere Aufgabe genügend vorbereitet zu sein. Unter solchen Umständen vergeht die erwartete, phasengerechte Zeit des Abschlusses der Adoleszenz ungenutzt, ohne daß sich

* Modern ausgedrückt, würde die zweite Zeile lauten: »von seiner eignen Bombe in die Luft gejagt wird«.

Kraft und Drang zur Entwicklung in den ersten Mannesjahren einstellen. Auf diese Weise verlieren Vergangenheit, Gegenwart und Zukunft ihre wichtigen Konturen; ohne diese Unterscheidungen in der persönlichen Geschichte bleibt die Reife, das Ziel des Heranwachsens, unerreichbar und unergründlich. Das Leben wird zur Fata Morgana der Anfänge des Menschen, ja, zu einem ewigen Zustand des Beginnens. Wenn die Herausforderung der Adoleszenz verlorengeht, ist die Zukunft eines Mannes ernsthaft in Gefahr – und das steckt ihm in den Knochen. Wir haben es oftmals von manch einem jungen Mann gehört, der den Verlust seiner Unschuld beklagt und von den Verpflichtungen des Erwachsenseins gelähmt wurde. Hamlets Worte lassen die hilflose Verzweiflung eines jeden jungen Mannes widerhallen, der an diesem Scheideweg des Lebens die Spur verfehlte:

> Die Zeit ist aus den Fugen; Schmach und Gram,
> Daß ich zur Welt, sie einzurichten, kam!
> (1. Akt, 5. Szene)

> *Nachwort**
> Und was geschieht mit uns?
> Und was sind wir, und was tun wir?
> Auf all und jede dieser Fragen
> Gibt es keine faßliche Antwort.
> Uns traf viel mehr als ein persönlicher Verlust –
> Wir verloren unsern Weg im dunkeln.

Abschließende Bemerkung

Als ich die Essays über Kafka und *Hamlet* niederschrieb und am Rande Freuds Fall Schreber berührte, stützte ich mich auf meine These über den Einfluß des dyadischen Vaters auf die Entwicklung des männlichen Kindes. Ferner erörterte ich die

* Aus: *Der Familientag* von T. S. Eliot (1939). Frankfurt am Main (Suhrkamp) 1966.

jeweiligen Persönlichkeiten im Licht meiner Behauptung, daß der dyadische Komplex, zusammen mit dem eigentlichen Ödipuskomplex, Teil dessen ist, was Freud als den »Kern der Neurose« bezeichnet hat. Dabei beschrieb ich die fundamentale Unähnlichkeit dieser beiden Phasen der Kindheit und ihrer Beiträge zur sogenannten infantilen Neurose. Der Ödipuskomplex als solcher zeigte sich nach diesen Überlegungen als ein Organisationsprinzip psychischer Strukturbildung am Ende der Kindheit, das im Einklang mit der besonderen geistigen und körperlichen Reifung in diesem Alter steht. Welche Lösung des Konflikts am Ende der Kindheit auch erreicht worden sein mag, sie ist stets partiell und muß während der Adoleszenz vollendet werden. Da ich die Lösung des dyadischen und triadischen Komplexes in einem Entwicklungskontinuum sah, d. h. am Ende der Kindheit und erneut am Ende der Adoleszenz, habe ich dieser doppelschichtigen Aufgabe der Konfliktlösung besondere Aufmerksamkeit bei der Erörterung der Gestalten aus der Literatur gewidmet, die ich untersuchen wollte. Bei meiner Annäherung an dieses Unternehmen habe ich die obige These als gültiges Entwicklungsaxiom behandelt; dieses habe ich meiner spezifischen derzeitigen Formulierung entsprechend auf die männliche Persönlichkeitsbildung und insbesondere auf die wechselseitige Rolle von Vater und Sohn im dyadischen Lebensabschnitt angewendet.

Als Psychoanalytiker habe ich diese Position ebenso überzeugt eingenommen wie Ernest Jones, als er bei seiner Erörterung von *Hamlet* die augenscheinliche Universalität des Ödipuskomplexes zugrunde legte. Wenn ich diese Feststellung treffe, liegt der Gedanke nahe, daß meine These von heute – eingedenk der unbekannten und unvorhersehbaren Einsichten in die komplexen psychologischen Entwicklungen, die noch kommen werden – eines Tages durch Formulierungen ergänzt werden wird, die in jenem künftigen Augenblick ebenso selbstverständlich klingen werden, wie Jones' und meine Formulierungen einst in der Vergangenheit klangen. Jede neue These stützt sich auf eine vorausgegangene und wird im Lauf der Zeit oder, richtiger gesagt, durch den Zeitgeist auf eine neue Stufe gehoben, der, indem er nun die Herrschaft antritt, das Vertraute in neuer Perspektive erscheinen läßt.

Es ist nicht schwer, in Romanen, Gedichten und kritischen Abhandlungen, die in aufeinanderfolgenden Zeitabschnitten geschrieben wurden, den jeweiligen Zeitgeist zu erkennen, der bewirkt, daß alle früheren Schöpfungen in einem neuen Licht wahrgenommen werden. Das trifft sicherlich auf Hamlet zu, der in den letzten Jahrhunderten immer wieder aufs neue gedeutet wurde. Sowohl die vorherrschende philosophische Betrachtung des Menschen als auch die Geisteswissenschaften haben heute ebenso wie in der Vergangenheit die Beurteilung Hamlets deutlich beeinflußt. Diese eigenständigen Auslegungen von Generationen haben ein breites Spektrum von Deutungen vor uns ausgebreitet, die immer wieder zu einem unbefriedigenden und unannehmbaren Verständnis der Persönlichkeit des Helden führten und so die Faszination des Lesers, Hörers und Kritikers der Hamlet-Tragödie unablässig am Leben erhielten.

Drei umfassende, unterschiedliche Versionen von Hamlet-Deutungen, die zu verschiedenen Zeiten vorgetragen wurden, hat Holland (1975) ausgewählt. Im 17. und 18. Jahrhundert wurde Hamlet als »Renaissanceprinz« betrachtet, der die edle Seele verkörperte, die danach strebte, den Menschen in seinen Erdentagen zum geistigen Ausgleich zwischen »Gott und Tier« zu führen (Jenkins, in Shakespeare, 1982, S. 438) und damit den Grundkonflikt der Moral des Mittelalters zwischen Gott und Teufel, Gut und Böse zu transzendieren. Im späten 18. Jahrhundert ließ Goethes Betrachtung des »melancholischen Dänen« dessen Verhalten offenbar verständlich erscheinen. Mit der Darstellung Hamlets in Goethes Roman *Wilhelm Meisters Lehrjahre* (1796) wurde eine neue Deutung des Helden vorgetragen.

Goethes Übereinstimmung mit einer zunehmend individualistischen, idiopathischen Menschenbetrachtung führte zu einer Deutung Hamlets, die europäische Denker gefangennahm und über einen langen Zeitraum hinweg als zutreffend angesehen wurde. Seine Erklärung des Zögerns Hamlets und seiner Unfähigkeit zur Rache stützte sich auf die Vorstellung von einer Gemütsverfassung, die als übergroße Empfindlichkeit angesehen wurde.*

Als die traditionellen Moralbegriffe außer Kurs gerieten, veränderte sich allmählich das Verständnis der Persönlichkeit, so auch das Persönlichkeitsbild Hamlets. Mit den Fortschritten der Naturwissenschaften im 19. Jahrhundert änderten sich auch die Ansichten über das menschliche Verhalten und seine Determinanten. Um nur zwei Beispiele zu nennen: die Teleologie des Darwinschen Denkens und der Begriff des »inneren Milieus«** des Physiologen Claude Bernard. Außerdem erkennen wir den Einfluß neuer philosophischer Richtungen, etwa Nietzsches Umwertung aller Werte, und neuer Einsichten in menschliche Motivationen wie in den modernen psychologischen Romanen von Dostojewskij. Das Zusammenfließen dieser Strömungen offenbarte die Widersprüchlichkeit der menschlichen Natur als Verhaltensdeterminante. Dies führte zu einer Modifizierung des Begriffs des freien Willens und zu der Vorstellung, daß die persönliche Lebensgeschichte, die in der frühen Kindheit beginnt, einen einzigartigen Einfluß auf das Leben des Individuums ausübe. Zu Beginn des 20. Jahrhunderts erreichte diese Entwicklung mit der psychologischen Theorie der Psychoanalyse ihren Höhepunkt. Der Ödipuskomplex wurde zu ihrem Kernbegriff und zum Eckstein der psychoanalytischen Theorie der Neurose. Diese einzigartige, universale menschliche Erfahrung benutzte Ernest Jones 1910 als begriffliche Grundlage seiner Hamlet-Deutung.

Laufende systematische Untersuchungen im Bereich der Kinder- und Adoleszenzforschung förderten neue Aspekte der menschlichen Entwicklung zutage und erzwangen Revisionen

---

* Diese Auffassung Hamlets ist zwar mit Goethes Namen verbunden, doch wurde sie von vielen führenden Köpfen jener Zeit geteilt, etwa von Herder, Schlegel, Coleridge und vielen anderen (vgl. Jones, 1949, S. 30f.).

** Vorwegnahme des Begriffs der Homöostase und biologisches Paradigma des psychoanalytischen »Ich«-Begriffs.

der psychoanalytischen Theorie. Als Zeitgenosse dieser Entwicklungen benutzte ich einige von ihnen, einschließlich der Resultate meiner eigenen Untersuchungen, im Zusammenhang mit den in den obigen Essays enthaltenen kritischen Literaturbetrachtungen. In bezug auf Kafkas *Brief an den Vater* müssen wir zugeben, daß der Zeitabstand noch zu gering ist, in dem Deutungen hätten aufeinander folgen können, die eine vergleichende Beurteilung erlauben würden. Ich hoffe, daß mein Essay über Kafka genügend Neugier wecken wird, um zu immer eingehenderen und tieferreichenden psychologischen Untersuchungen dieses dokumentarischen Bekenntnisses anzuregen.

Teil 3
Auf dem Weg zu einer veränderten Auffassung des männlichen Ödipuskomplexes: die Rolle der Adoleszenz

Einleitung

Ich verlasse nun den engen thematischen Horizont, in dem ich meine Darstellung im wesentlichen diskutiert habe, d. h. sie soll von jetzt an wieder in den umfassenderen Bezugsrahmen der Entwicklung integriert werden. Daß der dyadischen Sohn-Vater-Beziehung größte Aufmerksamkeit gewidmet, den vielfältigen psychischen Ereignissen, die darauf einwirken, jedoch kaum Beachtung geschenkt wurde, führte zu einer unangemessenen Betrachtungsweise – mit anderen Worten, es entstand zwangsläufig ein Kunstprodukt. Dieses Vorgehen ist eine altehrwürdige wissenschaftliche Praxis, die die Untersuchung einer isolierten Struktur zum Ziel hat, ohne sich durch den größeren Zusammenhang behindern zu lassen, von dem sie ein Teil ist. Das Bemühen, das was ich isoliert habe, wieder mit der Erforschung der Persönlichkeitsentwicklung insgesamt zu integrieren, wird die nachfolgende Diskussion bestimmen. Ich hoffe dies zu erreichen, indem ich mich dem weiteren Zusammenhang zuwende, in welchem alle Komponenten der Lebensvorgänge ablaufen. Um dem Leser einen Ort im Entwicklungskontinuum zuzuweisen, von dem aus er den Lebenszyklus überblicken kann, habe ich das Stadium der Adoleszenz gewählt. Es ermöglicht eine weite Übersicht, die sich rückwärts in die Kindheit und vorwärts in die Zukunft erstreckt. Von diesem zentralen Standpunkt aus möchte ich die komplexen Entwicklungszusammenhänge umreißen, in denen die Rolle des dyadischen Vaters im männlichen Leben auf derselben Ebene wie andere Entwicklungskomponenten betrachtet werden kann, die in meiner Abhandlung bisher nur am Rande behandelt wurden. Ich will damit beginnen, daß ich einen Blick auf die Geschichte der Ideen werfe, die im vorliegenden Band aufscheinen.

Die entwicklungsorientierte Auffassung des menschlichen Geistes, von der ich bei der Behandlung des Themas dieses Buches ausgegangen bin, war nicht von Anfang an voll integriert und klar konzipiert – etwa so wie Athene dem Haupte des Zeus entsprang. Der Prozeß, dem meine Ideen verdanken, daß sie reiften und Früchte trugen, war sehr viel mühsamer, zögernder und experimenteller. Bei meinen Untersuchungen standen ausgedehnte Beobachtungen im Vordergrund. Durch diese Einstellung wird – schon allein infolge der zunehmenden Komplexität – weiteren Entdeckungen und Umschichtungen neuer Beobachtungs- und Denkinhalte ein fruchtbarer Boden bereitet. Es liegt in der Natur von Entdeckungen wie von neuen theoretischen Formulierungen, daß manche Inhalte und viele auf ihnen beruhende Erwartungen und Spekulationen sich im Lauf der Zeit mehr oder weniger von selbst auf ihren Kern reduzieren.

Die Jahrzehnte, die ich mit der klinischen Erforschung der Adoleszenz zugebracht habe, haben zu einer Vielzahl von Ergebnissen geführt;* sie umfassen einen – theoretischen und praktischen – Wissensschatz, den ich hier vorstellen will. Indem ich das tue, möchte ich insbesondere diejenigen meiner Resultate erläutern, die von der bekannten oder weiterhin akzeptierten Auffassung der Adoleszenz abweichen. Ich habe die Adoleszenz aus zwei Gründen als Knotenpunkt gewählt, um meine Entwicklungsthesen zu formulieren und zu klären. Zum einen habe ich diesen Abschnitt des Menschenlebens ausführlicher und eingehender studiert als jenen anderen und zum zweiten spiegelt er kaleidoskopartig sämtliche vorangegangenen Entwicklungen in der einen oder anderen Form wider und weist dem Heranwachsenden die gigantische Aufgabe der Konsolidierung und Integration zu. Ferner werden in diesem Stadium stillschweigend eine Anzahl umschriebener, begrenzter, konzentrierter individueller Möglichkeiten ins spätere Leben projiziert. Meine analytische Arbeit mit Kindern und Jugendlichen verschaffte mir bei meiner Einstellung auf die Adoleszenz die nötige Perspektive, so daß die Gefahr einer allzu kurzsichtigen Betrachtung dieses speziel-

* Beim Rückblick auf die Geschichte meiner Erforschung dieses Gegenstandes habe ich einiges Material aus meinen Arbeiten von 1974, 1979 und 1980 herangezogen.

len Lebensabschnitts vermieden wurde. Bei meinen psychoanalytischen Untersuchungen bin ich stets von klinischen Beobachtungen verwirrender Phänomene ausgegangen, die mich vor fesselnde theoretische und technische Probleme stellten.

Bevor ich fortfahre, scheint ein klärendes Wort angebracht. Ich fürchte, ich könnte den Eindruck erwecken, daß ich die zahllosen Beiträge zur Erforschung der Adoleszenz, die unser Wissen so ungeheuer bereichert haben, nicht genügend würdige. Ich bin in vielen Fällen einfach außerstande, Autorschaft und Ursprünge auszusortieren und den vielen anregenden und zukunftsträchtigen Ideen Tribut zu zollen, die sich, wie durch einen Quantensprung, zu einem neuen Lehrsatz verbanden. Ich habe dem, was ich im Laufe der Jahre gelesen und gehört habe, mehr zu verdanken, als ich sagen kann, auch wenn ich mein Gedächtnis noch so gründlich durchforsche.

Die Wiederholungstheorie der Adoleszenz

Das Thema, das ich als erstes erörtern werde, ist die psychoanalytische Wiederholungstheorie der Adoleszenz. Nach dieser Auffassung wird die Wiederbelebung der kindlichen Sexualität und der Schicksale der frühen Objektbeziehungen durch das biologische Ereignis der Pubertät eingeleitet. Entsprechend der klassischen Wiederholungstheorie repräsentieren Wiederbelebung und neuerliche Auflösung oder Umwandlung des Ödipuskomplexes einen, wenn nicht *den* zentralen Aspekt des Adoleszenzprozesses. Es steht außer Zweifel, daß ödipale Probleme in der Adoleszenz regelmäßig auftauchen. Ebenso aufmerksam müssen wir jedoch auf die Wiederbelebung dyadischer Probleme achten, die bei Jungen und Mädchen zu geschlechtsspezifischen Konstellationen führen. Gerade weil triadische bzw. ödipale, insbesondere gegengeschlechtliche (»positive«) Probleme die Jugendlichen in erster Linie beschäftigen, sind wir oft geneigt, uns auf ihr heterosexuelles Verhalten und Denken, ihre heterosexuelle Bilderwelt zu konzentrieren, kurz gesagt, auf die sexuellen Triebe und ihre sublimierenden Repräsentanzen; doch diese speziellen Probleme sind in der Psyche des Jugendlichen nicht absolut dominierend. Ganz im Gegenteil, gerade die Tatsache, daß andere als ödipale Probleme so übermäßig vom heranreifenden Kind Besitz ergreifen, sagt uns etwas Wichtiges. Wenn wir aufmerksam und vorurteilslos zuhören, entdecken wir, daß die Psyche in verwirrender Weise von dyadischen (präverbalen) Emotionen heimgesucht wird, und werden entweder Zeuge ihrer vollständigen Verdrängung oder der Wiederkehr des Verdrängten. Wenn wir uns nach psychoanalytischem Sprachgebrauch gewohnheitsgemäß einzig auf den gegengeschlechtlichen (»positiven«) Ödipuskomplex in der Adoleszenz beziehen, ist eine korrigierende Ergänzung am Platze, nämlich der Hinweis auf dessen doppelschichtigen Ursprung. Sobald die dyadische und die triadische Phase in der Adoleszenz wieder an die Oberfläche drängen, überwiegen sie im Gefühlsleben in wechselndem Maße; wir erlangen so zusätzliche Erkenntnisse in bezug auf emotionale Instabilität, Unbeständigkeit und Schwankungen in der Adoleszenzphase.

Die empirische Wiederbelebung infantiler Zustände muß an der Tatsache gemessen werden, daß seit der Mitte der Kindheit eine entscheidende Expansion des Ichs stattgefunden hat, die das Wiedererleben ödipaler oder präödipaler Konflikte auf der Ebene der Adoleszenz qualitativ und quantitativ verändert hat. Der Einfallsreichtum des jugendlichen Ichs ermöglicht es ihm, die Wiederbelebung infantiler Objektbeziehungen in Übereinstimmung mit der körperlichen Reifung zu bewältigen und die infantilen Abhängigkeiten allmählich, aber endgültig zum Abschluß zu bringen. Durch diese Leistung werden gewöhnlich, wenn auch nicht immer, Berichtigungen oder Lösungen von Konflikten oder Zuständen der Unreife gefunden, die aus der Kindheit in die Adoleszenz hineingetragen wurden. In diesem Sinne sprechen wir von der Adoleszenz als einer »zweiten Chance«. Dieser prägende Entwicklungsfortschritt bleibt aus, wenn es dem Kind nicht gelingt, in der Mitte der Kindheit, in der Latenzphase, zu angemessener Ich-Differenzierung oder Ich-Überlegenheit zu gelangen.

Wenn ich von beeinträchtigter Ich-Entwicklung in der Latenzphase spreche, denke ich in erster Linie an Triebfixierungen auf der Ebene des infantilen Narzißmus. Angesichts der wachsenden perzeptiven, kognitiven und kritischen geistigen Fähigkeiten bedeutet diese narzißtische Fixierung, daß das Kind nicht gewillt ist, sein Selbstbild der strengen Beurteilung durch sein soziales Umfeld zu unterwerfen. Unter solchen Umständen bleibt die Fähigkeit zur Identifizierung, durch die das Selbst während der fortschreitenden Entwicklung normalerweise außergewöhnlich bereichert wird, äußert mangelhaft. Als Folge davon bleiben die ödipalen Leidenschaften schwächlich, ihre Konflikte werden unvollständig gelöst, und das Überich erlangt niemals eigenständig Gewalt über infantile Selbst-Idealisierung – eine notwendige Vorbedingung für den Eintritt in die Latenzphase. Betrachtet man diese Konstellation aus der Sicht des Ichs, muß man darauf hinweisen, daß keine klare oder feste Demarkationslinie zwischen Phantasie und Realität Bestandteil der Ich-Struktur der Latenz geworden ist; die Fähigkeit des Ichs, Selbst und Objekt kritisch einzuschätzen, ist verkümmert. »Ich bin, was ich tue« wird locker ersetzt durch »Ich bin, was ich sein möchte« oder »Ich bin, was andere von mir denken«. Unter diesen Bedingungen ist es natürlich, daß die Stimme des selbstbeobachtenden Ichs schwach und widersprüchlich bleibt oder schweigt. Die Auswirkung dieses Zustandes auf die Realitätsprüfung, insbesondere in der Welt der Objektbeziehungen, ist für den klinischen Beobachter stets ein Hinweis auf eine Entwicklungsanomalie. Man kann jedoch nicht übersehen, daß manche Kinder in der Latenzphase trotz Triebfixierung und Unreife des Ichs beachtlicher schöpferischer Leistungen fähig sind, deren Abwehrkomponenten erst in der Adoleszenz zutage treten.

Aus einem solchen Entwicklungsrückstand folgt eine mißlungene Adoleszenz oder ein Versagen bei der autonomen Meisterung innerer, die Ausgeglichenheit störender Spannungen sowie ein Mangel der Fähigkeit, das soziale Umfeld selektiv für Formen der Anpassung zu nutzen, die der Sublimierung und Identifizierung dienen können. Unter solchen Bedingungen wird die Umwelt nicht zur altersentsprechenden Folie, auf der sich die aufkeimenden Bedürfnisse nach neuen Objektbeziehungen jenseits der Familienmatrix artikulieren können; folglich zeigen neue Objektbeziehungen innerhalb der Gruppe der Gleichaltrigen die Merkmale eines simplen statt eines gehobenen Objektersatzes. Mit anderen Worten, die Entwicklung des Jugendlichen nimmt nur dann ihren regelrechten Verlauf, wenn das Ich in der Latenzphase altersentsprechend fortgeschritten ist. Bei der Behandlung von Adoleszenten fordern Ich-Defizite aus der Latenzphase unsere Aufmerksamkeit stärker als alles andere, selbst wenn hauptsächliche sexuelle Abhängigkeitskonflikte das Verhalten und die psychische Verfassung bestimmen. Diese Konflikte sind zwar durchaus real, doch muß man ihnen auf den Grund gehen, um ihre Abwehrziele zu erkennen, die diese typisch adoleszenten Themen ins Bewußtsein sowohl des Patienten als auch des Therapeuten rücken.

Ich will nun einen anderen Strang der Wiederholungstheorie der Adoleszenz verfolgen. Ich meine die übliche Annahme, daß die Auflösung des Ödipuskomplexes zum Abschluß der dyadischen Phase und im weiteren Verlauf zur Bildung des Überichs geführt habe, wodurch wiederum die Latenzphase eingeleitet worden sei. Mit dem Beginn der Adoleszenz werden die Konflikte zwischen Wunsch und Schuld, die für die ödipale Phase typisch sind, wiedererweckt, aber auch die primitiven oder archaischen Lust-Schmerz-Polaritäten der dyadischen Phase. Infolge des biologischen Status der körperlichen Reifung in der Pubertät werden die während der Adoleszenz wiederbelebten infantilen emotionalen und physischen Erfahrungen in die phasenspezifische Triebmodalität der genitalen Sexualität hineingezogen. Diese Wiederbelebung infantiler Objektbeziehungen in Verbindung mit ihrer emotionalen und physischen Erfahrung ist von entscheidender Bedeutung für die endgültige Ablösung von den primären Liebes- und Haßobjekten der Kindheit. Einer regressiven Umgebung oder Vermeidung dieser reifungsbedingten Herausforderung wird durch eine doppelte Gefahrensituation machtvoll entgegengewirkt. Da ist auf der dyadischen Seite die

Gefahr des Autonomieverlusts, während sich auf der ödipalen Seite drohend das Inzesttabu erhebt. Die Entwicklungskonflikte und -aufgaben der Adoleszenz im weitesten Sinne sind mit den Anpassungsforderungen identisch, die sich aus den erwähnten beiden Gefahrensituationen ergeben.

Von der psychophysiologischen zur sexuellen Geschlechtsidentität

Aus meiner Arbeit mit männlichen und weiblichen Jugendlichen habe ich den Eindruck gewonnen, daß die Abnahme des Ödipuskomplexes gegen Ende der frühen Kindheit eher als Aufschub einer Konfliktkonstellation denn als endgültige Lösung anzusehen ist, weil wir ohne weiteres feststellen können, daß sie sich auf der Ebene der Adoleszenz fortsetzt. Mit anderen Worten, die Auflösung des Ödipuskomplexes wird in der Adoleszenz vollendet und nicht einfach wiederholt. Dasselbe gilt für Restbestände des dyadischen Komplexes. Ich spreche von Überresten, weil der Hauptanteil emotionaler und geistiger Besetzungen mit der vorwärtsdrängenden Entwicklung auf die triadische Ebene getragen wurde. Bei normaler Entwicklung bleiben ungemilderte Überreste der dyadischen Phase auf einige wenige idiosynkratische Art beschränkt; diese werden Bestandteil der reifen, erwachsenen Persönlichkeit, ohne ihre neuerliche Selbstverwirklichung zu beeinträchtigen – im Gegenteil, sie verleihen ihr ein individuelles einzigartiges Gepräge.

Zu den obigen Überlegungen gelangte ich auf Grund der Tatsache, daß der gleichgeschlechtliche, d. h. der »negative« Ödipuskomplex bei der Behandlung des Jugendlichen ein äußerst schwieriges Problem darstellt. Das Schwanken zwischen Liebe und Haß gegenüber dem gegengeschlechtlichen Elternteil wird in der Adoleszenz stets intensiviert. Eine Unterscheidung – sie liegt auf der Hand – muß jedoch an dieser Stelle getroffen werden. Die Bezeichnung »ödipale Liebe« bezieht sich implizit auf die sexuelle Komponente infantiler Objektbeziehungen – im Gegensatz zu Gefühlen der Zuneigung, der Bewunderung und

Anhänglichkeit, die in ihrer asexuellen, d. h. nichtgenitalen, Modalität nie zwischen dem Kind und den Eltern zu bestehen aufhören. Meine Beobachtungen bezüglich des gleichgeschlechtlichen Ödipuskomplexes haben mich zu der Schlußfolgerung veranlaßt, daß die ödipale Liebe, die sowohl der Mutter als auch dem Vater gilt, das kleine Kind nicht durch heimliche Widersprüche belastet oder das eine das andere ausschließt, wie in der Adoleszenz, wenn die Gegensätze von Männlichkeit und Weiblichkeit die Oberherrschaft haben. Das sexuell heranreifende Individuum kann ihre Koexistenz nicht ohne weiteres tolerieren. Mit anderen Worten, die Bisexualität wird vom Kind in der Prälatenzphase getragen, ohne daß es zu jener verhängnisvollen Disharmonie kommt, die sich in der Pubertät einstellt. Es ist der gegengeschlechtliche, d. h. der »positive«, Ödipuskomplex, der der Verdrängung verfällt oder durch Identifizierung oder den regulierenden Einfluß des Überichs am Ende der ödipalen Phase gelöst wird. Es bleibt die Aufgabe des Jugendlichen, zur ödipalen Lösung zu gelangen, indem er den gleichgeschlechtlichen (»negativen«) Ödipuskomplex, d. h. die sexuelle Liebe zum gleichgeschlechtlichen Elternteil, umwandelt. Diese Umwandlung wird durch die Desexualisierung infantiler dyadischer, gleichgeschlechtlicher (»negativer«) Bindungsgefühle und ihre Ablenkung auf gedankliche, Ich-syntone Strukturen, wie etwa das reife Ich-Ideal, erreicht, das von objektlibidinösen Verstrikkungen unabhängig ist. Ich werde das Thema der Umwandlung in einem Abschnitt behandeln, der ihm ausschließlich gewidmet ist.

Klinisch erscheint dieser Aspekt der ödipalen Konstellation in der Adoleszenz in paradoxer Verkleidung; er ist immer dann offenkundig, wenn eine Triebfixierung auf die gleichgeschlechtliche (»negative«) ödipale Position mit Symptombildung oder charakterlich bedingten Abwehren verknüpft ist. Eine solche pathologische Entwicklung ist oft nicht auf den ersten Blick erkennbar, vor allem dann, wenn der Jugendliche heterosexuelles Verhalten und Phantasien in seinem Leben im allgemeinen oder seiner Therapie im besonderen in den Mittelpunkt stellt. Wir wissen, wie bedrängend sexuelle Regungen in der Adoleszenz sind. In der Tat spielen die mit ihnen einhergehenden Konflikte, Ängste und Abwehren bei unserer therapeutischen Arbeit eine große Rolle. Nach meiner Erfahrung müssen wir neben dem Bemühen des Jugendlichen, zu heterosexueller Identität zu gelangen, ein insgeheim abwehrendes Element in diesem Bestreben in Rechnung stellen, das auf Verdrängen der Konflikte der gleichgeschlechtlichen (»negativen«) ödipalen Liebe zielt.

Jeder, der therapeutisch mit Heranwachsenden arbeitet, kann leicht feststellen, daß es beispielsweise weniger mühsam ist – relativ gesehen –, mit einem männlichen Jugendlichen (der mittleren oder späteren Adoleszenz) Abwehren gegen sexuelle und erotische Phantasien und Gefühle zu behandeln, die der Freundin, der Mutter oder Schwester gelten, als solche, die sich um männliche Altersgenossen, Vater oder Bruder drehen. Die auf Frauen gerichteten Affekte bleiben im Bereich des geschlechtlich Angemessenen und sind Ich-synton. Im Gegensatz dazu führt die gleichgeschlechtliche ödipale Fixierung in der Adoleszenz unweigerlich in den Bereich der – latenten oder manifesten – Homosexualität und ins Zentrum sexueller Identitätsprobleme. Wenn diese durch den Adoleszenzprozeß nicht verändert werden, können wir von einer sekundären Fixierung sprechen. In diesem Fall wird die gewählte Abwehr die Konsolidierung des Charakters des Erwachsenen bestimmen, und diese Fixierung wird auf Grund der unveränderten infantilen libidinösen Position in seinem Liebesleben zu Disharmonien und Verstimmungen führen. Furcht, Schrecken und Ich-dystone Homosexualität oder Perversionen im allgemeinen werden vom heranwachsenden Mädchen oder Jungen oft ganz direkt angesprochen und bilden in vielen Fällen den ersten produktiven Ansatz zum Problem der sexuellen Identität. Da die Auflösung des gleichgeschlechtlichen Ödipuskomplexes zu den Aufgaben der Adoleszenz gehört, ist das Einigwerden mit der homosexuellen Komponente pubertärer Sexualität implizit ein Entwicklungsgebot jener Phase. Wir könnten in der Tat behaupten, daß die Bildung der sexuellen Identität auf dem irreversiblen Resultat dieses

Prozesses beruht. Die psycho-physiologische Geschlechtsidentität – nämlich das klare Bewußtsein »Ich bin ein Junge« oder »Ich bin ein Mädchen« – entsteht in den ersten Lebensjahren, wenngleich die Sexualfunktionen jedes Geschlechts für einen beträchtlichen Zeitraum nur verschwommen wahrgenommen werden und austauschbar sind. Heranwachsende im allgemeinen und jugendliche Patienten im besonderen zeigen stets die zweifachen – gleichgeschlechtlichen und gegengeschlechtlichen – ödipalen Strebungen mit einem Gefühl ihrer grundlegenden Unvereinbarkeit, was geschlechtsbestimmte Objektwahl und sexuelle Selbstdefinition angeht; dieser mißliche Umstand läßt das heranreifende Individuum an eine Mauer der Endgültigkeit von Entweder-Oder stoßen. Wenn wir von diesem Aussortieren der Rollen entsprechend ihrer persönlichen wie ihrer sexuellen und sozialen Bedeutung sprechen, meinen wir den Begriff der Identität, der in der Adoleszenz ihr unwiderrufliches Imprimatur empfängt. Der mehr oder weniger konfliktbeladene Zustand, in dem die Gesamtidentität erreicht wird, muß als normaler, erwartbarer Aspekt des Erwachsenwerdens angesehen werden und ist als solcher kein Anzeichen für einen anormalen Verlauf der Adoleszenz.

Die eben erwähnten Triebschicksale können sich in den häufigen Klagen Jugendlicher über ihre Unentschlossenheit oder Interesselosigkeit hinsichtlich der Berufswahl oder im ratlosen Umhertappen oder Versagen im College widerspiegeln. Diese Probleme werden ebenso oft mit der Zeit überwunden, doch allzu schnell und willkürlich als verlorene Zeit abgewertet. Sie können sich auf lange Sicht als arbeitsunfähig machende Nebenattribute eines Symptomenkomplexes erweisen, den wir als Therapeuten zu entwirren haben. Auf den ersten Blick sehen solche Fehlschläge nach ödipalen Hemmungen aus, insbesondere wenn ein Junge beruflich in die Fußstapfen seines Vaters treten will oder, allgemeiner gesagt, wenn sich der junge Mensch veranlaßt sieht, den Ambitionen zu entsprechen, die ein Elternteil oder beide für ihre Nachkommen hegen. Der ödipale Faktor spielt zweifellos eine entscheidende Rolle. Doch daneben steht – wie wir es in vielen Fällen begabter Jungen beobachten – die infantile Neigung, auf ödipales Wetteifern und Neid zu verzichten, um dafür die regressive Zufriedenheit einzuhandeln, die davon herrührt, daß man an Glanz und Glorie teilhat, welche von der Imago des ödipalen Vaters ausstrahlen. Durch identifizierende Nachahmung überwindet der Sohn die infantile passive Abhängigkeit und hat zeitweilig Anteil an der aktiven Präsenz des Vaters; sollte dies nicht der Fall sein, zaubert der kleine Junge es herbei. Doch in Übereinstimmung mit den gegensätzlichen infantilen Positionen strebt er mit gleicher Heftigkeit nach den – alles durchdringenden, aber kaum jemals eingestandenen – Freuden der unterwürfigen passiven Position gegenüber dem Vater. In diesem Zusammenhang müssen wir uns erinnern, daß sich jeder Junge einmal vorübergehend oder länger mit der Rolle der beneidenswerten und bewunderten fruchtbaren Frau identifizierte: der Mutter. Ich habe beobachtet, wie sich diese Neigungen des kleinen Jungen pathologisch verstärkten, wenn der Vater, vom Eheleben enttäuscht, auf sein Verlangen nach emotionaler Erfüllung von seiner Frau auf seinen Sohn überträgt. Immer wenn ich einen Vater im Gespräch, das der Behandlung seines Sohnes vorausgeht, sagen höre: »Der einzige Mensch, den ich auf dieser Welt liebe, ist mein Sohn«, ist dies für mich ein Hinweis auf den zentralen Komplex des Patienten. Bei der Behandlung solcher Fälle war ich wiederholt beeindruckt vom Auftauchen der janusköpfigen ödipalen Leidenschaften und der wechselnden Konflikte, die ihnen unweigerlich innewohnen. Bleiben die Konflikte, die mit dem Inzesttabu und der Bisexualität zusammenhängen, in entscheidender Weise ungelöst, schützt sich der heranwachsende Patient vor ihrer Wiederholung, indem er starrsinnig jede Selbstbegrenzung leugnet. Auf diese Art wird die schwere Kränkung des kindlichen Narzißmus umgangen. Wir sehen auch hier wieder, wie die Reifung des Ichs ihr Stichwort von der Reifung der Triebe empfängt. Selbstverständlich ist hierbei, daß eine »fördernde Umwelt« (Winnicott, 1965) die Gelegenheit bieten muß zur Selbstverwirklichung und Teilhabe an der Welt der Erwachsenen als Voraussetzung für das Erwachsenwerden. In diesem Zusammenhang muß allerdings betont werden, daß der kreative Gebrauch, den ein Individuum von solchen gesellschaftlichen Möglichkeiten macht, auf der Trieb- und Ich-Reifung beruht oder, mit anderen Worten, auf dem ungestörten Fortschreiten des Adoleszenzprozesses.

Anmerkung zur Bisexualität

Es ist ein altehrwürdiger und allgemein akzeptierter Grundsatz der psychoanalytischen Theorie, daß der Ödipuskomplex in der Adoleszenz reaktiviert wird. Im Verein mit der Regression im Dienste der Entwicklung führt diese Reaktivierung zur Lockerung infantiler Objektbindungen und leitet den zweiten Individuationsprozeß – den der Adoleszenz – ein. Während der psychischen Neustrukturierung des Jugendlichen sind sowohl eine progressive Ich-Dominanz als auch die charakterologische Stabilisierung der Abwehren zu beobachten. Die Ähnlichkeiten dieses Stadiums mit dem des Übergangs von der ödipalen zur Latenzphase springen ins Auge und haben das Interesse vieler psychoanalytischer Beobachter geweckt. Nach meinem Eindruck zwingt die erste Abnahme des Ödipuskomplexes im Stadium sexueller Unreife die gegengeschlechtliche (»positive«) Komponente des Komplexes in die Verdrängung und zu identifikatorischen Umwandlungen (Überich). Dies wird durch uneingeschränkte und stringentere Maßnahmen erreicht, als es bei der gleichgeschlechtlichen (»negativen«) Komponente des Komplexes der Fall zu sein scheint. Die passive Liebe des kleinen Jungen zum Vater und seine Identifizierung mit der Mutter finden offenbar während der Auflösung des Ödipuskomplexes und der Konsolidierung des Überichs einen Nebenweg, der oft als Charakterzug oder abgespaltene Phantasie in Erscheinung tritt. Die weibliche Komponente des Trieblebens des kleinen Jungen wird weit machtvoller durch narzißtische Einsprüche, die sich als Scham und Verachtung kundtun, eingeschränkt oder zurückgewiesen als durch Überich-Verbote. Die Meisterung seiner Welt durch Aggression liegt stets dicht neben der Meisterung durch passive Hingabe an moralische Prinzipien, d. h. an den Vater, oder aber durch Veräußerlichung des Dilemmas als eines solchen zwischen dem Selbst und der Außenwelt.

Es ist eine bekannte Tatsache, daß die Beziehung des Jungen zu seinem Vater niemals besser, d. h. weniger konfliktvoll oder positiver ist als zu Beginn der Vorpubertät. Der Junge nimmt die Hilfe des Vaters in Anspruch, um sich gegen die Regression zur präödipalen, archaischen Mutter zur Wehr zu setzen. Man kann beobachten, wie diese Phase – unabhängig von früheren Fixierungen – die Wiederbelebung des Ödipuskomplexes beeinflußt, und wie sie in gewisser Weise seine Wiederholung und seine Auflösung erschwert. Ich behaupte, daß in der Adoleszenz nicht nur der ödipale Konflikt wiederbelebt wird, sondern daß die endgültige Auflösung des gesamten Komplexes die eigentliche Aufgabe der Adoleszenz ist. Diese Aufgabe fordert den unwiderruflichen Verzicht auf infantile Objektbindungen an beide Elternteile, d. h. an beider dyadische und triadische Imagines. In vielen Fällen kommt es nebenbei zu einer inzestuösen Bindung des heranwachsenden Jungen an seine Schwester und des heranwachsenden Mädchens an seinen Bruder.

Für das kleine Kind ist die bisexuelle Position, die zahlreiche Kompromisse erlaubt, weniger konfliktbeladen als für den Jugendlichen, der zur Geschlechtsreife gelangt ist. Die Auflösung des gleichgeschlechtlichen Ödipuskomplexes als einer Objektbindung sexueller Art konfrontiert den heranwachsenden Jungen mit einer relativ neuartigen Konflikterfahrung und ihrer Bewältigung. Die Verschiebung auf ein gleichgeschlechtliches, nicht-inzestuöses außerfamiliäres Objekt kann niemals eine befriedigende Lösung darstellen, weil sie lediglich die vollständige ödipale Konstellation über ihre entwicklungsmäßig angemessene Zeit hinaus auf bisexuelle oder homosexuelle Objektbindungen des Erwachsenenalters ausdehnen würde. Die einzige Möglichkeit, die dem Jungen offensteht, besteht darin, daß er die dyadische, gleichgeschlechtliche, narzißtische, d. h. homosexuelle, Objektbindung ihres Triebcharakters entkleidet und so zur Bildung des Ich-Ideals in seiner endgültigen Form gelangt.

Bei diesem Vorgang kommt es zu einem Zusammenschmelzen aller im Laufe der Zeit entstandenen Ich-Ideal-Tendenzen: von primärem Narzißmus zu symbiotischer Omnipotenz und später von narzißtischen Identifizierungen zu gleichgeschlechtlichen, d. h. homosexuellen, Idealisierungen. Dies führt in der Endphase der Adoleszenz zum bleibenden Ich-Ideal. Solche Idealisierungen sind bei den bekannten, hochemotionalen Jugendfreundschaften zwischen Jungen oder zwischen Mädchen mit ausgesprochenen leidenschaftlichen Besitzansprüchen, Eifersucht und Neid zu beobachten. Das Ich-Ideal bleibt von nun an eine unveränderliche psychische Struktur, die ihren Einfluß auf Denken und Verhalten eines weit umfangreicheren Sektors der Persönlichkeit ausdehnt, als dies vor der Adoleszenz der Fall war. Diese Verschiebung muß als Begleiterscheinung jener Veränderungen angesehen werden, die das jugendliche Überich gleichzeitig durchmacht und uns als sprichwörtliche Aufsässigkeit der Adoleszenz vertraut ist. Natürlich kann der Prozeß der emotionalen Emanzipation, der Festigung der Individualität und der selektiven Bestätigung elterlicher oder gesellschaftlicher Werte und Prinzipien, denen zu folgen ist, entweder stürmisch oder ruhig ablaufen, soweit es das Individuum selbst oder den Beobachter von außen betrifft. Psychologisch zeigen diese Veränderungen an, daß Ich und Ich-Ideal einige Kontrollen des Überichs übernehmen, indem sie dessen rigiden Einflußbereich im Seelenleben abgrenzen (Blos, 1962).

Der zweite Individuationsprozeß in der Adoleszenz

Bei der Beobachtung Jugendlicher stellen wir fest, daß die Entwicklung nicht in einer stetigen, geradlinigen Bewegung voranschreitet. Für einen beträchtlichen Zeitraum ist ein Wechsel zwischen progressiven und regressiven Bewegungen eher die Regel als die Ausnahme. Wir sind gewohnt, regressive Erscheinungen als normative Merkmale der Adoleszenz anzusehen. Doch seitdem die Forschung unser Wissen über das Kind der dyadischen oder präödipalen Phase so eminent bereichert hat, ist eine veränderte Betrachtungsweise festzustellen. Die Auswirkungen frühester Strukturbildung auf die Adoleszenz ist zu einem integralen Aspekt der Psychologie des Jugendalters geworden. Das Schadenspotential der Schicksale präödipaler Objektbeziehungen und der vielfältigen Traumatisierungen in der normalen Kindheit wird durch die nachfolgende Ich-Entwicklung und die Stabilisierung psychischer Strukturen weitgehend aufgehoben. Diese Leistung beruht auf dem Reifungsfortschritt des symbolischen Prozesses der Sprachentwicklung, des Gedächtnisses und der Verinnerlichungen wie der Überich-Bildung und der Identifizierungen. Dennoch kann die Einwirkung der präödipalen Phase auf die ödipale Phase – ihre Entstehung, ihre Konflikte und ihre Überwindung – niemals in Abrede gestellt werden. Es besteht kein Zweifel, daß präödipale Komponenten bei der Behandlung des heranwachsenden Kindes in zunehmendem Maße unser Interesse geweckt haben.

Die Betrachtung dieses Entwicklungsschritts aus dem Blickwinkel der Adoleszenz veranlaßte mich, ihn als zweiten Individuationsprozeß zu bezeichnen (Blos, 1967). Eine entscheidende Entwicklungsaufgabe, die in der Adoleszenz zu leisten ist, ist der freiwillige Verzicht auf infantile Abhängigkeiten. Sie sind in diesem fortgeschrittenem Stadium offensichtlich verinnerlicht; wir nennen sie Objektrepräsentanzen oder Imagines. Werden sie während der Adoleszenz beharrlich veräußerlicht oder auf die Außenwelt projiziert, dann wird die Loslösung von infantilen Objekten der Abhängigkeit beeinträchtigt oder unmöglich gemacht. Diese Form adoleszenter Pathologie ist wohlbekannt. In der ersten – der infantilen – Individuationsphase gelangt das kleine Kind durch Verinnerlichung zu relativer Unabhängigkeit von der körperlichen Anwesenheit der Mutter. Sobald es eine geistige Vorstellung seiner physischen und emotionalen Umwelt besitzt, tut sein motorisches, sensorisches und kognitives Reifungspotential einen gewaltigen Schritt nach vorn zu neuen Fähigkeiten und Meisterschaften.

Ich habe dem Individuationsprozeß in der Kindheit wegen seiner Bedeutung für das Verständnis der adoleszenten Individuation besondere Aufmerksamkeit geschenkt. Der erste Schritt in der Kindheit führt zu relativer Unabhängigkeit von äußeren Objekten, während der zweite, der adoleszente Individuationsschritt, auf Unabhängigkeit von verinnerlichten infantilen Objekten abzielt. Erst wenn dieser Prozeß abgeschlossen ist, kann die Kindheit überwunden werden: der Weg ins Erwachsenenleben ist frei. Dieser innere Wandel kommt durch normative adoleszente Regression zustande, die nicht-defensiv ist; ich habe sie daher als Regression im Dienste der Entwicklung bezeichnet. In keinem anderen Entwicklungsstadium ist Regression eine obligatorische Vorbedingung für Wachstum. Es ist die nicht-defensive Regression, die den Jugendlichen mit schwelenden infantilen Abhängigkeiten, Ängsten und Bedürfnissen in Berührung bringt. Diesen wird nun mit einer Ich-Ausstattung begegnet, die unendlich phantasievoller, beständiger und vielseitiger ist als jene, die dem kleinen Kind zur Verfügung stand, als es sich seinerzeit mit solchen beunruhigenden und belastenden Bedingungen auseinandersetzen mußte. Außerdem ist das Ich in diesem fortgeschrittenen Stadium in der Regel hinreichend realitätsbewußt, um einem regressiven Versinken in einen undifferenzierten Zustand, d. h. einen Zustand des Ich-Verlustes oder der Psychose, zuvorzukommen. Es ist eine bekannte Tatsache, daß der Adoleszenzprozeß und der Ausbruch einer Psychose auf Grund eines Entwicklungsrisikos zusammentreffen können, welches meines Erachtens davon abhängt, ob das Individuum über die Fähigkeit verfügt, die nicht-defensive Regression dieses Alters in Grenzen zu halten, d. h. daß es über die undifferenzierte Stufe der kindlichen Entwicklung hinausgelangt ist. Nur durch eine begrenzte Regression können die infantilen Objektabhängigkeiten überwunden werden. Es bleibt eine ständige Herausforderung für den Therapeuten, zwischen dem zu unterscheiden, was am klinischen Bild defensive Regression ist, die zu Entwicklungsstillstand und Symptombildung führt, und einer Regression im Dienste der Entwicklung, die wir als Vorbedingung dafür erkannt haben, daß die Entwicklung zügig fortschreitet und ihre Schwungkraft behält. Ich weiß, daß das chaotische, inkonsequente Verhalten des Jugendlichen unserem Wunsch nach klarumrissenen Differenzierungen oft im Wege steht, ich weiß aber auch, daß aufschlußreiche Hinweise zutage treten, wenn der Therapeut genügend Geduld und Aufmerksamkeit mitbringt.

Die Umwandlung dyadischer, gleichgeschlechtlicher Bindungsgefühle

Die psychoanalytische Theorie hat uns klar vor Augen geführt, welchen Verlauf die gegengeschlechtliche (»positive«) Bindung von der frühen Kindheit über die Adoleszenz bis ins Erwachsenenalter nimmt. Auf dieser ganzen Strecke bleibt ein Merkmal unverändert, nämlich die psychophysiologische Geschlechtszugehörigkeit; das Objekt bleibt dem anderen Geschlecht zugehörig. Wir pflegen die Polarität der Geschlechter während der Verschiebung von der kindlichen zur erwachsenen Sexualität als eine grundlegende Entwicklungstatsache zu betrachten. Einige Ergänzungen erscheinen jedoch plausibel und zwingend, wenn wir dem Lauf der Entwicklung des gleichgeschlechtlichen (»negativen«) ödipalen Anteils folgen. Seine unsichere Geschlechtszugehörigkeit muß in eine Sackgasse geraten, wenn die sexuelle Reifung in der Pubertät infantile gleichgeschlechtliche Strebungen, die der dyadischen Phase entstammen, nicht länger befriedigen kann. Es liegt auf der Hand, daß eine Verschiebung dieser objektgerichteten Triebkomponenten innerhalb der Geschlechtsidentität, deren endgültige Bildung in der Adoleszenz erfolgt, nicht möglich ist. Man könnte die Aufgabe der Umwandlung der gleichgeschlechtlichen Triebkomponente in vollem Umfang neutralisierten, d. h. desexualisierten, emotionalen Einstellungen, Charaktereigenschaften oder der Sublimierung zuweisen. Auf diese Weise erklärt die klassische psychoanalytische Theorie die Auflösung des gleichgeschlechtlichen, d. h. negativen, Ödipuskomplexes. Die Dynamik dieser Umwandlungen ist keinesfalls selbstverständlich oder offensichtlich, wenngleich uns die Beobachtung lehrt, daß gleichgeschlechtliche infantile Bindungsgefühle mit dem Abschluß der Adoleszenz in Vergessenheit geraten. Ich habe viele Jahre hindurch die Dynamik erforscht, die zur adoleszenzspezifischen Auflösung des gleichgeschlechtlichen Komplexes führt. Dabei wurde mir bald bewußt, daß männliche und weibliche Jugendliche verschiedene Wege einschlagen und zu unterschiedlichen Lösungen ihres jeweiligen gleichgeschlechtlichen dyadischen Komplexes gelangen. Das traditionelle psychoanalytische Schema hat sich bei meiner therapeutischen Arbeit mit Jugendlichen nur zum Teil bestätigt. Ich hielt es für nötig, eine Zwischenstufe bei diesem Entwicklungsgang zu postulieren. Freuds (1914) Vorstellungen über den Narzißmus und das Ich-Ideal werden hier auf den Prozeß der Adoleszenz angewandt. Ich stelle eine gedrängte Fassung der These vor, die auf meinen klinischen Beobachtungen beruht und sich über viele Jahre bestätigt hat. Die gleichgeschlechtliche – präödipale und ödipale – Bindung ist in hohem Maße eine narzißtische Objektbindung; in der Adoleszenz wird die in diese Bindung investierte Libido desexualisiert und leitet damit die Bildung der narzißtischen Struktur des reifen Ich-Ideals ein. Vom Anpassungs- oder psychosozialen Gesichtspunkt aus könnte man diesen Prozeß als Sozialisierung des infantilen und ödipalen Narzißmus bezeichnen. Zu jenem Zeitpunkt der Adoleszenz, auf den ich hier hinweise, wird das infantile Ich-Ideal der Selbsterhöhung als jederzeit erreichbare Befriedigung und Regulativ des Selbstwertgefühls in das reife Ich-Ideal umgewandelt, das nach Vollkommenheit strebt. Der kindliche Glaube an die Realisierbarkeit von Vollkommenheit wird in der späteren Adoleszenz durch den Drang, ihr nahezukommen, ersetzt. Dieser Drang bleibt seinem ganzen Wesen nach ein lebenslanges Bemühen, da der Annäherungsprozeß nicht länger dauern kann als das Leben selbst. Seine Absicht und seine Richtung sind Ich-synton und stets unmißverständlich; Zweifel und reifliche Überlegung sind *per definitionem* ausgeschlossen. Welches Gebot auch vom reifen Ich-Ideal ausgehen mag, es erscheint dem rationalen Denken ebenso selbstverständlich wie dem fühlenden Herzen. Wo dies nicht der Fall ist, haben wir es sehr wahrscheinlich mit Überich-Problemen zu tun, die so häufig denen des Ich-Ideals ähneln. Diese zweifelhafte Zurechenbarkeit ist ein Grund mehr, Differenzierungskriterien zu entwerfen, die jenseits der bekannten Reaktionen von Schuld oder Scham liegen, welche auf Überich- oder Ich-Ideal-Vernachlässigung hinweisen.

Die obigen Gedankengänge beruhen auf klinischen Beobachtungen, die mir gezeigt haben, daß die Auflösung des negativen ödipalen Konflikts bei der Analyse von Jugendlichen eine Persönlichkeitsveränderung besonderer Art bewirkt; wir erkennen diese Veränderung an aufkeimender Selbstbestimmung, an der Projektion des Selbst in ein realistisches Erwachsenenleben und nicht zuletzt an toleranter Selbstbeschränkung. Die stillschweigende Voraussetzung dieses Entwicklungsfortschritts zum Erwachsensein liegt in der Entidealisierung von Selbst und Objekt oder, allgemeiner ausgedrückt, im Akzeptieren der existentiellen Unvollkommenheiten, des Gewöhnlichen, Wiederholsamen und der Ungereimtheiten des Lebens.

Die allmähliche Anerkennung von Werten als Leitlinien des Verhaltens und der Erwartungen anstelle vorweggenommener und verheißener Vervollkommnungen von Selbst und Objekt, die sich noch einstellen sollen, ist ein Signal, das den heranreifenden Jugendlichen kennzeichnet. Dieses Kennzeichen steht in so ausgeprägtem Gegensatz zum Leben des Patienten vor der Analyse, daß es für mich zum zuverlässigen Indikator des reifen Ich-Ideals *in statu nascendi* geworden ist. Ich halte den Niedergang und den schwächer werdenden Einfluß des infantilen Ich-Ideals oder umgekehrt das Aufkeimen und die Strukturierung des reifen Ich-Ideals der analytischen Arbeit zugute, die in diesen Fällen die Auflösung des gleichgeschlechtlichen (»negativen«) dyadischen und triadischen Komplexes zustande gebracht hat.

Anmerkung zur Idealisierung

Bevor wir die theoretischen Implikationen des Gesagten weiterverfolgen, muß ich ein Wort über jugendliche Idealisierung im allgemeinen verlieren. Diese Anmerkungen betreffen den Jungen und das Mädchen in gleichem Maße, obwohl ihre Idealisierungen, was Rigidität und Flexibilität angeht, in bezug auf Inhalt und Organisation verschieden sind. Es gibt einen guten Grund, zwischen der Idealisierung des Selbst und dem Ich-Ideal als solchem zu unterscheiden. Zwar haben Idealisierungen ihre Wurzeln im infantilen Narzißmus, doch wir dürfen nicht übersehen, daß der Beginn der sexuellen Reifung diese frühen narzißtischen Formationen in die Triebturbulenzen der Adoleszenz hineinzieht. Hier begegnen wir ihnen entweder im Bereich der Objektbeziehungen oder – wie bei Selbst-Idealisierungen zu beobachten – in Form eines regressiv gesteigerten Narzißmus. Diese Formationen sind instabil und raschen Schwankungen unterworfen; sie sind primitive Regulatoren des Selbstwertgefühls. Die Selbst-Idealisierung kann zumindest zeitweilig zu einer Triebbefriedigung führen, die der frühkindlichen entspricht. Im Gegensatz dazu bietet das Ich-Ideal nur eine annähernde Erfüllung. Es schließt Aufschub und Antizipation ein, ist eine endlose Reise, die nie ihr Ziel erreicht, ein lebenslanges Streben nach Vollkommenheit. Werden Überichforderungen erfüllt, folgt darauf ein Gefühl des Wohlbefindens. Ansprüche des Ich-Ideals hingegen bleiben für immer unerfüllbar. Ihr immerwährendes Streben nach Vollkommenheit vermittelt das Gefühl, »unterwegs« zu sein.

Das Ich-Ideal hat seine tiefsten Wurzeln im primären Narzißmus, doch jedes spätere Entwicklungsstadium erweitert seinen Umfang hinsichtlich Inhalt und Funktion. Ich-Ideal und Überich beginnen sich frühzeitig zu entwickeln, und zwar lange bevor sie die Struktur einer psychischen Instanz erwerben. Sie entstehen als Reaktion auf die Außenwelt und neigen deshalb zu erneuter Veräußerlichung. Ich möchte an dieser Stelle betonen, daß das Ich-Ideal im Laufe der Entwicklung qualitativen Veränderungen unterworfen ist. Das heißt, das Ich-Ideal kann leicht mit neuen Triebmodalitäten wie auch mit neuen Ich-Kompetenzen verquickt werden, da beide in verschiedenen Stadien auftreten. Auf Grund dieser Tatsache steht zu erwarten, daß das Ich-Ideal in den Aufruhr hineingezogen wird, den die libidinösen und aggressiven Triebe in der Adoleszenz auslösen. Die erneute Triebbesetzung jener psychischen Strukturen, die aus der Verinnerlichung von Objektbeziehungen hervorgegangen sind, erfaßt auch das Ich-Ideal. Ihr narzißtischer Kern heftet sich an die narzißtische Objektlibido, die mit dem Wiederaufleben des gleichgeschlechtlichen Komplexes ein neues Ventil findet. Seine Auflösung führt zur Entstehung des reifen Ich-Ideals; es ist der desexualisierte, d. h. umgewandelte, Überlebende des gleichgeschlechtlichen Komplexes. Obgleich die ersten wie die letzten Schritte der Entwicklung des Ich-Ideals bei Jungen und Mädchen verschieden sind, bestimmt die Strukturierung des Ich-Ideals bei beiden Geschlechtern die Endphase des Adoleszenzprozesses; mit anderen Worten, sie bezeichnet das Ende der psychologischen Kindheit.

Vom infantilen zum reifen männlichen Ich-Ideal

Die Entwicklungsgeschichte des Ich-Ideals und seiner Implikationen für das Verständnis der adoleszenten Persönlichkeitskonsolidierung ergab sich langsam, aber deutlich aus meiner Arbeit mit heranwachsenden Jungen. Die klinische Beobachtung führte mich zu der Erkenntnis, daß der Ursprung des reifen Ich-Ideals des Jungen in der archaischen Vergangenheit des individuellen Seelenlebens zu suchen ist. Diese Einsichten wurden mir auf Umwegen zuteil, und ich hoffe nur, daß der Bericht dem Leser nicht allzu viel Mühe bereiten wird.

Ich will das Thema zunächst anhand von Beobachtungen mehrerer männlicher Patienten in der späten Adoleszenz behandeln, die einen hervorstechenden Symptomenkomplex gemeinsam hatten. Sie hegten große Erwartungen, waren jedoch außerstande, sie in die Tat umzusetzen. Sie waren ziel- und mutlos, neigten zu extremen Stimmungsschwankungen, zu sporadischen, aber kurzlebigen Ansätzen von Unternehmungslust und kehrten dann unweigerlich zu eintönigen Ruhmesträumen zurück: Nichts gerann jemals zu entschlossenem Handeln, zu ausdauernden Versuchen oder zu visionärer Erregung, wie sie ein Ziel vermittelt, das sich verwirklichen läßt. Dies sind typische Merkmale des Jugendalters; zu einem spezifischen Symptomenkomplex wurden sie lediglich wegen ihres statischen, wiederholsamen, unfreiwilligen Charakters. Dadurch übten sie einen ungünstigen Einfluß auf die üblichen Herausforderungen der Jugend aus: Berufswahl, Arbeits- und schulische Leistungen und die Herstellung befriedigender Objektbeziehungen zu Jungen und Mädchen wie auch zu Erwachsenen. Die unwiderleglichen Zeichen des Versagens ließen die Gegenwart düster und die Zukunft bedrohlich erscheinen. Flucht in Rebellion, Lethargie oder kompensatorische Pläne, die tatsächlich oder in der Phantasie ausgeführt wurden, führten nur tiefer in den Treibsand der Hilflosigkeit. Doch jedes Bemühen um Überwindung des schmerzhaften Negativismus war zum Scheitern verurteilt. Berufliche oder kurzfristige Ziele gingen rasch in Unentschlossenheit und Zweifeln unter; oft wurden sie trotz der scheinbar starken Motivation, der sie ihre Entstehung verdankten, abrupt aufgegeben. Diese und ähnliche Phänomene sind in der Literatur eingehend beschrieben worden und in der Tat allgemein bekannt. Unter den verschiedenen dynamischen und genetischen Erklärungen ragt die Rivalität des männlichen Jugendlichen mit dem ödipalen Vater als Standardmodell hervor. Abwehrmaßnahmen gegen die Kastrationsangst scheinen alle Wege zu progressiver Entwicklung verstellt zu haben. Es kann kein Zweifel bestehen, daß dieses Thema beim Kampf des Jugendlichen in der Adoleszenz eine bedeutende Rolle spielt. Stets zeigt sich eine Fülle unmittelbarer Assoziationen, Ideen und Gefühle, die in diese Richtung führen. Allerdings haben Deutungen, die sich auf dieser Linie bewegen, nach meiner Erfahrung selten zur Folge, daß die Symptomatologie derart schwerwiegender Hemmungen und Entwicklungsstillstände, wie ich sie oben beschrieben habe, zum Verschwinden gebracht wird. Offensichtlich sind hier andere Kräfte am Werk, deren Ursprünge und Dynamik wir bisher nicht zu ergründen vermochten.

Mir wurde klar, daß der komplementäre Komplex zur Rivalität mit dem Vater, nämlich die Liebe zu ihm und der Wunsch, passiver Empfänger seiner Zuneigung und gesteigerten Bewunderung zu sein, ein Hindernis auf dem Wege zur Bildung realistischer Ziele und ihrer aktiven Verfolgung darstellte. In der Tat traten solche auf den Vater gerichteten passiven Ziele wiederholt und unweigerlich an die Oberfläche, obgleich sie mit bewußten Ambitionen kollidierten und ernster Selbstkritik unterworfen wurden. Sie behaupteten sich offenbar, weil sie lockende Gewinne versprachen, etwa Sicherheit, Selbstvertrauen und Vermeidung von Angst und Scham. Ein vergleichbarer Gewinn läßt sich dadurch erzielen, daß Ich- und Überich-Funktionen während der Adoleszenz vorübergehend den Trieben unterworfen werden. Wir brauchen nur an die irrationale Leidenschaft zu denken, mit der mancher Junge sein ganzes Interesse irgendeinem Gegenstand, am häufigsten einem Auto, einer idealisierten Tätigkeit, meist auf dem Gebiet des Sports oder der Musik, zuwendet oder aber dem Eintreten für eine moralische, politische oder religiöse Überzeugung. Diese häufige Beobachtung vermittelt uns den Eindruck einer ganz persönlichen Überbewertung des Objekts seiner Hingabe. In diesem Zusammenhang möchte ich auf einen Studenten zu sprechen kommen, dessen berufliche Ambitionen mit dem übereinstimmten, was sein Vater für ihn vorgesehen hatte. Hier mußte das Versagen wegen eines vierfachen Konflikts den Erfolg verhindern: Wäre er erfolgreich gewesen, hätte dies bedeutet, daß er sich dem Vater entweder als Liebesobjekt angeboten (Kastrationswunsch) oder ihn vernichtet hätte, indem er seine Position usurpierte (Vatermord); wendet man sich hingegen den beiden anderen Komponenten des Konflikts zu, hätte er als Versager auf seine Ambitionen verzichtet und den Vater dadurch veranlaßt, ihn wie ein verachtenswertes Mädchen zu behandeln – so stellte es sich der Sohn zumindest vor. Paradoxerweise gelangte er durch sein Versagen zur – wenngleich negativen – Autonomie, indem er die Verführung durch den Vater zurückwies und nicht zum meist geliebten, idealen Sohn wurde. Diese komplizierte Konstellation ist auf den Umstand zurückzuführen, daß sowohl der gleichgeschlechtliche als auch der gegengeschlechtliche Ödipuskomplex in der Endphase der Adoleszenz wieder ins Spiel kommt. Die endgültige Auflösung beider wird stets entscheidend durch die Fixierungspunkte der frühen Objektbeziehungen sowie durch die implizite bisexuelle Orientierung in der Kindheit im allgemeinen beeinflußt.

Beobachtungen dieser Art haben mich davon überzeugt, daß das Ich-Ideal eine unreife, selbstidealisierende, wunscherfüllende Instanz bleibt, die jeder Umwandlung in eine reife, d. h. gesonderte, zielstrebige und zum Handeln motivierende Kraft widersteht, solange der gleichgeschlechtliche Komplex des jungen Mannes nicht hinreichend mit dem normalen Entwicklungsdrang oder, falls Hilfe benötigt wird, mit der therapeutischen Arbeit verknüpft werden kann. Ich bin sicher, daß Analytiker aus Erfahrung wissen, wie schwer dieser Aspekt der Abwehrorganisation bei der Analyse männlicher Jugendlicher zu durchdringen ist. Erst nachdem die Fixierung auf den gleichgeschlechtlichen dyadischen und triadischen Komplex analysiert worden ist, kann die Bildung eines altersentsprechenden formbaren Ich-Ideals ihren normalen Lauf nehmen. Die Dynamik dieser strukturellen Neuerung in der Adoleszenz veranlaßte mich zu der Aussage, daß das reife Ich-Ideal der Erbe des sogenannten negativen Ödipuskomplexes sei (Blos, 1965, 1972). Daraus schließe ich, daß die psychische Restruktuierung Jugendlicher, die ohne therapeutische Hilfe vor sich geht, einem ähnlichen Kurs folgt.

Die Idealisierung des Selbst

Ich möchte nun kurz zur Ich-Idealisierung und zum Ich-Ideal in der Adoleszenz zurückkehren, weil die begriffliche Erfassung der Ich-Ideal-Bildung in dieser Phase eine genauere Differenzierung zwischen beiden erlaubt. Die Aneignung von Idealen ist mit der Strukturierung des Ich-Ideals nicht identisch. Man kann weder vom Ich-Ideal noch vom Überich im Plural sprechen. Dennoch begegnet man in der Literatur häufig dem Terminus »Ich-Ideale«. Sowohl Überich als auch Ich-Ideal bezeichnen eher eine kohärente Struktur, die ein anhand ihrer Funktion identifizierbares System darstellt, als ein Aggregat isolierter Eigenschaften, Muster oder intellektuell-emotionaler Neigungen der Persönlichkeit. Die Selbst-Idealisierung ist ein typischer Aspekt der Adoleszenz; sie zeigt ganz unmißverständlich ihren narzißtischen Ursprung und ihre narzißtische Funktion als Regulator des Selbstwertgefühls. Neben einer verlängerten Abhängigkeit von ihr bemerken wir eine mehr oder weniger schädliche Beeinträchtigung der Realitätsprüfung, Objektivierung und reifer Objektbeziehungen. An dem Punkt, wo narzißtische Ziele der Selbst-Idealisierung veräußerlicht werden, kann man sie leicht als Bekundungen des Ich-Ideals mißverstehen. In der Tat werden die kompromißlosen Ideale des Jugendlichen oft als Beweis für ein starkes Ich-Ideal angesehen, wenn er sie in Wort und Tat zum Ausdruck bringt. Meine klinischen Eindrücke von einigen wütenden oder überheblichen Jugendlichen der Spätadoleszenz, wie man sie oft unter Collegestudenten findet, die nach der Errichtung einer vollkommenen Gesellschaft, nach harmonischen Familien- oder Liebesbeziehungen streben, haben mich davon überzeugt, daß die Vorstellung einer absolut vollkommenen Welt ihre Wurzeln im archaischen Glauben an die Vollkommenheit der Eltern hat. Wenn die idealisierte Elternimago veräußerlicht wird, gibt sie dem Streben nach einer solchen vollkommenen Welt einen fanatischen Anstrich, während die narzißtische Wut – eine Reaktion auf Enttäuschung durch die Eltern – in verspäteter irrationaler Gewalttätigkeit zum Ausdruck kommt. Eine unvollkommene Welt muß sich entweder beugen, oder sie wird zerstört. Dieses Prinzip des »alles oder nichts« tritt wiederholt und in wechselnden Formen bei individuellen oder Gruppenexzessen im Sozialverhalten von Jugendlichen oder jungen Erwachsenen in Erscheinung. Wir müssen uns davor hüten, jugendlichen Idealismus und Utopismus insgesamt unter der Kategorie der Wiederholung infantiler Wünsche zu subsumieren und damit das gesellschaftlich unschätzbare Potential zu entwerten, welches jugendliche Ambitionen in sich bergen und mit leidenschaftlicher – wenngleich häufig schlecht begründeter – Hingabe und Aufrichtigkeit zum Ausdruck bringen. Wenn wir das Verhalten Jugendlicher mit der nötigen Aufgeschlossenheit beobachten, wird es uns nicht schwerfallen, die Bedingungen zu entdecken, unter denen die gewaltsame Korrektur – im Denken oder Handeln – einer schlechten Welt die Veräußerlichung der verlorengegangenen elterlichen Vollkommenheit widerspiegelt. Solche Reaktionen zeigen, welche Mühe es bereitet, den Verlust des idealisierten Selbst und Objekts zu überwinden.*

Die psychoanalytische Theorie hat stets die enge Beziehung zwischen dem Ich-Ideal und den narzißtischen Verlusten der Kindheit betont. In Übereinstimmung mit seinem Ursprung, der auch seine Funktion beeinflußt, steht das Ich-Ideal objektlibidinösen Beziehungen im Grunde ablehnend gegenüber. Seine Wurzeln liegen im primären Narzißmus oder in selbstgenügender Befriedigung durch Verschmelzung mit einem idealisierten realen oder Phantasieobjekt, das durch das Bedürfnis nach einem spannungslosen Zustand geformt wird. Der Rückgriff auf solche Verschmelzungszustände wird durch die infantile Intoleranz gegenüber Spannungen aktiviert; sie verewigt gewissermaßen das ständige Beharren auf der Vollkommenheit des narzißtischen Selbst der Kindheit. Wenn wir beobachten, welchen Kurs das Ich-Ideal von der Kindheit bis ins Erwachsenenleben einschlägt, können wir eine ständige Anpassung seiner Grundfunktion an das zunehmend komplexere System erkennen, an dem das Selbst sich mißt, während es den Entwicklungslinien folgt.

---

* Die prototypischen Vorläufer, die diese Stimmung erkennen lassen, hat Turgenjew in seinem Roman *Väter und Söhne* (1862) in den nihilistischen Studenten Arkadij und Basarow dargestellt. Arkadij kommt schließlich zur Ruhe, indem er heiratet und das Lebensmuster seiner Vorfahren übernimmt, während Basarow, bei dem die Selbst-Idealisierung über eine gescheiterte Liebesbeziehung triumphiert, Selbstmord begeht.

So entfernt sich das Ich-Ideal immer weiter von primitiven Bemühungen, narzißtische Selbstgenügsamkeit auf Kosten der Realitätsprüfung und Realitätsadaption wiederherzustellen. Tatsächlich funktioniert das Ich-Ideal, zumindest in seiner reifen Form, nur so lange als psychische Instanz, wie sein Ziel unerreichbar bleibt. Seine Voraussetzung ist die Fähigkeit, Spannungen zu ertragen und Konflikte in adaptiver, altersentsprechender Weise zu lösen. Was der Mensch auch erreichen mag, stets wird sein Streben von Unvollkommenheit begleitet sein, doch diese Tatsache hat ihn niemals daran gehindert, seine Anstrengungen zu erneuern. Während das Überich eine verbietende Instanz ist, ist das Ich-Ideal eine Instanz der Erwartung. »Während sich das Ich dem Über-Ich aus Angst vor Strafe fügt, fügt es sich dem Ich-Ideal aus Liebe« (Nunberg, 1932, S. 173). Viele Jahrzehnte später lesen wir wiederum: »Unsere Ideale sind unsere inneren Führer; wir lieben sie und sehnen uns danach, sie zu erreichen ... Wir werden von unseren ehrgeizigen Wünschen zwar vorwärtsgetrieben, aber wir lieben sie nicht« (Kohut, 1966, S. 568).

Bei meiner Arbeit mit dem männlichen Jugendlichen war ich oft überrascht, wie stark er seine Selbst-Idealisierung als ein Ziel an sich kultiviert, ohne daß daraus eine Handlung folgt, die auf Verwirklichung oder Leistung gerichtet ist. Der Vergleich dieser Haltung mit einer Fixierung auf Verlust ist überzeugend, insbesondere wenn wir wiederholt beobachten, daß diese Funktionsweise zurücktritt, sobald die Genitalität und reife Objektbeziehungen die Oberhand gewinnen. Dieser Gedanke, bereits *in nuce* klinischer Ausgangspunkt meiner Überlegungen über Prozeß und Funktion der adoleszenten Entidealisierung, kann nun neu gefaßt werden: Das Ich-Ideal verläßt seinen infantilen Status erst dann, wenn in der späteren Adoleszenz die narzißtische Objektbindung, mit der das infantile Ich-Ideal verbunden wurde, ihren libidinösen Charakter verloren hat. Diese libidinöse Distanzierung wird in der Adoleszenz dringender, weil die Wiederbelebung infantiler Objektbindungen und die damit verbundenen Affekte infolge der pubertären Reifung sexualisiert werden. Was die männlichen gleichgeschlechtlichen Bindungsgefühle angeht, wird ein homosexuelles Potential entweder vorübergehend oder anhaltender geweckt. Dieses beunruhigende Gefühl wird durch die Bildung des reifen Ich-Ideals abgelenkt, das durch seine Konsolidierung seine Verwurzelung im narzißtischen Sektor der Persönlichkeit festigt; es wird zu einem vom Selbst akzeptierten System von Leitlinien, das von Objektlibido frei ist. Diese Aufgabe bewältigt der männliche Jugendliche, indem er den gleichgeschlechtlichen dyadischen und triadischen Komplex auflöst.

Die Bildung der reifen Persönlichkeit rückt näher

Diese Überlegungen über die präödipale Phase im Hinblick auf die psychische Restrukturierung des Jugendlichen gestatten mir die Aussage, daß das dyadische (präödipale) Stadium der Objektbeziehungen in bezug auf seine Beiträge zur adoleszenten Persönlichkeitsbildung mit der ödipalen Phase wetteifert. Es gibt jedoch gute Gründe, die ödipale Phase als »vorrangig« zu bezeichnen, weil zu diesem besonderen Zeitpunkt die psychische Organisation einen Schritt nach vorn getan hat; einen Schritt, der eine völlig neue, nämlich die triadische Komplexität konfliktvoller Objektbeziehungen erkennen läßt. An ihre Bewältigung erinnert die endgültige Struktur des Ichs, die nunmehr erreicht ist und als Überich bezeichnet wird. Ich unterscheide hier zwischen Objektbeziehungen, die Bedürfnisse befriedigen, und psychischer Struktur als organisiertem Element des Persönlichkeitswachstums. In diesem Zusammenhang tritt die phasenspezifische, sogenannte infantile Neurose vorübergehend in Erscheinung, löst sich aber im normalen Verlauf der Entwicklung selbst auf. Immer wenn in der Kindheit oder Jugend eine neurotische Psychopathologie zu beobachten ist, habe ich festgestellt, daß schädliche dyadische Überreste weitergetragen wurden und in ödipale Formationen eingedrungen sind.

Um der eben getroffenen Feststellung Nachdruck zu verleihen, ist vielleicht ein klinisches Beispiel angezeigt, zumal die von mir vertretene These von der zur Zeit gültigen Theorie abweicht. Als Warnung möchte ich voranstellen, daß nach meiner Überzeugung bei jeder Präsentation von Fallmaterial vorgefaßte Meinungen eine Rolle spielen, die von Kriterien abhängen, welche auf den selektiven Beobachtungen des Berichterstatters und seinen interpretierenden Schlußfolgerungen beruhen; sie bestimmen, kurz gesagt, wie wir klinische Daten festhalten wollen und welche spezifische Bedeutung wir ihnen beimessen. Die letzte Probe auf die Richtigkeit dessen, was ich im folgenden berichte, liegt in einer aufschlußreichen Bestätigung durch den Leser, der erkennt, daß es sich um eine übereinstimmende, sinnvolle Erfahrung handelt.

Der junge Mann war 22 Jahre alt, als er seine analytische Behandlung begann. Er ist ein Künstler von beachtlichem Talent, doch ohne verläßliche Arbeitsdisziplin, ständig auf der Suche nach abhängigen heterosexuellen Beziehungen, die er gelegentlich auch findet, wenngleich um den Preis des Verzichts auf seine Eigenständigkeit und seinen Stolz. In seiner frühen Kindheit war er äußerst ängstlich gewesen, litt an Schlafstörungen, Alpträumen, einer bis in die Latenzphase hinausgezögerten Sphinkterkontrolle und einem Widerwillen gegen den Schulbesuch. Eine turbulente Schulzeit ohne Erfolgserlebnisse brachte ihn schließlich mit Drogen in Berührung. Da er kaum etwas verdient, wohnt er zur Zeit noch zu Hause. Die analytische Arbeit nimmt er sehr ernst, und er ist entschlossen, sein Leben »in die Reihe« zu bringen. Ich beschreibe seine erste Analysestunde nach den Sommerferien, als er ins vierte Jahr seiner Behandlung eintrat.

Er erzählt mir zunächst, daß der Sommer für ihn schön war, daß er gearbeitet hat, ohne zu trinken und natürlich ohne Rauschgift zu nehmen, das er vor zwei Jahren aufgegeben hat. Dann stellt er nachdrücklich fest: »Jetzt muß ich unbedingt aus meinem Elternhaus heraus!« Er fährt fort: »Ich schaffe es nicht mehr, meine Eltern als ganze Menschen zu sehen. Mein Vater ist ein Trinker – der nette Kerl, der gern mit mir zum Essen geht, den ich sehr gern habe, der so lieb ist und sich dann wie ein Trottel benimmt. Das verwirrt mich; es verwirrt mein Denken, und ich weiß nicht, was ich von meinem Leben und von mir selbst halten soll. Mit meiner Mutter habe ich es leichter. Ich weiß, sie kann ganz schön gemein sein, aber ich schätze ihre starke, helfende Seite. Sie ödet mich an, aber sie verwirrt mich nicht so wie mein Vater.«

Der nächste Gedanke kommt abrupt: »Ich hatte gestern nacht furchtbare Angst. Ich hatte Angst vor meiner ersten Analysestunde, vor morgen, wenn wir in ein neues Wespennest stechen würden. Ich konnte nur dadurch ruhiger werden, daß ich mit Jennifer schlief, der Frau, mit der ich den ganzen Sommer über zusammen war. Ich teilte ihr meinen Wunsch beiläufig mit, doch ohne sie wissen zu lassen, welch furchtbare Angst mich quälte. Sie sagte: »Nein, heute nicht.« Ich sagte nichts, aber ich war niedergeschmettert, fühlte mich verloren, wütend, verwirrt. Dann hatte ich einen Traum, einen richtigen Alptraum. Ich träumte, daß ich mich mit Jennifer in einer öden Gegend befand, weit draußen in einem Niemandsland. Jeder von uns sitzt in einem Auto, beide stehen still. Über uns schwebt ein Hubschrauber mit einem Mann darin. Er hat ein Gewehr, um uns niederzuschießen, sobald wir versuchen, unsere Wegen zu verlassen. Es gab keinen Ausweg. Zwar gab es ringsum Buschwerk, in das man sich hätte flüchten können, doch es stand am Rande eines klaftertiefen Abgrunds. Was wir auch tun würden, wir mußten sterben. Ich fürchtete mich sehr. Als ich Jennifer am Morgen von meiner Angst erzählte, sagte sie: »Warum hast du mir denn nichts gesagt? Ich hätte dir geholfen.« Er fährt fort: »Es ist immer wieder mein altes Problem. Als Kind konnte ich mit meinen Eltern von meiner schrecklichen Angst niemals in der Gegenwartsform sprechen, immer gebrauchte ich die Vergangenheitsform; dann waren sie beruhigt und sagten: ›Reden wir mal darüber.‹ Ich mußte sie immer vor dem Zusammenbrechen bewahren. Nur dann konnte ich sicher sein, daß sie für mich sorgten und nicht sterben würden. Sie brauchten mich und ich brauchte sie. Sie wollten nie, daß ich irgend jemand anderen als ihnen nahestand. Sie sind so bedürftige Menschen – genau wie ich.«

Wir wollen das manifeste Material dieser Stunde als umfassende, in sich geschlossene Feststellung betrachten. Analytisch und vom Entwicklungsstandpunkt aus befindet sich der Patient in der Konsolidierungsphase der Spät- und Postadoleszenz. Er sagt sich täglich: »Ich muß an mir arbeiten.« Das schließt die analytische Arbeit ein, die nicht vorangehen kann, ohne daß man – wie er es ausdrückt – »in ein neues Wespennest sticht«. Alkohol und Drogen sind Ich-fremd geworden oder stehen im Gegensatz zu seiner derzeitigen Identität. Er kämpft im Augenblick gegen dyadische Fixierungen, die mittels dyadischer Modalitäten aktiviert worden sind. Der Patient verbalisiert sie in assoziierten Erinnerungen an Erlebnisse mit Mutter und Vater in der frühen Kindheit. Über diese spezifischen Assoziationen wird nun berichtet; sie wurden offensichtlich durch die Zurückweisung am vorigen Abend und den darauf folgenden Angsttraum heraufbeschworen.

Zuerst erinnert er sich, daß ihm seine Mutter in angstvollen Augenblicken nicht beisprang. Er sagt: »Ich war drei Jahre alt und hatte in der Nacht große Angst. Ich lief zum Bett meiner Mutter und schmiegte mich an sie, als sie plötzlich erstarrte und sich in einen stummen Stein verwandelte.« Und weiter: »Als ich ein bißchen älter war, hatte ich immer noch Alpträume. Eines Nachts kam mein Vater an mein Bett und legte sich neben mich. Er tat das sehr oft. Meine Angst verging, ich hatte keine Alpträume mehr.« In der Übertragung tastet der Patient unsicher nach dem postdyadischen Übergang in die triadische, d. h. ödipale, Phase, was in seinem Entidealisierungsversuch mit Hilfe der kritischen, ambivalenten Einschätzung des Vaters zum Ausdruck kommt. Doch gleichzeitig läßt seine Hinwendung zum rettenden Vater, dem Analytiker, in dem Augenblick eine Regression befürchten, in dem er noch im Bann der Angst der vorigen Nacht steht, die ihn so sehr an seine frühe Kindheit erinnert. Das »Wespennest« verkörpert den angstauslösenden, regressiven Drang nach infantiler Abhängigkeit und Ich-Auflösung. Die Panik steigert sich immer dann, wenn er sich dem Einfluß der archaischen, wiederverschlingenden (symbiotischen) Mutter ausgesetzt fühlt, der paradigmatischen Imago, die sich weigert – so empfindet er es –, die nächtlichen Ängste des kleinen Jungen zu lindern. In seiner Verwirrung und Hilflosigkeit wendet er sich dem Analytiker-Vater als dem Abbild des dyadischen Retters zu. Der Analytiker wird hier zum entscheidenden Mittler zwischen der Abgrenzung des Selbst und der Entidealisierung der primären Objektbeziehungen. Beide Vorgänge fördern die aktive Distanzierung des Ichs von infantilen Abhängigkeiten.

Der Traum stellt sich als typischer ödipaler Traum dar, zumindest wenn man seinen manifesten Inhalt oberflächlich betrachtet. Im Hintergrund erblicken wir, wie zu erwarten, die beiden Liebenden; eingeschlossen in verschiedene Autos, wodurch ein körperlicher Kontakt verhindert wird, wäre ihnen eine Flucht nur unter Todesgefahr möglich. Indessen beobachtet ein furchterregender Mann mit einem Gewehr die Szene und hat sie vollkommen unter Kontrolle. Diesem Klischee einer Szene, welche das ödipale Dreiecksverhältnis spiegelt, widersprechen jedoch die Assoziationen des Patienten, die eine solche monomorphe Deutung ausschließen – sie erlauben ganz im Gegenteil eine zweiphasige oder doppelschichtige Interpretation. In der Tat wird das klinische Material dargeboten, um diesen Punkt der Theorie zu veranschaulichen.

Ein weiteres Detail, das in dieser Analysestunde zutage trat, muß erwähnt werden. Der Patient ist überzeugt, daß der Mann mit dem Gewehr er selber ist; es ist sein eigener aggressiver Affekt, der den Widersacher tötet, nämlich die Frau, die er liebt, die sich ihm verweigert hat und mit der er sich im Tod vereinigt. Vielleicht dürfen wir darüber noch hinausgehen und den Schluß ziehen, daß der Patient unfähig ist, die Aggression gegen das Objekt zu richten, ohne selbst zum Opfer zu werden. Diese sadomasochistische Haltung ist deutlich daran abzulesen, daß er Ambivalenz nicht ertragen kann, den Forderungen anderer ohne weiteres entspricht und ihnen liebevoll und anteilnehmend begegnet. Solche Einstellungen treten in seinem Berufsleben als mangelnde Selbstbehauptung, fragmentierte Arbeitsfähigkeit sowie in der Form in Erscheinung, daß er jene Schwelle nicht überschreitet, jenseits derer er jemand werden könnte, an dem ihm und anderen ernstlich gelegen ist. In einer Verfassung zynischer Selbstverachtung äußerte er: »Ich habe mein ganzes Leben lang darum gekämpft, derjenige zu sein, der das größte Talent hat, nichts zu erreichen.« Er erkennt jetzt, daß er sich von seiner Familie trennen muß, wenn er jemals werden soll, was er so glühend wünscht; ein wirklich schöpferischer Künstler, ein Mann, Gatte und zeugungsfähiger Erwachsener.

Die in der Analyse dieses Patienten behandelten Symptome sind repräsentativ für die Endphase der Adoleszenz, wenn dyadische und triadische (ödipale) Restbestände durchgearbeitet und mit reifer Sexualität, Charakterstruktur und beruflicher Identität integriert werden. Wie es so oft geschieht, zögert die Analyse ihrem Wesen und Zweck nach den Abschluß der Adoleszenz hinaus, läßt die typische psychische Plastizität des Jugendlichen länger fortbestehen und überläßt es der Behandlung zu vollenden, was der Ablauf der Adoleszenz normalerweise ohne fremde Hilfe erreicht. Der therapeutische Prozeß bringt es mit sich, daß es hinsichtlich des einen oder anderen infantilen Stadiums der Objektbeziehungen zu Verschiebungen des jeweils vorherrschenden Schwerpunkts kommt. Eine hervorstehende pathologische Komponente dieser Art ist die Unbekümmertheit, mit der der Patient zwischen den jeweiligen infantilen phasenspezifischen Positionen schwankt. In der Tat war dieses Schwanken als Anpassungsmaßnahme oder Seinszustand für diesen jungen Mann zu einem vertrauten Lebensstil geworden: resigniert, fast lässig akzeptierte er es wie ein Kleidungsstück, aus dem er eigentlich herausgewachsen war. Um diesen Vergleich weiterzuführen, könnte ich sagen, daß der Erwerb neuer, passender Kleidung und das Ablegen der alten für diesen Patienten ein ebenso entscheidender Schritt ist wie für das Kleinkind, das ohne seine Schmusedecke oder seinen Teddybär auskommen soll.

Das reife Ich-Ideal

Obschon wir das Ich-Ideal als Teil des Überich-Systems betrachten, gehen sie nicht aus derselben Konfliktmatrix hervor, noch handelt es sich um Einheiten, die sich zum Zeitpunkt ihrer Entstehung überschneiden. Ganz im Gegenteil: Ihre Ursprünge sind heterogen, ihre Ausgangspunkte nicht synchron, ihre Inhalte nicht identisch und ihre Funktionen verschiedenartig. Gemeinsam haben sie den motivierenden Einfluß auf das Verhalten und die Funktion der Regulierung des Wohlbefindens. Wir können »unterscheiden zwischen dem Überich als der späteren, stärker realitätsgerechten Struktur und dem Ich-Ideal als der früheren, in höherem Maße narzißtischen Struktur« (A. Reich, 1954, S. 209). Chronologisch verläuft ihre Strukturbildung jedoch umgekehrt: Das Überich wird früher errichtet, nämlich gegen Ende der ödipalen Phase, während das Ich-Ideal seine endgültige, d. h. reife Struktur erst in der Endphase der Adoleszenz erreicht.

Es ist häufig festgestellt worden, daß das Ich-Ideal infolge seines narzißtischen Charakters die Körperimago frühzeitig in seinen Bereich hineinzieht. Es überrascht daher nicht, daß die Bildung des Ich-Ideals bei Jungen und Mädchen nicht in gleicher Weise vor sich geht. Doch die Funktion des frühen bzw. infantilen Ich-Ideals läßt sich bei beiden Geschlechtern an ihrem Ziel erkennen; es soll narzißtische Kränkungen aufheben und auslösen, die auf dem Vergleich mit anderen oder Herabsetzungen durch sie oder einfach auf dem Zustand der Unreife, Abhängigkeit oder relativen Kleinheit und Schwäche des Kindes beruhen. Jedes Kind hat diese Phasen durchgemacht und ist ihnen mit überempfindlichen Neigungen zu gewissen Ängsten entronnen; ob unbedeutend oder beunruhigend, sie führen in jedem Fall zur Schaffung von Strategien, der Beeinträchtigung des Gefühls der Ganzheit so gründlich wie möglich entgegenzuwirken. Der narzißtische Rückgriff auf einen Zustand trügerischen Selbstschutzes erzeugt ein Gefühl des Wohlbehagens, das aber nach der Kindheit aufrechterhalten werden kann. Mit fortschreitender

Ich-Entwicklung üben solche isolierten, aber beständigen Verzerrungen einen unheilvollen Einfluß auf das Anpassungsvermögen des Kindes wie des Heranwachsenden oder des Erwachsenen aus.

Der erste Schritt der Bildung des Ich-Ideals führt vom primären Narzißmus zur trügerischen Teilhabe an der Allmacht der Mutter und darüber hinaus zu narzißtischen Identifizierungen mit idealisierten Objekten. Diese Identifizierungen werden nach und nach abgeschwächt durch das Realitätsprinzip, dessen Einfluß sprunghaft zunimmt, sobald es zur Lösung des Ödipuskomplexes benötigt wird. Die Konsolidierung des Überichs gebietet Ausflügen in Omnipotenz und Selbsterhöhung Einhalt. Die Zuflucht zu infantiler Allmacht wird endgültig in die Welt der Phantasie verwiesen. Tatsächlich spiegelt der schöpferische Aspekt der Phantasie und ihrer Ausdrucksformen (wie etwa das Spiel oder bildliche und verbale Vorstellungsgabe) auf metaphorischer Ebene Macht und Kraft der gebärenden dyadischen (präödipalen) Mutter wider, die stets – sicherlich in wechselndem Maße – den Neid des männlichen wie des weiblichen Kindes erregt hat. Dieser Neid des kleinen Jungen wird im Keime erstickt, doch die Stoßkraft dieses Neides verflüchtigt sich nicht einfach, sondern verwirklicht sich auf anderen Wegen. Dies könnte ein Licht auf die Beobachtung werfen, daß sich heranwachsende Jungen so häufig nach Kreativität, Originalität und Ruhm sehnen. In der Tat hegen Mädchen ähnliche Erwartungen, doch diese bleiben stärker an das Verlangen nach einer sie erfüllenden Beziehung geknüpft. Diese Auffassung wurde allgemein von Beobachtern der Geschlechtsunterschiede im Hinblick auf die Hoffnungen und Wünsche von Jungen und Mädchen in der Adoleszenz zum Ausdruck gebracht. Die Tatsache, daß ein größerer Teil der kreativen Bemühungen und Leistungen der Menschheit auf wissenschaftlichem und künstlerischem Gebiet eher Männern als Frauen zugerechnet wird, ist nur zum Teil kulturellen Einflüssen zuzuschreiben. Widerklänge von ehrfürchtiger männlicher Scheu und Neid in bezug auf die weibliche Gebärfähigkeit kann man noch im Drang des Jugendlichen erkennen, etwas zu erschaffen, etwa eine Erfindung zu machen, ein Vermögen zu erwerben, ein Molekül zu entdecken, ein Gedicht oder ein Lied zu schreiben oder ein Haus zu bauen. Solche Wünsche sind von den Merkmalen, die wir dem Ich-Ideal zuschreiben, weit entfernt, doch sie liefern den Stoff zu immer wiederkehrenden Tagträumen und bleiben gewöhnlich durch starke Hemmungen an diese niederen Regionen gebunden. Um dies zu veranschaulichen, möchte ich einen Vorfall aus der Analyse eines Patienten, der sich in der Spätadoleszenz befand, mitteilen. Er berichtete, er habe sich selbst eines Tages laut sagen hören: »Also, Chris, sei kein Weib.« Zu dieser Zeit hing er sehnsüchtigen Tagträumen nach und hoffte, es würde sich alles zum Besten wenden. Er war von seinen eigenen Worten überrascht, die seinen Wunsch und zugleich dessen Zurückweisung enthüllten oder, genauer gesagt, seinen emotionalen Konflikt. Wenn der auf so beunruhigenden bisexuellen Identifizierungsproblemen beruhende Konflikt in der Adoleszenz nicht wirksam behandelt wird, muß ihr Fortbestehen zwangsläufig das Leben des Erwachsenen belasten.

Bleibt das infantile Bedürfnis nach Einssein mit der archaischen Mutter übermäßig stark, wird der Ödipuskomplex von dieser Fixierung überschattet. Eine regressive Komponente der Auflösung des Ödipuskomplexes des Jungen tritt in der narzißtischen Identifizierung mit der archaischen, omnipotenten, phallischen Mutter zutage. Bis zu einem gewissen Grade scheint dieser Kompromiß ein eher normaler Aspekt des männlichen Ödipuskomplexes zu sein, der seiner endgültigen Auflösung – einigermaßen verspätet – während der Wiederbelebung in der Adoleszenz zugeführt wird. Immer wenn die präödipale Fixierung auf die phallische Mutter die rivalisierende phallische Selbstbehauptung des Jungen schwächt, kann der Ödipuskomplex nur unvollkommen bewältigt werden. Dieser anormale Zustand wird sicherlich während der Adoleszenz offenkundig, wenn dies nicht schon in der Latenzphase der Fall war. Zum Ausbruch der Neurose kommt es gewöhnlich während der Spätadoleszenz (Blos, 1972). Obgleich die ansteigende sexuelle

Libido des Jugendlichen eine Verbündete im Kampf gegen seine kindlichen Verhaltensweisen, vor allem die Passivität, ist, führt sie leicht zu einer bemühten, beschwichtigenden, aber kurzlebigen Leistungsfähigkeit.

Ein charakteristischer Überrest der regressiven Komponente, paradoxerweise eingebettet in den Ödipuskomplex, läßt sich ganz generell in der Kastrationsangst des Jugendlichen vor der phallischen Frau im allgemeinen (Blos, 1962, 1965) erkennen. Diese mächtige Furcht veranlaßt den Jungen, den Vater oder die Männer insgesamt zu idealisieren und nach Schutz und Beruhigung zu suchen, indem er sich ihnen gleichstellt. Die Teilhabe an der idealisierten väterlichen Macht und Überlegenheit wird zur vorübergehenden Quelle narzißtischer Grandiosität, die so lange anhält, bis der pubertäre sexuelle Drang das Aufkommen einer homosexuellen Objektlibido befürchten läßt. An diesem Punkt können wir beobachten, wie das Ich-Ideal infolge der relativ unvollständigen Auflösung des Ödipuskomplexes erneut schicksalhaft mit objektlibidinösen Strebungen verschmilzt. Die psychische Restrukturierung in der Adoleszenz lockert, wenn auch verspätet, präödipale libidinöse Anhänglichkeiten, d. h. dyadische Fixierungen. Dies ebnet den Weg zur Strukturierung eines reifen Ich-Ideals und zur Bildung einer reifen Persönlichkeit.

Die Ausbildung des reifen Ich-Ideals führt übertriebene Idealisierungen von Selbst und Objekt auf ein realistischeres Maß zurück. Die Fähigkeit zu objektivem Urteil dient als Schutzwall vor unangenehmer Erhöhung des Selbst. Damit hält sie das unerbittliche »Streben nach Vollkommenheit«, aus der der Narzißmus seine Nahrung bezieht, von den Schicksalen der Objektbeziehungen fern. Im reifen männlichen Ich-Ideal ist sozusagen seine Geschichte vom primären Narzißmus bis zur Verschmelzung mit der mütterlichen Omnipotenz und darüber hinaus mit den Bindungsgefühlen eingeschlossen, die der kleine Junge in der Beziehung zum dyadischen Vater empfindet. Das letzte Stadium dieser infantilen Objektbeziehungen wird während der Adoleszenz durch die Bildung des Ich-Ideals überwunden. Nur wenn dieser letzte und entscheidende Schritt getan wurde, der die verschiedenen Epochen der Strukturierung des reifen Ich-Ideals integriert, können wir davon sprechen, daß das männliche Ich-Ideal der Erbe des gleichgeschlechtlichen Komplexes sei.

Es liegt im Wesen der Adoleszenz, daß in diesem Alter die primitive Selbstidealisierung, einschließlich des breiten Spektrums von Magie, Omnipotenz und Grandiosität, wie nie zuvor in Frage gestellt wird. Ödipale Erwartungen könnten mit einem Minimum von Vollkommenheit – wenngleich einer geborgten – verwirklicht werden, weil man schlichtweg das Objekt elterlicher Hoffnung ist. Überschätzungen des Kindes durch die Eltern, die ihren eigenen narzißtischen Bedürfnissen entspringen, werden vom Kind leicht als zuverlässige Versprechen oder Verheißungen aufgefaßt, die in der Adoleszenz regelmäßig durch die realen Gegebenheiten in Frage gestellt werden. Es ist wahr, daß die postödipale Kritik des Überichs am Selbst ein Gegengewicht zu den primitiven Kräften der Selbstidealisierung schafft und sie daran hindert, die Objektivität völlig beiseite zu schieben; sie werden indessen niemals ausgelöscht. Der Normalzustand eines partiell integrierten, aber dennoch von außen regulierten Ich-Ideals der Kindheit macht in der Adoleszenz eine radikale, dauerhafte Veränderung durch. Angesichts adoleszenter Herausforderungen ist die Rückkehr zum infantilen Ich-Ideal ein ziemlich häufiges Ereignis, bevor die reife Einschätzung von Selbst und Objekt irreversibel wird. Der zweite Individuationsprozeß und der Konsolidierungsprozeß der Adoleszenz lassen vorhandene Selbst- und Objektrepräsentanzen weniger starr, dafür aber gefestigter und realistischer erscheinen. Wenn die damit einhergehenden Enttäuschungen, Kompromisse und Verluste nicht toleriert werden können, ist der Adoleszenzprozeß zum Scheitern verurteilt. »Die ausschließliche Produktion von Phantasien, die auf Selbsterhöhung zielen, verweist auf eine schwere Störung des narzißtischen Gleichgewichts, insbesondere, wenn diese Phantasien *nach der Pubertät* fortbestehen« (A. Reich, 1960, S. 296; Hervorhebung von mir, P. B.). Es ist in diesem Zusammenhang nicht übertrieben, wenn man sagt, daß die Adoleszenz einer Hauptwasserscheide gleicht, die ein für allemal die Richtung bestimmt, welche das Ich-Ideal von nun an einschlägt: Entweder wird es zu seinem vertrauten Ausgangspunkt zurückkehren oder einen neuen unbekannten und unerprobten Weg suchen.

Inwieweit die Forderungen oder Erwartungen der Gesellschaft im Verein mit der psychischen Reorganisation des Jugendlichen wachstumsfördernd sind, scheint von der gleichzeitigen Bildung des reifen Ich-Ideals abzuhängen. Natürlich verändern sich Bindungen im Laufe der Zeit, aber um sich verändern zu können, müssen sie erst einmal bestanden haben. Der entscheidende Lebensabschnitt, in dem sie zu reifer Form und Gehalt gelangen, ist die Spätadoleszenz. Welche Komplikationen die Vorwärtsbewegung zum Status der Bindung auch mit sich bringen mag, die meisten Menschen in der Reifezeit erreichen einen brauchbaren Kompromiß, der die Merkmale ihrer Einzigartigkeit trägt, seien es Stärken oder Schwächen, Aktiva oder Passiva. Wenn alles einigermaßen gutgeht, bietet der Lebensraum, den man einst zu dem seinen erklärt hat, ein passendes oder ausgleichendes physisches, soziales und persönliches Umfeld, das dem Individuum genügend Gelegenheit zur Bewältigung seiner Probleme geben muß. Doch wenn der Jugendliche an dieser Aufgabe scheitert und zum Patienten wird, entdeckt man, daß schon immer ein mehr oder weniger ausgeprägtes pathologisches Ich-Ideal vorhanden war. Wenn wir uns bei der Beurteilung des abnormen Erlebens und Verhaltens des Patienten ausschließlich auf das Ich-Ideal konzentrieren, wird unsere Einschätzung der damit verbundenen Dynamik in jedem Fall sehr beeinträchtigt. Nach dieser eindeutigen Feststellung sehe ich keinen Grund, der uns hindern könnte, dem Ich-Ideal unsere besondere Aufmerksamkeit zu widmen. In der Tat liegt es besonders nahe, dieser Struktur im Hinblick auf die Spätadoleszenz unser Forschungsinteresse zuzuwenden, weil wir es hier nicht nur mit einer normativen, sondern mit einer Strukturbildung zu tun haben, die einen kritischen Faktor innerhalb des Reifungsprozesses darstellt und einen Einfluß ausübt, der vorübergehend das ausgeglichene Funktionieren der Persönlichkeit stört.

Mehr zur Idealisierung: angewandte Psychoanalyse

Die Unterscheidung zwischen einem primitiven und einem reifen Ich-Ideal wird weithin akzeptiert. Seit Aristoteles' Zeiten ist bekannt, welche hervorragende Rolle Ideale im Jugendalter spielen, doch die genetischen Vorläufer dieses Merkmals harren noch der Erforschung. Die spezifische Neigung von Jugendlichen zur Idealisierung läßt sich an der Selbst-Idealisierung und ihrer Veräußerlichung beobachten. Das reife Ich-Ideal operiert außerhalb des Bereichs des Wollens; auf Grund dessen sprechen wir von Automatisierung – eine Funktionsweise, die es mit der des Charakters teilt. Während Charaktereigenschaften von der frühen Kindheit an erkennbar sind, ist der ideale Zeitpunkt für die Ausbildung des Charakters als eines integrierten Verhaltenssystems derselbe wie der für das Ich-Ideal: die Adoleszenz (Blos, 1968). Die entscheidende Bedeutung des Ich-Ideals für die Bewahrung des narzißtischen Gleichgewichts, das als Selbstwertgefühl erlebt wird, ist ein allgemein anerkannter Grundsatz der psychoanalytischen Persönlichkeitstheorie.

Im Bereich der angewandten Psychoanalyse wurde der Begriff des Ich-Ideals auch auf Gestalten aus der Literatur angewendet. Von diesen ist Prinz Heinz eingehend studiert und unter dem Aspekt der Idealisierung von Objekt und Selbst sowie dem der Festigung des reifen Ich-Ideals in der Spätadoleszenz dargestellt worden. Diese Gestalt aus Shakespeares *König Heinrich IV.* läßt die rätselhaften Widersprüche der Jugend – ausschweifenden Lebenswandel und hohen Idealismus – grell hervortreten. Während all seiner verwirrenden Taten hört der innere Kampf, den Prinz Heinz um sein Erwachsenwerden führt, niemals auf. Die Konsolidierung des Ich-Ideals bildet den Mittelpunkt dieses Kampfes, den er zunächst verliert, aber schließlich gewinnt, indem er die idealisierte Vaterimago, die er lebt, mit der unvollkommenen, wenn nicht gar regelrecht bösen Vatergestalt versöhnt, die er haßt. Hatte sein Vater, der König, nicht seinen eigenen Cousin, Richard II., ermordet, dem Heinz als Knabe nach Irland gefolgt war, den er idealisiert und dessen Gunst er gewonnen hatte?

Ernst Kris (1948, S. 273) deutete Prinz Heinz' Verhalten im Rahmen des Ödipuskomplexes und des Ambivalenzkonflikts, der zum Schwanken zwischen Gehorsam, Flucht und Verwandtenmord führt. Im Bemühen, den infantilen Konflikt zu bewältigen, tritt die defensive und adaptive Rolle der Idealbildung klar zutage. J. D. und C. Lichtenberg (1969) verlagerten das Schwergewicht auf jenen »Aspekt der adoleszenten Entwicklung, der einem bestimmten Jugendlichen zur Bildung seiner Ideale verhilft« (S. 874). Prinz Heinz wurde von Aarons (1970) erneut zum Gegenstand einer Untersuchung gemacht, der den Sohn-Vater-Konflikt im Hinblick auf die Schicksale des Ich-Ideals behandelte. Die beiden zentralen Komponenten dieses Themas sind jene der Objektliebe (der gleichgeschlechtliche Ödipuskomplex) und der Entidealisierung des Objekts, wie ich sie unter dem Aspekt ihrer geheimen Verbindung zur Ich-Ideal-Bildung in der Adoleszenz beschrieben habe (Blos, 1962, 1965). Prinz Heinz ist in der Tat eine Dramengestalt von außergewöhnlicher Glaubwürdigkeit, wenn er von Aarons im Zusammenhang des Begriffs des Ich-Ideals behandelt wird. Der Autor erklärt Prinz Heinz' Flucht vor königlicher Würde bei Hofe zum Trinkgelage in der Schenke damit, daß durch die Beziehung zu den Kumpanen »das Band der Abhängigkeit zerrissen ist« und eine »Neubesetzung des Ich-Ideals, für das der Vater stand«, ermöglicht wurde. Aarons bezeichnet dies als »Erneuerung« des Ich-Ideals und definiert sie als »Rettung und Bestätigung des Ich-Ideals – eine Sublimierung der Liebe zum Vater« (S. 332f.). Ein Rückblick auf die psychoanalytischen Untersuchungen über Prinz Heinz in der Zeit von 1948 bis 1970 zeigt uns eine allmähliche Verlagerung des Schwerpunkts von ödipalen Strebungen zu Idealisierung und Ernüchterung, d. h. zum Problem adoleszenter Ich-Ideal-Bildung und zum Prozeß der Entidealisierung. Falstaff, eine abgespaltene Vaterimago, im Verein mit den Gleichgesinnten, den Saufkumpanen des Prinzen, schufen eine Ersatzfamilie, die dem Jüngling – auf großen Umwegen – zur Bildung des reifen Ich-Ideals und ferner dazu verhalfen, seine prinzliche Identität zu akzeptieren. Diese turbulenten Ereignisse in der Spätadoleszenz veranschaulichen die erneute Verstrickung mit dem Objekt bzw. die erneute Triebbesetzung des idealisierten Objekts, aus der das reife Ich-Ideal hervorgeht.

Die von mir erwähnte Durchsicht einschlägiger Literatur beweist die Nützlichkeit der in dieser Abhandlung entwickelten Konzepte über Sohn und Vater. Vor allem Prinz Heinz demonstriert mit seiner Wandlung von einem »ausgeflippten« Prinzen zur höchsten Würde eines Königs die Richtigkeit der These über die Entwicklung in der Spätadoleszenz. Die dramatische Darstellung seiner Konfliktlösung im Hinblick auf die Lebensführung seines Vaters kann ohne weiteres auf bürgerliche Proportionen bzw. moderne Verhältnisse zurückgeschraubt werden, ohne einen Funken an Überzeugungskraft zu verlieren. In der Tat hat mich Prinz Heinz zu den folgenden Bemerkungen angeregt.

In seiner reifen Form schwächt das Ich-Ideal die strafende Kraft des Überichs, indem es seine Funktion zum Teil übernimmt; auch Ich-Aspekte werden in seinen Dienst gestellt. Das Reich des Ich-Ideals liegt, um mit Nietzsche zu sprechen, »jenseits von Gut und Böse«. Piers und Singer (1953) bezeichnen das Ich-Ideal als »magischen Glauben an die eigene Unverwundbarkeit und Unsterblichkeit, der physischen Mut weckt und dazu beiträgt, realistischen Ängsten vor Verletzung und Tod entgegenzuwirken« (S. 26). Potentiell transzendiert das Ich-Ideal die Kastrationsangst und treibt den Menschen dadurch zu unerhörten Beweisen von Kreativität, Heldentum, Opfer und Selbstlosigkeit. Man stirbt eher für sein Ich-Ideal, als daß man es sterben läßt. »Hier stehe ich, ich kann nicht anders«, sagte Luther auf dem Reichstag zu Worms, als er gedrängt wurde – und das war mit großer Gefahr für ihn verbunden –, seinem Glauben abzuschwören. Das Ich-Ideal übt den kompromißlosesten Einfluß auf das Verhalten des reifen Individuums aus: Seine Position bleibt stets unmißverständlich. Die Festigung des reifen Ich-Ideals während der Adoleszenz und danach ist eine Errungenschaft von außergewöhnlicher Bedeutung – nicht nur für den einzelnen, sondern auch für den Bestand einer kohärenten Gesellschaft und ihre kommunale Organisation.

Der heranwachsende Patient muß – allmählich und wiederholt – Enttäuschungen über das Selbst und das Objekt ausgesetzt werden. Mit der Zeit führt dies zur Toleranz gegen Unvollkommenheit, zunächst gegenüber dem Objekt und schließlich auch gegenüber dem Selbst. Es beeindruckt mich immer wieder, wie schwierig und schmerzlich der Prozeß der Entidealisierung von Objekt und Selbst für den Jugendlichen ist. Tatsächlich neige ich zu der Aussage, daß die Entidealisierung von Objekt und Selbst den bedrückendsten und qualvollsten Einzelaspekt des Erwachsenwerdens darstellt – wenn man eine solche Verallgemeinerung überhaupt aussprechen darf. Die Bedeutung dieses Schrittes ist mit der kopernikanischen Revolution zu vergleichen, die den Menschen von seinem Platz im Mittelpunkt des Universums stieß – eine wahrhaft ernüchternde, existentielle Erkenntnis. Nach dieser kosmischen Analogie möchte ich beiläufig auf eine zu gleicher Zeit auftretende Sensibilität hinweisen, nämlich daß erst in der Adoleszenz ein echtes Gefühl für Tragik erwacht; dies hängt mit der Fähigkeit zusammen, die *Conditio humana* zu akzeptieren. Im Gegensatz dazu pflegt das jüngere Kind Menschen, die es versorgen, Schuld zuzuschreiben und deshalb Gefühle wie Traurigkeit, Angst, Wut oder Verlassenheit zu empfinden. Vor und nach dem zweiten Individuationsprozeß und der Entidealisierung von Objekt und Selbst schlägt die Trauer eine andere Richtung ein. Damit die Trauerarbeit ihren Lauf nehmen kann, ist der Erwerb dessen, was ich »reife *Ambivalenz*« nennen will, von wesentlicher Bedeutung; andernfalls kommt es zu einer Spaltung im Ich der postadoleszenten Persönlichkeit. Diese Spaltung vollzieht sich zwischen der Hinnahme und der Verleugnung der Endgültigkeit des Todes. Die Unversöhnlichkeit dieser Positionen bedroht den Zusammenhalt des psychischen Organismus und schwächt die Integrationsfähigkeit des Ichs in allen Lebensbereichen. Als geläufiges Beispiel erwähne ich das Verlassenheitsgefühl des Jugendlichen, der uns in endlosen Variationen seine Überzeugung mitteilt, daß in seinen Liebesbeziehungen »niemals etwas klappen wird« oder daß er »niemals etwas Großes vollbringen wird, das die Welt braucht, bewundert und liebt«. Wie oft geht in der Spätadoleszenz zugrunde, was so verheißungsvoll begann. Solche Verstimmungen sind präödipalen Ursprungs, wenngleich wir ihnen oft zusammen mit ödipaler Angst, Schuldgefühlen und Hemmungen begegnen. Übermäßiger Genuß von Speisen, Alkohol oder Drogen verraten präödipale Fixierungen, obschon häufig ungestüm auf einer pseudoödipalen Haltung beharrt wird, was die Heftigkeit des Kampfes um das Erreichen der emotionalen Reife nur betont. Ich erinnere den Leser beiläufig an Prinz Heinz und seine Anhänglichkeit gegenüber Fallstaff, einem Halb-Vater, sowie an seine ausschweifenden Tafelfreuden in der gemischen Gesellschaft der Schenke.

Aus der klinischen Arbeit mit Jugendlichen wissen wir, daß die anhaltenden, nicht zu unterdrücken psychischen Irritationen präödipaler Art sich in der Behandlung bemerkbar machen; sie erfordern therapeutische Interventionen, von denen wir hoffen, daß sie die primitiven Gefühle und kindlichen Bedürfnisse zu erreichen vermögen, die den Therapeuten in allen möglichen spitzfindigen Verkleidungen konfrontieren. In der Praxis wechselt die Behandlung ständig zwischen präödipalen und ödipalen Bereichen einerseits und dem Leben des Heranwachsenden in der Gegenwart andererseits. Falls eine dieser Phasen die therapeutische Szene allzu ausschließlich beherrscht, versucht der Therapeut, sie zum ignorierten oder heruntergespielten Stadium des Lebenszyklus in Beziehung zu setzen. Diese Bemühungen werden – auf ansteigenden Abstraktionsebenen – durch Hilfsmittel wie Rat, Urteil, Erklärung, Deutung und Rekonstruktion unterstützt. Präödipale Komponenten verbergen sich bei der Behandlung Jugendlicher oft hinter der vorsichtigen, kritischen oder mißtrauischen Haltung des Patienten oder hinter der unerschütterlichen Erwartung des guten Lebens, das ihm der Therapeut bereiten wird. Ein köstliches Gefühl von Sicherheit und Geborgenheit geht davon aus, daß man Teil eines idealisierten Objekts ist, sei es die präödipale Mutter oder der dyadische Vater, sei es der eine oder seien es beide – abwechselnd nehmen sie in der Person des Therapeuten konkrete Gestalt an. Beiläufig möchte ich bemerken, daß Väter als idealisierte Mutter-Imagines bei Jugendlichen von heute häufiger in Erscheinung treten als bei jenen der Vergangenheit, weil sich in neuerer Zeit sehr viel mehr Eltern die Versorgung ihrer kleinen Kinder teilen. Wie dem auch sei, die Wiederbelebung der idealisierten Elternimago in der Person des Therapeuten oder der Therapeutin erfordert ein sehr delikates Vorgehen bei der Herbeiführung der Entidealisierung des Objekts. Das beste Ergebnis dieses Prozesses ist das Vertrauen, die eigentliche Quelle eines therapeutischen Bündnisses, und im Falle einer stärker auf Gegenseitigkeit beruhenden, dauerhaften menschlichen Verbindung sprechen wir vom gewachsenen Fels echter und enger persönlicher Beziehungen.

Modifizierungen der Theorie der weiblichen Entwicklung

Da das zentrale Thema meiner Untersuchung Sohn und Vater betrifft, wurde wenig über vergleichbare oder zusätzliche Entwicklungslinien beim Mädchen gesagt. Es folgen daher einige Anmerkungen, um dem, was ausführlich dargelegt wurde, eine breitere Perspektive im Hinblick auf die Geschlechtszugehörigkeit zu eröffnen. Wir sind nun an einem Punkt angelangt, der sich gut dazu eignet, über ein einschlägiges Kapitel aus der Geschichte der Psychoanalye zu berichten. Freuds *Bruchstück einer Hysterie-Analyse* (1905) ist ein altehrwürdiges Musterbeispiel ödipaler Pathologie bei einem jungen Mädchen namens Dora. Allein die Diagnose Hysterie und ihre damals übliche Definition implizierten das Vorhandensein eines für dieses neurotische Leiden typischen sexuellen Konflikts. Die Symptome der Patientin – in diesem Fall Konversionssymptome – lassen pathologische Ausuferungen eines ungelösten, virulenten Ödipuskomplexes in der Adoleszenz erkennen. Die Fallgeschichte zeigt überaus deutlich, wie sich die affektiven und sexuellen Konflikte, die sich aus Doras Liebe zu ihrem Vater ergaben, schicksalhaft mit dem Leben des Ehepaars K. verknüpften, das mit ihrer Familie befreundet war. Doras Vater hatte ein Verhältnis mit Frau K. angefangen, während Herr K. in Dora verliebt war, einem Mädchen von damals sechzehn Jahren. Mit achtzehn begab sich Dora bei Freud in Behandlung. Wie genial Freud im Laufe der Behandlung die bewußten und unbewußten Einzelheiten, die teils der Realität, teils der Phantasie entsprangen, miteinander verknüpfte, ist zu bekannt, als daß es hier noch eines Kommentars bedürfte.

Als Dora die Analyse nach drei Monaten plötzlich abbrach, suchte Freud nach den emotionalen Beweggründen, die zu dieser heftigen Reaktion geführt hatten. Er war ferner dadurch irritiert, daß sich die Symptome trotz der Erklärungen und Deutungen, die er der Patientin gab und die zweifellos richtig waren, nur ungenügend verringerten. Was war falsch an seinem Vorgehen, so daß es in zwei Punkten erfolglos blieb? Was den Abbruch der Behandlung betraf, schloß Freud: »Es gelang mir nicht, der Übertragung rechtzeitig Herr zu werden« (GW V, S. 282). Es ist gut möglich, daß Dora – eine Hysterika von achtzehn Jahren – auf den Mann, der mit ihr äußerst sachlich und im Detail über höchst delikate sexuelle Dinge sprach, ebenso reagierte, wie sie zuvor auf das verführerisch-intime Verhalten von Herrn K., vor dem sie in Panik und mit Rachegefühlen geflohen war, reagiert hatte.

Wie dem auch sei, es ist ein ganz anderer Aspekt der Fallgeschichte, auf den ich den Leser aufmerksam machen möchte. Dieser Aspekt ist die präödipale Fixierung auf die dyadische gleichgeschlechtliche Beziehung, die auf der ödipalen Ebene zur Wiederbelebung und anschließenden Verdrängung der gleichgeschlechtlichen ödipalen Bindung führte. Wenn diese Bindung in der Adoleszenz wiedererweckt wird, wird häufig – im Leben ebenso wie in der Theorie – davon abgelenkt, indem heterosexuelle Wünsche, Handlungen, Verleugnungen, Konflikte und Erregungen vorgeschoben werden. Ich habe auf diese beiden Themen bei meiner Erörterung des normativen homosexuellen Konflikts im Zusammenhang mit der Bildung der sexuellen Identität der Jugendlichen hingewiesen sowie in meinen Ausführungen über eine spezifische adoleszente Reaktion, die ich als ödipale Abwehr bezeichnet habe. Indem ich aus dem Fall Dora zitiere, möchte ich zeigen, daß sich Freud dieser beiden Probleme wohl bewußt war, sie aber lediglich in seinem Kommentar über den Fall berührte. Niemals spielte er während der Behandlung auf sie an, wo er mit einzigartiger Hartnäckigkeit das Thema des »positiven« (gegengeschlechtlichen) Ödipuskomplexes verfolgte, wie er in Doras Ausagieren ihres Wunsches, von Herrn K. verführt zu werden, und ihrer gleichzeitigen Ablehnung zutage trat (GW V, S. 183). In der Tat wurde der Fall – und wird er noch immer – zur Kenntnis genommen, ohne den präödipalen Problemen die überragende Bedeutung zuzubilligen, die ihnen hinsichtlich der Entwicklung und der Psychopathologie der Patientin zukommt.

Während er am Aufsatz über Dora arbeitete, schrieb Freud an Fließ (Brief vom 30. Januar 1901): ». . . in den sich zu bekämpfenden Gedankenvorgängen spielt der Gegensatz zwischen einer Neigung zum Manne und einer zur Frau die Hauptrolle« (1887–1902 [1950], S. 350). Nachdem ihr Konflikt anscheinend verstanden worden war, erklärte Dora: »Ich kann es ihm [dem Vater] nicht verzeihen [das Verhältnis mit Frau K.]« (GW V, S. 215). Sie klagte: »Ich kann an nichts anderes denken« (S. 21). Freud erklärte, daß »dieser überstarke Gedankengang seine Verstärkung dem Unbewußten verdankt« (S. 215). Er führt diesen Gedanken weiter aus, indem er sagt: »Hinter dem überwertigen Gedankenzug, der sich mit dem Verhältnis des Vaters zu Frau K. beschäftigte, verstecke sich nämlich auch eine Eifersuchtsregung, deren Objekt diese Frau war – eine Regung also, die nur auf der Neigung zum gleichen Geschlecht beruhen konnte« (S. 220). Freud schloß daraus, daß das Mädchen auf seinen Vater eifersüchtig war und nicht auf dessen Geliebte; mit anderen Worten, Dora wünschte sich, daß die Frau sie lieben möge.

Freud betrachtete diese Zuneigung im Zusammenhang mit Jungen und Mädchen, die »Anzeichen von der Existenz gleichgeschlechtlicher Neigung auch normalerweise beobachten lassen« (S. 220). Im Postskriptum zum Fall Dora kehrte Freud noch einmal zu diesem entscheidenden zentralen Komplex ihrer Pathologie zurück. Hier lesen wir: »Ich habe es versäumt, rechtzeitig zu erraten und der Kranken mitzuteilen, daß die homosexuelle (gynäkophile) Liebesregung für Frau K. die stärkste der unbewußten Strömungen ihres Seelenlebens war« (S. 284, Fußnote). Demnach könnten die beiden Träume Doras – vor allem der zweite, in dem die Assoziation der Sixtinischen Madonna eine herausragende Rolle spielt – heute anders und ohne zu zögern verstanden werden im Sinne eben jener »stärksten der unbewußten Strömungen ihres Seelenlebens«.

Die beiden Frauen, die Dora geliebt hatte, betrogen sie schließlich. Das Mädchen entdeckte, daß »sie von ihr [der Gouvernante] nicht ihrer eigenen Person, sondern des Vaters wegen geschätzt und gut behandelt worden sei« (S. 221). Das wiederholte sich, als Frau K., mit der »das kaum erwachsene Mädchen Jahre hindurch in der größten Vertraulichkeit gelebt« hatte (S. 222), »... sie nicht um ihrer eigenen Person willen geliebt, sondern wegen des Vaters« (S. 223). Wir können ohne weiteres annehmen, daß Doras Gefühl, betrogen worden zu sein, darauf beruhte, daß sie sich von der Mutter emotional vernachlässigt gefühlt hatte, obwohl uns die Fallgeschichte nichts Konkretes oder Rekonstruiertes darüber berichtet.

Doras enttäuschte Liebe zu den beiden Frauen wurde energisch aus ihrem bewußten Gefühlsleben verdrängt, während der heterosexuelle Trieb theatralisch vorgeschoben wurde. Freud erklärte diesbezüglich, sie »demonstrierte geräuschvoll, daß sie ihr [Frau K.] den Besitz des Papas nicht gönne, und verbarg sich so das Gegenteil, daß sie dem Papa die Liebe dieser Frau nicht gönnen konnte« (S. 223).

Mit wissenschaftlicher Objektivität erklärte er, er werde

»dieses wichtige ... Thema hier nicht weiter behandeln, weil die Analyse Doras zu Ende kam, ehe sie über diese Verhältnsse bei ihr Licht verbreiten konnte« (S. 221). Seine endgültige Ansicht über diesen Fall, der lange Zeit hindurch als typisches Beispiel für die Psychopathologie verdrängter heterosexueller Libido galt, bekundete Freud mit der Feststellung, daß die Kränkung durch den Betrug der beiden Frauen, deren mütterliche Liebe Dora ersehnte, »ihr näher ging, pathogen wirksamer war als die andere, mit der sie jene verdecken wollte, daß der Vater sie geopfert« (223). Diese Erklärung kam zu spät oder wurde zu lange aufgeschoben, um für die Patientin von Nutzen zu sein.

Ich muß gestehen, daß ich den Fall Dora selbst nicht in diesem Sinne verstand, bevor ich durch meine eigene klinische Arbeit zu den oben mitgeteilten Vorstellungen gelangte. Obschon Freud im Fall Dora Schlußfolgerungen, wie ich sie herauszustellen versuchte, durch einschlägige Beobachtungen bestätigte, wurden sie niemals systematisch in die klassische psychoanalytische Theorie über die weibliche Adoleszenz einbezogen. Obgleich es mir hier darum geht, meine eigene Auffassung von der Entwicklung Jugendlicher darzustellen, möchte ich doch auch zeigen, daß einiges davon bereits *in nuce* in der Arbeit über den Fall Dora enthalten ist. Freuds Genie zu Ehren habe ich einen vernachlässigten Aspekt dieses Falles vorgestellt; ich hoffe, damit zum Wiederlesen unter veränderten und weiterreichenden Gesichtspunkten anzuregen.

Dyadische geschlechtsspezifische Konstellationen

Die erneute Beschäftigung mit dem Fall Dora gibt Anlaß zur Einführung eines Themas, dessen Erforschung ich mich seit vielen Jahren gewidmet habe. Ich beziehe mich auf meine Bemühungen, die divergierenden Entwicklungslinien in der männlichen und weiblichen Adoleszenz zu verfolgen, indem ich gewissermaßen die ihnen innewohnenden Ähnlichkeiten und Verschiedenheiten aussortiere. Ich will hier nicht bei der männlichen und weiblichen ödipalen Konstellation verweilen, weil dies ein so bekanntes und gründlich untersuchtes Thema ist, daß es keines weiteren Kommentars bedarf. Hingegen sind einige Worte über die präödipale Phase beider Geschlechter angebracht, weil die Nachklänge dieser frühen Objektbeziehungen in so hohem Maße die adoleszenzspezifischen Beziehungen zu Männern und Frauen und zu Menschen im allgemeinen wie zur Welt insgesamt, zum abstrakten Denken und zum Selbst bestimmen.

Aus der therapeutischen Arbeit mit heranwachsenden Mädchen und jungen Frauen kennen wir den mächtigen regressiven Drang zur präödipalen Mutter, der zu Symptombildung und Ausagieren führt. Überessen und Naschen oder eine zu strenge Diät und Fasten als episodische, vorübergehende Quasi-Suchten treten bei weiblichen Jugendlichen häufig genug in Erscheinung. Gewichts-, d. h. Eßprobleme wie Bulimie und Anorexie, sind Symptome, die fast ausschließlich auf weibliche Jugendliche beschränkt sind. Wenn das Mädchen die präadoleszente Phase durchläuft, erkennen wir in seinen Objektbeziehungen die regressiv wiederbelebten Imagines der guten und der bösen Mutter. Die Auswirkungen dieser Phase zeigen sich in Gestalt von Verschmelzungsphantasien oder eines sich heftig distanzierenden Verhaltens, und es ist stets der Teil des klinischen Bildes, daß ödipale Probleme hineinspielen. Die infantile Bindung an die Mutter bleibt jedoch für das Mädchen eine ständige Quelle von Ambivalenz und Doppeldeutigkeit, weil sie von Natur aus homosexuelle Komponenten enthält; diese werden durch die Pubertät zwangsläufig verstärkt. Wir entdecken im heterosexuellen Ausagieren des heranwachsenden Mädchens – insbesondere der jungen Adoleszentin – zwei Absichten; die eine führt zur Befriedigung infantilen taktilen Kontakthungers, während die andere bestrebt ist, die noch unsichere sexuelle Identität des Mädchens zu stärken. Beide sind mit der – anfangs defensiven – Neigung der Jugendlichen zum anderen Geschlecht verwoben. Zur reifen Genitalität gelangt sie nur allmählich und häufig unvollkommen, ohne dadurch unbedingt die gesunde Persönlichkeitsintegration der Frau zu gefährden. Die spätere Fähigkeit zu mütterlichem Verhalten und der Freude daran wird in hohem

Maße durch den konfliktfreien, offenen Zugang der reifen Frau zu den integrierten Imagines der guten und bösen Mutter gefördert. Die emotionale Entwicklung in der Adoleszenz bestimmt in entscheidender Weise das Resultat dieses ambivalenten Kampfes. Nach meiner Meinung gibt es keine Behandlung einer Adoleszentin, bei der die Merkmale dieses regressiven Drangs und die ambivalenten Gefühle gegenüber der Mutter der frühen Kindheit nicht von zentraler Bedeutung sind. Wir können in den Beziehungen der Frau zu den Angehörigen ihres eigenen Geschlechts stets die Überreste jener ursprünglichen Liebe entdecken. Die Tatsache, daß sich das Mädchen – anders als der Junge – im späteren Leben einem anderen Geschlecht zuwenden muß als dem seines ersten Liebes- und Haßobjekts, der Mutter, macht die psychische Entwicklung des Mädchens schwieriger als die des Jungen.

Im Gegensatz dazu bleibt die infantile Bindung des Jungen an die Mutter der frühen Kindheit während der ganzen Phase adoleszenter Regression sexuell polarisiert und führt folglich zu Konflikten, die sich von denen des Mädchens grundlegend unterscheiden. Das Mädchen pflegt sich dem regressiven Drang nach Verschmelzung dadurch zu entziehen, daß es in die ödipale Phase hineinstürmt. Der kleine Junge hingegen durchläuft normalerweise ein Stadium, in dem die Angst vor der archaischen kastrierenden Mutter – der ursprünglichen Pflegerin und Hüterin der Körperöffnungen und -funktionen des Jungen – das Kernstück der Furcht des Mannes vor der Frau bildet. Dies zeigt sich am überzeugendsten während der männlichen Präadoleszenz, wenn sich diese Furcht darin äußert, daß das andere Geschlecht gemieden wird und man Mädchen im allgemeinen feindselig begegnet, oder aber in den sexuellen Prahlereien jugendlicher Machos. Diese Konflikte der frühen Kindheit und der Adoleszenz, so allgemein sie sind, hören niemals auf, die Beziehungen zwischen den Geschlechtern zu beeinflussen.

Wir geben gern zu, daß die Frage, die Ernest Jones 1935 stellte, nach wie vor relevant und provokativ ist, zumal sie noch immer nicht zu jedermanns Zufriedenheit beantwortet wurde.

In seiner Arbeit »Über die Frühstadien der weiblichen Sexualentwicklung« (1935) zog Jones Freuds Ansicht über den Penisneid und seine Rolle bei der Entwicklung der Weiblichkeit in Zweifel. Seine Schlußfolgerung lautet: »Die letzte Frage ist also, ob man zur Frau geboren oder gemacht wird« (S. 341). Jedoch über drei Dinge war er sich sicher, nämlich daß eine Frau kein *homme manqué* ist; daß präödipale kleine Jungen und Mädchen – psychologisch gesehen – nicht beide männlich sind und, *last not least*, daß Weiblichkeit von ihrem Ursprung her keine Abwehrformation ist. »Meiner Ansicht nach entwickelt sich die Weiblichkeit fortschreitend aus dem Antrieb einer triebhaften Konstitution« (Jones, 1935, S. 341). Ob es eine primäre Weiblichkeit gibt, ist immer noch eine Streitfrage, doch moderne Erkenntnisse legen den Schluß nahe, daß die Frau geboren und nicht gemacht wird, und sicherlich den, daß das Weibliche nicht als negative Apposition zum Männlichen definiert oder verstanden werden kann. Diese Auffassung steht nicht im Widerspruch zu der Tatsache, daß Kulturen in diesen Prozeß verzerrend eingreifen, indem sie gesellschaftlich sanktionierte phallozentrische Modelle weiblicher Normalität vorschreiben.

An diesem Punkt wird es unserer Untersuchung am besten dienen, wenn wir kurz auf das klassische Freudsche Konzept der weiblichen Entwicklung hinweisen, bevor wir unsere Aufmerksamkeit Modifizierungen der psychoanalytischen Psychologie des heranwachsenden Mädchens zuwenden. Dieser Umweg über die frühen Lebensjahre, die Ursprünge dessen, was später folgen soll, ist für das Verständnis der weiblichen Adoleszenz von wesentlicher Bedeutung. Es liegt auf der Hand, daß die psychosexuelle Komponente im Mittelpunkt unseres Interesses steht, wenn es um die psychologische Differenzierung bei der Entwicklung von Jungen und Mädchen geht. Nach Freuds Auffassung verläuft die infantile psychosexuelle Entwicklung beim Mädchen und Knaben anfangs gleich, d. h., ihre Valenz ist männlich. Freud zieht den Schluß, daß die phallische Phase* des Mädchens hin-

* Der Terminus »phallische Phase« – in seiner klassischen Definition – geht von

sichtlich der genitalen Orientierung bei kleinen Jungen und Mädchen völlig übereinstimmt. Ich zitiere hier seine Auffassung, die er während seines ganzen Lebens vertreten hat: »Mit dem Eintritt in die phallische Phase treten die Unterschiede der Geschlechter vollends gegen die Übereinstimmung zurück. Wir müssen nun anerkennen, das kleine Mädchen sei ein kleiner Mann« (GW XV, S. 125f.). Freud sagt ferner, daß die Masturbation in dieser Phase am »Penisäquivalent«, d. h. der Klitoris, ausgeübt wird. Wenn das Mädchen seine »genitale Minderwertigkeit« entdeckt (wie man es damals nannte), folgt die Masturbation bei Jungen und Mädchen verschiedenen Richtungen. Sobald diese entscheidende Divergenz zutage tritt, kommt es zur Aufspaltung in »männlich gleich aktiv« und »weiblich gleich passiv«. Diese Auffassung hat zu viel Verwirrung, Simplifizierung und scharfen Auseinandersetzungen geführt. Um einen Schlüsselsatz Freuds zu zitieren: »Mit dem Aufgeben der klitorischen Masturbation wird auf ein Stück Aktivität verzichtet. Die Passivität hat nun die Oberhand« (GW XV, S. 137). Bis zu diesem Zeitpunkt bleibt die Vagina nach Freuds Theorie der psychosexuellen Entwicklung von beiden Geschlechtern unentdeckt. Er war tatsächlich der Meinung, daß das Mädchen seine Vagina erst in der Pubertät entdeckt; daher kann – so lautet das Argument – das Gefühl, eine Frau zu sein, in einem früheren Alter nicht in vollem Umfang vorhanden sein. In der Pubertät verliert die Klitoris ihre führende Rolle, sobald die Vagina die Vorherrschaft als erregbares Organ gewinnt und damit die Weiblichkeit ankündigt. Um die psychosexuelle Entwicklung zu vollenden, sollte »die Klitoris ihre Empfindlichkeit und damit ihre Bedeutung ganz oder teilweise an die Vagina abtreten« (S. 126). Gleich im nächsten Satz stellt Freud fest, daß der »glücklichere Mann« nichts diesem »Abtreten« Vergleichbares zu leisten hat, mit dem sich die werdende Frau auseinandersetzen muß. Über den Nach-

---

der Meinung aus, daß der universale Penis als Körperteil beider Geschlechter für Jungen und Mädchen den zonalen Mittelpunkt bildet, um den dieses Stadium der psychosexuellen Entwicklung organisiert ist.

teil, der darin bestehen könnte, daß man zwei Organe sexueller Sensibilität und Erregbarkeit besitzt, wird niemals in Betracht gezogen oder debattiert. Auf jeden Fall bleibt das kleine Mädchen ein kleiner Junge, bis es entdeckt, daß es keinen Penis besitzt; seine sexuelle Identität soll es angeblich am Ende der phallischen Phase erkennen.

Der daraus folgende Kastrationskomplex konsolidiert den Penisneid, der seinerseits zur entscheidenden Antriebskraft wird, ein weibliches Körperbild zu erwerben und dem Mädchen dazu zu verhelfen, seinen körperlichen Zustand als kastriert zu akzeptieren. Folglich hat Weiblichkeit angeblich ihren Ursprung in einer defensiven Position; sie ist nichts Genuines, sondern eine sekundäre Formation. Sobald das Realitätsprinzip das Übergewicht gewinnt, überwindet das kleine Mädchen seine unausweichliche Enttäuschung über seinen Körper – und zugleich den seiner Mutter –, indem es sich dem Vater zuwendet. In eifersüchtiger Identifizierung mit der Mutter erhält es nun den väterlichen Phallus und schenkt dem Vater ein Kind als Stellvertreterin der Mutter. Diese Tat muß jedoch infolge der physischen Unreife des Mädchens Wunschdenken bleiben. Das ödipale Erleben führt zu einer relativen Verringerung des Penisneids, weil das ödipale Baby angeblich einen Ersatz für den Penis darstellt, den das Mädchen entweder verloren oder niemals besessen hat. So sieht Freuds Vorstellung der weiblichen Entwicklung aus. Eine Frage, die in Freuds Schriften nie geklärt wurde, betrifft den Umstand, daß das gewünschte ödipale Baby im Puppenspiel des kleinen Mädchens überall auf der Welt und seit ewigen Zeiten weiblich ist, während sich die reife Frau im allgemeinen einen Jungen wünscht: »Nur das Verhältnis zum Sohn bringt der Mutter uneingeschränkte Befriedigung« (GW XV, S. 143). Das Puppenspiel gibt dem kleinen Mädchen das Gefühl körperlicher Vollkommenheit ebenso zurück wie die Erkenntnis seiner Gebärfähigkeit, die es mit der Mutter teilt. Wir können nur darüber nachgrübeln, ob das sogenannte ödipale Baby (das weibliche Puppenkind) nicht eine Mischung aus dem Erlebnis aktiver und passiver präödipaler Bemutterung und – in zweiter Linie – den präödipalen Strebungen darstellt, die früheste Mutterwünsche enthalten. Die Tatsache, daß reife Frauen gewöhnlich, aber nicht immer, lieber einen kleinen Jungen haben möchten, spiegelt zum Teil mächtige soziokulturelle Einflüsse wider. Doch darüber hinaus erkennen wir in dieser Vorliebe für den Penisbesitzer das Bemühen der reifen Frau, sich dem immerwährenden regressiven Drang zur präödipalen Mutterimago – einem Drang und Gegendrang – entgegenzustemmen. Dieser Drang kommt darin zum Ausdruck, daß das kleine Mädchen beim Puppenspiel, dem es sich in der Vergangenheit mit solcher Hingabe gewidmet hat, abwechselnd Baby und Mutter ist.

Die Ursprünge der psychophysiologischen Geschlechtsidentität

Die obigen Überlegungen lassen uns zu der bereits früher erörterten Frage zurückzukehren, ob die Geschlechtsidentität auf angeborenen (biologisch-genetischen) oder erlernten (kulturell und umweltbedingten) Faktoren beruht oder welcher Kombination von beiden der prägende Einfluß zukommt. Beginnen wir mit dem vielzitierten Ausspruch Freuds: »Die Anatomie ist das Schicksal.« Diese Feststellung verweist den Einfluß gesellschaftlicher Faktoren auf die Formung von Weiblichkeit oder Männlichkeit in den Bereich nahezu nebensächlicher Phänomene. Wir müssen zugeben, daß diese klassische psychoanalytische Position sich langsam umgekehrt hat und heutzutage viele ihrer Aspekte ganz sicher kopfstehen. Damit soll gesagt werden, daß wir auf Grund klinischer Beweise elterlichen und weiteren sozialen Einflüssen sowie kulturellen Einstellungen zum weiblichen Baby und Kleinkind eine Bedeutung für die Bildung der Geschlechtsidentität zuschreiben können, die schwerer wiegt als biologische Gegebenheiten (Stoller, 1976, S. 73; Ticho, 1976, S. 141). Stoller (1974, S. 357) gibt Freuds Diktum eine elegante Wendung, indem er sagt: »Die Anatomie ist nicht das Schicksal; Schicksal ist, was Menschen aus der Anatomie machen.«

Die Bildung der Geschlechtsidentität scheint sehr viel eher einzusetzen, als man früher dachte. Stoller hat die plausible Meinung geäußert, daß die geschlechtliche Kernidentität ihre Wurzeln im ersten Lebensjahr habe. Die Beobachtung von Kindern stützt die Annahme, daß ein angeborener männlich-weiblicher Dimorphismus eine biologische Gegebenheit ist, die uns erlaubt, von einer primären Weiblichkeit und Männlichkeit zu sprechen. Geschlechtsunterschiede lassen sich beim Neugeborenen beobachten, bevor wir von erlerntem Verhalten reden können, wenngleich wir nicht genau wissen, wann und wie Lernen, Prägung und Konditionierung den Differenzierungsprozeß der sexuellen Kernidentität entscheidend und dauerhaft beeinflussen. Auf jeden Fall gibt es einen ansehnlichen Bestand an Informationen, die der Meinung Gewicht verleihen, daß bei Neugeborenen Unterschiede beobachtet werden können, die mit ihrem Geschlecht zusammenhängen. Jeder unvoreingenommene Beobachter kleiner Kinder bemerkt unschwer frühe Manifestationen von Geschlechtsunterschieden im Verhalten, sei es der Motilität, der Körperhaltung, seien es Spielmuster, forschende Neugier oder Phantasien. Auf der Ebene geistiger Bewußtheit – als »Das bin ich« empfunden – werden vom sozialen Umfeld des Kindes formende und dauerhafte Einflüsse auf die Geschlechtsidentität ausgeübt.

Das außerordentlich vielfältige kindliche Erleben körperlicher Unvollkommenheit (Kleinheit, Hilflosigkeit, Abhängigkeit) führt bei Jungen und Mädchen zu verschiedenen psychischen Selbst- und Objektrepräsentanzen. Wir wissen zum Beispiel, daß der kleine Junge der Forderung nach Sphinkterkontrolle und Verhaltenseinschränkungen im allgemeinen aggressiver widersteht als das Mädchen. Er ist gewöhnlich schwerer zu erziehen und zu behandeln als das Mädchen, das seine Aggression gegen die Mutter stärker zurückzuhalten pflegt, indem es sie auf den Erwerb oder Besitz eines Körperteils, des Penis, ablenkt, der symbolisch mit der Repräsentanz der verlorenen Brust* ver-

* Der Ausdruck »verlorene Brust«, wie er hier gebraucht wird, bezieht sich auf

schmilzt; beiden Körperteilen wird mittels Idealisierung Vollkommenheit zugeschrieben. Daß sich der kleine Junge, um zu körperlicher Vollkommenhait zu gelangen, ein Baby wünscht, wird selten so konkret zum Ausdruck gebracht wie der Wunsch des Mädchens nach einem Penis. Die Abwehrreaktion des heranwachsenden Jungen auf passive sexuelle Strebungen oder Phantasien ist bei weitem intensiver als alles, was wir beim heranwachsenden Mädchen beobachten, das solche Gefühle im Hinblick auf eine andere Frau ahnen oder sich ihrer bewußt werden mag. Zwei Beispiele sollen das Gesagte veranschaulichen:

1. Freud (GW VII, S. 322) hält folgenden Dialog zwischen dem fünfjährigen Hans und seinem Vater fest:

HANS: »Ich krieg ein Mäderl.«

ICH: »Wo kriegst du es denn her?«

HANS: »No, vom Storch. Er nimmt das Mäderl heraus und das Mäderl legt auf einmal ein Ei und aus dem Ei kommt dann noch eine Hanna heraus, noch eine Hanna. Aus der Hanna kommt noch eine Hanna. Nein, es kommt eine Hanna heraus.«

ICH: »Du möchtest gerne ein Mäderl haben.«

HANS: »Ja, nächstes Jahr krieg' ich eins, das wird auch Hanna heißen.«

ICH: »Warum soll denn die Mammi kein Mäderl bekommen?«

HANS: »Weil ich einmal ein Mäderl mag.«

ICH: »Du kannst aber kein Mäderl bekommen.«

HANS: »O ja, ein Bub kriegt ein Mäderl und ein Mäderl kriegt einen Buben.«

ICH: »Ein Bub bekommt keine Kinder. Kinder bekommen nur Frauen, Mammis.«

HANS: »Warum denn ich nicht?«

Der Neid des kleinen Jungen auf die Gebärfähigkeit der Frau wird mit der Zeit durch die Umwandlungsprozesse der Substitu-

---

die Erinnerungsspur bzw. den konkretisierten Gemütszustand in bezug auf den Verlust eines Teilobjekts, das mit der Funktion der frühen nährenden Pflegerin identisch ist.

tion, Sublimierung und die symbolische Teilhabe am Gebären (Couvade) dem Realitätsprinzip weichen.

2. Ein dreijähriges Mädchen ging zusammen mit einem gleichaltrigen Jungen auf die Toilette ihres Kindergartens. Als es seinen Penis sah, verlangte es: »Gib ihn mir« und wiederholte diese Forderung drohend mit zunehmender Lautstärke. Voller Angst ergriff der Junge die Flucht, doch das Mädchen lief ihm nach, »gib ihn mir« schreiend. Zu Hause verlangte es von der Mutter, sie solle ihm »das kleine Spielzeug« kaufen, das der Junge besaß. Die Erklärung der Mutter, sie könne es nicht in einem Geschäft kaufen, glaubte das kleine Mädchen weder, noch tröstete es sie.

Ähnliche Beobachtungen, wenn auch vielleicht weniger dramatisch als die von mir erwähnten, sind so häufig, daß wir sie als typisch ansehen. Der Penisneid erscheint als ein zweischichtiges Phänomen: Der Wunsch des Mädchens nach der Brust der Mutter wird auf ein männliches Glied verschoben, um eine Regression auf die primäre Passivität zu verhindern; während dieses Vorgangs lenkt es den aggressiven Impuls, die Mutter zu verletzen, ab, indem es ihn begierig auf das männliche Genitale richtet. Sollte es auf dieser Ebene zu einer Fixierung kommen, ist das Fundament für die Entwicklung eines Männlichkeitskomplexes gelegt. Diese Konstellation zeigt sich in der Adoleszenz oft in voller Blüte und tritt während der Behandlung unweigerlich als ungelöster schwerer Ambivalenzkonflikt mit der dyadischen Mutter zutage.

Als Beispiel nenne ich eine Analysepatientin, ein Mädchen in der Spätadoleszenz mit ungezügelten männlichen Wünschen. Wütend fegte sie jeden Hinweis auf »Penisneid« zur Seite, indem sie sagte: »Unsinn, ich wünsche mir nicht den Penis meines Bruders; ich will nicht, daß *er* einen hat.« Überflüssig zu sagen, daß der Bruder das bewunderte und bevorzugte Kind der Mutter war. Was das Mädchen begehrte, war die ausschließliche Zuwendung und Liebe der Mutter, die unauflöslich mit dem Besitz eines Penis und damit verbunden waren, daß das Mädchen selbst an die Überlegenheit von Jungen glaubte. Beiläufig möchte ich erwähnen, daß dieses Mädchen die Analyse in der festen Überzeugung aufnahm, sein Problem sei die unbewältigte, verwirrte Beziehung zu seinem Vater. Zu ihrer großen Überraschung erkannte die Patientin, daß dem neurotischen Leiden ihr Mutterkomplex zugrunde lag. Dies ist ein Musterbeispiel für das, was ich als ödipale Abwehr bezeichnet habe.

Ich erinnere mich an eine andere Patientin, ebenfalls ein Mädchen in der Spätadoleszenz, die allen physischen Objekten in der Welt eine männliche oder weibliche Bezeichnung zuzulegen pflegte. Große Bücher waren zum Beispiel männlich, Bilder waren weiblich, usw. Während eines College-Kurses gab dieses Mädchen einmal einen Kommentar ab, den der Lehrer als überaus intelligent bezeichnete. In diesem Augenblick hatte sie die halluzinatorische physische Empfindung, einen Penis zu besitzen. Da sie ein engagiertes Mitglied der Frauenbewegung war, löste dieses Erlebnis in ihr Wut, Ekel und ein Gefühl der Demütigung aus. Dieser Vorfall verdient erwähnt zu werden, da er sich zu einem Zeitpunkt während ihrer Behandlung ereignete, als die analytische Arbeit zur verdrängten und frustrierten Kindheitssehnsucht nach der physischen Zuneigung der Mutter vorgedrungen war, die nun in Phantasien über eine lesbische Beziehung und in dem Wunsch zutage trat, die Brust ihrer Freundin zu belasten. Die Auflösung dyadischer Fixierungen und des gleichgeschlechtlichen Ödipuskomplexes gehört zu den obligatorischen Aufgaben der Adoleszenz. Daher sollte das Auftreten des sogenannten Penisneides in Verbindung mit lesbischen Neigungen als eine vorübergehende, aber normale, wenngleich quantitativ und qualitativ verschiedene Nebenerscheinung des Prozesses psychischer Restrukturierung während der weiblichen Adoleszenz angesehen werden.

Wie wir aus Freuds Schriften über Weiblichkeit wissen, glaubte er niemals, daß irgendeine seiner Entwicklungsthesen das letzte Wort sei. Er war früh zu dem Schluß gelangt, daß der Weg, auf dem die ödipale Phase erreicht und der Ödipuskomplex aufgelöst wird, beim männlichen und weiblichen Kind nicht derselbe ist. Bei der Betrachtung der Auflösung des Ödipuskomplexes des Mädchens wurde Freud durch folgende Tatsache überrascht: »Unser Material wird hier – unverständlicherweise – weit dunkler und lückenhafter« (GW XIII, S. 400). Bei der verwirrenden Verfolgung dieses Problems kam er zu der Erkenntnis, daß die dyadische Phase einen Einfluß auf die emotionale Entwicklung der Frau ausübt, der dem Einfluß der ödipalen Phase gleichkommt oder ihn sogar übersteigt. Er ging schließlich so weit, einen der Ecksteine der psychoanalytischen Theorie in Zweifel zu ziehen, als er schrieb, es scheine »erforderlich, die Allgemeinheit des Satzes, der Ödipuskomplex sei der Kern der Neurose, zurückzunehmen« (GW XIV, S. 518). Hinsichtlich dieser Themen ist das letzte Wort noch nicht gesprochen. Die gründliche Durchleuchtung der spezifischen Faktoren, die in ihrer verwickelten Dynamik das ganze Panorama männlicher und weiblicher Entwicklung bestimmt, hat in bezug auf Beobachtung und Argumentation noch nicht genug an Transparenz und Konsistenz erbracht, um unsere Neugier zu befriedigen. Die Faktoren, die ich in diesem Band behandelt habe, sind äußerst heterogener Natur, und wir sind noch immer auf der Suche, um ihre einheitliche Organisation und Funktion voll zu erfassen. Die Wissenschaft von der menschlichen Entwicklung zielt darauf ab, die Einflüsse konstitutioneller Gegebenheiten, frühester irreversibler Prägungen, der Objektbeziehungen und ihrer Wirkung auf die psychische Struktur und – *last not least* – der soziokulturellen Determinanten zu koordinieren, die sich im Laufe der Geschichte unaufhörlich verändern. Ich hoffe, daß es mir gelungen ist, das Bewußtsein für diese nach wie vor dunklen Regionen zu schärfen, die der Erforschung durch uns harren.

Bibliographie

Aarons, Z. A. (1970): Normality and abnormality in adolescence. In: *Psychoanalytic Study of the Child*, 25:309–339. New York (International Universities Press).

Abelin, E. (1971): The role of the father in the separation-individuation process. In: McDevitt, J. B. u. C. F. Settlage (Hrsg.): Separation-Individuation. New York (International Universities Press).

– (1975): Some further observation and comments on the earliest role of the father. In: *Int. J. Psycho-Anal.*, 56:293–302.

– (1977): The role of the father in core gender identiy and in psychosexual differentiation. Abstracted by Prall, R. In: *J. Amer. Psychoanal. Assn.*, 1978, 26:143–161.

Aristotle, Selections, ed. Ross, W. D. New York (Scribner).

Arlow, J. A. (1981): Theories of pathogenesis. In: *Psychoanal. Quart.*, 50:4, p. 505.

Barnett, J. (1975): Hamlet and the family ideology. In: *J. Amer. Acad. Psychoanal.*, 3:4.

Benedek, T. (1959): Parenthood as a developmental phase. In: *J. Amer. Psychoanal. Assn.*, 7:389–417.

Birbing, G. L. (1964): Some considerations regarding the ego ideal in the psychoanalytic process. In: *J. Amer. Psychoanal. Assn.*, 12:517–521.

Blos, P. (1941): The Adolescent Personality. New York (Appleton-Century-Crofts).

– (1962): On Adolescence: A Psychoanalytic Interpretation. New York (Free Press). Dt.: Adoleszenz. Eine psychoanalytische Interpretation. Stuttgart (Klett-Cotta), 3. Aufl. 1983.

– (1965): The initial stage of male adolescence. In: *Psychoanalytic Study of the Child*, 20:145–164.

– (1967): The second individuation process of adolescence. In: *Psychoanalytic Study of the Child*, 22:162–186. Wiederabgedruckt in: Blos, P.: The Adolescent Passage. New York (International Universities Press), 1979.

– (1968): Character formation in adolescence. In: *Psychoanalytic Study of the Child*, 23:245–263. New York (International Universities Press).

– (1971): The generation gap. In: Feinstein, S. C., P. Giovacchini u. A. A. Miller (Hrsg.): Adolescent Psychiatry. Bd. 1 New York (Basic Books).

– (1972): The function of the ego ideal in adolescence. In: *Psychoanalytic of the Child*, 27:93–97. New York (Quadrangle Books).

– (1974): The genealogy of the ego ideal. In: *Psychoanalytic Study of the Child*, 29:43–88. New Haven, Conn. (Yale University Press). Wiederabgedruckt in: Blos, P.: The Adolescent Passage. New York (International Universities Press), 1979.

– (1976): The split parental imago in adolescent social relations: an inquiry into group psychology. In: *Psychoanalytic Study of the Child*, Bd. 31. New Haven and London (Yale University Press).
– (1979): Modifications in the classical psychoanalytic model of adolescence. In: *The Adolescent Passage*. New York (International Universities Press), S. 473–497.
– (1980): Modifications in the traditional psychoanalytic theory of female adolescent development. In: *Adolescent Psychiatry*, 8:8–24. Chicago (University of Chicago Press).
Blum, H. (1977): The prototype of preoedipal reconstruction. In: *J. Amer. Psychoanal. Assn.*, 25:757–785.
Brod, M. (1986): Über Franz Kafka. Frankfurt a. M. (Fischer Taschenbuch), 7. Aufl.
Delay, J. (1963): The Youth of Andrè Gide. Chicago (University of Chicago Press).
Eissler, K. R. (1968): Fortinbras and Hamlet. In: *Amer. Imago*, 25:3.
– (1971): Discourse on Hamlet and "Hamlet". New York (International Universities Press).
Eliot, T. S. (1939): The Family Reunion. New York und London (Harcourt Brace Jovanovich).
Erikson, E. (1981): The Galilean sayings and the sense of "I". In: *Yale Rev.*, S. 331.
Erlich, A. (1977): Hamlet's Absent Father. Princeton, N. J. (Princeton University Press).
Freud, A. (1958): Adolescence. In: *Psychoanalytic Study of the Child*, 13:255–278. New York (International Universities Press).
– (1965): Normality and Pathology in Childhood. New York (International Universities Press).
– (1970): The infantile neurosis: Genetic and dynamic consideration. In: The Writings of Anna Freud, VII. New York (International Universities Press).
Freud, S. (1900): Die Traumdeutung. GW II/III.
– (1887–1902): Aus den Anfängen der Psychoanalyse. Briefe an Wilhelm Fließ. Frankfurt a. M. (S. Fischer), 1962.
– (1905): Bruchstücke einer Hysterie-Analyse. GW V.
– (1909): Analyse der Phobie eines fünfjährigen Knaben. GW VII.
– (1911): Psychoanalytische Bemerkungen über einen autobiographisch beschriebenen Fall von Paranoia (Dementia Paranoides). GW VIII.
– (1914): Zur Einführung des Narzißmus. GW X.
– (1917): Vorlesungen zur Einführung in die Psychoanalyse. GW XI.
– (1921): Massenpsychologie und Ich-Analyse. GW XIII.
– (1923): Das Ich und das Es. GW XIII.
– (1924): Der Untergang des Ödipuskomplexes. GW XIII.

– (1925)): Einige psychische Folgen des anatomischen Geschlechtsunterschieds. GW XIV.
– (1927): Die Zukunft einer Illusion. GW XIV.
– (1931): Über die weibliche Sexualität. GW XIV.
– (1933): XXXIII. Vorlesung: Die Weiblichkeit. GW XV.
Gedo, J. E. (1972): Caviare to the general. In: "K. R. Eissler's Discourse on Hamlet:" A symposium. *Amer. Imago*, 25:3.
Glover, E. (1955): The Technique of Psychoanalysis. New York (International Universities Press).
Graves, R. (1955): The Greek Myths. Baltimore, Maryland (Penguin Books).
Greenacre, P. (1957): The Childhood of the artist. Libidinal phase development and giftedness. In: *Psychoanalytic Study of the Child*, 12:27–72. New York (International Universities Press).
– (1963): The Quest for the Father. New York (International Universities Press).
– (1966): Problems of overidealization of the analyst and of analysis. In: *Psychoanalytic Study of the Child*, 21:193–211. New York (International Universities Press).
Greenson, R. R. (1968): Disidentification from mother. In: *Int. J. Psycho-Anal.*, 49:370–374.
Hayman, R. (1982): Kafka: A Biography. New York (Oxford University Press).
Herzog, J. M. (1980): Sleep disturbance and father hunger in 18- to 20-month-old boys. In: *Psychoanalytic Study of the Child*, 35:219–233. New Haven (Yale University Press).
Hutter, A. D. (1975): The language of Hamlet. In: *J. Acad. Psychoanal.*, 3:4.
Jones, E. (1910): The oedipus-complex as an explanation of Hamlet's mystery: A study in motive. In: *Amer. J. Psychol.*, Bd. 21.
– (1935): Early female sexuality. In: *Papers on Psychoanalysis*. Boston (Beacon Press), 1961.
– (1948): The death of Hamlet's father. In: *Int. J. Psycho-Anal.*, 29,3.
– (1949): Hamlet and Oedipus. New York (Doubleday), 1954.
Joyce, J. (1979): Ulisses. Frankfurt a. M. (S. Fischer Verlag), einmalige Sonderausgabe, übersetzt von H. Wollschläger.
Kafka, F. (1919): Brief an den Vater. Frankfurt a. M. (Fischer Taschenbuch), 1987.
Kahn, C. (1981): Man's Estate: Masculine Identity in Shakespeare. Berkeley (University of California Press).
Karme, Laila (1979): The analysis of a male patient by a female analyst: The problem of the negative oedipal transference. In: *Int. J. Psycho-Anal.* 60: 253–261.
Kinsey, A. C., et. al. (1948): Sexual Behavior in the Human Male. Philadelphia (Saunders). Dt.: Das sexuelle Verhalten des Mannes. Frankfurt a. M. (Fischer Paperbacks), 1967.

Kohut, H. (1966): Forms and transformations of narcissism. In: *Journal of the American Psychoanalytic Association*, 14.
Kris, E. (1948): Prince Hal's conflict. In: Psychoanalytic Exploration in Art, S. 273. New York (International Universities Press), 1952.
Lichtenberg, J. D. u. C. Lichtenberg (1969): Prince Hal's conflict. In: *J. Amer. Psychoanal. Assn.*, 17:873–887.
Loewald, H. W. (1951): Ego and reality. In: *Int. J. Psycho-Anal.*, 32:10–18.
Mack Brunswick, R. (1940): The preoedipal phase of libido development. In: Fliess, R.: The Psychoanalytic Reader. New York (International Universities Press), 1948.
Mahler, M. (1955): On symbiotic child psychosis. In: *Psychoanalytic Study of the Child*, 10. New York (International Universities Press).
Mahler, M. S., F. Pine u. A. Bergman (1975): The Psychological Birth of the Human Infant. New York (Basic Books). Dt.: Die psychische Geburt des Menschen. Symbiose und Individuation. Frankfurt a. M. (Fischer Taschenbuch), 6. Aufl. 1987.
Maloney, J. C. u. L. Rockelein (1949): A new interpretation of Hamlet. In: *Int. J. Psycho-Anal.*, Bd. 30.
Niederland, W. G. (1974): The Schreber Case. New York (Quadrangle Books).
Nunberg, H. (1932): Principles of Psychoanalysis. New York (International Universities Press), 1955.
Piaget, J. u. B. Inhelder (1980): Von der Logik des Kindes zur Logik der Heranwachsenden. Essay über die Ausformung der formalen operativen Strukturen. Stuttgart (Klett-Cotta).
Piers, G. u. M. B. Singer (1953): Shame and Guilt. New York (Norton), 1971.
Reich, A. (1954): Early identification as archaic elements in the superego. In: *Psychoanalytic Contribution*. New York (International Universities Press), 1973, S. 209–253.
– (1960): Pathological forms of self-esteem regulation. In: *Psychoanalytic Contribution*. New York (International Universities Press), 1973, S. 288–311.
Ross, J. M. (1977): Toward fatherhood: The epigenesis of paternal identity during a boy's first decade. In: *Int. Rev. Psycho-Anal.*, 4:327–347.
– (1979): Fathering: A review of some psychoanalytic contributions on paternity. In: *Int. J. Psycho-Anal.*, 60:317–327.
– (1982): Oedipus revisited: Laius and the "Laius complex". In: *Psychoanalytic Study of the Child*, 37. New Haven, Conn. (Yale University Press).
Schreber, D. P. (1973): Denkwürdigkeiten eines Nervenkranken. Bürgerliche Wahnwelt um Neunzehnhundert (Autobiographische Dokumente und Materialien), hrsg. v. P. Heiligenthal und R. Volk. Wiesbaden (Focus-Verlag).
Shakespeare, W. (1982): The Arden Shakespeare Hamlet, ed. H. Jenkins. New York (Methuen).
Stevens, W. (1982): Opus Posthumous. New York (Random House).
Stoller, R. (1974): Facts and fancies: an examination of Freud's concept of

bisexuality. In: Strouse, J. (Hrsg.): Women and Analysis. New York (Grossman).
– (1976): Primary femininity. In: *Journal of the American Psychoanalytic Association*, 24 (5).
– (1980): A different view of oedipal conflict. In: Greenspan, S. I. u. G. H. Pollock (Hrsg.): The Course of Life. Bd. 1. Mental Health Study Center, U.S. Department of Health and Human Services.
Ticho, G. R. (1976): Autonomy in young adults. In: *Journal of the American Psychoanalytic Association*, 24 (5).
Turgenjew, I. (1974): Väter und Söhne. Insel Taschenbuch 64.
Winnicott, D. W. (1965): The Maturational Process and the Facilitating Environment. New York (International Universities Press). Dt.: Reifungsprozesse und fördernde Umwelt. Frankfurt a. M. (Fischer Taschenbuch), 2. Aufl. 1985.
– (1969): The use of an object. In: *Int. J. Psycho-Anal.*, Bd. 50.

Register

D.W. Winnicott
Piggle
Eine Kinderanalyse.

D.W. Winnicott
Vom Spiel zur Kreativität

D.W. Winnicott
Aggression
Versagen der Umwelt und antisoziale Tendenz.

Elizabeth R. Zetzel
Die Fähigkeit zu emotionalem Wachstum

Michel Zlotowicz
Warum haben Kinder Angst?

Psychoanalyse

Michael Balint, Enid Balint
Psychotherapeutische Techniken in der Medizin

Gertrude und Rubin Blanck
Angewandte Ich-Psychologie

Gertrude und Rubin Blanck
Ich-Psychologie II

Rubin und Gertrude Blanck
Ehe und seelische Entwicklung

Luc Ciompi
Affektlogik
Über die Struktur der Psyche und ihre Entwicklung. Ein Beitrag zur Schizophrenieforschung.

Peter Fürstenau
Zur Theorie psychoanalytischer Praxis

Heinz Hartmann
Psychoanalyse und moralische Werte

James Masterson
Psychotherapie bei Borderline-Patienten

Michael Lukas Moeller
Anders helfen
Selbsthilfegruppen und Fachleute arbeiten zusammen.

Wolf-Detlef Rost
Psychoanalyse des Alkoholismus
Theorie, Diagnostik, Behandlung.

Joseph Sandler, Christopher Dare, Alex Holder
Die Grundbegriffe der psychoanalytischen Therapie

Elaine V. Siegel
Tanztherapie
Ein psychoanalytisches Konzept.

Paul L. Wachtel
Psychoanalyse und Verhaltenstherapie
Ein Plädoyer für ihre Integration.

D.W. Winnicott
Bruchstück einer Psychoanalyse

Neue Therapien/ Humanistische Psychologie/ Transpersonale Psychologie

Anthony Barton
Freud, Jung, Rogers. Drei Systeme der Psychotherapie

Ruth C. Cohn
Von der Psychoanalyse zur themenzentrierten Interaktion
Von der Behandlung einzelner zu einer Pädagogik für alle.

Rudolf Dreikurs
Grundbegriffe der Individualpsychologie

Gerald Epstein
Wachtraumtherapie

Meine Stimme begleitet Sie überallhin
Ein Lehrseminar mit Milton H. Erickson, hrsg. von Jeffrey K. Zeig.

Mary McClure Goulding und Robert L. Goulding
Neuentscheidung
Ein Modell der Psychotherapie.

John Grinder, Richard Bandler
Therapie in Trance
Hypnose: Kommunikation mit dem Unbewußten. Neurolinguistische Programme.

Stanislav Grof
Topographie des Unbewußten
LSD im Dienst der tiefenpsychologischen Forschung.

Stanislav Grof, Joan Halifax
Die Begegnung mit dem Tod

Stanislav Grof
LSD-Psychotherapie